Regine Kölpin

Der Nordseehof. Als wir der Freiheit nahe waren

PIPER

Zu diesem Buch

»Johanna trat aus dem großen schmiedeeisernen Tor des Nordseehofs. Es war zwar noch kühl, aber an diesem Märzmorgen schien die Sonne vom wolkenlosen Himmel, die Welt erwachte aus dem Winterschlaf. Es würden die letzten ruhigen Tage sein, denn bald begann die Lammzeit. Dann musste immer jemand im Stall sein und die Tiere beobachten. Auch ihre Tochter Adda mit ihren achtzehn Jahren wurde gebraucht, doch sie muckte zunehmend auf und träumte von einem anderen Leben als dem in Ostfriesland.«

Ein imposanter Hof hinter dem Deich, eine Landschaft, bestimmt durch Wind und Wellen, eine Familie im Wandel der Zeit – dramatisch, atmosphärisch und lebensnah erzählt Regine Kölpin eine Emanzipationsgeschichte um drei Frauen aus drei Generationen.

Regine Kölpin lebt seit ihrer Kindheit in Friesland an der Nordsee. Sie hat zahlreiche Romane und Kurztexte publiziert und ist auch als Herausgeberin tätig. Regine Kölpin wurde mehrfach ausgezeichnet. Mit ihrem Mann lebt sie in einem kleinen idyllischen Dorf. Dort konzipieren sie gemeinsam Musik- und Bühnenprojekte und genießen ihr Großfamiliendasein mit fünf erwachsenen Kindern und mehreren Enkeln.

Regine Kölpin

Der Nordsee Hof

Als wir der Freiheit nahe waren

Roman

PIPER

Mehr über unsere Autorinnen, Autoren und Bücher:
www.piper.de

Wenn Ihnen dieser Roman gefallen hat, schreiben Sie unter Nennung des Titels »Der Nordseehof. Als wir der Freiheit nahe waren« an *empfehlungen@piper.de*, und wir empfehlen Ihnen gerne vergleichbare Bücher.

Von Regine Kölpin liegen im Piper Verlag vor:
Die Nordseehof-Reihe:
Band 1: Der Nordseehof – Als wir träumen durften
Band 2: Der Nordseehof – Als wir der Freiheit nahe waren
Band 3: Der Nordseehof – Als wir den Himmel erobern konnten

Das Haus am Deich:
Band 1: Das Haus am Deich – Fremde Ufer
Band 2: Das Haus am Deich – Unruhige Wasser
Band 3: Das Haus am Deich – Sicherer Hafen

Die Töchter der Kornmühle

Das Zitat auf Seite 5 stammt aus: *Weisheiten großer Frauen.* Hrsg. v. Martina Stoll Kreussel. Ars Edition, München 2000

Unser Versprechen für mehr Nachhaltigkeit
• Klimaneutrales Produkt
• FSC®-zertifiziertes Papier
• Hergestellt in Europa

FSC www.fsc.org
MIX
Papier | Fördert gute Waldnutzung
FSC® C083411

Originalausgabe
ISBN 978-3-492-31600-2
1. Auflage März 2021
4. Auflage März 2023

Redaktion: Gisela Klemt, Lüra – Klemt & Mues GbR
Umschlaggestaltung und -abbildung:
Johannes Wiebel | punchdesign,
unter Verwendung von shutterstock.com
Satz: Uhl + Massopust, Aalen
Gesetzt aus der Stempel Garamond
Druck und Bindung: CPI books GmbH, Leck
Printed in the EU

Ich will geliebt sein
oder ich will begriffen sein.
Das ist eins.

Bettina von Arnim

Personenverzeichnis

Familie Eilers

Johanna Eilers – Tochter
Keno Eilers – Sohn †
Foline Eilers – Mutter
Marten Eilers – Vater †

Familie Deeken

Eike Deeken – Erbe vom Nordseehof
Thilo Deeken – Eikes Vater †
Lientje Deeken – Eikes Mutter †
Reent Deeken – Eikes Bruder †
Uwe Deeken – Sohn von Eike und Johanna
Adda Deeken – Tochter von Johanna und Rolf
Sanne Müller – Freundin von Uwe
Paul Ehlers – Sohn von Reent und Manu Ehlers

Familie Menzel

Rolf Menzel – Sohn
Mine Menzel – Mutter †
Karl-Gerd Menzel – Vater †
Dagmar Menzel, geb. König – Ehefrau von Rolf Menzel

Familie de Vries

Ingo de Vries – Cousin von Johanna
Theda de Vries – Cousine von Johanna
Deike de Vries – Thedas Tochter und Addas beste Freundin
Hajo de Vries – Thedas Sohn

Weitere

Herwig Doden – Postbote
Manu Ehlers – Dagmars Freundin
Dirk Westerhoff – Freund von Adda
Hartmut Brockmüller – Banker in Wittmund
Schwester Agnes – Kollegin von Adda in Bremen
Hermann Selig – neuer Freund von Theda, Sohn der im 1. Band aus Schlesien vertriebenen Magda Selig
Dr. Meyer – Arzt
Schwester Beeke – Krankenschwester in Sande
Gerda Bruns – alte Nachbarin von Rolf in Bremen
Stefan Müller – Student
Marius Peek – Student
Hauke Hillers – Mitarbeiter auf dem Nordseehof
Heino Melchers – Lehrling
Herr und Frau Wehling – Vermieter von Manu

1973–1974

Kapitel 1

Johanna trat aus dem großen schmiedeeisernen Tor des Nordseehofs und atmete tief durch. Es war zwar noch kühl, aber an diesem Märzmorgen schien die Sonne vom wolkenlosen Himmel, die Vögel trällerten, und die Welt erwachte aus dem Winterschlaf. Erste Krokusse streckten trotz des kalten Windes ihre bunten Blüten schon recht mutig aus der Erde, und gestern hatte Johanna sogar eine Narzisse blühen gesehen. Es würden die letzten ruhigen Tage sein, denn auf dem Nordseehof, der großen Schäferei in der Nähe von Neusiel, begann bald die Lammzeit. In dieser Periode gab es kaum eine Nacht, in der Johanna und ihr Mann Eike durchschlafen konnten.

Eike, Johanna und Hauke Hillers, ihr Arbeiter, hatten schon jetzt alle Hände voll zu tun. Alle anderen Mägde und Knechte, die es früher auf dem Nordseehof gegeben hatte, waren mit der zunehmenden Technisierung nach und nach verschwunden und hatten sich woanders Arbeit suchen müssen. Viele waren bei den Olympia-Werken in Roffhausen untergekommen und standen nun am Fließband.

Johanna seufzte, denn die Arbeit wuchs ihr dennoch so manches Mal über den Kopf, vor allem, wenn die Lämmer kamen.

Bei einigen Mutterschafen mehrten sich bereits die Anzeichen, dass die Geburt unmittelbar bevorstand. Sie hatten sich von den anderen Tieren, die in den Stalltrakten in zwei Gruppen frei herumliefen, abgesondert. Ihr Euter wirkte prall.

Eike hatte alle zu Schichten eingeteilt, von jetzt an war es wichtig, dass immer jemand im Stall war und die Tiere beobachtete. Auch ihre Tochter Adda musste mit ihren achtzehn Jahren ran, ebenso wie der drei Jahre ältere Uwe.

Vor allem Adda war wenig davon begeistert, ständig im Stall arbeiten zu müssen. Sie muckte zunehmend auf und träumte von einem anderen Leben als dem in Ostfriesland. Adda konnte sehr hitzig werden, wenn sie sich etwas in den Kopf gesetzt hatte, und auch wenn Uwe sich meist zurückhielt, so wusste Johanna, dass auch er damit liebäugelte, den Nordseehof eines Tages zu verlassen. Er träumte davon, Tierarzt zu werden, doch Johanna hoffte, dass er davon absah und blieb, auch wenn es ein egoistischer Gedanke war und sie es besser wissen sollte, nach alldem, was sie selbst durchgemacht hatte. Trotzdem hatte man im Leben eben nicht immer die Wahl. Nur fiel ihr der Gedanke, dass ausgerechnet Uwe gehen könnte, besonders schwer. Sie hatte ihren Ältesten sehr an sich gebunden, ihm in seinem Leben nur wenig Leine gelassen, und so konnte sie sich kaum vorstellen, dass er einmal nicht mehr da war.

Johanna seufzte. Wie schön war es doch früher gewesen, als ihre Tochter noch mit Uwe Cowboy und Indianer gespielt hatte und sie durch den Garten gestromert waren! Alles hatte seinen geregelten Ablauf gehabt, nichts war hinterfragt worden, und keiner wollte fort. Der Nordseehof war der Mittelpunkt von allem. Ihr Zuhause.

Johanna schob die Gedanken beiseite. Sie hatte heute keine Lust, Probleme zu wälzen, während die Natur gerade aufblühte und ihre wunderbaren Farben und Düfte mit ihr teilte. Diese kurze Flucht wollte sie ein bisschen genießen.

Johanna beschloss, ein Stück zu gehen. Leise trällerte sie das Lied dieser schwedischen Gruppe, das sie kürzlich im Fernsehen gehört hatte. Ilja Richter hatte sie alle vorgestellt, aber Johanna hatte die einzelnen Namen schon wieder vergessen. Offenbar hatte die Gruppe noch keinen Bandnamen.

»People need love …«, sang Johanna leise. Wie wahr! Liebe, die brauchte jeder. Dieses einzigartige Gefühl. Einmal hatte sie davon kosten dürfen, und sie zehrte noch immer davon. Vor allem, wenn sie allein war und sich die Erinnerung gönnte. Doch meist verbot sie sich jeden Gedanken an ihre große Liebe Rolf Menzel, der nach dem Krieg als schlesischer Vertriebener auf dem Nordseehof gelebt hatte. Er war für sie verloren, denn sie hatte damals Eike geheiratet. Nicht freiwillig, es war der Wunsch ihrer Eltern gewesen. Ihr Bruder Keno war nicht aus dem Krieg zurückgekommen, und die Eltern hatten ihrem Cousin Ingo den Hof gegeben. Johanna hatte schnell unter die Haube gemusst, und da Eike der Erbe vom Nordseehof war und ihre Eltern sie gut versorgt wissen wollten, hatte Johanna keine Wahl gehabt. Aber ihr, ihr hatte es das Herz gebrochen. Sie liebte Rolf noch immer, auch wenn sie sich nach all den Jahren mit Eike arrangiert hatte. Doch dieses tiefe, einmalige Gefühl, das sie mit Rolf verband, war mit nichts vergleichbar. Johanna erinnerte sich nicht gern an die Stunden voller Schmerz, als sie dieser Liebe hatte entsagen müssen und Rolf aus Kummer fortgegangen war. Und doch waren ihre Gefühle für ihn allzeit präsent und schlummerten wie ein vergessenes Blumenbukett in ihrem Herzen.

Um trotzdem mit ihrem Leben klarzukommen, hatte Johanna einfach einen Teppich auf ihr inneres Chaos gelegt. Der Teppich hatte einen Namen: Nordseehof.

Dafür hatte sie auf Rolf und die Liebe verzichtet, und sie würde immer für die Schäferei und ihren Fortbestand kämpfen, damit das Opfer nicht umsonst gewesen war.

Johanna war allerdings froh, dass wenigstens dieses Begehren verschwunden war, das sie als junge Frau in Rolfs Arme getrieben hatte. Soweit sie wusste, war er im Ruhrgebiet noch immer im Bergbau beschäftigt, und er hatte Dagmar geheiratet. Rolf hatte sich zum letzten Mal vor sechzehn Jahren nach dem furchtbaren Grubenunglück auf der Zeche Franz Haniel bei Johanna gemeldet.

Sie erinnerte sich noch immer an den Schock, als sie im Radio davon erfuhr und sich nichts anmerken lassen durfte. Sie hätte am liebsten sofort ihre Sachen gepackt und wäre zu ihm ins Ruhrgebiet gefahren, doch das war ausgeschlossen gewesen. Deshalb hatte sie angstvoll ausgeharrt. Dann aber hatte Rolf einen Brief geschickt. Sie kannte noch immer jedes Wort, auch wenn sie den Brief vernichtet hatte – so wie fast alles, was mit Rolf zu tun hatte. Es gab lediglich zwei Fotos, die sie mal bei der Friesen-Jugend gemacht hatten. Es war schön gewesen, sich dort mit den jungen Leuten zu treffen und Spaß zu haben. Auch mit Rolf. Beide Fotos hielt Johanna gut in einer abgeschlossenen Kommodenschublade versteckt.

Jedenfalls hatte Rolf durch pures Glück überlebt, weil er als Lehrsteiger gerade zu einem Telefonat gerufen worden war. Er befand sich zur Zeit des Unglücks am anderen Ende der dreihundert Meter langen Kopfstrecke, als ihm plötzlich der Helm vom Schädel gerissen worden war und der Streb hinter ihm zusammenbrach. Alle anderen sechs Kumpel waren tot. Rolf hatte seinem Brief ein Foto von sich und seiner Angetrauten beigelegt. Bis dahin hatte Johanna von dieser Ehe nichts gewusst, aber überrascht war sie nicht gewesen, denn sie waren schon länger ein Paar.

Ich komme klar, hatte er geschrieben. *Mach dir keine Sorgen um mich. Ich wünsche dir alles Glück der Welt, liebe Hanna. Ich werde dich nie vergessen, aber was nicht kann sein, das nicht sein darf. Wir wussten es beide.*

Rolf hatte sie immer nur Hanna gerufen, genau wie früher ihr verstorbener Bruder Keno, aber bis heute durfte niemand anderes sie so nennen. Hanna gehörte den beiden Menschen, die ihr so nah gewesen waren wie sonst keiner auf der Welt.

Trotzdem war kein Weg daran vorbeigegangen, den Kontakt abzubrechen, denn sie und Rolf standen sich nur selbst im Weg, auf einer Reise, die unterschiedlicher nicht hätte sein können.

Die erste Zeit nach der endgültigen Trennung konnte Johanna ihr Leben kaum ertragen, und sie hatte Schwierigkeiten, sich an den Gedanken zu gewöhnen, Rolf nie wiederzusehen Nie mehr seine Stimme im Ohr zu haben, nie mehr zu spüren, wie seine Lippen die ihren küssten. Nie mehr von ihm zu hören.

Aber sie hatte sich für ein anderes Leben entschieden. Deshalb hatte sie das Foto von ihm und seiner Frau zerknüllt und zusammen mit den Zeilen verbrannt. Den Anblick von ihm mit Dagmar hatte sie ohnehin kaum ertragen – und bis heute bekam sie das Bild dieser Frau nicht aus dem Kopf.

Dagmar war hübsch. Sie hatte einen merkwürdigen, aber überaus faszinierenden Blick. Ihr dunkles, fast schwarzes Haar war modisch geschnitten und kurz. Darauf hatte sie eines dieser modernen Mützchen gesetzt, über die man in Neusiel damals gelacht hätte, weil sie viel zu extravagant waren. Es sah ein bisschen aus wie die Kopfbedeckung von Rotkäppchen, aber bei Dagmar wirkte es zu dem grauen, die Figur umschmeichelnden Kostüm und den hochhackigen Pumps kein bisschen albern. Im Gegenteil, es kleidete sie ungemein. Mit ihr, Johanna, war diese kesse Frau nicht vergleichbar. Die Schäferin, die meist weite Hosen und derbe Schuhe trug, das aschblonde Haar praktisch zu einem Pferdeschwanz gebunden. Ihre Hände waren rau, von der Arbeit im Stall geprägt, die Nägel oft eingerissen. Machte Johanna sich schick, trug sie ihren knielangen Faltenrock und eine Blümchenbluse. Ihre Hüften und Oberschenkel waren kräftig, wenngleich sie nicht dick war. Trotzdem sagte man Johanna in Neusiel nach, sie sei eine schöne Frau. Wahrscheinlich galten auf dem Dorf andere Maßstäbe, denn gegen Dagmar war sie ein echter Bauerntrampel. Und das hatte sich bestimmt bis heute nicht geändert.

Sie hatte Rolf damals an die auf dem Umschlag angegebene Adresse geschrieben. Auch bei diesem Brief erinnerte sich Johanna genau an den Wortlaut. Natürlich hatte sie ihm mitgeteilt, wie froh sie war, dass er lebte. Und sich bedankt, dass er ihr Bescheid gegeben hatte. Aber es war trotzdem wichtig gewesen, an dieser Stelle einen Schlussstrich zu ziehen und ihm zu schreiben, er solle sich bitte nicht mehr melden, weil es für sie beide so besser war.

Sie waren verheiratet, und sie selbst hatte zwei Kinder.

Johanna schluckte, wie immer, wenn sie in Gedanken an diesem Punkt ankam.

Ihre Tochter Adda war Rolfs Kind.

Doch sie wollte nicht, dass er davon erfuhr. Dass überhaupt jemand davon erfuhr. Nur war Adda ihrem Vater wie aus dem Gesicht geschnitten, hatte seine wunderschönen blauen Augen und das dunkle Lockenhaar.

Johanna wurde dadurch Tag für Tag mit ihrem Verrat konfrontiert, was die Beziehung zu ihrer Tochter schwierig machte. Einerseits war sie das Kind ihrer großen Liebe, andererseits hatte sie eine große Sünde begangen. Johanna war es all die Jahre nicht gelungen, den Spagat zwischen den beiden emotionalen Extremen hinzubekommen, und sie wusste, dass sie ihre Liebe zu ihren Kindern ungleichmäßig, ja sogar ungerecht verteilte. Das, was Uwe zu viel bekam, fehlte Adda. Und je älter die Kinder wurden, desto mehr ließen sie ihre Mutter spüren, dass sie nicht glücklich waren. Vermutlich hatten sie es deshalb eilig, vom Nordseehof fortzukommen. Weil sie lieber allein durchs Leben treiben wollten, als mit diesen merkwürdigen Schwingungen klarzukommen, die jeder spürte, aber über die keiner sprach.

Um den andauernden Schmerz zu bewältigen, hatte es Johanna über die Jahre geholfen, sich auf die Arbeit in der Schäferei zu konzentrieren. Es betäubte die Sehnsucht und hielt sie am Leben. Ihr Lebenselixier. Der Nordseehof und immer wieder der Nordseehof.

Johanna hatte den rechteckig angelegten Hof, der von sämtlichen Bauten der Schäferei flankiert wurde, inzwischen weit hinter sich gelassen, und über die weite Marschlandschaft wehte der Wind noch merklich frisch. Johanna fröstelte etwas. Die mächtigen Bäume rauschten, das bereits grüne Gras der Wiesen duckte sich ehrfürchtig. Nur die Vögel ließen sich nicht beeindrucken und sangen lautstark ihr Lied. Sie sehnten den Frühling genauso herbei wie die Menschen ringsum, und heute gab es das erste Gastspiel.

Johanna atmete einmal tief durch. Doch, sie war demütiger geworden mit den Jahren, und jetzt, da sich das erste Silber durch ihr Haar zog, stellte sich auch zunehmend Dankbarkeit ein. Ihr ging es schließlich gut.

Eike und sie hatten inzwischen gelernt, sich wirklich zu mögen und oft auch nah zu sein, wenngleich die Leidenschaft fehlte, die Johanna mit Rolf verbunden hatte. Mit Eike gab es kaum Streit, und sie arbeiteten Hand in Hand. Finanziell war die Schäferei gut aufgestellt, und sie wollten in Kürze mit Renovierungsarbeiten beginnen, denn die Räume schrien förmlich nach mehr Freundlichkeit.

»Ich habe Rücklagen, von denen wir das begleichen können«, hatte Eike gesagt. Johanna lächelte still. Obwohl sie die Buchhaltung machte, wusste sie nichts von Rücklagen, aber vielleicht hatte Eike heimlich etwas gespart, um sie damit zu überraschen, endlich ihren Traum von der Renovierung Wirklichkeit werden zu lassen. Ihr Mann war stets darum bemüht, ihr alles recht zu machen. Das war schon immer so gewesen und hatte sich in den Jahren nicht verändert. Deshalb würde so etwas zu ihm passen, und Johanna hinterfragte es nicht.

Seit jener Dezembernacht, als die Scheune von Eikes Bruder Reent angezündet worden war und sie die Schäferei gegen ihn verteidigt hatte, verband sie ein Geheimnis, was sie niemals mit jemandem teilen würden. Niemand außer ihnen beiden wusste, was Eikes Bruder getan hatte und wie genau das Unglück geschehen war. Johanna beschleunigte ihren Schritt, denn die Erinnerung an den Orkan und das Feuer verursachten ihr noch immer Beklemmungen.

Diese Nacht hatte sich scharf in ihr Gedächtnis eingebrannt. Damals waren nicht nur Eikes Bruder, sondern auch seine Mutter gestorben. Nachdem Reent die Scheune angezündet hatte und sein Versuch, Johanna ins Feuer zu stoßen, gescheitert war, hatte er den Tod in den Flammen gefunden, während ihre Schwiegermutter Lientje zur selben Zeit auf dem Dachboden den Freitod gewählt hatte. Die Schäferei war auch mit ihrem Zutun in große Schwierigkeiten geraten, und sie hatte wohl keinen Ausweg mehr gesehen.

Aber das war schon so viele Jahre her, und Johanna wollte nach vorn sehen. In die Zukunft. Das hatte ihr bislang noch immer am besten geholfen.

Sie steuerte auf den Eilershof zu. Dort war sie aufgewachsen, er hatte einst ihren Eltern gehört. Nun wurde er von ihrem Cousin Ingo de Vries und ihrer Cousine Theda geführt. Mit beiden verband sie eine innige Freundschaft, genau wie sich Adda sehr gut mit Thedas Kindern Deike und Hajo verstand. Aber die beiden waren mittlerweile genauso flügge wie Adda. Hajo hatte den Hof schon verlassen und lebte in München, wo er eine Ausbildung bei einer großen Autofirma machte, und Deike plante ebenfalls, schon bald zu gehen. Sie war auf der Suche nach einer Anstellung im Büro. Beworben hatte sie sich in Bremen und Hamburg. Im Gegensatz zu Johanna und Eike fanden Theda und Ingo, dass es für die jungen Leute wichtig war, aus Ostfriesland fortzukommen.

Johanna winkte, weil ihr Herwig Doden, der Postbote, entgegenkam. Er machte diese Arbeit schon viele Jahre, und sein Tritt in die Pedale war inzwischen merklich langsamer geworden. Es dauerte nicht mehr lange bis zu seiner Pension, und Johanna würde ihn mit seiner unaufdringlichen Art vermissen.

»Moin, Herwig!«, begrüßte Johanna ihn. »Hast du was für uns? Dann nehme ich es dir ab, und du kannst dir den Weg zur Schäferei sparen.«

Herwig bremste und sagte keuchend: »Jo, dat is moi. Bin ohnehin spät dran, aber nützt jo nix. Die Arbeit muss getan werden.« Er kramte in seiner Ledertasche, die er vorn am Lenker angebracht hatte. »Ein amtlicher Brief«, murmelte er dabei, »und dann noch einer, wo kein Absender drauf ist. Zum Glück ist die Adresse sauber geschrieben. Man könnte den gar nicht zurückschicken. Was sich die Leute bei so was denken.« Er hatte die Briefe gefunden und unterbrach sein Selbstgespräch. »Hier, sonst kann ich mit nichts dienen, mien Deern.«

Johanna lächelte. Seit sie Herwig kannte, nannte er sie so. Mit sechsundvierzig Jahren empfand sie sich allerdings wirklich nicht mehr als Deern, aber den Schnack würde sie ihm nicht austreiben können.

»Danke, Herwig. Komm gut nach Huus!«

Der Postbote nickte ihr zu, wendete das Rad und fuhr zurück Richtung Neusiel.

Johanna sah sich die beiden Briefe an. Der eine war von der Bank, den würde sie später im Kontor lesen, der andere war tatsächlich ohne Absender.

Sie schaute auf die Anschrift. Er war an sie persönlich gerichtet. Johannas Herz galoppierte los. Nein, sie täuschte sich nicht. Diese Handschrift kannte sie! Der Brief war von Rolf. Nach so vielen Jahren. Was wollte er nur?

Johanna war versucht, ihn sofort aufzureißen und zu lesen, doch sie wusste nicht, was sie erwartete. Was auch immer der Grund war, warum er ihr schrieb: Sie wollte sich zum Lesen Zeit nehmen und musste folglich Ruhe haben. Außerdem wollte sie sicher sein, dass sie nicht gleich darauf Eike begegnete, denn er war auf den umliegenden Feldern mit dem Trecker unterwegs. Er hätte garantiert kein Verständnis dafür, wenn sie Briefe von Rolf erhielt. Das Thema Rolf war schon früher ein rotes Tuch zwischen ihnen gewesen, und sie wollte keinen Streit provozieren.

Johanna sah sich um. Sie konnte sich auf den Zaun setzen. Dort war sie allein. Doch dann hörte sie tatsächlich das Brummen eines Traktors, und Eike winkte ihr von Weitem zu. Der Brief musste warten. Johanna steckte ihn in die Jackentasche.

*

Adda saß zusammen mit Uwe in der Küche, die Bücher vor sich aufgeschlagen. Sie hatte einen bunten Flatterrock an und darüber eine geblümte Tunikabluse. Über Stirn und Haar trug sie ein Lederband, und am Hals prangte eine dicke Kette mit türkisfarbenem Anhänger. Ihr hippiemäßiges Auftreten sorgte in Neusiel für so manchen Gesprächsstoff, so lief man hier eben nicht herum.

Heute war die Schule wegen einer Lehrerfortbildung ausgefallen, und sie lernte für eine Prüfung. Im Sommer würde sie das Abitur in der Tasche haben, und dann stand ihr die Zukunft offen. Die weite Welt anstelle der Enge dieser Schäferei. Das würde sie nutzen, ob es ihrer spießigen und halsstarrigen Mutter gefiel oder nicht.

»Warum verschwindest *du* eigentlich nicht?«, fragte sie Uwe, der eine Tasse Tee vor sich stehen hatte und irgendwelche Bestellungen für den Nordseehof durchging. Er machte das gern in der Küche, die noch immer im Stil der 1950er-Jahre gestaltet war. Dunkle Möbel, eine Eckbank mit Tisch, aber immerhin gab es einen Elektroherd. Trotzdem hatte ihre Mutter auch den alten Holzofen behalten, und sie nutzte ihn oft zum Backen und Kochen. Darüber waren alte Pfannen aufgereiht. So richtig konnte Adda nicht verstehen, warum ihre Eltern an dem alten Plunder festhielten. Immerhin sprachen sie jetzt häufiger von einer baldigen Renovierung.

Adda kaute auf dem Bleistiftende herum und fixierte ihren Bruder. »Ich merke genau, wie sehr dich die Schäferei nervt. Du lachst gar nicht mehr! Du willst doch eigentlich was anderes als das hier.« Sie machte eine ausschweifende Handbewegung. »Was anderes als die Traditionen des ehrenwerten Nordseehofes. Gib es doch endlich zu!«

Uwe sah von den Papieren hoch. Er rollte genervt mit den Augen. »Ach Adda, hör auf. Ich kann Mama und vor allem Papa momentan nicht hängen lassen und einfach machen, was ich will. Jetzt ist erst einmal Lammzeit, dann der Deichauftrieb … Sie brauchen jede Hand. Außerdem bin ich ja tatsächlich bald weg, weil ich im April zum Grundwehrdienst muss. Danach sehen wir weiter.« Er grinste sie an. »Dann haben sie sich schon ein bisschen an meine Abwesenheit gewöhnt. Sei nicht so ungeduldig!« Er beugte sich wieder über das Papier.

Adda war verärgert. »Pah, Grundwehrdienst!«, wiederholte sie. »Du hättest verweigern sollen. Ich ahne, dass du hier bis ins hohe Alter versauerst und deine einzige Abwechslung sein wird, am Abend auf dem Sofa *Dalli-*

Dalli zu gucken und zwischendurch aufzuspringen, um: ›Das ist spitze!‹ zu schreien.«

Uwe runzelte die Stirn und sah seine Schwester fest an. »Kannst du eigentlich immer nur rummotzen?«

Adda schwieg betreten. Ihr Bruder hatte ja recht.

Uwe legte ein Blatt Papier neben den Stapel und widmete sich dem nächsten. »Lass mir mein Leben, und ich lass dir deins, okay? Ich gehe erst mal zum Bund und unterstütze Papa bis dahin mit dem Nordseehof. Klar, es wäre super, manchmal den Argusaugen von Mama zu entwischen.« Er seufzte, und Adda wusste, was er meinte. Ihre Mutter hing mit einer wahren Affenliebe an ihm und war stets eine Spur zu besorgt. Einmal hatte Uwe Adda anvertraut, dass er sich vorkam wie von einer Krake umklammert, sie aber gebeten, niemandem davon zu erzählen. Er befürchtete, dass es seine Mutter treffen könnte. Adda verstand dennoch nicht, warum er keine Anstalten machte, sich zu befreien. Er war schließlich erwachsen. Ihr Vater würde schon klarkommen, er hatte schließlich seine Mitarbeiter. Und ihre Mutter, die auf dem Hof ohnehin das Zepter schwang.

»Die Welt steht am Abgrund«, sagte Adda. »Ölkrise, Ost-West-Konflikt, Terrorismus, Atomkraft – da kommt auch noch was, sei sicher. Mensch, Uwe, bei so weltbewegenden Dingen kann man nicht in einer Schäferei versauern! Da muss man was tun! Und damit meine ich nicht, dass man lernen soll, wie man Menschen abknallt. So wie beim Bund.«

Ihr Bruder zuckte mit den Schultern. »Jetzt fängst du schon wieder mit der Bundeswehr an. Da geht es doch nicht darum, andere Menschen zu töten, das ist zu einseitig gedacht. Lassen wir das Thema, okay?«

»Hab schon verstanden, und anschließend bleibst du Schäfer«, sagte Adda schmollend.

»Vorerst, ja. Von der Landwirtschaft leben auch diejenigen, die die Welt verändern wollen. Essen müssen nämlich alle. Ja, ich habe darüber nachgedacht, Tiermedizin zu studieren, aber das Leben ist nun mal, wie es ist. Nach meinem Wehrdienst sehen wir weiter. Ich will nicht so weit planen.«

Adda warf den Bleistift mit Schwung aufs Papier. »Manno, Uwe! Das musst du aber! Werde Tierarzt, verdammt noch mal! Das wolltest du schon als kleiner Junge.«

Uwe lächelte nachsinnig. »Du sprichst von der Zeit, als ich den ersten Arztkoffer zum Spielen bekommen und alle Schafe und unseren Hütehund abgehört habe?«

Adda wusste, dass ihr Bruder dieses Thema hasste.

»Du wärst frei, und Mama könnte dich nicht mehr gängeln«, begann sie wieder.

»Trotzdem wäre sie zu dir nicht anders, Adda«, sagte Uwe und sah seine Schwester ein bisschen mitleidig an.

Adda schluckte. Uwe wusste, wie sehr es sie kränkte, dass er immer an erster Stelle stand.

Das, was er von Mama zu viel bekommt, spart sie bei mir ein, dachte Adda, schob diesen traurigen Gedanken aber rasch beiseite und hackte lieber weiter auf ihrem Superbruder herum. Das half ihr ein bisschen, mit der Verletzung umzugehen.

»Du hast ein Top-Abi gemacht. Und planst, auf dem Land zu versauern? In diesem Tratschdorf Neusiel?«

»Sieh es doch positiv. Solange ich da bin, kannst du gehen.« Uwe klang inzwischen genervt.

»Das kann ich sowieso«, erwiderte sie. »Wir wären dann eben beide weg von diesem … Laden.«

Jetzt platzte Uwe der Kragen. Er stand auf und packte Adda an den Schultern. »Hör auf, verdammt! Ich denke, man kann vor seiner Verantwortung oder seiner Bestimmung nicht einfach so weglaufen. Und wir sind nun mal in einer Schäferei geboren worden.« Er presste kurz die Lippen zusammen. »Und eins muss dir bei all deinen Plänen klar sein: Wenn ich gehe, wirst du hierbleiben müssen. Und heiraten, weil du als Frau später nicht allein eine Schäferei leiten kannst.«

Adda wollte empört widersprechen, aber Uwe gebot ihr zu schweigen. »Lass mich bitte in Ruhe mit deinen Attacken. Über kurz oder lang kommt es ohnehin so, wie es immer war, das ist der Lauf der Welt. Deine Emanzipation wird nicht funktionieren, weil es nun mal Unterschiede gibt zwischen Mann und Frau. Sei nicht so naiv!«

Adda zog einen Flunsch und befreite sich aus Uwes Umklammerung. »Du bist so hinterwäldlerisch! Natürlich wird die Emanzipation funktionieren! Frauen können alles machen, auch eine Schäferei leiten. Es ist nur so, dass ich das nicht will!« Sie seufzte. Jede weitere Diskussion war zwecklos. Uwe war in den alten Traditionen wie erstarrt. »Dir ist nicht zu helfen, Bruderherz! Aber ich gehe im Herbst weg von hier. Ich will leben.«

»Und Papa das Herz brechen«, sagte Uwe.

Adda schnaubte. Ihrem Vater würde es wehtun. Ihrer Mutter vermutlich nicht.

Uwe fingerte eine Zigarette aus der Schachtel, die auf dem Küchentisch lag, griff nach den Streichhölzern und zündete sie an.

»Das ist dann eben so«, gab Adda zurück. »Ich habe ein Recht auf mein eigenes Leben, und da steht nicht ›Nordseehof‹ drauf. Gib mir auch mal eine.«

Uwe reichte ihr die Schachtel, und sie zog eine Zigarette raus.

Adda sog am Filter, bevor sie weitersprach. »Mama wäre vermutlich nur sauer, weil sie uns für die Schäferei braucht. Sie lebt ausschließlich für den Hof, und so, wie sie es macht, ist es schon fast krankhaft. Sie opfert sich förmlich auf. Es gibt nichts anderes für sie, und es wird immer schlimmer.«

»Du übertreibst«, erwiderte Uwe. »Wir sind eine richtig gute Familie. Ohne schwarze Löcher oder Leichen im Keller. Und intakt. Deike und Hajo haben unseren verstorbenen Onkel Reent zum Vater, der absolut keine Lust auf sie hatte. Überleg mal: Tante Theda musste sie ganz allein großziehen! Was muss das für ein Spießrutenlauf in unserem werten Dorf gewesen sein. Eine alleinerziehende und unverheiratete Mutter, die bei ihrem homosexuell veranlagten Bruder lebt.« Er kicherte. »Bei uns Deekens ist wenigstens alles rund und sauber. Das ist viel wert!«

Adda schwieg. Manchmal hatte sie den Eindruck, dass Uwe in einer Blase lebte. Vielleicht war man so unbedarft, wenn man sich der Liebe beider Eltern sicher sein konnte.

Uwe dozierte weiter. »Erinnerst du dich noch dran, wie wir früher am Samstagabend, frisch gebadet und im Bademantel, zusammen auf dem Sofa gesessen und Karten gespielt haben? Das ist Familie!«

Adda musste grinsen. »Nun behaupte bitte nicht, dass du dich nach Rudi Carrell mit Zitronensprudel und Salzstangen sehnst. Das ist voll spießig!« Sie schüttelte sich, meinte es aber nicht ernst. Es *war* schön gewesen. Die wenigen Momente, in denen sie sich voll dazugehörig empfunden hatte.

»Ach, meine kleine Hippiebraut.« Uwe sah Adda liebevoll an. »Immer mit dem Kopf durch die Wand.« Er fuhr sich durch das rote, leicht lockige Haar, das er kinnlang trug. »Das wird dann wohl in Kürze auch gekappt, damit der Helm passt.«

»Du könntest ein Haarnetz tragen«, schlug Adda grinsend vor. »Laut der Verordnung darf dein Haar den Hemdkragen nicht berühren, aber sie haben Unmengen dieser Netze bestellt. Hab ich in deinen Papieren gelesen.«

»Da schneide ich es lieber ab«, sagte Uwe.

Er sah an sich hinunter. Wie immer trug er seine grüne Latzhose, mit der er im Stall arbeitete. Darunter hatte er ein kariertes, verwaschenes Hemd an. »Und das gehört wohl auch bald der Vergangenheit an. Stattdessen werde ich eine graue Uniform und ein Käppi tragen.« Uwe schürzte die Lippen und war in diesem Augenblick das Abbild seines Vaters Eike, auch wenn dessen Haar sich inzwischen gelichtet hatte.

Adda drückte die halb gerauchte Zigarette im Aschenbecher auf dem Küchentisch aus. Dabei fiel ihr Blick in das Glas der Vitrine, worin sie sich spiegelte.

Ich sehe ganz anders aus als Uwe, dachte sie wieder einmal. Ich gleiche weder meiner Mutter und erst recht nicht meinem Vater. Vermutlich bin ich auch deshalb vom Wesen ganz anders, weil ein anderer Urahn in mir durchgeschlagen ist. »Dann beenden wir jetzt die Diskussion über deine Zukunft«, sagte sie und griff wieder nach dem Stift auf dem Tisch. »Und auch wenn ich mich wiederhole: Ich für meinen Teil werde Krankenschwester, und das ganz bestimmt nicht in den Krankenhäusern in Sanderbusch oder Wilhelmshaven. Ich will helfen, mich sozial engagieren und für kranke Menschen da sein. Aber ich möchte auch politisch etwas erreichen, die Frauenbewegung unterstützen. All so was. Mein Abi wird nicht überragend werden, für ein Medizinstudium langt es nicht. Aber ich werde Ostfriesland verlassen und in eine große Stadt gehen. Hamburg. Berlin. Oder so. Da kann ich das nämlich alles unter einen Hut bringen.«

Uwes Zigarette war aufgeraucht, und er zerquetschte sie im Ascher. »Dank der Kreisreform brauchst du nur bis Neusiel zu gehen, und schon bist du in Friesland und nicht mehr im Landkreis Wittmund. Oder du gehst zum Jadebusen, auch dann bist du schon in Wilhelmshaven oder Friesland. Auf der anderen Seite in Butjadingen. Du hast es also gar nicht so weit, wenn du Ostfriesland verlassen willst.« Er zwinkerte ihr schelmisch zu.

Adda war kurz versucht, den Stift nach Uwe zu werfen. Aber der winkte ab. »Waffenstillstand! Spaß beiseite, Adda, die Diskussion ist für mich beendet.« Uwe seufzte. »Ich wollte dich noch was anderes fragen: Hast du Papa in letzter Zeit mal genauer angesehen?«

Adda schluckte. Wovon sprach Uwe? »Nein, warum? Er hopst in seiner Bauernhose über den Hof und kümmert sich um die Schafe. Was soll mir denn aufgefallen sein?«

»Ich weiß nicht… Er ist blass. Ich finde, er sieht schlecht aus. Manchmal stöhnt er und hält seinen Bauch.«

Adda zuckte mit den Schultern. »Nö, ist mir nicht aufgefallen. Er trinkt ab und zu Appelkorn. Vielleicht ein bisschen zu viel, und ihm ist schlecht?«

Uwe stand auf und schenkte sich eine weitere Tasse Tee ein. Die Kanne stand immer angewärmt auf dem Stövchen. »Wir sollten darauf achten und ihn mal ansprechen. Auf die Schmerzen, meine ich. Alle trinken Cognac oder mal einen Kurzen. Davon hat man doch keine Schmerzen.«

Adda sah auf die Uhr. »Dann schnack du mit ihm darüber. Ich für meinen Teil muss jetzt lernen, damit mein Abitur kein Desaster wird. Während du wohl gleich in den Stall gehst, um ein paar Lämmer aus den Bäuchen der Mütter zu ziehen.« Sie holte tief Luft. »Mich kotzt es an!«

Adda wandte sich gerade wieder ihrem Heft zu, als die Tür klackte und ihre Mutter eintrat. Ihre Finger hielten einen Briefumschlag so fest umklammert, dass die Kuppen weiß hervorstachen. Sie war leichenblass.

»Ist was, Mama?« Uwe stürzte sofort zu ihr. Adda blieb sitzen. Erfahrungsgemäß zog ihre Mutter es vor, sich von Uwe trösten zu lassen.

Nun schüttelte sie den Kopf. »Nein, es ist nichts. Ich … ich bin gleich wieder da.« Sie stürzte hinaus.

»Was hat sie denn?«

»Keine Ahnung.« In Uwes Blick lag Sorge, während Adda nur mit den Schultern zuckte. Egal, was es war: Sie würde hier verschwinden! Sobald es nur ging.

Kapitel 2

Eike wischte sich den Schweiß von der Stirn. Die Schafe waren wie immer ruhig, ab und zu blökte eines. Es handelte sich heute um die zweite Geburt, und sie mutete nicht einfach an. Das Mutterschaf war unerfahren und zudem sehr unruhig. Es würde Zwillinge gebären. Das war an sich nicht so ungewöhnlich, es kam immer mal wieder vor. Aber ein Lamm lag verkehrt herum. Dabei bestand immer die Gefahr, dass die Nabelschnur riss, und dann würde das Ungeborene noch im Mutterleib sterben. Eike wollte das unbedingt verhindern.

Nur brauchte er dringend eine Pause, denn es ging ihm nicht gut. Gleich würde zum Glück Uwe kommen.

Eike war müde, und immer wieder plagten ihn Oberbauchbeschwerden. Er mochte schon gar nicht mehr richtig essen. Ab und zu ein Schluck Appelkorn half ihm über die schlimmsten Beschwerden hinweg, nur kamen sie dann oft zeitversetzt noch heftiger. Besonders schlimm waren die Schmerzen nach fettem Essen, und das gab es auf dem Hof häufig. Schließlich mussten alle hart arbeiten. In den letzten zwei Tagen war ein weiterer Schmerz im rechten Unterbauch hinzugekommen. Es war wirklich wie verhext.

Jetzt aber hatte er keine Zeit, sich mit seiner Gesundheit auseinanderzusetzen, jetzt musste er sich um diese schwierige Geburt kümmern. Das war wichtiger als alles andere. Jedes verlorene Schaf war ein großer Verlust für die Schäferei.

Er sah auf, als Johanna in den Stall trat. Sie war ungewöhnlich bleich, und über ihr Gesicht hatte sich wieder dieser tragische Schleier gelegt wie zu Beginn ihrer Ehe, der aber nach und nach verblasst war. Eike hatte leider keine Muße, sie zu fragen, was passiert war. Er musste diese verdammten Lämmer retten!

»Kannst du mir helfen, Johanna?«, bat er sie, musste sich allerdings zusammenreißen, um nicht laut aufzustöhnen, weil ihn schon wieder dieser merkwürdige Schmerz plagte. »Es sind Zwillinge, und eins liegt falsch.«

Seine Frau wusste sofort, was zu tun war. Sie stellte sich vorn an den Kopf des Mutterschafes und hielt das Tier fest. Eike langte mit der Hand in den Leib und versuchte, abzutasten, in welcher Position das Lamm genau lag. Es war wichtig, dass es mit den Vorderläufen zuerst geboren wurde. Dabei achtete Eike stets darauf, dass die Schnauze darauf zum Liegen kam. Das bedeutete auch für die Mutter die beste Schonung.

»Ich habe die Läufe«, sagte Eike nach einer Weile. »Zum Glück liegt das andere Lamm so, dass wir das vordere wenden können.«

Das Mutterschaf musste unglaublich leiden, und Johanna hatte Mühe, es zu besänftigen. Die Wehen waren heftig, aber noch lag das Lamm nicht richtig. Eike versuchte, die Nabelschnur zu sortieren. Dann endlich hatte er das kleine Tier so positioniert, dass es geboren werden konnte. Das Muttertier zitterte, und Eike befürchtete, dass es die zweite Geburt nicht mehr problemlos schaffen konnte. Nur bestand keine Möglichkeit, alles weiter hinauszuzögern, denn das Schaf blutete stark. Zum Glück hatten er und Johanna schon unzähligen Lämmern auf die Welt geholfen, sodass sie sich ohne viele Worte verstanden. Er nickte in Richtung seiner Frau und packte rasch zu. Er bekam auch das zweite Lamm zu fassen. Es flutschte nur so nach. Doch gleich darauf brach das Mutterschaf zusammen.

Eike und Johanna wussten gar nicht, worum sie sich zuerst kümmern sollten. Das zweite Lamm atmete nicht und brauchte dringend Hilfe, und zugleich musste das Muttertier schnellstens die Plazenta gebären.

Zum Glück kam in dem Augenblick auch Uwe in den Stall. Mit geübtem Blick erkannte er den Ernst der Lage und stand seinem Vater bei, während sich Johanna um das Lamm kümmerte. Sie befreite den Schleim von seiner Nase, und endlich machte es seinen ersten Atemzug.

Eike sah das aus dem Augenwinkel mit großer Erleichterung. Uwe hatte inzwischen die Plazenta lösen können, und nun lag sie neben ihnen im Stroh. Das Schaf atmete schwer. Sacht strich Eike dem Tier über die Nase. »Sie ist momentan zum Säugen zu schwach. Wir müssen den beiden die Flasche geben. Wo ist Adda? Sie soll auch kommen. Da drüben geht es nahtlos weiter!« Er wies mit dem Kopf zu einem anderen Mutterschaf, das kurz vor der Entbindung stand.

»Adda sitzt in der Küche und lernt fürs Abi«, sagte Uwe.

»Schiet up Abi«, sagte Johanna. »Sie soll kommen und die Lämmer versorgen. Vadder und ich können das jetzt nicht, und du musst dich um das Tier hier kümmern. Ich will das Schaf nicht verlieren. Es ist eines unserer besten!«

Johanna sah Uwe auffordernd an. »Worauf wartest du noch?«

»Bin schon weg, Mama!«

Kaum hatte Uwe den Stall verlassen, klopfte es, und ein gut aussehender, blonder junger Mann mit langen Koteletten kam herein.

Eike blinzelte kurz, und dann glitt ein Strahlen über sein Gesicht. »Manfred! Manfred Oetjen!«

Der Mann lächelte und trat auf die beiden zu. »Ja, moin. Schön, dich zu sehen!«

Johanna sah den Fremden erstaunt an. Hatte Eike jemals einen Manfred erwähnt? Sie konnte sich im Augenblick nicht erinnern.

»Darf ich dir meine Frau Johanna vorstellen?«, fragte Eike.

»Gern«, sagte Manfred lächelnd. Er hatte zwei sympathische Grübchen.

Eike nannte erneut die Namen und ergänzte: »Manfred und ich haben uns im letzten Jahr in Holland bei unserem Händler kennengelernt. Er arbeitet derzeit in der Nähe von Groningen in einer Schäferei. Ich habe dir von ihm erzählt.«

Johanna streckte ihm die Hand hin, und Manfred schlug ein. »Sehr erfreut.« Er drückte sie kurz, wandte sich dann aber sofort wieder an Eike. »Ich war in der Nähe und dachte, ich gucke mal, wie dein Hof so aussieht und wie es dir geht. – Gibt es Probleme?«

Eike erzählte kurz, was passiert war, und Manfred packte sofort tatkräftig mit an. Als es dem Schaf besser ging, tauschten sie intensiv ihre Erfahrungen aus.

*

Eike schien mehr als glücklich über den Besuch, und die beiden Männer waren binnen kürzester Zeit so ins Gespräch vertieft, dass sie Johanna vergaßen. Immer wieder musterte sie Eikes Besuch und grübelte darüber nach, wann Eike von diesem Manfred gesprochen hatte. Endlich fiel es ihr wieder ein. Eike hatte voller Bewunderung davon erzählt, wie Manfred einen der Händler ausgetrickst hatte. Johanna hingegen fand ein solches Vorgehen befremdlich, aber es war zu unwichtig gewesen, als dass sie sich lange mit dem Thema aufgehalten hätten. Sie winkte ab und begann, sich wieder um die Tiere zu kümmern.

Erst, als Adda in den Stall kam, unterbrachen die beiden Männer ihr Gespräch, und Johanna sah sehr wohl, dass ihre Tochter auf den jungen Schäfer Eindruck machte.

Kurz schoss Johanna ein Gedanke durch den Kopf: Wenn Adda sich in einen Schäfer verliebte, würde sie sich vielleicht doch für den Hof begeistern können und endlich aufhören zu kämpfen. Doch schon im selben Moment schalt Johanna sich stumm. Sie sollte nicht so denken. Hatte sie doch selbst erlebt, wohin so etwas führte. Und Addas Ablehnung hatte andere Ursachen. Das wusste Johanna nur zu gut.

*

Johanna verließ den Stall und sog die klare Märzluft tief ein. Sie war froh, dass die anderen Geburten reibungslos vonstattengegangen waren. Jetzt war erst einmal Ruhe, bei den nächsten Mutterschafen dauerte es noch ein wenig.

Adda hatte wie immer gemault, weil sie im Stall helfen sollte, aber beim Anblick der beiden Lämmer war ihr doch das Herz aufgegangen, und sie hatte beiden die Flasche gegeben. Ein Grund für ihr schnelles Einlenken konnte natürlich auch Manfred Oetjen gewesen sein, denn sein unverhohlenes Interesse an Adda hatte ihr geschmeichelt.

Adda hatte sehr lange bei den beiden Lämmern gesessen und sie liebkost. Manfred hatte eine Zeit lang neben ihr gesessen, und sie hatten sich intensiv unterhalten, bis er wieder losmusste.

Adda aber war geblieben und hatte sich noch lange um die beiden Lämmer gekümmert. Es waren die wenigen Augenblicke, in denen Johanna sich ihrer Tochter nah fühlte. Wenn sie so selbstvergessen war, ihre Gesichtszüge weich wurden und keine ständige Abwehr darin zu erkennen war.

Johanna hatte Adda gegenüber immer ein schlechtes Gewissen, weil sie es nicht hinbekam, ihre Tochter so anzunehmen, wie sie war. Sie wagte einfach nicht, dieses Mädchen zu lieben. Es war so, als würde sie Eike ein weiteres Mal betrügen. Hinzu kam diese Lüge, von der Adda nie erfahren durfte, wenn nicht das gesamte Familiengefüge und sie selbst zusammenbrechen sollten. Johanna hätte sich lieber die Zunge abgebissen, als ihre Tochter und ihren Mann derart zu demütigen. Es gab mit ihrer Mutter und Theda zwei Mitwissende, doch auf die konnte sie sich fest verlassen. Und vermutlich dachte sich auch Ingo seinen Teil.

Zum Glück liebte Eike Adda vorbehaltlos. Ob er nichts ahnte oder ob er über alles hinwegsah, wusste Johanna nicht. Und es war auch besser, nicht daran zu rühren und es nicht anzusprechen. Dieses Grabtuch des Schweigens war es, das die Deekens zusammenhielt und das deshalb besser nicht beiseitegezogen werden sollte.

Unwillkürlich wanderte Johannas Hand zur Jackentasche, wo der Brief von Rolf knisterte. Sie hatte ihn noch nicht lesen können. Wie immer hatte ihr die Arbeit im Weg gestanden. Ein so ruhiger Spaziergang wie am Morgen war ihr nur selten vergönnt.

Johannas Hände waren schweißnass. Sie hatte sich sicher gefühlt in den Jahren, als sie und Rolf keinen Kontakt gehabt hatten. Und das drohte nun zu kippen.

Vielleicht sollte ich den Brief einfach verbrennen, ohne ihn zu lesen, dachte sie. Einfach fort damit und so tun, als hätte es ihn gar nicht gegeben. Johanna umfasste das Papier fester. Nein, sie konnte den Brief nicht wegwerfen. Dazu war sie viel zu neugierig.

Eike würde noch eine Weile zu tun haben, denn er musste die frisch entbundenen Mutterschafe in kleinere Boxen neben dem Stall absondern, damit Lämmer und Mütter sich aneinander gewöhnen konnten. Es galt, achtzugeben, ob auch alle Lämmer gesäugt wurden und ob es allen Tieren nach der Geburt gut ging.

Adda war schnell wieder verschwunden. Meist verzog sie sich auf den Eilershof zu Deike. Sie war ihre Großcousine, doch die beiden waren zudem sehr enge Freundinnen. Oft schaute ihre Tochter auch noch bei ihrer Oma auf dem Altenwohnsitz vorbei, der nah am Eilershof lag. Nach dem Tod von Johannas Vater freute sich ihre Mutter Foline über jeden Besuch. Und zu Adda hatte sie ein ganz besonderes Verhältnis.

Von daher hatte Johanna jetzt Zeit, Rolfs Brief in Ruhe zu lesen. Sie beschloss, sich ins Kontor zurückzuziehen. Dort war sie in der Regel allein, denn Eike mochte den Raum mit dem großen Schreibtisch und den vielen Aktenordnern nicht. Hier war er vor Jahren gescheitert, weil er mit der Buchhaltung große Probleme gehabt hatte, woraufhin der Nordseehof beinahe bankrott gewesen wäre.

Johanna steuerte folglich nicht die große Treppe an, über die man in den Nordseehof gelangte, sondern lief mit schnellen Schritten direkt auf das Kontor zu. Es befand sich im Anbau seitlich neben der neu erbauten Scheune und war nur über den Hof zu erreichen.

Sie griff nach dem Schlüssel, den sie immer bei sich trug, öffnete die Tür, huschte hinein und schloss hinter sich ab. Wie liebte sie den Duft der vielen Akten und den Anblick der feinen Staubkörnchen, die im Licht der einfallenden Sonne tanzten! Johanna setzte sich an den Schreibtisch und fingerte den nun schon völlig zerknitterten Umschlag aus der Jackentasche.

Doch dann überlegte sie es sich anders. Hier war nicht der richtige Ort, um Rolfs Brief zu lesen. Hier gab es nichts, was sie mit ihm verband. Sie wollte es dort tun, wo sie sich zum letzten Mal getroffen hatten. Wo sie endgültig erkannt hatten, was sie einander bedeuteten.

Johanna schaute auf die Uhr. Sie würde zum Deich fahren, sich an die Salzwiese setzen und den Brief mit Blick über den Jadebusen lesen.

Johanna steckte den Umschlag zurück in die Jackentasche und ging zur Remise, wo ihr Fahrrad stand. Es wehte zwar – wie immer an der See – eine leichte Brise, aber dafür würde sie auf dem Heimweg Rückenwind haben.

Johanna strampelte mehrere Kilometer gegen den Wind an. Sie überquerte die Bundesstraße 69 und fuhr durch die Marsch, bis sie am Deichfuß des Jadebusens stand. Sie stellte das Rad am Gatter ab, öffnete es und erklomm den Deich. Oben wehte es noch heftiger, aber das mochte sie. Linker Hand lag das kleine Siedlungsdorf Cäciliengroden, schaute man weiter über den Jadebusen, war dort die Stadt Wilhelmshaven zu erkennen. Rechts befanden sich Dangast und weiter nördlich Eckwarderhörne. Jetzt herrschte auflaufend Wasser, und wegen des Windes waren auch Teile der Salzwiese geflutet. Die Wellen tanzten mit Schaumkronen über die Wasseroberfläche des Jadebusens, und die Luft roch nach Salz und Seetang. Johanna atmete ein paarmal tief durch.

Ja, hier ist es passend, Rolfs Brief zu lesen, dachte sie. Da es auf der Landseite aber weniger windig war, beschloss sie, sich am Deichfuß auf das Schafgatter zu setzen.

Mit zitternden Händen öffnete sie den Falz und beförderte das Papier zutage. Ihr verschwammen vor Aufregung die Buchstaben vor den Augen.

Johanna spürte, wie ihr die Tränen kamen, allein bei dem Gefühl, dass sie nach so vielen Jahren etwas von Rolf in der Hand hielt. Ihr wurde deutlich, wie sehr sie die Gedanken an ihn verdrängt hatte und wie leicht es war, alles wieder an die Oberfläche zu spülen. Sie rieb sich die Augen.

Schon die ersten Worte, als er sie »meine Hanna« nannte, lösten in ihr einen wahren Gefühlssturm aus.

Es war fast so, als verströme das Papier seinen erdigen Duft, als flüsterten die Buchstaben die Worte, die sie sich noch nicht zu lesen getraut hatte.

Oberhausen im März 1973

Meine liebe Hanna,
wir haben lange nichts voneinander gehört, und das war sicher auch gut so. Warum ich Dir ausgerechnet jetzt schreibe?
Ich kann es gar nicht genau sagen. Auf jeden Fall hat unser Stern vor einiger Zeit besonders hell geblinkt, fast, als fordere er mich auf, endlich ein Lebenszeichen an Dich zu senden, weil Du vielleicht darauf wartest. Das klingt überaus sentimental, ich weiß. Wie geht es Dir, meine Hanna? Ach, wie sollst Du mir antworten, wo ich Dir extra keine Adresse aufschreibe! Du wolltest mich nicht mehr sehen und nichts mehr von mir hören. Letzteren Wunsch breche ich nun. Unerklärlicherweise schreiben sich die Worte wie von selbst und müssen einfach aufs Papier. Es vergeht kein Tag, an dem ich nicht Dein Gesicht vor mir sehe. An dem ich nicht Deine Stimme höre – und dann merke, dass es nur ein Tagtraum war. Und an dem ich nicht unseren Stern am Himmel suche, der unverändert blinkt und mir deine Grüße zuschickt.
Mir liegt am Herzen, Dir zu schreiben, dass es mir trotzdem gut geht, und ich hoffe dasselbe von Dir.
Ich bin noch immer mit Dagmar verheiratet. Es ist keine stürmische Beziehung, aber eine, die mir Halt gibt und mich nicht einsam und traurig werden lässt. Deshalb will ich nicht klagen. Ich lebe weiterhin in Oberhausen, habe mir mit Dagmar ein Bergarbeiterhaus in einer Siedlung in der Nähe der Zeche gekauft. Wir besitzen einen kleinen Garten.
Bei euch geht sicher alles seinen gleichförmigen Gang. So sicher, wie der Tag kommt und geht, so sicher wie

die Gezeiten, so gleichförmig verläuft auch euer Dorfleben. Manchmal sehne ich mich direkt danach zurück, liebe Hanna, denn in der Stadt ist alles kurzlebig und ungewiss. Was heute stimmt, muss morgen nicht mehr richtig sein. Die Menschen sind hektischer, reagieren oft unwirsch, wenn es nicht schnell genug geht. Das gibt es bei euch sicher nicht.
Ich arbeite noch immer im Bergbau, bin inzwischen Obersteiger und fahre sogar einen Mercedes! Wer hätte das von dem armen schlesischen Flüchtling gedacht, dass er es einmal so weit bringt? Aber heute nennt man uns ja auch nicht mehr so. Heute sind wir Vertriebene.
Wie lange es auf dem Pütt noch geht, werden wir sehen. Das Ruhrgebiet, die schwarze Lunge, soll wieder atmen können, sagt man. Es sind schon viele Zechen stillgelegt worden. Die Germania in Dortmund. Die Helene in Essen und in Gelsenkirchen die Zeche Graf Bismarck.
Noch bin ich an der Zeche Jacobi, aber hier droht im nächsten Jahr auch das Aus. Ich habe mich schon woanders beworben, möchte meinen Steiger-Status nutzen und als Ingenieur zu den Stadtwerken Oberhausen gehen. Drück mir die Daumen.
Und liebe Grüße an Deine Tochter …
Ich wünsche Dir das Beste, meine liebe Hanna!
Dein Rolf

Johanna ließ den Brief sinken. Sie starrte über die Marsch. Ließ den Blick in die Richtung wandern, wo sich einst das Janßenhaus befunden hatte und Adda gezeugt wurde. Dort befand sich nach all den Jahren nicht einmal mehr eine Ruine. Es war so, als hätte es das alte Haus, das ihnen als Liebesnest gedient hatte, nie gegeben. Sie musste die Vergangenheit endlich ruhen lassen. Allein Eikes und der Kinder wegen. Johanna schloss die Augen und sah in Gedanken Eike aus dem Schafstall kommen. Ruhig und gesetzt, wie er war, gab er den beiden Mitarbeitern Anweisungen. Ihr Mann. Dem sie Treue geschworen und den sie doch mit Rolf betrogen hatte. Es war nicht gut, dass sie dessen Worte in der Hand hielt.

Johanna hatte plötzlich Mühe, tief ein- und auszuatmen. Rolf hätte sich an die Abmachung halten sollen. Seine Worte rissen die alten Wunden mit großer Wucht wieder auf. Wunden, von denen sie gedacht hatte, dass sie schon vernarbt waren, und bei denen sie jetzt feststellte, dass es doch nur dünne Krusten waren, die schon beim vorsichtigen Kratzen zu bluten begannen.

Wenn sie den Brief behalten und ein zweites Mal lesen würde, lief sie Gefahr, dass das Geschriebene sich einen zu großen Platz in ihrem Herzen suchen und sie womöglich Rolfs Adresse ausfindig machen und ihm antworten würde. Das durfte sie auf keinen Fall zulassen.

Johanna nahm den Brief und zerriss ihn in winzig kleine Schnipsel. Dann erklomm sie die Deichkrone erneut und öffnete die Hand. Eine kräftige Böe ließ die Schnipsel aufwirbeln und trug Rolfs Worte Richtung Marsch davon. So war es am besten.

Johanna atmete mit geschlossenen Augen tief ein und aus. So lange, bis ihr etwas leichter ums Herz war. Nach und nach nahm sie auch die Geräusche rings umher wieder wahr.

Ein Hund bellte irgendwo ungestüm, und ein Trecker blubberte über die Wiese. Ein Kiebitz flog von der Salzwiese auf, und ein Brandganspaar watschelte über das Grün.

Hier war ihr Leben. Hier, an der Nordsee. In der Schäferei. Auf dem Nordseehof.

Kapitel 3

Rolf saß auf einem Stuhl in seinem Garten des kleinen, grauen Zechenhauses. Er hatte einen Strohhut auf dem Kopf, eine Flasche Köpi in der Hand und sah einem laut tschilpenden Spatzenpaar zu. Es war sein letzter Urlaubstag, und er hatte sich dick eingemummelt. In den letzten Aprilnächten hatte es tatsächlich noch einmal gefroren, und die Temperaturen bewegten sich auch tagsüber nur selten über zehn Grad. Trotzdem saß Rolf am liebsten draußen und hing seinen Gedanken nach.

Dagmar war gerade dabei, ein paar Primeln einzupflanzen. Das tat sie gern. Rolf betrachtete sie, während er am Bier nippte. Seine Frau hatte sich verändert, auch wenn sie noch immer rank und schlank war. Aber es fehlten das gewisse Etwas und die Beständigkeit. Zwei Merkmale, die Dagmar früher so außergewöhnlich gemacht hatten. Leider trank sie auch oft zu viel. Vor allem vom Danziger Goldwasser, und an den Tagen ließ sie sich gehen. Wenn sie ihren Rausch ausgeschlafen hatte, war sie dann plötzlich wieder wie aus dem Ei gepellt und nach der neuesten Mode gekleidet. Dagmar war ein Widerspruch in sich, was das Zusammenleben mit ihr nicht einfach machte.

»Hömma, Menzelchen!«, rief sie jetzt und schaute vom

Beet hoch. Sie wischte sich mit dem Handrücken eine Strähne aus der Stirn. »Du bist so komisch. Hängst da rum und starrst in die Gegend. Was ist denn in der letzten Zeit mit dir los?«

In der letzten Zeit, dachte Rolf. Nein, er war nicht erst in der letzten Zeit komisch. Das ging schon länger, und es wurde tatsächlich immer schlimmer.

Richtig übel war es seit dem Moment, als er sich vor vier Wochen endlich getraut hatte, den Brief an Johanna in den Kasten zu stecken. Natürlich ohne dass Dagmar davon wusste. Sie hätte es mitnichten gutgeheißen, dass er seiner alten Liebe schrieb. Aber er hatte es tun müssen. Die Erinnerungen waren mit Macht auf ihn eingestürmt, nachdem er in einer Nacht ihren Stern besonders hell hatte blinken sehen und die bohrenden Fragen wieder übermächtig geworden waren. So schlimm, dass er es nicht länger ausgehalten hatte.

»Menzelchen!«, rief Dagmar wieder. »Kannst du mir mal helfen? Das ist hier wirklich schwer!«

»Komme gleich!«, rief Rolf, blieb aber sitzen. Er hatte Dagmar gegenüber ein schlechtes Gewissen, weil er wieder Kontakt zu Johanna aufgenommen hatte. Ihn quälte der Gedanke, dass sie damals, nach ihrem letzten Zusammentreffen, noch eine Tochter bekommen hatte. Konnte sie von ihm sein? Er wusste es nicht, weil er nichts Genaues erfahren hatte und Johanna sich beharrlich in Schweigen hüllte. Auch in dem Brief hatte er nicht fragen mögen, nur diesen kleinen Gruß hatte er gewagt. Die jahrelang so erfolgreich verdrängten Gedanken waren nach seinem Anflug von Sentimentalität immer stärker geworden. Deshalb hatte er einen ersten Brief verfasst – zerknüllt und weggeworfen. Dann den nächsten. An einem Tag war Rolf sogar ins Auto gestiegen und einfach losgefahren gen Norden – um nach fünfzig Kilometern wieder umzudrehen. Johanna wollte ihn nicht sehen, und inzwischen bereute er sogar schon wieder, dass er ihr geschrieben hatte. Es war seiner Frau gegenüber unfair. Hanna würde ihm doch nicht antworten und ihn mit seinen Fragen allein lassen. Wenn sie ihm all die Jahre keinen Hinweis darauf gegeben hatte, dass sie ein gemeinsames Kind hatten, würde sie das jetzt auch nicht tun. Vielleicht gab es auch gar nichts zu erzählen, weil Adda Eikes Tochter war.

Wieder riss ihn Dagmars Stimme aus seinen Gedanken. »Rolf, hast du mir überhaupt zugehört? Der Paul will nach Feierabend herkommen! Hat er doch letzte Woche gesagt, als er uns besucht hat. Bis dahin müssen wir das hier fertig haben. Und den Stein kriege ich nicht allein weg. Nun mach mal voran!«

»Ja doch!«, antwortete Rolf genervt. »Ich trage ihn gleich fort. Nur noch das Bierchen.« Er seufzte und hing weiter seinen Gedanken nach. Dass Paul schon wieder zu Besuch kam, wurmte ihn, denn der Junge erinnerte ihn jedes Mal an seine Zeit auf dem Nordseehof, weil er das letzte, wirklich verbindende Glied war. Paul war der Sohn von Dagmars Freundin Manu Ehlers und Reent Deeken, Johannas Schwager, der eine Zeit lang im Ruhrgebiet gelebt hatte.

Manu war damals zusammen mit Dagmar bei ihrem ersten Zusammentreffen in der Kneipe gewesen und hatte sich irgendwann mit Reent eingelassen – der natürlich abgetaucht war, als er von Manus Schwangerschaft erfuhr. Bei Pauls Geburt war Reent schon tot gewesen, aber es hätte für Manu auch nichts geändert, wäre er am Leben geblieben.

Paul hatte Reents blondes, glattes Haar, die Sommersprossen und den kräftigen Körperbau geerbt. An Johannas Schwager aber wurde Rolf nur ungern erinnert. Er war sich sicher, dass weder Eike noch Hanna wussten, dass es neben Deike und Hajo einen weiteren von Reent gezeugten Neffen gab. Rolf wäre es lieber gewesen, wenn Paul nie erfahren hätte, wer sein Vater war. Aber er war machtlos, denn natürlich hatte Manu ihrem Sohn von Reent erzählt und auch, woher er stammte.

Dass Rolf auch mal auf dem Nordseehof gelebt hatte, war bislang nicht zur Sprache gekommen. Er hoffte, dass es so blieb und seine Verbindung zu Johanna kein Thema wurde. Dagmar würde es von sich aus nie ansprechen, um sich nicht selbst in den Rücken zu fallen, denn Johanna war für sie auch nach den vielen Jahren noch immer ein Feindbild. Und Rolf vermied jedes Thema, das mit Ostfriesland oder der Schäferei zu tun hatte. Und doch hing es wie ein Damoklesschwert über ihm, dass Paul davon Wind bekommen konnte. Rolf mochte ihn nicht, er hielt ihn für genauso verschlagen wie seinen Vater und fürchtete, dass dieses Wissen zu großer Unruhe führen könnte.

Jetzt war Paul ohnehin erst einmal beschäftigt, denn er hatte die Banklehre beendet und dort eine Anstellung gefunden. Zudem hatte er den Führerschein bestanden, und mit Unterstützung seiner Mutter und seinem in der Lehre zurückgelegten Geld war er in der Lage gewesen, einen knallroten Porsche zu kaufen, mit dem er nun protzig durch die Gegend knatterte. Diese Überheblichkeit passt zu ihm. Auch wenn er seinen Vater nie kennengelernt hatte, sah Rolf durchaus Parallelen.

Leider hatte Dagmar an Paul einen Narren gefressen. Er genoss das und tauchte ständig bei ihnen auf. Rolf war auf der Hut, nur gab es keinen Grund, Paul das Haus zu verbieten.

»Aber dann wirklich, Rolf!« Er hörte, wie Dagmar den Spaten in die Erde hieb. Langsam wurde ihm kalt, und er sollte ihr endlich zur Hand gehen.

»Nur noch kurz zu Ende denken«, sagte Rolf leise zu sich. »Ganz kurz, bis die Flasche leer ist. Noch ein kleines bisschen nachsinnen …«

Er hatte seinen Kummer wegen Johanna damit kompensiert, dass er Karriere im Bergbau gemacht hatte. Da waren seine Kumpel. Die gaben ihm Halt und den nötigen Spaß am Leben.

Zugegebenermaßen hatte ihn auch Dagmar unglaublich getröstet. Egal, ob sie ab und zu heimlich ein bisschen zu viel trank. Egal, ob sie sich ein wenig gehen ließ und es mit der Treue nicht immer so genau nahm. Wenn Dagmar böse auf ihn war oder enttäuscht, ging sie manchmal zu anderen Männern. Sie hatte es nie zugegeben, aber Rolf wusste, dass es so war. Ihre Rache an ihm, weil er Hanna noch immer liebte. Er hätte sie deswegen verlassen können, doch es verletzte ihn nicht genug. Er und Dagmar – sie klammerten sich aneinander wie zwei Ertrinkende, die nicht begreifen wollten, dass keine Rettung in Sicht war und sich ihre Lage nicht verbessern würde.

Aber Dagmar war für ihn da. Er mochte sie mit einer Selbstverständlichkeit, wie ein Kind seinen abgeliebten Teddy mochte.

Aber sie war eben nicht Johanna … Allein der Gedanke an sie brachte sein Herz zum Glühen, ließ seine Hände noch immer leicht zittern und ihm bei der Erinnerung an ihre Stimme warme Schauer über den Rücken laufen.

Er zuckte zusammen, weil Dagmars Spaten offenbar

gegen Stein gestoßen war. Es war ein unangenehmes Geräusch.

»Menzelchen! Hier ist noch so 'n Ding!« Dagmar klang zickig. Rolf drehte die Flasche um und ließ den winzigen Rest ins Gras tröpfeln. »Ich komme schon.«

Jetzt stapfte Dagmar auf ihn zu, stellte sich vor ihn und stemmte die Hände in die Hüften. »Ich bin froh, wenn du morgen wieder auf Zeche musst. Urlaub ist nichts für dich, Menzelchen. Dann wirst du apathisch.«

Rolf blinzelte gegen die Sonne, als er Dagmar ansah. Sie war mit der Zeit herrischer geworden. Aber das sagte er ihr lieber nicht, wenn er einer endlosen Diskussion aus dem Weg gehen wollte. Dagmar neigte zum Dramatisieren und würde gleich eine Grundsatzdiskussion beginnen, die immer, wirklich immer, mit ihrem Äußeren zu tun hatte. Sie hatte unglaubliche Probleme mit dem Älterwerden. Deshalb musste Rolf vorsichtig sein, was er sagte. Denn ihn störte ja nichts an ihrem Äußeren. Was ihn wirklich störte, dafür konnte sie nichts. Sie war eben nicht seine Hanna. Es wäre brutal und gemein gewesen, das laut zu sagen. Dagmar liebte ihn nämlich. Auf ihre direkte Art und mit einer unglaublichen Entschlossenheit, die ihm manchmal Angst machte.

Deshalb nahm er alles hin und schwieg. So, wie sie beide zu den meisten Themen schwiegen, die sie zwingen würden, sich miteinander zu beschäftigen und Dingen Farbe zu geben. Die Wahrheit hätte ihre Beziehung nicht verkraftet, doch gleichzeitig wollten sie nicht ohne den anderen sein. Weil es keinen Menschen in ihrem Leben gab, der sie auffangen würde.

Rolf erhob sich und ging zu Dagmar, die sich ächzend den Rücken rieb. Er bekam ein schlechtes Gewissen. »Ich kümmere mich jetzt um die Steine. Du kannst dich ausruhen, Liebes.« Rolf griff nach dem Spaten.

»Danke. Ich mach mal ein paar Schnitten.« Dagmar trollte sich ins Haus.

Morgen würde wieder Normalität bei ihnen einkehren. Er musste zurück auf Zeche, Dagmar ins Büro. Sie arbeitete inzwischen bei der Stadtverwaltung.

Rolf hatte zu Beginn des Urlaubs eine Bewerbung zu den Oberhausener Stadtwerken geschickt. Er hoffte auf eine baldige Antwort, denn die Zukunft der Kohle war ungewiss.

Trotzdem mochte Rolf ihr kleines, beschauliches Leben in der Siedlung. Nach Feierabend kümmerte Dagmar sich um den Haushalt und er sich in der Regel um den Garten. Hin und wieder verschwand er in den *Treffpunkt*, am liebsten sonntagmorgens zum Frühschoppen. Sie gingen nur noch selten gemeinsam aus. Dagmar zog es vor, zu Hause zu bleiben, mit ihren Freundinnen zu stricken und zu häkeln oder mit ihnen spazieren zu gehen. Ab und zu zog sie mit Manu los. Ohne ihn.

Außerdem liebte sie das aktuelle Fernsehprogramm. So etwas wie die *Rudi Carrell Show*, die sie jetzt aber abgesetzt hatten. Dagmar war auch Fan von *Der große Preis* mit Wim Thoelke. Vor der Glotze verbrachte sie außergewöhnlich viel Zeit. Rolf mochte die Fernsehabende nicht. Er hätte lieber Karten gespielt. Wäre weiter mit seiner Frau durch die Kneipen gezogen oder wie früher in die Operette gegangen. Aber er musste wohl oder übel akzeptieren, dass es sie nicht mehr reizte.

Es gab jedoch auch Gemeinsamkeiten. Rolf und Dagmar waren sich darüber einig, was ihr gemeinsames Bergarbeiterhäuschen anging. Sie stimmten sich haargenau ab, was in dem kleinen Häuschen in der Siedlung und im Garten zu tun war. Wie fast alle bauten sie Gemüse selbst an. Geplant war nun auch ein kleiner Fischteich, in den sie Goldfische setzen wollten.

»Und Seerosen sollen da wachsen«, sagte Dagmar jedes Mal, wenn sie über den Tümpel sprachen und ihre Zeichnung vervollständigten. »Ich liebe Seerosen! Auf den Blättern sitzen dann Frösche und quaken. Wie beim Froschkönig.«

Dass das Quaken der Frösche laut und penetrant sein konnte, hatte Rolf aus seiner Zeit in Ostfriesland noch gut im Ohr, aber er wollte Dagmar die Freude nicht nehmen. Denn hatten sie erst einen Teich, würden sich dort Frösche ansiedeln. Ob mit oder ohne Seerosen.

In dieser Schaukel des Lebens ließ es sich aushalten. Alles war überschaubar und angenehm. Sie hatten es nett.

»Menzelchen!« Dagmar schaute aus der Terrassentür. »Wann bist du denn fertig? Ich hab mir überlegt, dass wir noch kurz zum neuen Rhein-Ruhr-Zentrum fahren können. Ich brauch eine neue Bluse. Und du einen Pulli. Ich will dir so einen schicken, braun gestreiften Rolli kaufen, das ist jetzt ganz modern. Aber dazu müssten wir jetzt los, hörst du? Der Paul kommt erst später, das schaffen wir noch.«

Rolf packte den Stein, der in der Tat recht schwer war, und wuchtete ihn hoch. »Der ist so groß, den können wir ins Blumenbeet legen und Bodendecker drüberwachsen lassen. Das sieht gut aus.« Er warf ihn auf das Beet nebenan und war froh, keine der Primeln getroffen zu haben. Dann packte er den zweiten Stein und legte ihn daneben. »So, fertig! Ich zieh mich nur schnell um, dann können wir los.«

Rolf folgte Dagmar ins Haus.

Lust verspürte er nicht, ins Einkaufszentrum zu fahren, aber wenn seine Frau sich etwas in den Kopf gesetzt hatte, war es zwecklos, ihr zu widersprechen.

Es war ohnehin besser, sich wieder auf sein Leben hier und jetzt zu konzentrieren und nicht immer an die Vergangenheit zu denken. Das Gestern gab es nicht mehr. Johanna würde ihm nicht antworten, sie war so fern, als würde sie auf einem anderen Planeten leben. Er sollte es endlich akzeptieren.

Rolf trat auf Dagmar zu, küsste sie auf die Wange und ging ins Bad.

»Ich bin gleich so weit, Schatz.«

Das Telefon klingelte, und Dagmar ging ran. Sie war kurz angebunden und legte dann rasch auf.

»Das war Manu«, sagte sie zu Rolf, als er aus dem Bad kam. »Paul kommt nicht. Er ist mit seinem Porsche gestern in Urlaub gefahren. Eine kleine Spritztour. Wir haben also richtig Zeit.« Sie küsste ihn mit einem strahlenden Lächeln, das Rolf erwiderte, weil es ihn freute, dass diese Nervensäge sie heute nicht stören würde. Dafür nahm er auch einen längeren Einkaufsbummel im Rhein-Ruhr-Zentrum in Kauf. Aber vorher könnte er noch einmal prüfen, ob ein Brief im Kasten lag. Zum allerletzten Mal, schwor er sich.

»Geh schon mal zum Auto«, schlug er vor. »Ich gucke nur rasch, ob die Post schon durch ist.«

Dagmar schüttelte den Kopf. »Ach, Menzelchen! Wer soll denn heute so spät noch was eingeworfen haben?« Sie zuckte mit den Schultern und lief voraus zu ihrem grünen Mercedes, der wie immer auf der Auffahrt parkte.

Kapitel 4

Adda war auf dem Weg zu Oma Foline und freute sich sehr auf sie. Ihre Großmutter verkörperte ein Stück Zuhause und Nähe. Sie gab Adda Halt, während die Eltern selbst auf freier Strecke balancieren mussten.

Immer, wenn Adda dieser Gedanke einholte, durchfuhr sie ein stechender Schmerz. Es fühlte sich oft an, als gäbe ihr die Mutter Schuld für irgendetwas. Nur wusste Adda nicht, was das sein sollte. Sie hatte doch nichts getan! Wie anders war hingegen die Beziehung zu ihrem Vater… Er ging herzlich mit ihr um und vergötterte Adda geradezu übertrieben. Ja, ihr Papa war das Gegenstück zu ihrer Mutter.

Inzwischen war Adda so weit gelaufen, dass sie das Dach vom Eilershof erkennen konnte. Von dort musste sie links abbiegen, um zum Altenteil ihrer Großmutter zu gelangen. Adda liebte den Eilershof. Ingo war ein super Typ – dass er schwul war, störte Adda überhaupt nicht, auch wenn sich die Neusieler das Maul über ihn zerrissen. Von einem Toleranzdenken war man hier noch weit entfernt. Tante Theda war manchmal etwas kapriziös, da glich Deike ihr. Aber beide waren sich nie zu schade, mitanzupacken, wenn Arbeit getan werden musste. Früher hatte Tante Theda Krabbenschalen getrocknet, aber das tat sie schon lange nicht mehr. Adda konnte sich vorstellen, wie sehr das gestunken haben mochte. Nun roch es nur nach Kuhmist, und der Geruch passte hierher, so, wie der Schafduft eng mit der Schäferei verbunden war.

Als Adda am Eilershof angelangt war, fegte Deike gerade das Pflaster, stellte den Besen aber sofort an die Hauswand, als sie ihre Freundin sah. Ein breites Lächeln glitt über ihr Gesicht. »Moin, Adda! Schön, dich zu sehen! Hast du Zeit för een Tass Tee?«

Adda überlegte kurz. Dann würde sie eben ein paar Minuten später zu ihrer Oma gehen. Ein Klönschnack mit Deike war bestimmt ganz erfrischend. Sie konnte nicht widerstehen und folgte der Freundin in die große Küche.

Ingo hatte sie im letzten Jahr komplett renovieren lassen, sodass der Eilershof freundlich und modern wirkte. Der Raum war mit froschgrüner Farbe gestrichen und hatte eine glänzende Arbeitsfläche. Der Kühlschrank war groß, darunter befand sich eine kleine Gefriertruhe mit drei Schüben. Vor den Fenstern hingen farblich passende, groß karierte Stores, die dem ganzen Raum eine fröhliche und helle Atmosphäre bescherten. Welch ein Unterschied zum dunklen Nordseehof! Vielleicht mochte Adda auch deshalb so gern hier sein, denn die fröhlichen Farben setzten sich im gesamten Haus fort.

Adda ließ sich auf der Eckbank fallen, und Deike nahm zwei Tassen aus dem Schrank. Sie goss ihnen Tee ein, der schon fertig aufgebrüht in einer geblümten Thermoskanne auf dem Tisch stand. Adda grinste. Sogar das Geschirr war neu und passte zur Küche. Ein graues Steingutservice mit grünem Rand. Die Teller leicht eckig.

»Was gibt es Neues?«, fragte Deike und setzte sich auf den Stuhl Adda gegenüber.

Zuerst klönten sie über dies und das und tauschten den neuesten Tratsch aus dem Dorf aus. Viel war es nicht, und wichtig war davon schon gar nichts. Während sich Deike über das Kleid der Pastorenfrau echauffierte, konnte Adda solchen Themen nichts abgewinnen. Es langweilte sie. Sie sehnte sich nach einem anderen Leben. Danach, an Demonstrationen teilnehmen zu können. An solchen wie jene, die sie immer im Fernsehen sah. Adda wollte politische Diskussionen mit Gleichgesinnten führen … Und was tat sie? Sie debattierte über die Blumen im Pfarrgarten und das Kleid der Frau des Pastors. Oder darüber, welche Ballen Heu zuerst verfüttert werden sollten und wann der nächste Schnitt anlag.

Adda musste hier weg! Jeden Tag wurde es deutlicher. Es war besser, das Thema zu wechseln, sonst würde sie platzen.

Adda erzählte Deike von ihren Gedanken auf dem Weg hierher und wie zerrissen sie sich fühlte. Ihre Freundin lachte laut auf.

»Was du dir immer vorstellst! Aber ganz ehrlich: Übertreibst du nicht ein bisschen? Gut, Eltern sind nicht perfekt, aber wessen Oldies sind das schon? Ich hab nicht einmal einen Vater. Deine Mutter ist eben ein ernster Typ, und dein Papa versucht, es wettzumachen. Das ist ein völlig normaler Vorgang. Wo ist schon alles in Butter? Du hast merkwürdige Vorstellungen. Immer wieder fängst du davon an.« Sie rollte mit den Augen.

Deike hatte recht. Es war ein altes Thema, das Adda nicht losließ. Sie nahm einen Schluck Tee. »Ich weiß nicht, Deike! Bei uns stimmt was nicht. Ich bin davon überzeugt, dass es in der Familie Deeken eine dunkle Gruft gibt, und die ist angefüllt mit Scheußlichkeiten und Geheimnissen. Jeder versucht, zu verhindern, dass irgendwer zu buddeln beginnt. Meine Eltern haben Angst, dass etwas zutage kommt, was sie lieber da unten behalten möchten.«

»Adda!« Deike hob theatralisch die Hände zur Decke. »Dann lass es einfach ruhen. Mann, euch geht es doch gut auf dem Nordseehof. Selbst, wenn da was ist… ›Let it be‹, wie die Beatles so schön singen. Du kannst es nicht ändern.«

»Aber es ist meine Familie!«, empörte Adda sich. »Ich muss doch wissen, wenn da was ist. Papa redet nicht einmal darüber, wie es im Krieg war!«

»Wozu auch?«, fragte Deike sofort. »Wem wäre geholfen? Deine Familie wird Gründe haben, wenn ihr Kinder von bestimmten Dingen nichts wissen sollt.«

Adda schenkte sich Tee nach. Langsam ließ sie die Sahne über den Löffel hineintröpfeln. Es brachte nichts, mit Deike darüber zu diskutieren. Solche Gespräche waren schon zuvor ins Leere gelaufen. Ihre Freundin wirkte manchmal oberflächlich, obwohl sie durchaus feinfühlig war. In letzter Zeit konzentrierten sich ihre Probleme allerdings eher darauf, ob die Schlagjeans, die sie sich vom Oberschenkel bis zum Knie eng abgenäht hatte, ihren Po genügend zur Geltung brachte und ob das Shirt einen genügend tiefen Ausschnitt hatte.

Adda konnte das nicht nachvollziehen und sehnte sich oft nach der Ungezwungenheit ihrer Kindertage zurück, als diese Dinge unerheblich gewesen waren.

Jetzt breitete sich zwischen den beiden jungen Frauen eine unangenehme Stille aus, die nur vom überlauten Ticken der Küchenwanduhr zerhackt wurde.

»Ich habe mich schon viel zu lange hier festgequatscht«, sagte Adda schließlich. »Oma wartet. Danke für den Tee.«

Sie stand auf und sagte in versöhnlichem Tonfall: »Ich bin nicht sauer, weil du anders über meine Familie denkst. Aber ich muss meinen eigenen Weg gehen, verstehst du? Das alles belastet mich, und ich schwöre dir, dass ich eines Tages herausfinden werde, was sich für ein Krebsgeschwür auf dem Nordseehof ausgebreitet hat. Und ich schwöre, dass ich nicht in Neusiel versauern werde.«

Deike biss sich auf die Unterlippe und wirkte plötzlich verlegen. »Schon gut. Ich hab gut reden und kann locker darüber hinwegsehen, dass ich einen totgeschwiegenen Vater habe und auch bei uns einige Dinge im Argen liegen. Der Name Reent Deeken darf hier ja nicht einmal erwähnt werden! Nur kann ich die Freiheit, nach der du dich sehnst und die dein eigentliches Problem ist, immerhin leben.«

Adda sah sie erstaunt an. »Wie jetzt? Erzähl!«

Deike senkte den Blick. »Ich mochte es dir bislang nicht sagen, weil ich weiß, wie sehr *du* es dir eigentlich wünschst, Neusiel zu verlassen.«

»Nun sag schon!«, drängte Adda.

»Ich bin ab dem Sommer im nächsten Jahr in Bremen und darf dort eine Ausbildung im Büro machen. Also nur noch etwas über ein Jahr ostfriesische Gefangenschaft«, brachte Deike hervor. »Ingo und meine Mutter sind der Ansicht, es wäre gut für mich, mal über den Tellerrand zu sehen. Ich soll kennenlernen, wie man in der Stadt lebt.«

In Adda kroch der Neid hoch. Es war nicht so, dass sie es Deike nicht gönnte, aber wie gern hätte sie mit ihr getauscht!

Ihre Freundin sprudelte derweil über. »Und natürlich

werde ich großartige Läden vor der Nase haben, mit etwas ausgefalleneren Sachen, als ich sie hier bekomme. Kein Neckermann-Versand mehr! Ich kann alles vor Ort anprobieren!«

»Die Läden würden mich weniger interessieren«, warf Adda ein.

»Ich weiß, und selbst da muss ich dir recht geben. Ich bin so gespannt darauf, wie es in Bremen läuft! Vielleicht will ich auch mal demonstrieren, so, wie du es dir wünschst. Für die Gleichberechtigung. Gegen diese dummen Atomkraftwerke und für mehr Demokratie. Könnte spannend sein.«

»Das sagst du?«, fragte Adda erstaunt. »Ich dachte, dich interessiert nur, ob deine Schuhe zum Mantel passen.«

Deike stand nun ebenfalls auf und nahm Adda in den Arm. »Das ist meine Rebellion in Neusiel. Weil sich alle so herrlich darüber aufregen, wenn ich wie ein schillernder Kolibri durchs Dörfchen flattere. Ich bin auf jeden Fall gespannt, was mich in Bremen erwartet. Und – ich beschäftige mich durchaus manchmal mit Politik. Ich rede nur nicht so viel darüber wie du.« Sie stupste Adda freundschaftlich an.

»Ich beneide dich so sehr! Aber ich freue mich für dich«, fügte Adda schnell hinzu, weil es so war.

Deike ließ sie los und begleitete sie zur Tür.

Dort atmete Adda einmal tief durch. Deike war also frei.

»Bis später!«, verabschiedete sie sich und verließ den Eilershof.

*

Adda war schon auf dem Weg zum Altenteil, als sie hinter sich Schritte hörte und sich umdrehte. Ein junger Mann, etwa in ihrem Alter, kam auf sie zu. »Warte!«, rief er.

Adda blieb augenblicklich stehen, bis er angekommen war, und musterte ihn interessiert. Sie hatte ihn noch nie hier gesehen. Er war etwas kräftiger, hatte blondes, etwas längeres Haar und sah ein bisschen aus wie Chris Roberts in Hell. Und – wenn sie es nicht besser gewusst hätte – der Mann hätte glatt Deikes Bruder sein können. Es war dasselbe Lächeln.

»Moin«, begrüßte sie ihn schließlich, weil er nichts sagte, sondern sie ebenfalls von oben bis unten ansah, und das mit einem Blick, der Adda eine unangenehme Gänsehaut bescherte.

»Wie kann ich dir helfen?«, fragte sie und rückte ihr Stirnband zurecht.

»Wo entlang geht es zum Nordseehof?«

»Was willst du denn da?«

»Mich umsehen.«

Adda betrachtete ihr Gegenüber nun noch neugieriger. »Und wer bist du, wenn ich fragen darf? Das würde ich schon gern wissen, bevor ich dir Auskünfte erteile.«

Der junge Mann verbeugte sich galant. »Paul Ehlers. Ich komme aus dem Pott. Ich mache in Ostfriesland Urlaub. Hab einen Porsche. Knallrot.« Seine Stimme hatte ein dunkles Timbre, zitterte aber leicht. Er wirkte forsch, aber zugleich wanderten seine Augen unruhig hin und her.

»Einen Porsche? Willst du mich beeindrucken? Ehrlich gesagt interessieren mich solche Motzerkarren nicht.«

Der junge Mann senkte den Blick und schabte mit der Schuhspitze über den Asphalt.

Adda sah ihn zweifelnd an. Gut, dann antwortete er eben nicht. Komischer Typ, dachte sie, fragte aber: »Und was willst du dann in einer Schäferei? Gäste von auswärts lieben den Strand, den gibt es hier nicht. Auch kein Café. Wenn du rasen willst: Die schmalen Straßen in der Marsch haben viele Schlaglöcher. Kurz: Hier gibt es nur Schafe, Böcke und Lämmer. Und schon gar keinen, der dich toll findet, weil du einen Porsche fährst.«

Paul Ehlers hatte sich wieder gesammelt und reckte fast trotzig das Kinn vor. »Mich interessiert die Landwirtschaft. Und man sagte mir, dass der Nordseehof besonders gut geführt wird. Da wollte ich mich mal umsehen.«

»So, sagt man das?« Adda fixierte ihn. Irgendwas war an der Sache faul, irgendwas passte nicht.

»Ich muss dann mal weiter«, sagte sie schnell.

»Ja, und wie komme ich nun dorthin?«

Adda überlegte kurz. Was war schon dabei, wenn sie ihm erklärte, wo der Nordseehof lag. Sie zeigte in die Richtung, aus der er gekommen war. »Da entlang. Und dann an der Weggabelung vor dem Bauernhof rechts. Ist nicht zu verfehlen.«

»Danke!« Dieser Paul machte auf dem Absatz kehrt und verschwand so schnell, wie er gekommen war. »Leute gibt's«, murmelte Adda und lief gemächlich weiter. »Äußerst merkwürdig. Der Typ wirkte nicht wie ein Tourist, und er war eine Spur zu …« Ja, *was* genau, konnte Adda nicht einmal erklären.

Obwohl Oma Foline schon eine Weile auf sie wartete, ließ Adda sich Zeit, weil ihr die Begegnung nicht aus dem Kopf ging.

*

Paul machte sich auf den Weg zurück zu seinem Wagen, den er vor einem Weidegatter geparkt hatte. Er schloss auf und folgte der Wegbeschreibung des Mädchens. Sie hatte wunderschönes dunkles Haar und strahlend blaue Augen, die ihn ein wenig an die von Rolf erinnerten.

Rolf und er waren nicht gerade die besten Freunde, obwohl Paul gar nicht sagen konnte, warum das so war. Aber Rolf lehnte ihn ab. Inzwischen waren die Fronten sogar so verhärtet, dass auch Paul ihm nicht mehr aufs Fell gucken konnte. Wenn man ihn nicht mochte, dann eben nicht. Dagmar hingegen liebte ihn fast wie ihr eigenes Kind.

Paul schüttelte den Kopf. Rolf und Dagmar waren jetzt unwichtig. Er war froh, dass Manu ihm endlich mehr über seine Herkunft verraten hatte und er wenigstens mal schauen konnte, woher sein Vater stammte.

Inzwischen war er vor dem großen schmiedeeisernen Tor des Nordseehofs angekommen. Paul machte den Motor aus und parkte den Porsche am Wegrand. Danach betrachtete er die Hofanlage.

»Wow«, entfuhr es ihm. Hier also war sein Vater aufgewachsen! »Nicht schlecht, Herr Specht.«

Rechts befanden sich große Stallungen, links eine Scheune mit kleinem Anbau, und geradeaus schaute er auf ein großes Wohnhaus, zu dem eine Treppe hinaufführte. Das ganze Anwesen war von großen, alten Bäumen umgeben. Hinter dem Gehöft erstreckte sich ein parkähnlicher Garten, von dem er aber nur einen kleinen Teil erkennen konnte.

Das alles hier könnte mir gehören, dachte er.

Paul wusste selbst, dass es nicht so war. Er war ein Bastard, ein nicht anerkannter Sohn, der seinen Vater nicht einmal hatte kennenlernen dürfen, weil er kurz vor seiner Geburt gestorben war. Hier auf dem Hof. Und schon zuvor hatte er Manu auf unangenehme Weise wissen lassen, dass er kein Interesse an einem Kind hatte.

Paul stieg aus, schrak aber zurück, weil der Wind kräftig über das Land strich und ihm eine Böe fast den Atem raubte. »Raue Gegend«, flüsterte er und machte einen Schritt auf den Hof zu. Dort war es still, entweder waren alle im Stall oder niemand zu Hause.

Paul überlegte kurz, ob er klingeln sollte, nur fehlte ihm dazu der Mut. Er wusste zwar, dass Reent Deeken sein Vater war – aber war das seiner Familie auch bekannt?

Wenn nicht, würde sich ihre Begeisterung vermutlich in Grenzen halten. Paul kletterte zurück ins Auto. Er hauchte sich in die Hände, denn sie waren vor Aufregung kalt geworden. Dann überlegte er.

Er war zwar ein Bastard, aber seinem Vater hatte ein Teil der Schäferei gehört. Und er, er hatte nichts davon.

Ich will von diesem Kuchen etwas abhaben, schoss es ihm durch den Kopf, und je länger er über diese Eingebung nachdachte, desto mehr manifestierte sie sich. Ja, er würde sich holen, was ihm eigentlich zustand. Er würde zurückkommen, sobald er einen Plan hatte, wie er vorgehen wollte.

Paul startete den Motor und wendete.

Während sein Porsche den schmalen Landwirtschaftsweg nach Neusiel entlangfuhr, kam ihm eine Idee. Auf legalem Weg hatte er keine Chance, aber es musste doch einen wunden Punkt geben, womit man die Herrschaften unter Druck setzen konnte und somit zum Einlenken brachte! So etwas gab es schließlich in jeder Familie, es wäre also doch gelacht … Er wollte ja nicht gleich den Hof, aber das, was ihm als naher Verwandter zustand. Er würde seine Mutter und Dagmar mal ein bisschen aushorchen.

»Lebenslanges Wohnrecht würde mir reichen«, sagte er laut zu sich und sah sich in Gedanken schon in einem feudalen Salon sitzen, eine Zigarre rauchen und das Personal herumscheuchen.

Überaus zufrieden lenkte Paul den Porsche auf die B69 und genoss das gleichmäßige Brummen seines Wagens.

*

Oma Foline sah aus dem Küchenfenster und schaute den Weg entlang. Sie wartete auf Adda, die eigentlich schon vor einer halben Stunde hatte kommen wollen.

Foline fühlte sich oft einsam, und sie hatte so manches Mal überlegt, doch den Vorschlag ihrer Tochter anzunehmen und auf dem Nordseehof in den Seitentrakt zu ziehen, wo früher Eikes Eltern Lientje und Thilo gelebt hatten. Schließlich stand der rechte obere Gebäudeteil leer. Aber letztlich hatte Foline diesen Schritt einfach noch nicht gewagt, denn sie würde damit ein Stück ihrer Unabhängigkeit aufgeben. Andererseits wäre sie nicht mehr allein.

Inzwischen war Foline sechsundsechzig Jahre alt, aber sie fühlte sich älter. Seit ihr Mann vor zwei Jahren gestorben war, war sie zunächst förmlich aufgeblüht, weil sie endlich keine Verantwortung mehr gehabt hatte. Marten Eilers war von schweren Depressionen nahezu aufgefressen worden und hatte ihr sehr viel abverlangt. Aber nun merkte sie, dass ihr die täglichen Verrichtungen immer schwerer fielen. In ihrem Alter sollte das eigentlich noch nicht so sein. Aber sie war keine Frau, die klagte. Sie nahm das Leben, wie es kam.

Doch etwas trieb sie regelmäßig um: Foline sorgte sich um Adda. Sie wirkte in der letzten Zeit unzufrieden und launisch und schien nicht zu wissen, was sie mit ihrem zukünftigen Leben anfangen sollte. Halt fand sie zu Hause nicht, also musste sie, die Großmutter, für die Deern da sein. Ohne Wenn und Aber.

Endlich sah Foline ihre Enkelin auf das Haus zuschlendern. Immer wieder blieb sie stehen und betrachtete die Wiesen, die von den vielen Löwenzahnblüten gelb getupft waren und vor Lebensfreude sprühten.

Foline gönnte Adda ein bisschen Ruhe. Letzte Woche hatten sie die Schafe zu den Deichen gebracht, auf dem Hof wurde es jetzt ein bisschen beschaulicher. Die Lammzeit war stets sehr anstrengend, die Schäferei hatte vier Lämmer und ein Mutterschaf verloren. Das ging allen immer sehr an die Nieren. Foline wusste, dass auch die beiden Tiere, die Adda nach der Geburt versorgt hatte, zu denen gehörten, die es leider nicht geschafft hatten.

Aber lamentieren durfte man in einer Schäferei nicht. Es ging immer weiter. Irgendwie. Nach der Ebbe kam die Flut und nach Regen Sonnenschein.

Der Kies knirschte unter Addas Schuhen, als sie die Auffahrt hinauflief und auf die Haustür zusteuerte. Foline schloss das Fenster und ging zur Anrichte, wo sie den frisch gebackenen Kuchen stehen hatte, und schnitt ihn an.

Kurz darauf betrat Adda das kleine, rote Backsteinhaus.

»Moin, mien Deern«, begrüßte Foline sie. »Tee ist lange fertig.«

Adda sog den süßlichen Vanilleduft des Kuchens ein. »Oma, das riecht so lecker!«, sagte sie und nahm Foline in den Arm. »Es ist immer wieder schön, zu dir zu kommen.«

»Du bist später dran, als ich dachte. Ich habe längst alles fertig.« Foline bedeutete Adda, sich auf einen der beiden Stühle an den kleinen Eichentisch zu setzen. Die Teekanne mit der roten Friesenrose stand auf dem Stövchen. Je zwei der dazugehörenden, filigranen kleinen Tassen und Teller hatte Oma Foline vor die beiden Plätze gestellt, und natürlich gab es ein Schälchen mit Kluntjes und eine Kanne mit der Sahne und dem dazugehörigen Löffel. Niemals würde Oma Foline den schwarzen Tee aus Bechern trinken, wie es immer mehr in Mode kam. Oder aus dem neumodischen Steingut-Service, das Ingo und Theda hatten.

Foline stellte die Kuchenplatte auf den Tisch, und Adda wedelte sich den Duft zu. »Mandelbutterkuchen!«, schwärmte sie mit geschlossenen Augen und war für diesen kurzen Moment wieder ganz die kleine Adda, die ihre Oma besuchen kam.

Foline legte zwei Kluntjes in die Tassen und goss ein. Es knackte, als der heiße Tee darüberlief, und es vermittelte nur eines: Gemütlichkeit.

Adda nahm erst einen Schluck Tee, dann pikte sie vorsichtig ein Stück Mandelkuchen mit der Kuchengabel auf. Sie schloss wieder die Augen und genoss es sichtlich, wie der Teig auf ihrer Zunge zerging und wie im Nachgang die Mandelsplitter brachen. Erst danach sah sie ihre Oma mit festem Blick an. »Ich muss mit dir reden!«

Foline fuhr erschrocken zurück. Der Wechsel von der entspannten, fast kindlich wirkenden Enkeltochter zur Rebellin kam mal wieder ziemlich plötzlich, wenngleich nicht überraschend, weil sie es von Adda kannte.

»Haue ha! Was gibt es?« Foline trank einen Schluck

Tee. Als Adda nicht gleich antwortete, hakte sie nach. »Hast du Schulprobleme und Schwierigkeiten mit deinem Abitur?«

Adda schüttelte heftig den Kopf. »Nein, das wird alles gut gehen, wenn nichts Gravierendes dazwischenkommt. Aber ich will nach dem Abi hier weg, und ich habe keine Ahnung, wie ich das meinen Eltern beibringen soll. Sogar Deike darf nach Bremen!«

Foline spitzte die Lippen. »Ich weiß, Adda.« Sie überlegte kurz. »Bist du dir denn sicher, dass deine Mutter dich nicht versteht? Sie wollte auch immer fort. Sogar bis nach Amerika.«

»Quatsch!«, stieß Adda hervor. »Meine Mutter lebt für die Schäferei. Niemals!« Dann stutzte sie. »Mama wollte wirklich weg? Ist sie deshalb immer so komisch? Weil sie am Ende doch geblieben ist?«

Foline tätschelte die Hand ihrer Enkelin. »Es waren andere Zeiten. Aber nun ist ja allens god worden.«

Adda wusste, dass es zwecklos war nachzuhaken, und sie spießte noch ein Stück vom Kuchen auf die Gabel. »Ich liebe diese sahnigen Mandelsplitter darauf! Das ist tatsächlich das Einzige, was mir fehlen wird.« Sie kaute genüsslich. Dann kam sie auf ihr Thema zurück. »Es ist *nicht* alles gut. Und das weißt du auch.«

Foline schenkte ihr noch eine Tasse Tee nach. »Mien Deern, nun ist doch schon Uwe weg zum Bund, und wer weiß, ob ihn nicht der Hafer sticht und er womöglich nicht wiederkommt! Wie soll das gehen, wenn das Jungvolk die Höfe stehen und liegen lässt? Irgendjemand muss das doch alles bewirtschaften.«

Adda ignorierte den Einwand. »Ich will richtig weit weg aus Neusiel.«

Foline war wirklich erschrocken. »In eine Stadt? Oh, mien Deern! Da sind doch nur Terroristen und Hausbesetzer. Und dann diese Demos! Kann man allens im Fernsehen gucken. Das ist so was von gefährlich da …«

Nun musste Adda doch lachen. »Ach, Oma, du musst nicht alles glauben. Hier in Neusiel ist es eben langweilig. Kannst du das nicht verstehen?«

Foline presste die Lippen aufeinander und sagte dann bedächtig: »Doch, Adda-Kind, ich verstehe dich sehr gut. Nur bricht es mir das Herz, dich zu verlieren. Dann kommst du ja nicht mehr vorbei, um mit mir zu klönen.«

Adda sprang auf und nahm ihre Großmutter in den Arm. »Ich werde dich doch trotzdem besuchen kommen! Sooft es geht!«

Foline seufzte, weil sie wusste, dass Adda recht hatte. Die Welt hatte sich verändert, und das Jungvolk flog aus wie ein Schwarm Bienen und suchte sich ein neues Zuhause. Trotzdem bewertete Foline die Strömungen sehr kritisch.

Sie betrachtete ihre Enkelin liebevoll. »Du siehst ja schon aus wie so ein Hippie.« Sie kicherte. »Aber besser als die Miniröcke und Hotpants, die Deike neuerdings anhat.« Nun rümpfte sie doch die Nase. »Oder diese Jens und Pakka.«

Adda prustete los. »Das heißt Jeans und Parka, Oma!« Sie setzte sich wieder hin.

»Sag ich doch«, sagte Foline.

»Ach, Oma, du bist wirklich vom alten Schlag. Das trägt man heute eben so.«

»Diese Hosen mit den weiten Beinen … und die Röcke von den Deerns können nicht kurz genug sein. Nein, Adda! Wenn du schon in die Großstadt gehst, dann versprich mir, nicht so rumzulaufen.« Wieder schüttelte sie den Kopf und dachte nach. »Aber darum geht es hier ja gar nicht«, fuhr sie schließlich fort. »Es geht nicht um deine oder Deikes Mode. Es geht darum, dass du dein Glück finden willst. Und das kannst du offenbar nicht auf dem Nordseehof.«

Adda nahm einen weiteren Bissen vom Kuchen. »Ja, Oma, so ist es. Danke, das hast du gut gesagt.«

»Wenn ich deine Mutter nicht hier gehalten hätte, gäbe es zwar dich und Uwe nicht, und das wäre furchtbar, aber vielleicht würde Johanna noch lachen.« Foline nagte auf der Unterlippe, als würde sie mit aufkommenden Tränen kämpfen.

Adda griff nach ihrer Hand und streichelte sie sanft mit den Fingerspitzen. »Nicht weinen, Oma.« Da hatte sie wohl in ein Wespennest gestochen. Was zum Teufel war passiert, dass ihre Mutter oft so verbittert war? Warum redete keiner darüber? Sie seufzte. Vermutlich würde es ihr nie jemand sagen.

Foline schluckte. »Hinterher ist man immer ein bisschen schlauer. Trink deinen Tee. Ich komme gleich mit auf den Nordseehof, und dann rede ich mit deinen Eltern. Dafür sind Großmütter schließlich da.«

»Danke«, sagte Adda mit einem Seufzer. Was war sie erleichtert!

Foline wollte aber noch etwas loswerden. »Mal was anderes. Ich habe kürzlich deinen Vadder gesehen. Er sieht kränklich aus, findest du nicht?«

»Ich weiß nicht – Uwe hat das auch schon gesagt.« Adda zuckte mit den Schultern. »War halt Lammzeit, da hat er viel zu viel zu tun. Er lässt sich nur ungern ablösen, weil er meint, ohne ihn läuft es nicht.«

»Pass ein bisschen auf ihn auf«, sagte Foline.

»Jo, aber nun gehen wir erst einmal zu meinen Eltern.«

*

Auf dem Weg zur Schäferei schaute Adda sich immer wieder verstohlen um und wirkte unruhig.

»Ist was?«, fragte Foline. »Du siehst aus, als würdest du ein Gespenst suchen.«

»Da war vorhin ein Typ, der hat nach dem Nordseehof gefragt«, rückte Adda schließlich heraus. »Und weißt du, was komisch war, Oma?«

Foline zog fragend die Brauen hoch.

»Er sah aus wie Deike. Nur …« – Adda suchte nach dem richtigen Wort – »verschlagen dazu. Geheimnisvoll. Und er fuhr einen Porsche. Hat er zumindest behauptet.«

Folines Herz schlug eine Spur schneller. »Weißt du, woher er kam?«

»Er sagt, aus dem Pott. Warum fragst du?«

Foline lächelte knapp. »Nur so, nicht wichtig.« Sie hoffte inständig, dass es nicht so war, wie sie vermutete.

Kapitel 5

Eike hatte ein mulmiges Gefühl, als Adda zusammen mit der Schwiegermutter auf den Hof kam. Foline verließ das Altenteil nur selten und meist nur am Sonntag, wenn sie zum Gottesdienst in die Neusieler Kirche ging. Ihr Gesicht wirkte ernst.

Als er vorhin aus dem Küchenfenster über den Hof gesehen hatte, hatte er erst ein knallrotes Sportauto und dann einen jungen Mann am Tor gesehen. Er war regelrecht zusammengezuckt, denn kurz hatte er gedacht, es wäre Reent. Derselbe Körperbau. Dieselbe Haltung. Der Mann war bis zum Tor gekommen, hatte zum Haus gestarrt und dann das ganze Gehöft mit interessiertem Blick gemustert. Eike war aufgesprungen und zur Tür gelaufen. Doch als er nach draußen kam, war der Mann wie vom Erdboden verschluckt und nur noch das Knattern des Autos zu hören gewesen. Eike war tatsächlich unsicher, ob er eine Halluzination gehabt hatte. Er nahm in letzter Zeit sehr viele Schmerzmittel, weil seine Beschwerden schlimmer wurden.

Wenn er sich aufregte, ging es ihm meist schlechter, und so fasste er sich auch jetzt kurz an den Bauch, der mal wieder fürchterlich zwickte. Inzwischen konnte er sich kaum bücken, weil es im rechten Unterbauch derart schmerzte, dass es fast unerträglich war. Manchmal trat ihm regelrecht der Schweiß auf die Stirn, und ab und zu musste er sich übergeben. Er sollte mal zum Arzt gehen, sagte er sich, jetzt war es ja ruhiger in der Schäferei, und ihm blieb ein bisschen Zeit für andere Dinge als die Arbeit.

Eike trat vor die Tür. »Moin, schön, dich zu sehen, Foline!«

Seine Schwiegermutter lächelte ihn an. »Adda und ich müssen mit dir und Johanna sprechen. Jetzt!«

Eike zog die Brauen hoch. »Johanna ist noch am Deich bei den Schafen, sie müsste aber gleich zurück sein. Dann kommt man rein«, sagte er hilflos, denn er konnte nicht einschätzen, was der Überfall bedeutete.

Sie gingen in die Küche. Adda und Foline setzten sich sofort an den großen Küchentisch. Als Eike aus dem Fenster sah, radelte gerade Johanna auf den Hof. Sie winkte, aber fröhlich wirkte sie nicht.

Eike schluckte. Seine Frau lachte viel zu selten, dabei war sie wunderschön, wenn sie das tat. Aber schon früh war ihr Lachen nach und nach erloschen. Nicht so, als hätte jemand ein Licht ausgeknipst, eher, als ob man den Strom immer schwächer werden ließ, bis die Glühbirne kein Leuchten mehr zustande brachte.

»Ist etwas passiert?«, fragte Johanna, nachdem sie eingetreten war, und setzte sich zu den anderen. Eike nahm auf dem Stuhl ihr gegenüber Platz.

»Ihr seht so betreten aus…« Johanna musterte sie besorgt. Eike war froh, dass sie wie immer das Zepter in die Hand nahm.

Nun räusperte sich Oma Foline. »Wir müssen was besprechen, Johanna. Also: Deine Tochter möchte nach dem Abitur weg von hier und in einer großen Stadt eine Ausbildung zur Krankenschwester machen.«

Johanna schlug sofort mit der flachen Hand auf den Tisch. »Das leidige Thema! Darüber haben wir doch schon oft gesprochen. Wir brauchen gar nicht weiterzureden, das ist keine Diskussion mehr wert! Hat sie dich deshalb mitgebracht?« Johanna seufzte laut. »Ach, Mudder! Adda bleibt erst einmal hier, auch wenn sie ab dem nächsten Jahr schon mit achtzehn volljährig ist. Wir brauchen sie auf dem Hof, und eine Wohnung in Bremen oder Hamburg ist teuer. Außerdem kennt sie dort keinen. Was soll Adda in einer Großstadt, wo sie nur auf dumme Gedanken kommt? Sie hat schon genug merkwürdige Ideen im Kopf.«

Adda wurde blass. »Mama! Wie kannst du so etwas sagen! Und das, wo du doch selbst nach Amerika gehen wolltest!«

Eike schluckte. Woher wusste seine Tochter davon? Wusste sie womöglich auch von Rolf? Ahnte sie, was er und Johanna vor Jahren stillschweigend unter den Teppich gekehrt hatten? Er biss sich auf die Unterlippe und atmete langsam tief ein und aus. Sofort begann auch sein Bauch wieder, massiv zu schmerzen.

Zum Glück behielt Johanna die Fäden in der Hand und ließ sich nicht aus der Ruhe bringen. »Das waren Jugendflausen, und ich bin froh, dass ich nicht gegangen bin, sondern mich für den Nordseehof entschieden habe. Das Einzige, was wichtig ist, ist ein Zuhause und zu wissen, wo man hingehört.«

Oma Foline wiegte den Kopf. »Mien Deern«, sagte sie zu ihrer Tochter, brach dann aber ab, als sie Johannas warnenden Blick sah.

Eike wurde schlecht. Er wollte nicht, dass die alten Sachen auf den Tisch kamen. Das bedeutete immer Gefahr für ihn. Für seine Familie, die er zu schützen hatte. Egal, was damals passiert war. Doch ihm fehlten die Worte, die seine Schwiegermutter hätten stoppen können. Er hörte, wie sie sagte: »Du kannst es deiner Tochter nicht verbieten. Johanna, du solltest es doch eigentlich am besten wissen, wie es ist, wenn man seine Träume begraben muss, weil andere es wollen.«

Johanna sprang auf. »Träume haben mit dem Leben nichts zu tun. Den Teufel darf sie! Nun ist schon Uwe weg, weil man ihn gezwungen hat. Aber er kommt bestimmt zurück. Was allerdings die Vergangenheit angeht, Mudder: Du musst bei deiner Enkelin nicht das wiedergutmachen, was du bei mir versäumt hast. Das ist nun zu spät.«

Eike rang derweil nach Luft, aber das bemerkte keiner, und es war ihm auch ganz lieb. Er hatte das Gefühl, alles nur wie in Watte gepackt wahrzunehmen, und hoffte, er würde gleich aus einem bösen Traum erwachen.

Foline griff nach Johannas Hand und zog sie auf den Stuhl zurück. »Es ist nie zu spät.«

Sie sagte das ganz ruhig. Ganz gesetzt. Und doch war jede Silbe gestochen scharf und schien den Raum zu zerschneiden.

Eike fasste sich an den Bauch, aber das verringerte seinen Schmerz nicht. Im Gegenteil. Inzwischen zog er über den ganzen Körper. Auch der Nebel um ihn herum schien sich zu verdichten.

»Träume hat man nachts im Bett«, widersprach Johanna. »Also komm mir nicht damit. Es geht uns allen ausgezeichnet auf dem Nordseehof. Ich möchte jetzt nicht weiter diskutieren. Es bleibt erst einmal, wie es ist. Wenn

Adda Krankenschwester werden und nicht auf dem Hof arbeiten will, werden wir hier vor Ort eine Lösung finden.«

Adda zupfte an ihrem Rock. »Man muss aber diskutieren und Dinge ansprechen, Mama. Ihr habt das anders gelernt, ich weiß, aber wenn man ständig schweigt und alles in sich reinfrisst, wird man krank. Ich bin hier unglücklich. Deike haut auch nächstes Jahr im Sommer ab. Ihre Mutter erlaubt das. Sie geht nach Bremen. Ingo findet, dass man als junger Mensch mal aus dem Dorfmief rausmuss.«

»Das ist doch alles Schietkram!«, schimpfte Johanna. »Was denn für ein Mief? In den Städten stinkt es, nicht in Ostfriesland.«

Adda kaute auf der Unterlippe, und Eike sah ihr an, dass sie innerlich brodelte. Es zerriss ihm das Herz. Einerseits wollte er sie gehen lassen, weil Ingo und Theda recht hatten. Es konnten nicht alle im Dorf bleiben und so tun, als hätte die Welt sich nicht verändert. Als gäbe es nur diese eine Lebensform. Andererseits aber brauchten sie auf dem Nordseehof jede Hand, und es musste auch irgendwann geklärt werden, wer später für die Schäferei verantwortlich war. Sein Traum war, dass alles zwischen Uwe und Adda aufgeteilt wurde und sich keiner übergangen fühlte, wenn er und Johanna nicht mehr da waren. Was es bedeutete, wenn ein Erbe ungerecht vergeben wurde, hatte er schließlich am eigenen Leib erfahren müssen. Vielleicht würde sein Bruder Reent noch leben, wenn er nicht von Neid zerfressen gewesen wäre.

Er hatte es oft mit Johanna diskutiert.

Immer wieder kam dann dieser alte Schmerz hoch, weil sie in Wunden stochern mussten, die sie beide am liebsten nicht gehabt hätten. Johanna, die seinetwegen ihre Träume aufgegeben hatte. Es tat Eike immer noch weh, wenn davon gesprochen wurde. Und es schmerzte ihn besonders, wenn er Adda ansah. Adda mit den tiefblauen Augen, die keiner der Deekens hatte und auch keiner in der Familie Eilers. Diese Augen hatte nur einer, und das war Rolf Menzel. Und doch liebte Eike Adda wie sein eigenes Kind. Er wollte, dass es so blieb. Keiner sollte je daran zweifeln, dass sie seine Tochter war. Dafür würde er kämpfen bis zum Schluss.

Er stöhnte auf, weil er wieder von einer Schmerzwelle attackiert wurde.

»Nun sag doch auch mal was, Eike!«, forderte Johanna.

»Jo«, sagte er leise. »Denn wullt wi mol sehn, wa!«

Jetzt sprang Adda auf. »Was seid ihr bloß für Eltern! Ja, dieser Hof ist mein Zuhause, und daran wird sich nie etwas ändern. Aber es ist kein Knast! Ich habe ein Recht auf eigene Entfaltung. Ich bin emanzipiert und habe eigene Pläne. Und deshalb will ich die Freiheit!« Sie reckte die Faust kämpferisch in die Luft.

»Wir sind hier nicht in Berlin bei einer Hippiezusammenkunft, wo man vielleicht so mit seinen Eltern sprechen kann. Du bist respektlos, meine liebe Tochter!« Johanna war weiß wie die Wand. Und dann rutschte ihr heraus, was Eike am liebsten nicht gehört hätte. Es war etwas anderes, wenn ihre Mutter das sagte. Dann konnte man so tun, als wäre es nicht wahr. Aus Johannas Mund versetzte es ihm so etwas wie einen Dolchstoß.

»Meinst du wirklich, ich habe meine Vorstellungen vom Glücklichsein aufgegeben, damit der Nordseehof vor die Hunde geht, weil du dir zu fein für das Landleben bist? Ja, nach Amerika wollte ich! Frei sein. Mein eigenes Leben haben. Aber wir brauchten ein Zuhause, eine Heimat. Das alles wäre umsonst gewesen! Wir müssen zumindest eine gemeinsame Lösung für die Schäferei finden. Hier kann nicht jeder machen, was er möchte. Punkt.«

Adda schnaubte. »Eine gemeinsame Lösung, ja? Und die bestimmt ihr?«

Johanna war inzwischen sichtlich wütend.

Das hatte offenbar auch Foline bemerkt, und sie legte ihre Hand beruhigend auf den Unterarm ihrer Tochter. »Johanna, wir leben nicht mehr in den Fünfzigern! Die Welt dreht sich weiter und weiter. Man muss neue Dinge zulassen.«

Johanna wischte die Hand fort. »Wir vertagen das«, schlug sie vor. »Für heute ist alles gesagt.« Ihre Stimme brach, und Eike sah, dass seine Frau ihre Tränen hinunterschluckte.

Er verstand sie ja, aber seine Schwiegermutter hatte recht. War Johanna durch ihre erzwungene Ehe mit ihm inzwischen so verbittert, dass sie ihrer eigenen Tochter das Glück nicht gönnen konnte? Es war verlockend, wenn sie blieb, aber sie durften den jungen Menschen doch nicht die eigenen Vorstellungen zerstören, indem sie sie festhielten!

Eike musste mit ihr reden. Sie darauf ansprechen, dass sie nicht denselben Fehler wie ihre Eltern machen durfte, nur weil sie inzwischen zu sehr mit dem Nordseehof verwachsen war. Aber jetzt war nicht der richtige Zeitpunkt.

Er sah aus den Augenwinkeln, wie Adda in sich zusammensackte. Sie wusste, dass sie diese Runde des Kampfes verloren hatte, aber ihrem Gesicht nach zu urteilen war er trotzdem nicht vorbei.

»Adda?«, fragte er. Das Sprechen fiel ihm schwer, denn dieser Nebel und die Schmerzen wurden immer schlimmer. »Alles in Ordnung, Adda?«

Sie sah ihn dankbar an. »Nein, ist es nicht. Nur kann ich momentan wohl nichts machen.«

Eike wollte ihre Hand drücken, aber er erreichte sie einfach nicht. Er griff immer wieder daneben. Was zum Teufel war mit ihm los?

»Ich muss noch füttern«, sagte Johanna. »Ist sonst noch was, oder kann ich meiner Arbeit nachgehen?«

»Warte!«, sagte Adda. »Ich will noch was fragen. Ihr habt es vermutlich nicht mitbekommen, aber als ich auf dem Weg zu Oma war, hat mich ein Mann in meinem Alter angesprochen und nach dem Nordseehof gefragt.«

Sie erzählte, was sich zugetragen hatte, und schloss mit den Worten: »Er sah aus wie Deike und kommt aus dem Pott.«

Eike wurde es schwarz vor Augen. Er bekam gerade noch mit, dass Adda erschrocken innehielt, ehe er vom Stuhl fiel. Und er war froh, dass die Dunkelheit kam, ihn gnädig einlullte und diesen Nebel fortnahm.

*

Eike hatte die Intensivstation im Krankenhaus vier Wochen später endlich verlassen können und lag seit ein paar Tagen in einem normalen Zimmer auf der Chirurgie. Er bekam keine Infusionen mehr und konnte sich frei bewegen. Was für eine furchtbare Zeit hatte er hinter sich!

Nach seinem Zusammenbruch war er mit dem Rettungswagen abgeholt worden und dann irgendwann auf der Intensivstation aufgewacht. Es hatte eine ganze Zeit gedauert, ehe er sich wieder an alles erinnern konnte. Es hatte Streit gegeben. In der Küche. Weil Adda wegwollte. Zuvor war von Johannas Träumen die Rede gewesen. Lauter Themen, die er gern weit von sich schob. Und dann hatte Adda den jungen Mann erwähnt.

Plötzlich hatte Eike geglaubt, sein Bruder wäre von den Toten auferstanden und nun gekommen, um weiter Rache zu nehmen. Wollte er ihm vielleicht Johanna rauben? Weil es damals doch kein Unfall gewesen war? Weil sie mehr getan hatte, als sie zugab? Eike hatte ihrer Erzählung stets Glauben geschenkt, welche andere Wahl wäre ihm auch geblieben? Andererseits war da ihr abgrundtiefer Hass Reent gegenüber. Nein, es war besser, nicht nachzubohren, alles schön so zu lassen, wie es war, und an der Vergangenheit nicht zu rühren. Doch es war nicht immer einfach.

Und Eikes heftige Schmerzen hatten seinen Blick sicher zusätzlich getrübt. Wer wusste schon, wer sich an dem Tag zur Schäferei verirrt hatte? Der junge Mann war nicht wieder aufgetaucht, jedenfalls hatten weder Adda noch Johanna ihn erwähnt.

Eike starrte aus dem Fenster. Ständig gingen ihm die Worte des behandelnden Arztes auf der Intensivstation durch den Kopf.

»Ihr Blinddarm war durchgebrochen. Wir mussten eine Not-OP machen«, hatte er erklärt, als Eike wieder ansprechbar war. »Das gesamte Bauchfell war vereitert, und es wird dauern, bis Sie wieder der Alte sind. War knapp, Herr Deeken. Verdammt knapp.«

An die ersten Tage konnte Eike sich nur schemenhaft erinnern. Ihn plagten unglaubliche Schmerzen, gepaart mit Übelkeit und heftigem Erbrechen.

Doch dann war es jeden Tag ein Stück aufwärtsgegangen, nur war er noch immer sehr schwach. Die Ärzte hatten viele weitere Untersuchungen gemacht. Röntgen, Ultraschall, Blutentnahmen. Dann eine Biopsie. Und alles wieder von vorn.

Mittlerweile zogen sich die Tage endlos in die Länge, und Eike wurde zunehmend unruhig.

Für gleich hatte sich der Stationsarzt zur Visite angekündigt. Eike hoffte, bald nach Hause zu dürfen, er fehlte in der Schäferei vermutlich überall. Johanna und Adda mussten die ganze Arbeit mit Hero allein stemmen.

Ab und zu kam wohl auch Ingo vorbei und packte mit an. Zum Glück waren die Schafe wenigstens nicht mehr im Stall. Es blieb jedoch abzuwarten, wie belastbar sich Eike nach seiner Rückkehr zeigte. Viel würde er zu Beginn bestimmt nicht stemmen können. Aber er konnte Johanna bei der Organisation unterstützen. Sicher war allein seine Anwesenheit hilfreich.

Es klopfte, und ein Arzt trat zusammen mit einer Schwester ein. Sie hielt ihm zwar die Tür auf, blieb dann aber ein paar Schritte hinter ihm.

»Moin, Herr Deeken«, begrüßte der Arzt ihn. »Wir kennen uns noch nicht. Mein Name ist Dr. Meyer, ich bin hier Stationsarzt und hatte bis gestern Urlaub.«

Die Schwester war vorhin schon einmal da gewesen, ihr Name war Beeke, und sie nickte ihm freundlich zu. Auf dem von ihr ins Zimmer geschobenen Wagen lagen seine Fieberkurve, die Krankenakte und ein Notizheft.

»Ich habe mir Ihre Akte in Ruhe angesehen«, sagte Dr. Meyer. »Da sind Sie Gevatter Tod ja gerade noch von der Schippe gehüpft.« Er lächelte unverbindlich, aber etwas in seinem Gesichtsausdruck beunruhigte Eike.

»Ja, ich bin froh, dass die Zeit auf der Intensivstation

hinter mir liegt«, beeilte er sich zu sagen, in der Hoffnung, nun eine positive Bestätigung für seine fortgeschrittene Genesung zu bekommen. Doch Dr. Meyer blätterte konzentriert in der Akte und schürzte die Lippen. Und täuschte Eike sich, oder warf Schwester Beeke ihm einen mitleidigen Blick zu?

Eike beschloss, die Sache abzukürzen.

»Wann kann ich nach Hause?«, fragte er. »Auf dem Hof gibt es bannig viel zu tun. Meine Frau braucht Unterstützung. Wäre also gut, wenn ich hier keine Wurzeln schlagen müsste.« Er lächelte gewinnend, aber Dr. Meyer hob beschwichtigend die Hand. »Gleich, Herr Deeken.«

Er blätterte in der Akte, als versuche er, Zeit zu gewinnen. »Es ist ein wenig komplizierter, das will ich nicht verhehlen. Die Peritonitis und die Appendektomie haben Sie gut hinter sich gebracht, obwohl ich, nachdem ich das hier gelesen habe, für Ihr Leben, ehrlich gesagt, keinen Pfifferling mehr gegeben hätte. Entschuldigen Sie bitte meine Ehrlichkeit.«

»Nun, ich bin ja über den Berg!«, sagte Eike mit einem schiefen Lächeln. »Von tausend Fachwörtern dahingerafft, aber am Leben. Es dauert sicher noch ein bisschen, bis ich wieder ganz in Ordnung bin, aber das geht zu Hause am besten.« Er grinste. »Wenn es hilft, kann ich auf den Trimm-dich-Pfad gehen und da trainieren!«

Aber auch dieser lockere Spruch prallte an Dr. Meyer ab. Er nickte sich selbst bestätigend zu. »Herr Deeken, leider haben wir ein neues und ganz anderes Problem, und da sieht es sehr ernst aus.« Er räusperte sich. »Ich mache es kurz: Sie haben einen Tumor an der Bauchspeicheldrüse. Unsere Untersuchungen lassen leider keinen anderen Schluss zu.«

»Ich habe *was?*« Eike schüttelte den Kopf. »Das kann nicht sein, Herr Doktor.«

Dr. Meyer blieb ruhig und schlug einen väterlichen Ton an. »Haben Sie schon länger Beschwerden? Übelkeit, Oberbauchschmerzen oder Ähnliches?«

Eike wollte nicht glauben, was der Arzt ihm eben gesagt hatte. »Ich hatte oft Bauchschmerzen, aber inzwischen wissen wir ja, woher das kam, nicht wahr?«

Dr. Meyer nickte. »Es sind nur zwei verschiedene Paar Schuhe. Noch mal: War ihnen öfter übel? Oder haben Sie ein Druckgefühl im Oberbauch oder Rückenschmerzen?«

»Ja, aber das kam doch von dieser Blinddarmentzündung, die eher schleichend verlief, weshalb ich nicht so viel drauf gegeben habe.«

»Dass Sie die Symptome derart ignoriert haben, hat Sie beinahe das Leben gekostet«, sagte Dr. Meyer mahnend. »Und nun haben wir eben diesen zweiten Befund, der nicht gut aussieht.«

Eike versuchte, das Gesagte zu erfassen. »Was heißt das genau?«

»Das heißt, dass wir für Sie nicht mehr viel tun können. Der Tumor ist inoperabel. Er ist bösartig, das Ergebnis der Biopsie ist eindeutig, so leid es mir tut …« Dr. Meyer sah Eike lange an. Dem purzelten die Gedanken wie wild durcheinander. »Man kann nichts machen?«, wiederholte er.

Der Arzt presste kurz die Lippen zusammen, bevor er antwortete. »Wenn Sie Schmerzen bekommen, werden wir Ihnen helfen. Sonst sehe ich wenig Hoffnung. Hätte man den Tumor früher entdeckt, hätten wir vielleicht operieren können. Die sogenannte Whipple-Operation. Sie ist sehr aufwendig, und Sie hätten dafür auch in ein anderes größeres Zentrum gemusst. Aber so, wie ich es jetzt einschätze, würde ich Ihnen von einer Operation abraten. Sie sind extrem geschwächt, und es ist nicht sicher, ob Sie den Eingriff überleben würden. Dann die Prognose… Der Krebs hat schon massiv gestreut. Sie haben überall Metastasen. Kleine zwar, aber sie sind da.« Dr. Meyer seufzte. »Ich kann Ihnen eine Chemotherapie anbieten, das würde alles ein bisschen hinauszögern. Wie wir dabei vorgehen, besprechen wir noch. Ich möchte mich deswegen erst mit den Onkologen beraten.« Es fiel ihm sichtlich schwer, diese furchtbare Prognose zu überbringen, und Eike war nicht sicher, ob es ihm lieber gewesen wäre, er hätte nicht gewusst, wie es um ihn stand.

Er schluckte hart und rang nach Worten, bis er schließlich bei der alles entscheidenden Frage hängen blieb. »Wie lange habe ich noch?«

»Das ist schwierig vorherzusagen, Herr Deeken. Es kommt darauf an, wie rasch der Tumor wächst oder sich weiter verbreitet. Ob die Chemo anschlägt… Ich müsste lügen, wenn ich eine genaue Prognose stellen soll. Es tut mir leid, aber es gibt keine Hoffnung für Sie.«

»Ungefähr?« Eikes Stimme klang unnatürlich dünn.

»Ein halbes Jahr? Vielleicht ein ganzes? Mit viel Glück. Sie sind noch jung.« Dr. Meyer drehte bedauernd die Handflächen nach oben. »Hoffen wir, dass es sich hinzieht.«

Eike schloss die Augen. Er atmete schwer. Umkrallte das Ende der Decke. Das war gewiss ein Albtraum, aus dem er gleich erwachen würde. Das konnte doch nicht sein. Er war schließlich erst siebenundvierzig Jahre alt. Er hatte nie getrunken, nicht einmal geraucht, obwohl das alle taten. Und nun war ausgerechnet er unheilbar krank und würde sterben?

»Das muss ein Irrtum sein«, stieß er hervor. »Mein Unwohlsein kam einzig und allein von dieser Blinddarmentzündung. Bitte überprüfen Sie das noch einmal.«

»Herr Deeken«, begann Dr. Meyer mit einer sehr weichen Stimme. »Wir haben alles genau untersucht. Bitte glauben Sie mir! Sie wissen um die vielen Blutentnahmen und Untersuchungen, die wir gemacht haben. Es gibt keinen Zweifel.«

Eike glaubte kurz, keine Luft mehr zu bekommen. Er spürte, wie ihm Tränen über die Wangen liefen. »Aber der Nordseehof!«, sagte er dann. »Jemand muss doch die Schäferei am Laufen halten!«

Der Arzt drückte stumm seine Hand.

»Der Nordseehof«, flüsterte Eike wieder. Und immer wieder: »Der Nordseehof!«

»Rufen Sie bitte seine Frau an«, bestimmte Dr. Meyer und nickte Schwester Beeke zu. »Sie soll kommen. Sofort.«

Kapitel 6

Es war ein trüber Novembertag. Schon morgens hatte der Regen aufs Dach geprasselt. Gegen Mittag hatte sich die Sonne für eine Stunde durchgekämpft, jetzt aber war es wieder grau in grau.

Johanna war dabei, Heu in die Raufen der großen Schafställe zu bringen. Die Tiere blökten erwartungsvoll und freuten sich auf das duftende Futter. Sie hatten im Sommer alle Heuschnitte schnell und trocken einbringen können, sodass das Heu eine gute Qualität hatte.

Johanna liebte den Geruch, den es verströmte. Eine letzte Erinnerung an warme, sonnige Tage, die allen Kummer vergessen ließen.

Eike war es nach der Blinddarm-OP zunächst gut gegangen, und sie hatten den Sommer trotz der düsteren Prognose genießen können. Ihr Mann war tapfer, hatte eine Zeit lang die Chemotherapie gemacht, sie dann aber abgebrochen, weil sie ihn zu sehr schwächte. Eike konnte zwar keine schweren Arbeiten verrichten, aber es half, dass er da war. Johanna mochte nicht glauben, was Dr. Meyer prognostiziert hatte, aber der Besuch bei einem weiteren Arzt hatte keine andere Diagnose gebracht. Auch wenn Eike noch viel zu jung war, würde er bald sterben.

Johanna verdrängte den Gedanken jedoch Tag für Tag und akzeptierte die Aussicht einfach nicht. Ihr Mann sollte da sein, mit ihr alt werden, und irgendwann würden sie kurz hintereinander gehen. Nein, sie wollte einfach nicht glauben, dass Eike in Kürze sterben konnte, und so hatte sie sämtliche Verschlechterungen seines Zustandes ignoriert und schöngeredet. Ausflüchte gefunden. Sie wollte nicht ohne Eike sein. Sie brauchte ihn an ihrer Seite. Wie sehr, wurde ihr jetzt, da die Zeit begrenzt war, erst richtig deutlich.

Ein Schaf stupste Johanna so heftig an, dass sie stolperte. »Hey, was machst du?«, sagte sie lächelnd.

Das Schaf blökte und lief weiter. Doch Johanna stutzte. In der Herde war plötzlich eine ungewöhnliche Unruhe zu erkennen. Normalerweise bewegten sich die Tiere gelassen hin und her, doch nun liefen sie auf und ab.

Johanna stopfte das letzte Heu in die Raufe und sah sich verwirrt um, weil die Herde sich nicht beruhigte. Sie pfiff nach Aika, ihrer Schäferhündin, die sofort um die Ecke geschossen kam und am Gatter stehen blieb. Sie setzte sich, hob die Schnauze in die Luft und jaulte auf.

Jetzt wurde Johanna erst recht stutzig, denn es war nicht normal, dass das Tier sich so gebärdete. Sie umrundete den gesamten Stall, und als sie bei den kleinen Koben angekommen war, in denen die Mutterschafe die ersten Tage mit den Lämmern verbrachten, sah sie, warum die Tiere sich so merkwürdig verhielten. Dort lag Eike. Er war blass, seine Haltung unnatürlich verdreht.

Johanna stürzte zu ihrem Mann und rüttelte an seiner Schulter. »Eike! Eike, was ist los?«

Ihm stand der kalte Schweiß auf der Stirn, aber er lebte. Nur reagierte er kein bisschen. Johanna stieß ihn noch einmal an, hockte sich neben ihn und strich ihm übers Haar. Doch weiterhin keine Reaktion.

O mein Gott, dachte sie. Er hat heute Morgen gesagt, dass es ihm nicht gut geht, und ich habe es wie immer abgetan. Nun stirbt er. Hier vor meinen Augen! Johanna rüttelte ihn leicht. Du musst Hilfe holen!, dachte sie. Nun hol doch endlich Hilfe! Aber ihr versagte die Stimme. Endlich entglitt ihrer Kehle ein Schluchzen, und schließlich konnte sie schreien. Ihre Stimme klang merkwürdig schrill, und Johanna kam es vor, als wäre es nicht sie, die hier mit ihrem Mann zwischen den Schafen saß.

Aber das hier war bittere Realität.

Sie sank neben Eike ins Stroh und bettete seinen Kopf in ihren Schoß. Danach schrie sie noch einmal, nur lauter. »Hilfe! So hilf doch jemand!«

Johanna wusste nicht, was sie tun sollte. Sie musste Hilfe holen, aber sie konnte doch Eike nicht allein hier liegen lassen! Wieder hob sie den Kopf, um zu rufen, und endlich steckte Adda den Kopf durch die Stalltür. Sie hatte nach der Diskussion damals kein Wort mehr darüber verloren, den Nordseehof verlassen zu wollen. Ihr Vater war krank, und sie wurde gebraucht. Trotzdem wirkte sie von Tag zu Tag unglücklicher.

»Warum schreist du so, Mama?« Kaum hatte Adda es ausgesprochen, erkannte sie, was los war. »Papa!«, rief sie entsetzt. »Was ist mit ihm?«

»Er muss in die Klinik!« Johanna war plötzlich ganz ruhig und reagierte wie ferngesteuert. »Hol das Auto, ich bringe ihn sofort nach Sanderbusch ins Krankenhaus. Wir legen Papa auf die Rückbank.«

»Mama, du weißt, dass das nicht geht«, antwortete Adda. »Wir müssen den Rettungsdienst rufen.«

Johanna schüttelte den Kopf. »Dein Vater hasst Krankenwagen. Das macht ihm Angst. Keine Diskussion, ich fahre selbst. Los, hol den Kadett!«

»Mama, bekommst du denn gar nichts mehr mit? Das geht heute nicht!«

»Warum geht es nicht?«, fragte sie fahrig. Fragend sah sie ihre Tochter an, die nur mit dem Kopf schüttelte und sagte: »Du bist so weltfremd!«

Adda rannte aus dem Stall. Johanna strich Eike liebevoll eine Strähne aus der Stirn. Sie wusste nicht, was sie falsch gemacht hatte, spürte aber, wie ihr Tränen über die Wangen liefen. Verzweifelt legte sie die Stirn an die ihres Mannes und schluchzte auf. Sie machte immer alles verkehrt. Sogar jetzt, wo es auf Leben und Tod ankam. Warum fand sie nicht endlich den Weg, obwohl es doch schon so lange her war, dass sie falsch abgebogen war?

Johanna hatte kein Gespür dafür, wie lange sie schon neben ihrem Mann kauerte. Es kam ihr wie eine Ewigkeit vor.

Die Stalltür schepperte, als Adda zurückkam. »Der Krankenwagen ist gleich da.«

Johanna richtete sich auf. Eikes Lider flatterten, das machte ihr ein bisschen Mut. »Und warum to'n Düwel konnte ich Papa nicht selbst nach Sanderbusch bringen?«

Warum war sie jetzt so unfreundlich zu Adda? Ihre Tochter konnte schließlich nichts dafür. Johanna wollte sich eben für den harschen Tonfall entschuldigen, als Adda ebenfalls hart und mit einer Zornesfalte auf der Stirn antwortete: »Mama, sag, dass es nicht wahr ist! Du hast es tatsächlich nicht mitbekommen? Wir haben Ölkrise, und wir dürfen heute nicht mit den eigenen Pkws fahren. Autofreier Sonntag!« Sie sog die Luft tief ein. »Vielleicht solltest du ab und zu mal Nachrichten schauen und nicht nur Johnny Cash hören.«

Johanna wurde abwechselnd heiß und kalt. Stimmt, davon hatte Eike gesprochen. Und sie hatte mal wieder nicht hingehört, weil sie sich Gedanken um ein Mutterschaf gemacht hatte. Das Tier hatte sein Lamm verloren, dabei stark geblutet, und so musste es notgeschlachtet werden. Was kümmert sie da ein autofreier Sonntag, wenn sie doch eh nirgendwohin fuhr?

Adda strich ihrem Vater zärtlich über die Stirn. »Ist ohnehin besser, wenn der Rettungswagen ihn ins Krankenhaus bringt. Dann wird er viel schneller versorgt. Es geht ihm schlecht.« Ihr Blick war so weich, dass es Johanna einen Stich versetzte.

Adda liefen jetzt Tränen über die Wangen. »Ich habe solche Angst um Papa!«

»Sie kriegen ihn bestimmt wieder hin«, versuchte Johanna, ihre Tochter zu beruhigen, aber die Worte klangen hohl und abgedroschen. Trotzdem musste sie etwas sagen. Sich selbst Mut machen. Sonst würde sie durchdrehen. »Dein Vater ist ein Kämpfer.«

»Mama, das wird ihm vermutlich nicht mehr helfen. Er ist todkrank.« Adda nahm die Hand ihrer Mutter und sah sie mit einem ungewohnt zärtlichen Ausdruck an. »Du hast es bislang einfach nur nicht zur Kenntnis genommen. Mama, begreife es endlich! Bitte! Sonst wirst du nur verrückt, wenn es so weit ist mit Papa.«

»Und du hast es begriffen?« Johanna entzog Adda abrupt ihre Hand, schob sie dann aber doch wieder in die ihrer Tochter. Es hatte etwas Tröstliches. Schließlich gab es im Moment nur sie beide.

»Ja. Papa und ich haben oft darüber gesprochen. Es

hat ihm geholfen. Er hat doch auch Angst. Verdrängen hilft ihm nichts, weil er weiß, was auf ihn zukommt.« Sie drückte die Finger ihrer Mutter. »Was meinst du wohl, warum ich geblieben bin? Ich wäre sonst längst weg.«

Johanna küsste Eike auf die Stirn. Er atmete flach. Warum nur hatte sie nicht sehen wollen, dass es ihm so schlecht ging? Sie hätte es doch merken müssen und diese schweren Gespräche nicht ihrer jungen Tochter überlassen dürfen. Johanna hatte sich hinter der Arbeit verkrochen. Hinter den Schafen. Den Büchern. Immer nur der Nordseehof.

»Mama, er ist froh, dass du dich so kümmerst«, versuchte Adda, sie zu trösten. »Papa liebt die Schäferei genauso doll wie du. Hörst du die Martinshörner?«

Johanna stand auf. »Bleib du bei Papa. Ich geh nach draußen und weise die Sanitäter ein.« Sie war froh, dass sie den Stall verlassen konnte. Die Situation überforderte sie maßlos.

Die Reifen quietschten, als der Krankenwagen auf den Hof fuhr. Johanna beschrieb kurz, was sich zugetragen hatte, und schon bald lag ihr Mann auf der Trage und wurde in den Rettungswagen geschoben.

»Darf ich mitfahren?«, fragte Johanna. Sie sah bittend zu Adda. »Kümmerst du dich um den Hof? Wir müssen noch füttern, und das eine trächtige Muttertier scheint mir Schwierigkeiten zu haben und –«

»Mama, ich weiß Bescheid!«

Johanna versuchte ein Lächeln. »Danke. Und Uwe …«

»Ich rufe in der Kaserne an. Versprochen! Und ich gebe auch Oma Foline Bescheid.«

Johanna durfte hinten bei Eike sitzen und kletterte in den Rettungswagen. Der Sanitäter wollte eben die Tür schließen, als Johanna erneut ein Schreck durchfuhr, weil sie einen Mann am Hofeingang bemerkte. Das konnte doch nicht sein! Aber sie hätte schwören mögen, dass Reent dort am Scheunentor gestanden hatte.

*

Adda sah dem Krankenwagen nach und zuckte dann erschrocken zusammen. Am Scheunentor stand tatsächlich dieser junge Mann, der schon im Frühling mal aufgetaucht war, sich dann aber nicht mehr hatte blicken lassen, sodass keiner mehr einen Gedanken an ihn verschwendet hatte. Es war zu viel anderes gewesen, was sie beschäftigt hatte. Was wollte er nun ausgerechnet heute hier?

Adda wäre am liebsten davongelaufen. Ihr stand jetzt nicht der Sinn nach Gesprächen mit solch einer merkwürdigen Person wie ihm. Aber da der Mann – hatte er nicht Paul geheißen? – keine Anstalten machte, von allein zu verschwinden, trat sie zögernd einen Schritt auf ihn zu, in der Hoffnung, ihn rasch wieder loszuwerden. »Moin, was willst du hier? Ich kenne dich doch. Paul, oder?«

Er fingerte eine Zigarettenschachtel aus der Tasche und gab sich betont lässig. »Ja, ich bin Paul. Schön, dass du dich an mich erinnerst.« Wieder diese zitternde, dunkle Stimme. Das Feuerzeug klickte, und er zündete die Zigarette an. Dann zog er daran und blies den Qualm in Addas Richtung.

»Was willst du?«, wiederholte sie. »Hör zu, du hast eben gesehen, dass mein Vater mit dem Krankenwagen abgeholt wurde. Wir haben hier im Augenblick große

Sorgen. Ich muss mich um die Tiere kümmern und den anderen Verwandten Bescheid sagen. Also mach es bitte kurz! Ich bin gerade nicht in Stimmung für Spielchen.«

Paul warf die angerauchte Zigarette auf den Boden und trat sie aus. »Gut, dann kurz und knapp. Guten Tag – Cousinchen, falls du Onkel Eikes Tochter bist.« Jetzt kippte die Stimme leicht. Dieser Paul war längst nicht so selbstbewusst, wie er tat.

Adda machte einen Schritt rückwärts und hob erschrocken die Hände. »Wie bitte? Erzähl doch keinen Blödsinn. Ich habe keinen Cousin. Meine beiden Onkel sind lange tot. Bitte verdufte, das ist echt nicht witzig. Und heute schon gar nicht.«

Paul blieb, griff in das Innenfutter seiner Jacke und zog ein Foto hervor. »Guck mal!«

Adda griff hastig danach. Auf dem Bild war ihr Vater zu sehen. Der Mann daneben war eindeutig Onkel Reent. Der Mann, über den man auf dem Nordseehof nur selten, und wenn, sehr vorsichtig sprach. Die Ähnlichkeit zwischen Paul und ihrem verstorbenen Onkel war genauso frappierend wie die zwischen ihm und Deike.

Adda sog tief die Luft ein. Das war alles ein bisschen viel auf einmal. Sie gab Paul das Bild zurück.

»Hat es dir die Sprache verschlagen?« Er grinste sie an und steckte das Foto wieder ein.

»Du heißt aber nicht Deeken, hast du mir erzählt.«

»Nö, ich heiße wie meine Mutter. Die hat dein Onkel nämlich geschwängert, bevor er den Abgang gemacht hat.« Sein Blick wurde hart. »Der wollte von seinem Bastard nichts wissen und hat sie schwanger sitzen gelassen, der feine Herr. Wer weiß, wie viele Sprösslinge er noch hinterlassen hat, die vielleicht auch schon bald hier auftauchen.« Nun kiekste Paul leicht, als hätte er den Stimmbruch noch nicht ganz hinter sich.

Adda wurde es zu bunt. »Mann, was erzählst du da für einen Schiet? Lass mich einfach mit diesen Geschichten in Ruhe. Mein Vater wird bald sterben, und ich habe anderes zu tun, als mich von dir vollsabbeln zu lassen.« Sie drehte sich um und wollte, so schnell es ging, ins Haus laufen, aber Paul hatte das geahnt und griff sie am Ärmel.

»Ich erzähle keinen Scheiß. Absolut nicht.« Seine Stimme hatte er nun wieder im Griff. »Dass Reent Deeken mein Alter ist, hat mir meine Mutter erzählt, und wenn du dir das Bild genau ansiehst, wirst du eine gewisse Ähnlichkeit nicht abstreiten können.«

Adda presste die Lippen zusammen und befreite sich aus Pauls Griff. Aber der war mit seinen Enthüllungen noch nicht fertig.

»Sie hat mir auch vom Nordseehof erzählt. Jetzt habe ich bei der Bank ein paar Tage Urlaub und dachte, ein zweiter Blick und ein kurzes Kennenlernen meiner Familie könnten nicht schaden.«

Adda war von alldem hoffnungslos überfordert und hätte sich am liebsten im Schafstall verkrochen. »Es passt jetzt aber nicht, Paul. Bitte komm ein anderes Mal wieder!« Ihre Stimme klang flehend, doch noch ließ sich ihr vermeintlicher Cousin nicht abwimmeln.

»Der Mann der besten Freundin meiner Mutter hat übrigens hier auch gelebt. Das sollte ich eigentlich nicht wissen, aber ich finde immer heraus, wenn was wichtig ist. Meine Mutter ist eine echte Plaudertasche, wenn sie ein bisschen zu viel Goldwasser hatte.«

Adda durchfuhr ein heißer Blitz. Was wollte Paul wirklich? Und von wem sprach er?

»Wer soll das gewesen sein?«, fragte sie, um überhaupt etwas zu sagen.

»Ein ehemaliger Sklave, der mal in dieser Schäferei schuften musste.«

»Es gab hier keine Sklaven«, fuhr Adda ihn an.

»Dann nenn es Flüchtlingszwangsarbeiter.«

Dass hier früher Leute, die aus den Ostgebieten vertrieben worden waren, gearbeitet hatten, wusste Adda. Aber sie kannte keine Namen, und es interessierte sie auch nicht. Das war doch schon ewig her, was sollten die alten Geschichten?

»Ich weiß nichts davon, und du kannst mir viel erzählen«, herrschte sie Paul an. »Nun hau schon ab!«

Ich wiederhole mich, dachte sie. Nur machte es auf Paul keinen Eindruck.

»Ich sage nur die Wahrheit«, gab er ungerührt zurück, lenkte dann aber überraschenderweise ein. »Ich sehe allerdings, dass der Zeitpunkt meines Besuchs wohl tatsächlich ein wenig ungünstig ist. Ich musste ja sogar von meiner Unterkunft in Neusiel herlaufen, wegen des Fahrverbots.« Er grub seine Zähne in die Unterlippe. »Pass auf, da du gerade viel um die Ohren hast, schlage ich vor, dass ich im neuen Jahr wiederkomme. Mein Anliegen hat keine große Eile. Mir läuft nichts weg. Und wenn ich dich ein weiteres Mal besuche, können wir zwei ganz in Ruhe plaudern, und du wirst keine Ausrede haben.« Er zwinkerte Adda zu, doch es wirkte eher wie eine Drohung.

Sie rang um Fassung. »Ich werde ganz bestimmt nie mehr mit dir *plaudern*.« Sie spie das Wort förmlich aus. »Wir sagen hier im Übrigen schnacken. Oder klönen.«

Paul lächelte überheblich, ehe er sich umwandte und

ein paar Schritte zum Tor hin machte. »Frag deine Mutter doch mal nach Rolf Menzel. Ich glaube, die beiden kannten sich ganz gut. Er hat ziemlich blaue Augen.« Er fixierte Adda, und über sein Gesicht glitt ein Leuchten. »Und alles Gute für meinen Onkel! Schade, dass ich ihn wohl nicht mehr kennenlernen werde. Aber ich komme wieder, denn ich gehöre hierhin, oder wie siehst du das?«

Paul verschwand über den Hof und ließ Adda ratlos zurück. Sie stand wie angewurzelt an der Treppe.

Musste der Typ gerade heute auftauchen und sie mit solchen Dingen konfrontieren? Am liebsten hätte sie das als dummes Zeug abgetan, aber was war, wenn es tatsächlich einen Cousin gab? Wenn ihr Onkel Reent neben Deike und Hajo noch weitere Kinder in die Welt gesetzt hatte? Adda seufzte. Reent Deeken war ein Puzzleteil im Dunkel der Familiengeschichte. Sie war es so leid …

Ich kann mich darum jetzt sowieso nicht kümmern. Im Augenblick geht es einzig um meinen Papa!, dachte sie und schloss kurz die Augen, um sich zu sammeln. Es war besser, sie zählte sich laut auf, was zu tun war, damit sie nicht den Faden verlor und gedanklich abschweifte.

»Erst muss ich versuchen, Uwe zu erreichen. Und Oma Foline. Dann werde ich die Tiere versorgen. Den Gedanken an Paul schiebe ich weit weg. Vielleicht kommt er nie wieder.«

Adda arbeitete ihre Aufgaben mechanisch ab. Als sie fertig war, ging sie ins Esszimmer, von wo man in den Garten schauen konnte, der sich jetzt im November aber eher trist zeigte. Sie setzte sich auf einen der Stühle und starrte hinaus. Die Uhr tickte laut und zeigte ihr, wie viel Zeit bereits vergangen war, seit sie ihren Vater abgeholt hatten. Und noch hatte sie nichts gehört. Adda schlug die Hände vors Gesicht und konnte endlich weinen.

*

Rolf war erleichtert gewesen, als Manu anrief, um Dagmar zu erzählen, dass Paul gleich nach Aufhebung des Fahrverbots schon wieder aus Ostfriesland zurückgekommen war. Ihm lag es unangenehm im Magen, dass der junge Mann zum zweiten Mal zum Nordseehof gefahren war. Er hatte seine Familie kennenlernen wollen, aber wenn er so schnell wieder kam, war das vermutlich nicht von Erfolg gekrönt gewesen.

Rolf saß auf dem Sofa und blätterte durch die Tageszeitung. Dagmar war in der Küche dabei, das Essen zuzubereiten, als es klingelte. »Ich mach auf, das ist bestimmt der Paul. Mir fehlen Kartoffeln, er bringt mir welche.«

Und tatsächlich – Rolf hörte Pauls Stimme im Flur, kurz darauf kam er ins Wohnzimmer.

»Da bin ich wieder«, sagte er und ließ sich auf das Sofa fallen, ohne Rolf zu begrüßen. Wenn die beiden aufeinandertrafen, schien die Luft jedes Mal zu vereisen. »Ostfriesland ist total öde. Ich hab kurz mit der Nichte von meinem Vater gesprochen, aber da war die Stimmung schlecht. Ich fahre vielleicht im neuen Jahr wieder hin. Da hab ich wieder eine Woche frei.«

»Was war denn so schlimm?«, fragte Dagmar und wischte sich die Hände an der bunt karierten Schürze ab.

»Das Wetter. Der Dreck, alles matschig. Aber der Nordseehof hat Klasse!« Er schnüffelte. »Riecht gut, was gibt es denn bei euch?«

»Frikadellen«, gab Dagmar bereitwillig Auskunft. »Möchtest du mitessen?«

Zum Glück lehnte Paul ab. »Meine Mutter macht heute wieder Schnittchen. Sie wäre sicher enttäuscht, wenn ich nicht mitesse.«

»Möchtest du ein Bier?«, bot Dagmar ihm an, und er nickte. »Bier geht immer.«

Dagmar verschwand und kam kurz darauf mit einer Flasche Köpi zurück. Sie stellte ein Glas auf den Tisch und schob den Öffner rüber.

»Ich muss leider wieder in die Küche, hoffentlich kann ich euch allein lassen«, sagte Dagmar gewollt scherzhaft und verließ den Raum.

Rolf ruckelte unruhig auf dem Sofa hin und her. Er wollte unbedingt wissen, was passiert war, aber dazu musste er Paul gegenüber ein bisschen freundlicher auftreten. »Hast du sonst noch wen getroffen, der für dich interessant war?«

Paul grinste ihn an. »Du brauchst nicht um den heißen Brei herumzureden. Ich weiß, dass du da mal gelebt hast, und auch, dass du meine Tante von damals kennst.«

Rolf wurde abwechselnd heiß und kalt. Er legte die Zeitung betont lässig auf den Tisch.

»Gut, das ist ja kein Geheimnis«, antwortete er ruhig. »Ich war dort nach dem Krieg. Johanna Deeken lebte auf dem Nachbarhof. Wir kannten uns von der Friesen-Jugend.«

Paul grinste immer noch. »Wenn das alles so harmlos ist, hättest du ja erzählen können, dass du auch meinen Vater kennst.«

»Ich dachte nicht, dass dich das interessiert. Außerdem wollte ich deiner Mutter nicht vorgreifen.« Rolf nahm sich ein Erdnussflip aus dem Glas auf dem Tisch. »Hast du denn jemanden gesehen?«

Paul nahm ebenfalls einen Flip und kaute genüsslich. »Hab ich. Johanna Deeken. Aber nur kurz. Sie ist dem Krankenwagen nachgefahren.«

»Dem Krankenwagen?« Rolf sprang vor Schreck kurz auf, setzte sich aber sofort wieder. Er sollte sich etwas mehr zurückhalten, dachte er.

Paul goss sich das Bier ins Glas und wartete, bis sich der Schaum ein wenig gesetzt hatte. Er ließ Rolf dabei nicht aus den Augen, so als ahne er, dass er ihm gerade Höllenqualen bereitete.

»Der Krankenwagen«, begann er schließlich wieder. »Ja, da war was los auf dem Nordseehof! Onkel Eike lag darin. Und mein Cousinchen ist fix und foxi.« Wieder musterte Paul ihn. »Sie heißt Adda und hat eindrucksvolle blaue Augen und dunkles Haar.«

Rolf zuckte erschrocken zusammen. Blaue Augen. Dunkles Haar… Lag er doch richtig mit seiner Ahnung, und war das der Grund, warum Johanna den Kontakt derart abrupt beendet hatte?

Rolf hielt es nicht mehr aus und donnerte mit der Faust auf den Tisch. Auf Adda ging er sicherheitshalber nicht ein. »Verdammt, was ist passiert, dass man Eike mit dem Rettungswagen weggeholt hat?«

Paul trank einen Schluck und leckte sich den Schaum genüsslich von den Lippen. »So ein Bier muss man optimal einschenken, dann ist der Schaum auch gut.«

»Paul! Was war da los?«

Manus Sohn machte es sichtlich Freude, ihn hinzuhalten. Er weidete sich daran, Rolf zu quälen, und gab ihm in den wenigen Minuten all die Verachtung zurück, die

Rolf ihn all die Jahre hatte spüren lassen. Eine Verachtung, die Paul schon als Kind nicht verstanden hatte, denn wie hätte er begreifen sollen, dass er einfach nur den falschen Vater hatte – mit dem Rolf damals so sehr aneinandergeraten war, dass er den Nordseehof hatte verlassen müssen?

»Adda sagt, ihr Vater wird sterben. Das ist passiert. Ich denke, mein Onkel ist krank.« Paul trank das Bierglas fast in einem Zug leer und wischte sich mit dem Handrücken den Schaum von den Lippen. »Perfekt gelungen.«

»Was hat Eike denn?«, fragte Rolf. Herrgott, musste man dem Kerl denn alles aus der Nase ziehen?

Paul zuckte mit den Schultern. »Keine Ahnung. Ich habe nicht nachgefragt.« Ein nachdenkliches Lächeln umspielte seine breiten Lippen. »Mal sehen, ob es da noch was zu holen gibt.« Er stand auf. »Ich mach mich jetzt wieder vom Acker. Meine Mutter soll nicht auf mich warten. Ich bin schließlich ein wohlerzogener Sohn.« Er griente breit. »Nun sitzt du ganz schön wie auf heißen Kohlen, oder? Ich sehe doch, wie spannend du es findest, was auf dem Nordseehof passiert. Ach ja, bevor ich es vergesse: Ich hab Adda erzählt, dass du dich früher als Sklave da rumgetrieben hast und dass sie ihre Mutter mal nach dir fragen soll.« Er schnalzte mit der Zunge. »Nur – dass sie deine Augen hat, kann ja nicht sein. Kleiner Scherz! Tante Johanna ist schließlich mit meinem Onkel verheiratet.« Paul schloss die Tür nachdrücklich hinter sich.

Rolf war froh, dass Dagmar in der Küche werkelte und nichts von dem Gespräch mitbekommen hatte.

*

Paul fuhr fröhlich pfeifend nach Hause. Rolf war über seine Enthüllungen ja regelrecht schockiert gewesen! Aber so gemein, wie er sich ihm, Paul, gegenüber stets verhalten hatte, war dieser kleine Rachefeldzug einfach eine kleine Genugtuung.

Er gab ein bisschen Gas, und der Motor seines Porsches heulte auf. Eine alte Frau auf dem Gehweg fuhr erschrocken zusammen.

Paul fuhr Richtung Osterfeld und bog schließlich in die Westerholtstraße ab. Es war ein ruhiges Wohnviertel und seine Straße geprägt von Ein- bis Zweifamilienhäusern.

Er lebte mit seiner Mutter, die er meist beim Vornamen nannte, in einer kleinen Dachgeschosswohnung. Das Haus war weiß gekalkt, und nach hinten hinaus erstreckte sich ein zweitausend Quadratmeter großes Grundstück, auf dem der Vermieter, Herr Wehling, nicht nur einen Gemüsegarten angelegt hatte, sondern auch etliche Hühner und zwei Schweine hielt. Im Winter wurden die Tiere geschlachtet, dann roch es im gepflasterten Hof nach Blut, das die Vermieterin in einer Blechwanne zu Wurst rührte. Die Hühner hingen kopfüber zum Ausbluten an einer Leine. Nur wenige Hennen und ein Hahn durften überleben und sich wieder vermehren.

Paul mochte diese Schlachterei nicht, aber er lehnte es auch nicht ab, wenn Frau Wehling ihnen frische Blut- und Leberwurst vorbeibrachte. Oder wenn sie die überschüssigen Eier mit ihm und seiner Mutter teilte.

Manu kam ihm schon oben an der Tür entgegen. Es roch dort immer muffig, ein bisschen süßlich. Woher der Geruch stammte, wusste Paul nicht, aber er hatte sich als Kind immer vorgestellt, dass es die Überreste der getöteten Tiere waren, die Herr Wehling in den Mauern vergrub.

»Du warst lange weg«, empfing seine Mutter ihn.

»Hab noch mit Rolf gesprochen.«

Manu runzelte die Stirn. »Dann komm mal rein. Ich habe Brote geschmiert und Pfefferminztee gekocht.«

Paul lief das Wasser im Mund zusammen. Er liebte die gemeinsamen Abendmahlzeiten mit seiner Mutter, und sie gestaltete sie immer sehr liebevoll. Manu dekorierte die Schnitten stets mit gefächerten Gewürzgurken, und manchmal gab es auch süßsauren Kürbis, den Manu selbst eingelegt hatte. Den Pfefferminztee nahm Paul in Kauf. Mit zwei Teelöffeln Zucker schmeckte er erträglich. Leider machten sie sonst nicht viel zusammen, weil Manu stets sehr beschäftigt war und die Verbindlichkeit fehlte, so freundlich sie auch miteinander umgingen. Sie waren eine Zweckgemeinschaft ohne viel Nähe, aber mit einer gewissen Stabilität. Paul hatte sich immer eine richtige Familie gewünscht, doch die gab es für ihn nicht. Eigentlich sagte es alles, dass er seine Mutter mit ihrem Vornamen ansprach und nicht mit ›Mama‹ oder ›Mutti‹.

Der Duft des Tees schlug Paul schon im Flur entgegen. Er zog die Jacke aus, hängte den Porsche-Schlüssel ans Brett und flegelte sich an den Tisch.

Manu setzte sich dazu. »Du brauchst bei mir nicht den Halbstarken spielen. Setz dich anständig hin!«

Paul gehorchte. Er wollte sich nicht mit ihr anlegen, immerhin hatte sie stets versucht, ihm ein angenehmes Leben zu bieten, selbst wenn das Elementarste, die Geborgenheit, fehlte.

»Worüber hast du mit Rolf denn gesprochen?«, fragte seine Mutter, als sie zu Ende gegessen hatten.

»Ich hab ihm gesagt, dass ich Adda begegnet bin und sie dunkles Haar und ziemlich blaue Augen hat.«

Jetzt sah Manu ihn betroffen an. »Es ist nicht gut, dass ich dir wirklich alles erzählt habe. Paul, bitte tu mir einen Gefallen: Lass Rolf aus dem Spiel!«

Paul trank den Rest der süßen Teeplörre aus. »Warum? Er ist so ein … Idiot! Er war echt ein bisschen fassungslos, der Herr Oberschlau.«

Manu griff nach seiner Hand und drückte sie fest. »Ich finde es gut, wenn du die Familie deines Vaters kennenlernst und auch den Nordseehof, der schließlich ein Teil deiner Geschichte ist, auch wenn ich nie dort war. Aber was Rolf und Johanna angeht: Das ist verbrannte Erde und ein Tabu.«

»Mensch, Manu, endlich kann ich mich mal gegen seine Arroganz mir gegenüber wehren!«

Seine Mutter schüttelte den Kopf. »Du triffst aber nicht ihn. Du tust Dagmar weh. Bitte lass es!«

Ihr Blick durchbohrte Paul, und er zuckte zurück.

»Versprich es mir, Paul!«

Er spitzte die Lippen. Vorhin hatte er sich noch so schön vorgestellt, wie er Rolf zukünftig piesacken konnte, und nun?

»Aber wenn es für mich wichtig wird, mehr über die beiden zu wissen? Ich meine, wenn es für meine Tante unangenehm ist, vielleicht gibt sie mir dann was, damit ich meinen Mund halte?«

Manu war blass geworden und schlug mit voller Wucht auf die Tischplatte. »Du wirst dich nicht so verhalten wie dein Vater, Paul Ehlers! Du trägst nicht seinen Namen, und das ist auch gut so. Mag sein, dass die anderen Deekens freundliche Menschen sind. Dein Vater war ein Blender, und ich will nicht, dass du so wirst wie er. Versprich es mir!«

Paul senkte den Kopf. Er nickte, doch er wusste nicht, ob er sich daran halten würde. Rolfs und Johannas Geheimnis konnte ihm auf dem Nordseehof ungeahnte Vorteile verschaffen. Er musste darüber nachdenken.

»Du bist kein schlechter Mensch, Paul. Denk immer daran!«

Die Stimme seiner Mutter drang nur noch aus der Ferne zu ihm. Er wollte sie nicht enttäuschen, und doch …

Kapitel 7

Ganz langsam stahl sich der Winter davon, aber es konnte durchaus sein, dass er noch einmal zurückkommen würde. Seit einer Woche lag Addas Papa erneut im Krankenhaus, und diesmal sah es endgültig schlimm aus, nachdem er sich auch nach dem letzten Zusammenbruch im November wider Erwarten berappelt hatte.

In den letzten Tagen war Manfred da gewesen. Er hatte sich seit seinem ersten Besuch immer mal wieder bei ihrem Vater gemeldet. Dass es ihm so schlecht ging, war für Manfred schwer mit anzusehen, und er machte sich offenbar große Sorgen, wie es mit dem Nordseehof weitergehen sollte.

»Ich werde da sein«, hatte er versprochen. »Ich bin euer Freund.«

»Wir kommen schon klar«, war die scharfe Erwiderung ihrer Mutter gewesen. Manfred hatte nur gelächelt und Adda fest umarmt. Sie hatte sich geborgen gefühlt. Vielleicht auch deshalb, weil ihrer Mutter diese Nähe nicht gefiel.

Nun war Adda mit dem Rad auf dem Weg ins Krankenhaus nach Sanderbusch und musste sich immer wieder unterstellen, weil Regenschauer auf sie niederprasselten.

Hinter ihrer Familie lagen schwere drei Monate, in denen sie die eigenartige Begegnung mit diesem Paul fast vergessen hatte. In den Wochen der Hoffnung und der Verzweiflung, des Bangens und Wartens war einfach keine Zeit für andere Probleme gewesen. Es gab auch keine Gedanken an ihre eigenen Pläne, in die Großstadt zu gehen und sich ein eigenes Leben aufzubauen. Und es gab erst recht keinen Platz für einen vermeintlichen Cousin. Er kam ihr nur selten in den Sinn, und wenn doch, passierte es meist dann, wenn sie mit dem Rad unterwegs war und Zeit zum Nachdenken hatte. Mittlerweile war sie ohnehin davon überzeugt, dass sie sich von Paul hatte überrumpeln lassen und es gar keine Ähnlichkeit zwischen ihm und ihrem verstorbenen Onkel gab. Ein durchgeknallter Spinner, sonst nichts. Gut, dass sie ihrer Mutter von dem letzten Gespräch mit ihm nichts erzählt hatte.

Adda durchquerte Sande auf der Hauptstraße, denn das Krankenhaus lag im entgegengesetzten Ortsteil.

In den letzten Wochen war es mit ihrem Vater stetig bergab gegangen. Langsam und quälend. Mit kleinen Spaziergängen nach oben, nur um dann wieder abzustürzen. Gestern hatten die Ärzte gesagt, nun sollten sie Abschied nehmen. Einer nach dem anderen. Manfred war zuerst da gewesen, dann war Uwe gefolgt, der gleich wieder zurück in die Kaserne musste. Oma Foline hatte sich schon zu Hause von Eike verabschiedet. Sie hasste Krankenhäuser.

Adda trat schneller in die Pedale. Ihr klang noch immer Oma Folines Stimme im Ohr. »Es ist wichtig, die Menschen kurz vor dem Tod nicht allein zu lassen. Und es ist schlimm, sie ins Krankenhaus abzuschieben. Früher ist man auf dem Hof gestorben. Im Kreis seiner Lieben. Da konnte die Seele in Frieden gehen. Wie soll sie das im Krankenhaus tun? Da machen sie nicht einmal das Fenster auf, damit sie entschwinden kann. Johanna, du musst dafür sorgen!«

Oma Foline missbilligte, dass ihre Tochter Eike nicht zum Sterben auf den Nordseehof gelassen hatte, aber Johanna war der Ansicht, dass sie im Krankenhaus mehr für Eike tun konnten.

Adda war unsicher, was richtig war. Sie fand es befremdlich, dass man die Toten früher im eigenen Bett hatte sterben lassen, ihnen Anzüge oder schöne Kleider angezogen hatte und die ganze Nachbarschaft zu den Trauernden gepilgert war.

Andererseits war es im Krankenhaus steril und unpersönlich, wenngleich immer Schwestern da waren, die sich um ihren Vater kümmerten. Aber sie taten eben nur ihre Pflicht.

Trotzdem verstand sie ihre Oma, denn auch sie fand es wichtig, mit den Sterbenden noch einmal ausführlich zu sprechen. Glücklicherweise hatte sich ihr Vater Adda gegenüber immer geöffnet und schien froh darüber zu sein, dass sie ehrlich miteinander umgehen konnten.

Adda bog nach links zum Krankenhaus ab und sah den rot geklinkerten und verschachtelten Komplex vor sich liegen. Er bestand aus mehreren Gebäudekomplexen und wirkte auf Unkundige verwirrend, aber Adda kannte sich inzwischen aus und kam problemlos zurecht. Sie verlangsamte den Tritt in die Pedale. Würde es tatsächlich das letzte Mal sein, dass sie ihren Vater sah?

Ihr war nicht wohl, denn ihre Mutter hatte gesagt, sie solle sich kurzfassen, weil auch sie noch ins Krankenhaus fahren wollte. Wegen der knappen Besuchszeiten war die Zeitspanne begrenzt.

Adda hatte den Fahrradstand erreicht und schloss das Rad ab. Dann steuerte sie auf den Eingang zu und passierte die Eingangshalle. Es roch nach Desinfektionsmitteln und Bohnerwachs. Der grau melierte Boden schien zu glänzen. Schwestern mit Häubchen huschten an Adda vorbei. Einige schoben Wägelchen mit Wäsche, wieder andere trugen Tabletts mit Spritzen darauf. Es herrschte Betriebsamkeit und zugleich eine verräterische Ruhe, denn hinter den weißen Türen gab es oft Leid und Schmerz. Verschlossenes Elend.

Adda verlangsamte den Schritt, weil sie sich sammeln wollte, ehe sie auf ihren Vater traf. Bevor sie anklopfte, verharrte sie eine Weile vor der Zimmertür. Dann hob sie die Hand und berührte das Türblatt.

Ihr Vater antwortete auf das zaghafte Klopfen nicht, deshalb drückte sie die Tür nur ein Stück auf und schaute erst ins Zimmer, ehe sie sie ganz öffnete.

»Papa?«, fragte sie.

Er hob drei Finger, ließ sie aber sofort wieder fallen. Adda näherte sich leise und vorsichtig.

Ihr Vater lag mit wächsernem Gesicht im weiß bezogenen Bett. An seinem Arm hing eine Infusion, die langsam vor sich hin tröpfelte.

»Adda«, hauchte er, als sie ihn mit einem Kuss auf die Wange begrüßte. »Schön, dass du kommst.« Er versuchte ein Lächeln, doch es wirkte verrutscht.

Adda zog sich einen Stuhl ans Bett und griff nach seiner Hand. Sie war kühl und hing schlaff in ihrer. »Wie geht es dir?«, fragte sie und schalt sich sofort innerlich wegen dieser saudämlichen Frage. Aber sie wusste plötzlich nicht, was sie sagen sollte. Alle Gedanken, die ihr durch den Kopf gingen, wirkten so bedeutungslos. Was war jetzt noch wichtig? Dass der eine Heuballen hatte verbrannt werden müssen, weil er in der Mitte schimmelig gewesen war? Dass sie den Deichauftrieb im Frühjahr nach der Lammzeit planten, mit der Gewissheit, dass er nie wieder dabei sein konnte und sie deshalb schon überlegten, wie sie es bewerkstelligen sollten? Worüber sprach man mit einem Menschen, den man vermutlich zum letzten Mal sah?

Adda betrachtete ihren Vater. Seine Atemzüge gingen schwer und langsam, aber er war noch bei klarem Verstand. »Es geht zu Ende, mein Kind, aber sie geben mir was gegen die Schmerzen. Nun müssen wir uns verabschieden.«

Adda war froh, dass ihr Vater das Thema von sich aus ansprach. Es war gut, nicht um den Tod herumreden zu müssen. Das erleichterte vieles.

Ihr Vater rang nach Luft und schluckte schwer, bevor er sagte: »Du sollst nicht traurig sein, mien Deern.« Wieder brauchte er eine Pause. Er leckte über seine Lippen. Adda sprang auf und gab ihm aus der Schnabeltasse einen Schluck Wasser. Danach dauerte es einen Augenblick, ehe er weiterreden konnte. »Danke. Ich muss dir noch was sagen. Reent. Mein Bruder… Er war kein guter Mensch. Egal, was auch immer du hören wirst und von wem auch immer. Es war deine Mutter, der wir das Überleben der Schäferei zu verdanken haben.«

Adda schluckte. Ihr Vater war schwach, aber so, wie er nach Worten rang, wollte er noch etwas anderes loswerden.

Adda legte ihre Hand tröstend auf seine. »Was auch

immer man mir sagt, ich glaube dir. Reent ist schon lange tot. Wer sollte noch über ihn sprechen?«

»Der junge Mann, von dem du gesprochen hast«, sagte ihr Vater. »Der junge Mann. Sei auf der Hut.«

Addas Herz schlug schneller. Gerade überlegte sie, doch von Pauls zweitem Auftauchen zu erzählen, doch ihr Vater winkte ab. »Nicht. Einfach nur achtgeben.«

Seine Stimme wurde dünner, aber Adda verstand dennoch, was er sagte. »Deine Mutter. Sie ist das Beste, was mir passieren konnte. Aber es sterben auch Menschen an ungelebten Träumen, hörst du? Sie sterben, weil sie verkümmern. Und sie sterben, weil sie sich in Gefahr begeben, um doch kurz nach ihnen greifen zu können. Gib nie auf, wofür du brennst, hörst du, mien Deern? Verrate deine Träume nie. Du darfst träumen, mien lüttje Wicht.« Ihr Vater seufzte einmal laut. Das Reden hatte ihm offenbar alles abverlangt. Er schloss die Lider, und ihm lief eine Träne aus dem rechten Augenwinkel.

»Schscht«, sagte Adda und wischte sie mit der Außenkante des Zeigefingers weg. Mien lüttje Wicht, mein kleines Mädchen, hatte Papa gesagt. So wie früher, als sie noch auf seinem Schoß gesessen hatte. »Du musst nichts mehr sagen, Papa. Ich mach alles so, wie du es möchtest. Ich hab dich lieb.« Und weil Adda nichts mehr einfiel, schob sie noch hinterher: »Ich bleib noch ein bisschen bei dir. Ich bin gern in deiner Nähe.«

Ein leichtes Lächeln umspielte die Lippen ihres Vaters, und er schlief erschöpft ein. Adda konnte sich nicht von ihm trennen, wollte sich jede Linie auf seinem Gesicht einprägen, jede Sekunde in ihrer Erinnerung behalten. Seine Atemzüge wurden tiefer und schwerer, manchmal hörten sie ganz auf.

So verstrich die Zeit. Adda blieb bei ihm sitzen, bis es dämmerte und eine Schwester hereinkam. Sie sah nach ihrem Vater und spritzte ihm etwas in den Oberschenkel.

»Sie müssen gleich gehen, Fräulein Deeken.« Die Pflegerin warf einen letzten prüfenden Blick auf Addas Vater. »Es ist zu anstrengend für ihn, und die Besuchszeit ist gleich vorbei. Sagen Sie bitte Lebewohl.«

Adda schrak zusammen. Erst jetzt wurde ihr klar, dass sie die Zeit völlig vergessen hatte. So ein Mist! Mama wollte doch auch noch herkommen. Und nun hatte Adda den ganzen Nachmittag hier gesessen. Das würde Ärger geben.

Ihr Vater atmete gerade ein paarmal sehr tief ein, danach entstand eine unglaublich lange Pause.

Die Schwester tippte Adda auf die Schulter. »Nun gehen Sie schon, Fräulein Deeken. Ihr Vater hat es auch bald geschafft. Dauert nicht mehr lange.«

Adda schaute verunsichert zu ihrem Vater, dessen merkwürdig tiefe Atemzüge erneut begannen.

Adda drückte seine Hand, stand auf und hauchte ihm einen Kuss auf die Stirn. »Mach's gut, Papa! Mama kommt gleich noch.« Er stöhnte leise, und sie verließ das Zimmer.

Im Flur lehnte sie sich mit dem Rücken an die Wand und schloss die Augen. Sie wollte nicht, dass es so war. Sie wollte, dass ihr Vater fröhlich pfeifend über den Nordseehof schlenderte. Immer mit einem freundlichen Wort für alle auf den Lippen. Und sie wollte, dass er mitkam und sich über das schimmelige Heu ärgerte. Er sollte wütend gegen den Ballen treten, um gleich darauf über seine überschießende Reaktion zu lachen.

»Ein Deeken sollte sich als Ostfriese nicht zu solch derben Gefühlsausbrüchen hinreißen lassen«, sagte er dann immer. Und doch wäre es schön, wenn er noch ein einziges Mal fluchen würde!

Aber als Adda die Augen öffnete, stand sie noch immer im kalten Flur des Krankenhauses. Hinter der Tür rang ihr Vater um sein Leben, mit dem sicheren Wissen, dass er unterliegen würde. Und sie, Adda, war zu lange bei ihm geblieben. Die Besuchszeit war in einer halben Stunde zu Ende. Hoffentlich würden sie ihre Mutter gleich noch zu ihm lassen. Sie hatte Papa doch gesagt, dass sie noch kommen würde!

Adda liefen Tränen die Wangen herunter. Sie dachte noch einmal an das bleiche Gesicht ihres Vaters und an seine letzten Worte, die er ihr mit auf den Weg gegeben hatte. Sie sollte träumen!

»Später«, sagte sie leise zu sich selbst. Später würde sie ihre Träume leben. Jetzt musste sie los. Nach Hause. Damit Mama kommen konnte.

Auf dem Rückweg überlegte Adda, ihre Mutter zu fragen, wovon ihr Vater gesprochen hatte. Was war damals mit Reent passiert? Doch dann entschied sie sich dagegen. Das Geheimnis konnte sie später noch lüften.

*

Johanna wartete schon ungeduldig auf Adda und schaute immer wieder auf die Uhr, während sie im Stall nach dem Rechten sah. Es wurde Zeit, zum Krankenhaus zu fahren, aber sie wollte den Hof nicht sich selbst überlassen, mit den Tieren konnte immer etwas sein. Deshalb war sie darauf angewiesen, dass ihre Tochter zurückkam.

Wo blieb Adda nur? Mechanisch verrichtete Johanna, was noch zu tun war. Sie überprüfte die Futtermengen, schaute, ob es den Schafen gut ging, und kümmerte sich um die beiden letzten verbliebenen Pferde. Sie setzten sie manchmal noch auf dem Feld ein oder fuhren mit ihnen im schwarzen Zweispänner durch die Marsch. Eike hatte sich nicht von dieser lieb gewonnenen Tradition trennen können.

Johanna füllte sämtliche Vorräte auf und fettete das Kumt ein. Es hatte einige weiße Stellen, weil Eike die Pferde so lange nicht eingespannt hatte.

Schließlich verließ Johanna den Stall und ging ins Haus. Sie wollte dort ein Glas Milch trinken und dabei auf Adda warten. Johanna musste eine neue Tüte öffnen. Sie schnitt die Ecke am Milchtütenschlauch ab und stellte die Tüte in den hellblauen Plastikbehälter. Dann goss sie sich ein Glas ein und trank es mit großen Schlucken aus. Anschließend ging es ihr besser.

Früher haben wir die Milch noch in Kannen vom Eilershof geholt, dachte sie wehmütig. Heute trank man sie aus Plastiktüten, weil es praktischer war, als die Rohmilch ständig zu Hause abkochen zu müssen.

Johanna schaute aus dem Fenster, in der Hoffnung, Adda auf den Hof radeln zu sehen. Sie seufzte ergeben und ging ins Bad, weil sie sich umziehen wollte, ehe sie ins Krankenhaus fuhr. Zum Duschen war es zu spät. Deshalb musste eine Katzenwäsche reichen.

Duschen war ohnehin nicht angenehm unter den Umständen, mit denen sie zurechtzukommen hatten. Sie hatten in der Badewanne einen Duschkopf angebracht, und über dem Wannenrand hing ein Vorhang, der allerdings ständig an Johannas Körper klebte. Was hätte sie darum gegeben, ein so modernes Bad wie Ingo und Theda zu haben! Hübsch rosa gefliest und mit einer echten

Duschkabine. Die Wände in ihrem eigenen Bad waren noch weiß gekalkt, und die Emaille des Waschbeckens und der Badewanne blätterte an vielen Stellen ab.

Johanna wusch sich, trocknete sich ab und überlegte, was sie anziehen sollte. Was war die passende Kleidung, wenn man zum vielleicht letzten Besuch des eigenen Mannes ins Krankenhaus fuhr? Schon Trauer? Das erschien Johanna dann doch zu viel, und sie entschied sich für einen dunkelgrünen Hosenanzug.

Sie bürstete ihr aschblondes Haar und band es zu einem Pferdeschwanz zusammen. Dann ging sie zurück in die Küche und setzte sich an den Tisch. Gut, dass wenigstens Uwe gestern schon bei Eike gewesen war. Er hatte sich trotz der dramatischen Situation nicht länger von seiner Kaserne entfernen dürfen. Johanna wusste, dass er insgeheim froh darüber war, denn er hatte große Probleme damit, den Anblick seines Vaters zu ertragen. Deshalb war sein schneller Aufbruch fast so etwas wie eine Flucht gewesen.

Überhaupt hatte sich ihr Sohn verändert. Er hatte kaum Interesse an der Arbeit auf dem Hof gezeigt und sich auch sonst sehr distanziert verhalten. Ein bisschen beunruhigte Johanna das, aber darüber wollte sie sich ein anderes Mal Gedanken machen. Sie nahm sich noch ein Glas Milch.

Apropos Aufbruch, dachte Johanna: Sie war froh, dass Manfred seit gestern wieder fort war. Er war zwar nett, aber für ihr Empfinden hatte er ein zu einnehmendes Wesen.

Die Kirchenglocke von Neusiel schlug einmal. Es war halb sechs. »Jetzt ist nur noch eine halbe Stunde Besuchszeit!«, schimpfte Johanna. »Die Deern kann was erleben!

Wer weiß, wo sie sich noch herumtreibt.« Sie stand auf, weil die Hühner noch in den Stall getrieben werden mussten, und ärgerte sich, denn sie war schließlich schon für den Krankenbesuch zurechtgemacht.

Johanna schlüpfte in ihre Jacke, ging zum Hühnerstall und sperrte das Federvieh für die Nacht ein. Sie verriegelte alles und ging zum Auto.

Ich fahre jetzt los, dachte sie, notfalls werfe ich Adda höchstpersönlich aus dem Krankenzimmer.

Du hättest längst bei ihm sein können, hörte sie plötzlich eine innere Stimme. Was wäre schlimm daran gewesen, den Hof eine Stunde allein zu lassen und sich über Schwester Beeke hinwegzusetzen? Es geht um deinen Mann! Sonst bist du auch nicht feige.

Johanna verdrängte die Stimme, weil sie wusste, dass sie recht hatte.

In dem Augenblick fuhr Adda auf den Hof. Das Rad holperte über das Kopfsteinpflaster, ehe ihre Tochter es an der Hauswand abstellte. Sie sah blass aus und völlig verheult.

»Was ist passiert?«, fragte Johanna. Eine eisige Hand schien nach ihrem Herzen zu greifen. Bitte nicht, sandte sie ein Stoßgebet zum Himmel. Lass es noch nicht zu spät sein.

Adda fiel ihr laut schluchzend um den Hals. »Ich halte das nicht aus, Mama! Papa kann doch nicht einfach so sterben!« Sie zitterte heftig, und Johanna legte unsicher die Arme um ihre Tochter. Fort war all die Wut von eben. Ihre Tochter wirkte völlig überfordert. Sie hätte sie nicht allein zum Vater fahren lassen sollen.

»Ach, meine Kleine!«, sagte Johanna jedoch nur. »So ist es, wenn das Leben zu Ende geht.« Meine Güte, klang das abgebrüht! Johanna schämte sich sofort wegen dieser Worte.

»Die Schwester hat gesagt, er macht es nicht mehr lange, und weißt du, was? Sie hat recht! Ich spüre das. Papa hat heute zum letzten Mal mit mir gesprochen.«

Johanna wusste nicht, was sie darauf antworten sollte.

»Du musst schnell zu ihm fahren«, sagte Adda schließlich.

»Ich habe auf dich gewartet. Ich hoffe, sie lassen mich noch rein. Du bist spät!« Der letzte Satz kam schärfer, als Johanna es gewollt hatte. Verdammt, warum war sie schon wieder so unfreundlich zu Adda! »Möchtest du gleich was essen oder auf meine Rückkehr warten?«, fragte sie mit fürsorglicher Stimme, aber sie erreichte ihre Tochter nicht mehr. Der Augenblick war verschenkt. Wie so oft.

Adda schüttelte heftig mit dem Kopf. »Ich mag nichts. Aber ich fahre gleich noch zu Deike. Ich halte es auf dem Nordseehof im Moment nicht aus. Hier erinnert mich alles an Papa!«

Johanna schob Adda ein Stück von sich und sah sie an. »Ist gut. Ich mache mich jetzt auf den Weg. Es kann aber sein, dass ich heute Nacht nicht nach Hause komme, wenn sie mich bei Eike lassen.«

Adda wischte sich nickend die letzten Tränen mit dem Ärmel aus dem Gesicht. Ihre Miene war nun weicher, genau wie ihre Stimme. »Ich kümmere mich um alles, wenn du dableiben musst, Mama. Du kannst dich auf mich verlassen.«

Johanna wollte eben zum Auto gehen, als das Telefon klingelte. Eike hatte die Anlage so angebracht, dass man die Schelle auf dem gesamten Hof hören konnte.

Johanna rannte in den Flur und riss den Hörer von der Gabel. Ihr tönte eine kühle Stimme entgegen.

»Moin, Frau Deeken. Hier spricht Schwester Beeke.« Sie machte eine Pause.

»Ja«, antwortete Johanna und schluckte. Eigentlich hätte die Schwester gar nicht weiterzusprechen brauchen, sie wusste auch so, was kam.

»Ich muss Ihnen leider die traurige Mitteilung machen, dass Ihr Mann es nicht geschafft hat. Er ist soeben verstorben.«

Johanna schüttelte ungläubig mit dem Kopf. »Aber ... das kann doch nicht sein. Ich wollte gerade losfahren ...«

»Tut mir leid, Frau Deeken ... Wir bringen Ihren Mann auch gleich nach unten. Bitte sagen Sie uns morgen, welchen Bestatter Sie gewählt haben. Mein herzliches Beileid.«

Johanna nickte, doch das konnte die Schwester ja nicht sehen. »Ist noch was?«, fragte sie dann, weil Schwester Beeke noch nicht aufgelegt hatte.

»Ja, die Sachen Ihres Mannes ... Wann möchten Sie die abholen?«

»Morgen. Ich komme morgen«, sagte Johanna tonlos und ließ den Hörer auf die Gabel sinken. Nun war es passiert.

Ja, sie hatte gewusst, dass es so kommen würde. Und sie hatte ihren Kindern die Möglichkeit gegeben, sich zu verabschieden. Aber sie selbst hatte Eike auch noch etwas sagen wollen. Etwas, zu dem sie sich in all den Jahren nie richtig hatte durchringen können. Für das sie sich viel zu lange Zeit gelassen hatte, denn sie hätte Gelegenheiten genug gehabt. Und auch heute hatte sie die Arbeit auf dem Hof vorgeschoben, weil sie nicht gewusst hatte, ob sie die Worte über ihre Lippen bringen würde. Was war sie für ein erbärmlicher Feigling geworden.

Jetzt war Eike tot, und alles würde ungesagt bleiben.

Johanna setzte sich auf den Stuhl neben dem Telefonschränkchen. Sie war allein. Ohne Eike.

Und als ihr das bewusst wurde, begriff sie, welchen Halt er ihr stets gegeben hatte.

Kapitel 8

»Traudl Treichl hat Silber!«, jubelte Rolf und sprang vom Sessel hoch. »Dagmar, sie hat Silber!«

»Ja doch, Menzelchen«, antwortete sie und strich über ihr grasgrünes Strickkleid. Es endete eine Handbreit über dem Knie. Dagmar sah heute zum Anbeißen aus, sie hatte einen guten Tag. »Nun bleib mal entspannt.« Sie wuchtete das Bügelbrett aus der Ecke hervor und stellte das Bügeleisen an. »Ich muss noch die Wäsche wegarbeiten, damit du wieder was zum Anziehen hast.«

Rolf zuckte mit den Schultern. Es war ungewöhnlich, dass seine Frau sich nicht mitfreute. Eigentlich liebte sie sämtliche Sportereignisse. Und nun fand sie Bügeln interessanter? Es wurde immer schlimmer mit ihnen. Sie hatten kaum mehr Gesprächsthemen. Und wenn nun nicht einmal mehr der Sport zündete …

»Weißt du, was ich heute gehört habe?«, sagte Dagmar und legte Rolfs Hemd aufs Brett. »Im April kommt der Carrell mit einer neuen Show. *Am laufenden Band* soll sie heißen!«

»Das ist schön für dich«, antwortete Rolf versöhnlich, obwohl ihn das überhaupt nicht interessierte. »Aber wollen wir nächste Woche nicht mal wieder um die Häuser ziehen?«, fragte er. »Freunde treffen und ein Bierchen zusammen trinken?«

Rolf vermisste das gemeinsame Ausgehen, denn danach hatten sie sich immer etwas zu erzählen gehabt. Und jetzt? Sprachlosigkeit. Desinteresse.

»Du weißt, dass ich das nicht mehr mag«, antwortete Dagmar. »Ich finde es zu Hause vor der Glotze so kuschelig. Und was hast du eben gesagt? Wer hat Silber?«

»Traudl Treichl. Bei der Skiweltmeisterschaft im Riesenslalom.« Früher hätte seine Frau so etwas gewusst. »In Farbe zu gucken, ist wirklich ein Genuss! Dagmar, es war eine gute Entscheidung, die schwarz-weiße Flimmerkiste wegzugeben. In Farbe ist es viel imposanter.«

»Pah«, machte Dagmar. »Ich finde die Farben oft unangenehm grell.« Sie nahm das nächste Hemd aus dem Wäschekorb.

Es war Sonntag, und obwohl überwiegend die Sonne schien, war es kühl draußen, und sie verspürten beide nur wenig Lust, das Haus zu verlassen. Außerdem wollte Rolf gern weiter die Skiweltmeisterschaften in St. Moritz sehen.

Doch er konnte sich kaum auf den Fernseher konzentrieren. Ständig hörte er das leichte »Wumm«, wenn Dagmar das Eisen auf den Stoff knallte, und kurz darauf das Zischen, weil sie ein feuchtes Tuch dazwischenlegte.

Da klingelte das Telefon. Rolf schälte sich aus dem Sessel und ging in den Flur. Verärgert, weil er nun die Siegerehrung verpasste. »Menzel.«

»Bist du es, Rolf?«

»Ja, wer ist da?« Er konnte die Stimme am anderen Ende der Leitung nicht zuordnen.

»Theda. Theda de Vries aus Neusiel.«

»Theda!«, stieß Rolf hervor. »Ist was mit Johanna? Geht es ihr gut?« Er erschrak, weil er sofort Johannas Namen ausgesprochen hatte. Aber wenn Theda anrief …

Dagmar war in den Flur getreten und hörte interessiert zu.

Rolf versuchte, sich auf das Gespräch mit Theda zu konzentrieren, aber Dagmars Anwesenheit lenkte ihn ab. Nur konnte er sie schlecht zurück ans Bügelbrett schicken.

»Mit Johanna ist nichts, Rolf«, sagte Theda, und ihm fiel ein Stein vom Herzen. »Ich rufe an, weil Eike gestorben ist. Ich dachte, das solltest du wissen. Er wird heute beerdigt.«

»Eike ist tot?«, wiederholte Rolf, obwohl es ihn nicht überraschte. Immerhin hatte Paul angedeutet, wie krank er war, nur war das schon eine Weile her, und Rolf war davon ausgegangen, dass es doch nicht so schlimm um ihn stand. »War er krank?« Er wollte Theda nicht sagen, dass Reents Sohn den Nordseehof besucht hatte. Schließlich wusste sie nichts von Paul, und mit etwas Glück würde das auch so bleiben.

Dagmar war derweil kurz ins Wohnzimmer gegangen und hatte den Stecker des Bügeleisens aus der Dose gezogen. Jetzt lehnte sie im Türrahmen, hatte die Beine übereinandergestellt. Sie zündete sich eine Zigarette an und blies den Qualm lasziv zu ihm herüber. Rolf wedelte ihn mit der Hand fort und versuchte weiter, sich auf das Gespräch mit Theda zu konzentrieren.

»Eike hatte Krebs. Er kam schon letztes Frühjahr ins Krankenhaus, weil er einen Blinddarmdurchbruch hatte. Da hat man das festgestellt. Und ihm gesagt, er würde nicht mehr lange leben. Den Sommer über ging es ihm einigermaßen. Da war er noch recht gesund, auch wenn ihm wohl oft übel war und er sehr abgenommen hat. Aber seit Weihnachten ging es krass bergab. Letzte Woche musste Johanna ihn wieder ins Krankenhaus bringen.«

»Oje.« Rolf wusste nicht, was er auf diese furchtbare Nachricht antworten sollte. »Hat er große Schmerzen gehabt?«

Theda antwortete nicht sofort. Sie schien ebenfalls zu rauchen, denn Rolf hörte, wie sie an einer Zigarette sog.

»Eher nicht. Er stand unter Medikamenten, am Ende hat er Morphium bekommen. Es war für die Familie eine harte Zeit.«

»Und die Schäferei?«, fragte Rolf. »Wer kümmert sich jetzt um den Nordseehof?« Wieder umwaberte ihn Dagmars Qualm. Er sah, wie sie ins Wohnzimmer ging und sich ein Glas aus dem Schrank nahm. Dann öffnete sie die Bar. Es gluckste, als sie sich ihr Goldwasser einschenkte.

»Natürlich wird Johanna die Schäferei weiterhin leiten. Es ist ihr Leben!«, riss ihn Theda aus seinen Betrachtungen. »Und wenn Uwe vom Bund zurück ist, kann er auch helfen. Er ist der geborene Schäfer, ganz wie Eike.« Wieder schien sie an der Zigarette zu ziehen. »Aber ich glaube, er hat heimlich andere Pläne. Nur geht das eben nicht, wenn man mit dem Nordseehof verwachsen ist. Das muss ich dir wohl nicht erzählen.«

Der Nordseehof und immer wieder der Nordseehof, ging es Rolf durch den Kopf. »Hauptsache, sie kommen zurecht«, erwiderte er dann, um überhaupt etwas zu sagen.

Er fühlte sich gerade immens unter Druck. Links von ihm stand wieder Dagmar, das Glas mit dem Goldwasser in der einen, die halb aufgerauchte Zigarette in der anderen Hand. Ab und zu aschte sie auf einen kleinen Teller.

An seinem Ohr aber hatte er Theda, die engste Vertraute seiner Hanna, und sie wollte etwas von ihm. Sonst hätte sie niemals angerufen.

»Sie kommen zurecht – aber eine wird Probleme haben.« Theda machte eine bedeutungsschwere Pause. »Und genau deshalb rufe ich dich an, Rolf. Weil du der Einzige bist, der das ändern kann.«

Rolf lachte bitter auf. »Was soll ich, bitte schön, an der Situation in der Schäferei ändern können? Ich bin von dort vertrieben worden, hast du das vergessen? Mich will man da nicht sehen.«

»Trotzdem«, beharrte Theda. »Trotzdem könntest du was tun.«

Rolf wurde ungeduldig, weil Theda um den heißen Brei herumredete und ihn Dagmar mit ihren Blicken aufzuspießen schien. »Nun sag endlich, was du willst!«

»Es geht um Adda. Deine Tochter. Sie wird auf dem Nordseehof zugrunde gehen, glaub es mir.«

»Ist sie denn wirklich meine …?«, brachte Rolf hervor, sprach aber den Satz nicht zu Ende. Jahrelang hatten sie daraus ein Geheimnis gemacht, und nun haute ihm Theda diese Tatsache einfach so am Telefon um die Ohren. Er musste sich an der Kommode abstützen. Als er festen Halt verspürte, rieb er sich die Stirn.

»Ganz sicher, Rolf«, hörte er Thedas Stimme wie aus der Ferne.

»Johanna hat mich darüber im Unklaren gelassen. Wie kannst du dir so sicher sein, dass es so ist? Hanna ist Eikes Frau …«

Theda lachte auf. »Du musst Adda nur ansehen.«

Wumms. Das war exakt Pauls Aussage gewesen. Rolf wurde schwindelig.

»Wusste Eike das?«, brachte er hervor, als er sich wieder in der Gewalt hatte.

»Ich vermute es, aber gesagt hat er nie etwas. Er hat Adda sehr geliebt, während Johanna ihre Schwierigkeiten mit ihr hat. Ich denke, es ist das schlechte Gewissen. Sie traut sich nicht, die Deern zu lieben, so als ob sie damit Eike wehtun könnte. Aber das ist ja nun egal.«

»Warum erzählst du mir das?«, fragte Rolf.

»Jetzt, wo Eike tot ist, bin ich der Ansicht, dass du es wissen solltest. Auch wenn Johanna es dir bestimmt nicht sagen würde. Allein, um Adda zu schützen. Aber ich weiß, dass du vernünftig mit diesem Wissen umgehen wirst.«

Rolf schluckte und versuchte, seine Gedanken zu sortieren. Dabei schaute er nicht zu Dagmar, sonst wäre es ihm nicht gelungen. »Warum fällst du Hanna in den Rücken und verrätst mir, was sicher immer ihr Geheimnis bleiben sollte? Das ist unfair.«

»Ganz einfach, Rolf. Weil mein Schweigen Addas Unglück bedeuten würde, und das kann ich nicht verantworten. Sie muss weg aus Neusiel! Sie darf ihre Träume nicht begraben, so wie Johanna es getan hat. Johanna ist lange nicht mehr die, die du kennst. Sie ist verbittert. Traurig. Und hat einen ungesunden Ehrgeiz, weil sie nur noch für den Nordseehof lebt. Deshalb hat sie es sogar nicht geschafft, Eike vor seinem Tod noch einmal zu sehen. Erst die Arbeit, dann der Kranke. Den Hof mal eine Stunde alleinlassen? Nie und nimmer!« Theda echauffierte sich regelrecht. »Nein, du würdest sie nicht wiedererkennen. Sie scheint sich selbst ständig beweisen zu wollen, dass sie alles richtig gemacht hat. Bitte, Rolf! Hilf deinem Kind! Ihr blüht dasselbe Schicksal wie damals Johanna!« Jetzt klang Theda fast verzweifelt. Sie sorgte sich offenbar sehr um Adda. »Mach es geschickt, ohne dich zu verraten!«

»Aber … aber wie denn?«, stotterte Rolf.

»Lass dir was einfallen. Möglichst schnell. So, ich muss wieder an die Arbeit. Du weißt nun, was du wissen musst. Mach was draus!«

Theda legte so abrupt auf, als wüsste sie selbst nicht, ob sie das Richtige getan hatte. Rolf starrte auf den Hörer in seiner Hand, obwohl nur noch eintöniges Tuten zu hören war.

»Wer war das?«, fragte Dagmar mit gefährlich ruhiger Stimme.

Sie wusste es doch ganz genau!

»Theda. Aus Neusiel«, gab Rolf dennoch bereitwillig Auskunft. Es war besser, sie jetzt nicht zu reizen. »Hannas Cousine. Eike ist tot. Er wird morgen beerdigt.«

»Und was hast du damit zu tun?« Dagmar sog heftig an der Zigarette und verschluckte sich fast am Qualm.

»Ich … ich habe eine Tochter«, stotterte Rolf. »Mit Johanna.«

Dagmar wurde bleich und musste sich kurz an der Kommode abstützen. »Wie alt ist sie?«

»Achtzehn. Bald neunzehn.« Mist, seine Antwort kam zu schnell.

Hinter Dagmars Stirn arbeitete es. »Dann hast du diese Frau geschwängert, nachdem sie schon den älteren Sohn hatte.«

Rolf nickte. »Ja.«

Dagmar war weiß wie die Wand, doch es stand ihr nicht zu, über ihn zu urteilen. Sie hatte schließlich auch etwas mit Reent angefangen, was vorübergehend zum Bruch zwischen ihnen geführt hatte. Ihre freie Hand umklammerte den Türrahmen.

»Ich habe es all die Jahre geahnt, aber nun weiß ich es mit Sicherheit. Die Vergangenheit hat mich eingeholt. Was soll ich tun, Dagmar?«

»Das fragst du mich? Die keine Gören bekommen kann?«

Sie schüttelte zornig den Kopf. »Warum hat diese Theda dich überhaupt angerufen?«

»Ich soll Adda da wegholen. Damit sie eine Zukunft hat.«

Dagmar kicherte hysterisch. »Du? Als unbekannter Vater?«

»Ich weiß gar nicht, ob es gut ist.« Rolf sackte neben dem Telefonschrank zusammen. Thedas Worte hämmerten brutal durch seinen Kopf, und er war ihnen hilflos ausgeliefert.

Dagmar lachte derweil spitz auf. »Das alles wird den Neffen des *Verblichenen*« – sie spuckte das Wort aus, als hätte sie auf etwas Ekeliges gebissen – »ja sehr interessieren. Wäre doch überaus spaßig, wenn er die heile Welt vom Nordseehof mal so richtig aufmischen würde. Was meinst du, Menzelchen? Soll er die Puppen dort mal tanzen lassen?«

»Dagmar, hör auf. Das bringt doch nichts«, versuchte Rolf, sie zu beschwichtigen, aber Dagmar hatte sich in Rage geredet, und das zuvor genossene Goldwasser trug nicht dazu bei, dass sie eine ruhige Sicht auf die Lage hatte. »Ich glaube, ich muss mal kurz bei Manu vorbeischauen.«

Dagmar zerdrückte die Zigarette auf dem Teller, bevor sie ihre Jacke vom Haken riss und aus der Tür stürzte.

Rolfs Frau kam erst spät in der Nacht zurück. Sie roch nach Alkohol. Und nach Rasierwasser.

»Und – willst du nun deine Tochter zu dir holen? Den Vater spielen, der du nie sein durftest, weil du eine Trockenpflaume geheiratet hast?«, lallte sie. »Ich hab mit Manu schön getrunken!« Sie hickste. »Und weißt du was? Der Paul freut sich schon, bei der Beisetzung die ganze Verwandtschaft kennenzulernen. Bisher hatte er nur mit deiner Tochter das Vergnügen.« Dagmar erbleichte. »Mir ist schlecht.«

Rolf versuchte, seine Frau in den Arm zu nehmen, aber sie wehrte ihn ab. »Lass mich! Ist doch echt nicht zu fassen, dass du mit dieser blöden Johanna ein Kind hast und ich unfruchtbar bin!«

»Ich habe dir nie vorgeworfen, dass du keine Kinder bekommen kannst«, entgegnete Rolf. »Also sag so etwas bitte nicht. Es ist gemein«, setzte er nach.

»Aber die Wahrheit.«

Rolf wusste, dass es sinnlos war, sich jetzt mit Dagmar anzulegen.

Sie hielt sich die Hand vor den Mund und rannte würgend ins Bad. Dort blieb sie eine Weile und schien sich die Seele aus dem Leib zu spucken.

Rolfs Mitleid hielt sich in Grenzen. Er war sich sicher, dass sie wieder nicht nur bei Manu gewesen war.

Rolf hatte in den letzten Jahren durchaus hin und wieder über eine Trennung nachgedacht, vor allem, wenn Dagmar zu viel getrunken und sich anderweitig vergnügt hatte. Auch jetzt schoss ihm der Gedanke erneut durch den Kopf. Er konnte nach Ostfriesland gehen. Zu Hanna und seiner Tochter. Nun stand von Johannas Seite nichts mehr zwischen ihnen. Kein Eike. Keine Ehe.

Aber dann sah er sich in der Wohnung um. Er und Dagmar. Das war seine Festung gewesen all die Jahre, nachdem Johanna ihn verstoßen hatte. Nein, es war nicht gut, wenn er alles aufgab für etwas, was vielleicht auch wieder keinen Bestand hatte. Er gehörte inzwischen ins Ruhrgebiet. In dieses Haus. In diese Stadt. Nein, er würde bleiben und nicht das Leben auf dem Nordseehof durcheinanderbringen. Adda wusste nichts von ihm, und es war besser, wenn es dabei blieb, egal, was Theda gesagt hatte. Wenn seine Hanna nicht wollte, dass Adda wusste, wer ihr wirklicher Vater war, hatte er nicht das Recht, ihr dazwischenzufunken. Sie hätte ihm auf den Brief geantwortet, wenn sie noch an ihn denken würde. Wahrscheinlich hatte sie ihn längst vergessen und hielt auch nicht mehr Ausschau nach dem hellen Stern, der nur für sie blinken sollte.

Die Geräusche im Bad verstummten, und Dagmar kam heraus. Ihr Augen-Make-up war verschmiert, die Haare verwuschelt.

»Geht wieder, Menzelchen«, sagte sie. »Geht wieder. Und tut mir leid. Du kannst schließlich nichts für den Anruf.« Ihr traten Tränen in die Augen.

Rolf zog sie ins Wohnzimmer, stupste sie auf das Sofa und setzte sich daneben. »Hör zu, Dagmar. Ich weiß jetzt sicher, dass ich eine Tochter habe. Aber da sie es vermutlich nicht einmal ahnt, habe ich beschlossen, es dabei zu belassen. Es bleibt alles so, wie es ist.«

Dagmar schniefte und lehnte ihren Kopf an seine Schulter. »Du willst das Mädchen also nicht da fortholen?«

Rolf drückte Dagmars Hand. »Theda hat gut reden. Was würde wohl passieren, wenn ich dort auftauche und Hanna ihr Kind wegnehme? Das geht doch gar nicht. Außerdem ist Adda längst erwachsen.«

»Du meinst es tatsächlich ernst, nichts zu unternehmen?«, hakte Dagmar noch einmal nach.

Rolfs Blick fiel aus dem Fenster. Es war eine klare Nacht, und der Stern, seiner und Hannas, blinkte auffordernd hell am Himmel. Rolf stand auf und ließ das Rollo herunter. Dann setzte er sich wieder neben Dagmar. »Ja, ich bleibe. Es wäre aber lieb von dir, wenn du dich kurz frisch machst. Du riechst so anders. Mit diesem fremden Geruch kann ich nicht schlafen.«

Dagmar stand auf. Als sie das Badewasser einließ, zog Rolf das Rollo noch einmal hoch und schaute zum Himmel. Jetzt war der Stern hinter einer kleinen Wolke verborgen. Er hatte richtig entschieden.

Kapitel 9

Die Glocken der evangelischen Kirche hatten schon am Vormittag das Totengeläut für Eike angestimmt. Es hatte fast fröhlich geklungen, obwohl sich das Wetter alles andere als freundlich zeigte. Schneeregen fiel vom Himmel und verwandelte die Wege in gefährliche Rutschbahnen.

Johanna stand am Schlafzimmerfenster, die schwarzen Sachen vor sich auf dem Doppelbett ausgebreitet, und war wie gelähmt. Vor einer Woche war Eike gestorben. Allein in einem Krankenzimmer, sie war in seiner letzten Stunde nicht bei ihm gewesen. Doch konnte sie Adda nicht die Schuld daran geben, denn Johanna hätte einfach losfahren können. Das hatte sie aber nicht getan. Jetzt war es schwierig, sich das zu verzeihen. Ihre ungesagten Worte würden nun für immer durch die Zeit schweben und Eike nie erreichen.

Adda lief seit dem Tod ihres Vaters herum wie ein Gespenst. Nun musste sie mit ihr, der Mutter, weiterleben, die vom Leben in viele Mosaiksteinchen mit etlichen Macken und einem undurchschaubaren Muster zersprengt worden war.

Wie sie die Beerdigung überstehen sollte, war Johanna

ein Rätsel. Sie konnte nicht einmal weinen. Fühlte sich leer und von innen versengt. Doch sie durfte sich keine Schwäche erlauben, denn es musste weitergehen. Immer weiter.

Morgen wollten sie sich zusammensetzen und über die Zukunft der Schäferei sprechen. Johanna sah unglaubliche Probleme auf sich zurollen. Uwe musste noch ein halbes Jahr bei der Bundeswehr bleiben, dann hatte er seinen achtzehnmonatigen Grundwehrdienst hinter sich gebracht. Wie Adda sich jetzt, nach dem Tod ihres Vaters, entscheiden würde, wusste sie nicht. Nun, notfalls würde sie, Johanna, die Geschäfte als Frau weiterführen, gegen alle Widerstände.

Johanna seufzte. Sie musste nun diese düsteren, kratzigen Sachen anziehen. Und sie hatte Haltung zu wahren. Heute und für die weitere Zeit.

Alles für die Schäferei, so hätte es ihr Mann gewollt.

Johanna plante, sein Werk fortzusetzen. Sie wollte um die Schäferei kämpfen. Das war sie Eike schuldig.

Johanna zog das schwarze Kleid an und zupfte die Frisur zurecht. Sie trug das Haar schulterlang. Es war praktisch, denn so brauchte sie nur selten zum Friseur und konnte alles bei der Arbeit mit einem Gummiband zusammenbinden. Mode war in der Landwirtschaft ein sekundäres Thema. Als Johanna fertig war, ging sie nach unten, wo schon alle versammelt waren.

Eine Schar dunkler Krähen, schoss es ihr durch den Kopf. Jetzt hielten sie noch still, aber schon bald würden sie sich gegenseitig die Augen aushacken, wenn es darum ging, was zukünftig geschehen sollte. Ihre Vorstellungen klafften da vermutlich sehr weit auseinander.

Adda und Uwe standen an der Spüle. Ihr Sohn wirkte

zwar blass, aber gefasst, ihrer Tochter liefen Tränen über die Wangen, und ihre Augen waren rot unterlaufen. Wie mochte es wohl gleich in der Kirche sein, wenn sie schon jetzt derart angefasst war? Johanna sorgte sich um Adda.

Theda und Ingo waren ebenfalls da. Ihre Cousine trug zu ihrem schwarzen, kurzen Spitzenkleid ein kleines Federhütchen mit Schleier. Deike hatte sich geweigert, Schwarz zu tragen, und glänzte in einem lilafarbenen Minikleid. Hajo sah mit seinem wuscheligen Haar, der weiten, schwarzen Hose und dem grau karierten Hemd mit dem schwarzen Sakko aus wie ein aus dem Nest gefallenes Vogelküken.

Auch Ingo schien sich im schwarzen Anzug, dessen Ärmel viel zu kurz waren, sichtlich unwohl zu fühlen. Seinen Lebensgefährten Samuel hatte er nicht mitgebracht, auch wenn Johanna seine Anwesenheit keineswegs gestört hätte. Aber viele in Neusiel hätten an der offenen Zurschaustellung der homosexuellen Beziehung Anstoß genommen. Offiziell war Samuel nur ein guter Freund, aber jeder dachte sich seinen Teil. Johanna war es egal, sie mochte sowohl Ingo als auch Samuel. Ihre Mutter Foline saß mit versteinertem Gesicht am Küchentisch.

»Wir sind vollzählig. Gut, dann fahren wir«, sagte Johanna. Ihre Stimme kam ihr selbst fremd und unterkühlt vor, aber irgendjemand musste schließlich dafür sorgen, dass alles geordnet ablief.

Uwe und Ingo boten sich an zu fahren, und so machten sie sich mit zwei Autos auf den Weg. Uwe, Adda, Foline und Johanna saßen in dem einen, die anderen in Ingos Wagen.

Als sie in Neusiel ankamen, schlug die Glocke bereits

einen schweren Schlag. Langsam und bedächtig und völlig anders als noch am Morgen.

Eikes Sarg stand vorn am Altar und war mit vielen Kränzen geschmückt. Die Trauergemeinde saß bereits dort, ein jeder hatte sich ins Kondolenzbuch eingetragen. Es schien, als wäre ganz Neusiel in die Kirche gekommen. Als Besitzer vom Nordseehof war Eike ein geachteter Mann gewesen.

Und viel zu früh gestorben, dachte Johanna. Diese Tatsache mochte noch mehr Menschen in die Kirche getrieben haben.

Die Andacht ging an Johanna vorbei, sie hörte nicht hin, sondern dachte an die Arbeit in der Schäferei, damit sie nicht die Fassung verlor. Es reichte, dass Adda neben ihr laut schluchzte.

Auf dem Weg zum Friedhof, der am anderen Ende des Ortes lag und wohin der Sarg auf einem kleinen Wagen mit Rollen transportiert wurde, war es überaus ungemütlich. Kurz bevor Eike ins Grab gelassen wurde, fegte noch einmal ein Regenschauer über sie hinweg. Die Trauergemeinde war schnell bis auf die Haut durchnässt, und alle freuten sich auf Kaffee und Kuchen in der Gaststätte *Zur Waage*.

Als sie vom Friedhof aus loszogen, stand am Eingang ein junger Mann. Es war derselbe, den sie am Tor des Hofes gesehen hatte und der Reent unglaublich glich.

Johanna schloss kurz die Augen, doch auch als sie sie wieder öffnete, war der junge Mann nicht verschwunden. Es musste derjenige sein, von dem Adda im vergangenen Jahr gesprochen hatte. Sie hatte die Ähnlichkeit zwischen ihm und Deike erwähnt. Aber was wollte er ausgerechnet heute hier?

»Guten Tag, Tante Johanna. Mein Beileid«, sagte er mit demselben Grinsen im Gesicht, das auch Reent zu eigen gewesen war.

Johanna wusste nicht, was sie sagen sollte, schüttelte nur den Kopf und lief mit raschen Schritten davon. Die Begegnung war ihr zu viel. Jetzt galt es, diesen Tag zu überstehen.

Vom Rest der Beerdigungsfeier wurde Johanna förmlich überspült. Sie fühlte nichts. Sie dachte nichts. Schüttelte unzählige Hände und versuchte, mit ihrem Kopfschmerz fertigzuwerden. Von dem jungen Mann sah sie nichts mehr und war froh darüber.

Dafür stand plötzlich Manfred Oetjen vor ihr. »Mein Beileid, Frau Deeken«, sagte er galant. »Ich bin zutiefst erschüttert, wie früh Eike uns verlassen musste, das können Sie mir glauben.«

»Danke«, antwortete Johanna. Sie verspürte keine Lust, länger mit ihm zu reden, obwohl offensichtlich war, dass Manfred Oetjen noch etwas anderes loswerden wollte.

»Werden Sie zurechtkommen? So allein?« Seine Stimme klang warm, aber er wirkte … aalglatt.

»Man wird sehen«, wich Johanna aus und fühlte sich unangenehm bedrängt. »Bislang konnte ich mir immer gut selbst helfen.«

»Bislang hatten Sie auch immer einen Mann an Ihrer Seite«, konterte Manfred. Noch immer mit diesem warmen Tonfall, bei dem Johanna nicht einschätzen konnte, ob er es freundlich meinte oder nicht.

»Es ist gerade ein ungünstiger Moment, Herr Oetjen«, erwiderte sie matt. »Sie entschuldigen mich?«

»Ich wollte Ihnen nicht zu nahetreten.« Er legte seine Hand auf ihre Schulter. »Ich mochte Eike sehr und mache mir Sorgen. Leicht wird es sicher nicht.«

Johanna versuchte, Manfred ein unverbindliches Lächeln zu schenken, das allerdings leicht verrutschte. »Danke für Ihre Anteilnahme. Ich muss mich jetzt aber um die Gäste kümmern.« Johanna nickte ihm flüchtig zu.

»Das ist völlig in Ordnung. Was ich eigentlich sagen wollte: Wenn Sie Hilfe brauchen oder nur einen Rat – ich wäre als Freund für Sie da. Das war kein leeres Versprechen!«

»Danke, Herr Oetjen. Ich weiß das zu schätzen«, antwortete Johanna. Bei Beerdigungen versprachen die Menschen immer unglaublich viel, und sie nahm an, dass dieser Oetjen kein bisschen anders war. Am Ende würde sie doch wieder allein vor allem stehen.

Johanna atmete einmal tief durch und setzte sich zu Theda, Ingo und Foline an den Tisch. Hier musste sie wenigstens nicht reden. Als sie aber zum Nachbartisch schaute, sah sie, dass Manfred sich neben Adda niedergelassen hatte und sich deren Gesicht tatsächlich ein bisschen erhellte.

Die Blicke der anderen waren ihrem gefolgt. »Vielleicht bleibt sie am Ende doch«, sagte Theda und biss in ein Stück gefüllten Kaffeekuchen mit Zuckerstreuseln. Foline nickte zustimmend. »Der würde passen für die Deern. Der Oetjen ist Schäfer und kann was.«

Johanna beteiligte sich nicht an den Kuppelei-Spekulationen. Sie nippte nur an ihrem Kaffee und war sehr erleichtert, als sie endlich nach Hause durfte. Alle hatten unzählige Male auf Eike angestoßen. Johanna war aber nach der dritten Runde ausgestiegen, sie wollte einen klaren Kopf behalten. Der Leichenschmaus zog sich, aber dann konnten sie endlich nach Hause gehen.

Johanna war froh, dass Theda und Foline Schnittchen

vorbereitet hatten, die sie später auf dem Nordseehof noch in kleiner Runde verspeisten.

Nach dem Essen verabschiedete Johanna sich rasch und wollte nach oben in ihr Zimmer gehen. Sie war völlig am Ende ihrer Kraft und konnte den Gesprächen nicht mehr folgen.

»Wir reden morgen. Um fünfzehn Uhr im Kontor«, sagte sie noch, bevor sie sich die Treppe hinaufschleppte und auf das Ehebett fallen ließ. Die linke Seite würde von jetzt an für immer leer bleiben.

*

Johanna war am nächsten Morgen schon früh aufgestanden und hatte unablässig gearbeitet, um den Kopf frei zu bekommen.

Leider hatte der Tag unglücklich begonnen, weil Hero ihr gekündigt hatte. Es war ihm sichtlich unangenehm, als er seine offenbar einstudierten Sätze heraussprudeln ließ. »Ich bin ein Mann mit Grundsätzen. Ich habe gern auf dem Nordseehof unter Herrn Deeken gearbeitet. Aber nun muss ich gehen, weil ich keine Bäuerin als Chefin akzeptieren kann. Es tut mir leid, aber ich arbeite nur, wenn mein Vorgesetzter ein Mann ist. Und Uwe ist ja erst einmal nicht da. Ich habe auch schon eine neue Anstellung.« Dann war er fortgestürmt.

Johanna seufzte. Sie musste sich also dringend um einen neuen Mitarbeiter kümmern, aber das Problem würde sie später lösen.

Nach dem Mittagessen legte sie sich kurz hin, aber sie konnte sich nicht entspannen, deshalb begann sie, Eikes Schrank auszusortieren. Es war früh, das schon jetzt zu tun, und ihre Kinder würden vermutlich kaum Verständnis dafür aufbringen, dass sie Eike so schnell aus ihrem Leben verbannte. Es fiel ihr auch schwer, aber es war einfach unerträglich, ständig seine Sachen vor Augen zu haben. Hemden und Hosen, die er nie wieder tragen würde. An denen sein Geruch noch haftete, auch wenn sie gewaschen waren. Gut, das war vielleicht Einbildung, aber Johanna hatte eine feine Nase und glaubte, Nuancen riechen zu können. Das alles schmerzte auf Dauer mehr, als seine Kleidung zu entsorgen.

Johanna hatte sogar bereits überlegt, wie sie die geplanten Renovierungsarbeiten in Angriff nehmen konnte. Allerdings würde das nur langsam und Stück für Stück gehen. Auch wenn der Nordseehof finanziell gut dastand, waren sie nicht unbegrenzt liquide, weil die Schäferei hohe laufende Kosten hatte und sie dringend einen neuen Trecker benötigten. Außerdem musste der Zaun an der Schafweide hinter den Stallungen erneuert werden, und es stand auf jeden Fall eine Ausbesserung vom Dach der Scheune an. Das alles hatte Vorrang. Von Eikes erwähnten Rücklagen wusste sie nichts, vielleicht hatte er etwas im Schließfach der Bank hinterlegt.

Johanna sah sich um. Wie gern hätte sie die alten und düsteren Möbel rausgeworfen! Getauscht gegen einen leichten und modernen Stil. Farbe musste auf den Hof. Johanna liebäugelte mit einer Küche in Orange. Die damit verbundene Geschäftigkeit würde sie außerdem von ihrer Trauer ablenken. Sie wollte es später noch einmal durchrechnen. Vielleicht reichte das Geld wenigstens für die Küche. Alles andere konnte dann nach und nach erfolgen.

Johanna schaute auf die Uhr. Eine Stunde hatte sie noch Zeit, ehe sie sich mit ihren Kindern im Kontor traf.

Den Schrank würde sie bis dahin leer geräumt haben. Hemden und Hosen hatte sie bereits in großen Säcken verstaut, nun wollte sie sich an die Schubladen der Kommode machen.

Als sie gerade die Socken aus der tiefen Schublade herausnahm, stieß Johanna auf eine Zigarrenkiste. Neugierig zog sie sie hervor und öffnete sie.

Im nächsten Moment hielt sie die Luft an, denn darin lagen unzählige Hundertmarkscheine. »Was to'n Düwel ist das denn?«, flüsterte sie und schüttelte ungläubig den Kopf. »Wie ist Eike an so viel Geld gekommen? Und warum versteckt er es hier?« Da zog ihr der Geruch der Zigarrenschachtel in die Nase. Und prompt tanzte vor ihren Augen das Bild seines Bruders Reent in jener Nacht. Wie er mit seiner Zigarre dagestanden hatte. Wie er versuchte, sie ins Feuer zu stoßen. Sein furchtbarer Schrei, als sie … Dann tauchte in ihren Erinnerungen Eikes Gesicht auf, als er von Reents Tod erfuhr und seine eigene Mutter erhängt auf dem Dachboden fand.

Es ist das Geld meines Schwagers!, fuhr es Johanna durch den Kopf. Reent hatte etliche krumme Geschäfte getätigt, was ihm am Ende zum Verhängnis geworden war. Immerhin war er polizeilich gesucht worden. Irgendwann musste er das Geld bei seinen Aufenthalten im Haus versteckt haben. Eike war darauf gestoßen und hatte es später in die Schublade gelegt. Das also war das Geld, das er ihr für die Renovierung versprochen hatte.

Johanna nahm die Scheine mit zitternden Fingern heraus und legte sie aufs Bett. Als sie die unterste Schicht erreicht hatte, stieß sie auf ein Stück Papier. Das Geschriebene trug Eikes Handschrift. Es waren nur wenige, dahingekritzelte Sätze.

Liebe Johanna,
ich habe dir nie von meinem Fund erzählt, weil ich dachte, wir werden das Geld später noch brauchen.
Jetzt aber habe ich die Schachtel so platziert, dass du sie finden musst, wenn du meine Sachen ausräumst.
Es sind 50.000 Mark.
Das Geld stammt von Reent, woher auch immer er es hatte. Er hat uns damals einen so großen finanziellen Schaden zugefügt, dass ich denke, es steht uns wahrhaftig zu. Erfüll damit deinen Traum, und renoviere den Hof! Und denk jedes Mal mit Wärme an mich, wenn du auf deine neuen Küchenschränke schaust. Zusammen schaffen wir es nicht mehr.
Leider.
Dein Eike in Liebe
PS: Da du die Finanzen verwaltest und ich schriftlich verfügt habe, dass es so bleibt, muss keiner von dem Geld erfahren. Lass das Schreiben einfach verschwinden.

Johanna kamen die Tränen. Was hatte sie für ein Glück mit ihrem Mann gehabt! Und sie hatte es nie genug wertgeschätzt, sondern war einem alten und unerfüllten Traum nachgelaufen. Wie dumm musste man sein!

Sie schluchzte auf und warf sich schließlich aufs Bett, wo sie ihren Schmerz ins Kopfkissen schrie. Sie brauchte eine Weile, um ihre Fassung zurückzugewinnen.

Dann überlegte Johanna kurz, was sie tun sollte. Sie legte das Geld zurück in die Schachtel und schloss den Deckel. Den Brief wollte sie gleich vernichten, es war wirklich besser, wenn ihn nie jemand fand.

Das Geld sollte also nicht mit in die Erbmasse fließen, damit Johanna den Umbau stemmen konnte. Eikes Wunsch war gewesen, dass sie es nutzte. Für ihr bisher nicht umgesetztes Ziel. Endlich ein moderner Nordseehof!

Im Stillen dankte Johanna ihrem Mann und wurde von einem warmen Gefühl geflutet. So war Eike eben gewesen. Vorausschauend. Immer auf ihr Wohlbefinden bedacht. Immer voller Liebe zu ihr.

Während sie den Brief in kleine Fetzen riss, schossen ihr erneut Selbstvorwürfe durch den Kopf. Sie hätte rechtzeitig zu ihm ins Krankenhaus fahren sollen. Und Eike endlich sagen, dass auch sie ihn liebte. Wirklich ihn.

Schließlich stand Johanna auf, nahm ein Papiertaschentuch und schnaubte sich die Nase. Dann atmete sie ein paarmal tief ein und aus. Jetzt konnte sie wieder klar denken.

Sie fuhr mit dem Zeigefinger über die verschlossene Kiste.

Das hier war ihr alleiniger Schatz, und keiner sollte davon erfahren.

»Und es ist egal, woher das Geld stammt. Egal, wie Reent darangekommen ist«, murmelte sie, nahm die Zigarrenschachtel und verstaute sie in der abschließbaren Schublade der Kommode, wo sie auch andere Erinnerungen verwahrte. Erinnerungen, die nur für sie bestimmt waren. Kleine Schätze der Vergangenheit, die ihr gehörten und von denen sie nicht wollte, dass sie jemand anderem in die Hände fielen. Dabei handelte es sich um die vier Bänder mit fein gesäubertem Wellenrand, auf denen ein typischer Brautspruch gestickt war. Ein Geschenk ihrer Mutter zur Hochzeit. Zwei alte Fotos von sich und Rolf. Wie zufällig bei der Friesen-Jugend aufgenommen und doch für sie von unschätzbarem Wert. Auf eins der Bilder hatte sie selbst geschrieben: *Wo auch immer du bist, unser Stern am Himmel leuchtet. Genau wie deine Augen.*

Auf dem anderen stand nur: *Rolf und ich im Glück.* Diese Bilder hatte Eike nie finden dürfen. Zum Glück war er auch nie misstrauisch gewesen und hatte ihre Sachen durchwühlt. Johanna war kurz versucht, die Bilder herauszunehmen und zu betrachten, aber das wäre nicht gut gewesen. Sie sollte sie ohnehin besser vernichten. Genau wie sie es mit dem letzten Brief von Rolf getan hatte. Was für eine Narretei, sie überhaupt aufbewahrt zu haben! Johanna seufzte. Sie würde sich später darum kümmern. Wenn sie es jemals vermochte.

Den Schlüssel für die Schublade versteckte sie wie immer in einer Mauernische hinter dem Nachtschrank.

Danach stopfte sie die Socken in den Sack und packte auch die übrige Unterwäsche dazu. Nun war alles getan, was sie sich vorgenommen hatte.

Johanna sah auf die Uhr. Es wurde Zeit, ins Kontor zu gehen. Ihre Kinder würden schon warten.

Kapitel 10

Der Regen hatte zwar etwas nachgelassen, aber trotzdem war dieser Februartag ungemütlich. Johanna hastete über den Hof zum Kontor, noch ganz durcheinander von ihrem Fund. Sie musste sich wirklich zusammenreißen, damit sie sich nicht verplapperte und den Kindern davon erzählte. Denn ein bisschen plagte sie das schlechte Gewissen doch. Im Büro brannte bereits Licht, die dichten Wolken verdunkelten den Tag.

Johanna öffnete die Tür und schob sich in den Raum, der von dunklen Eichenmöbeln dominiert wurde.

Adda und Uwe saßen auf den beiden mit grünem Samt bezogenen Stühlen vor dem Schreibtisch und schauten ihr ungeduldig entgegen. Uwe sah besonders blass aus, so als brenne ihm etwas unter den Nägeln. Zudem rutschte er wie früher, als er ein kleiner Junge gewesen war, auf dem Stuhl herum.

Johanna nickte den beiden zu, nahm auf der anderen Seite Platz und sah ihre Kinder mit ernstem Blick an.

Sie hatten heute Morgen bereits zusammen gefrühstückt, aber da hatte keiner von ihnen die Testamentseröffnung angesprochen. Johanna rang kurzfristig nach Worten, aber dann hatte sie sich gefangen.

»Es ist kein schöner Anlass, warum wir hier sitzen. Ich hätte es auch lieber anders, aber wir müssen uns miteinander unterhalten, solange Uwe noch da ist.« Sie räusperte sich. Ihre Stimme klang viel zu geschäftlich. Zu unterkühlt und herzlos, obwohl sie innerlich vor Schmerz verbrannte. Aber wenn sie jetzt Gefühle zuließ, würde sie vor ihren Kindern zusammenbrechen, und das wollte sie auf keinen Fall. Sie musste die Fäden in der Hand behalten und stark sein. Weiterreden, als spräche sie mit einem Geschäftspartner. »Es waren harte Monate für uns alle.« Wieder räusperte Johanna sich.

»Hat Papa ein Testament gemacht?«, fragte Uwe, dem das offenbar alles zu lange dauerte. »Oder gibt es nur die gesetzliche Erbfolge?«

Das war sicheres Terrain und für Johanna einfacher. »Ja, es gibt eines. Es liegt schon lange verschlossen in einer Kassette.« Sie öffnete die Schublade und holte die Schatulle heraus. Es handelte sich um ein einfaches, schmuckloses Teil in Grau, wie man es auch als Kasse verwendete.

»Wir haben es zuvor besprochen und eine Kopie im Schließfach bei der Bank in Wittmund hinterlegt«, erklärte Johanna weiter. »Damit alles so geschieht, wie er es sich gewünscht hat.«

Sie suchte den Schlüssel, der in einem gesonderten Fach deponiert war, schloss die Kassette auf und nahm das Testament heraus. Sie entfaltete das Papier, und ihr stach sofort Eikes sperrige Schrift ins Auge. Es dauerte einen Augenblick, ehe sie den Kloß im Hals heruntergeschluckt hatte. Sie kratzte sich einmal am Kinn, dann ging es wieder.

»Euer Vater hat sich gedacht, dass er den Hof nach Recht und Gesetz vererbt, aber eine kleine Sonderregelung eingeführt.« Mit zitternder Stimme las sie:

Meine Verfügung:
Ich möchte, dass der Nordseehof in Familienhand bleibt. Allerdings werde ich mit der Tradition brechen, dass immer nur der älteste Sohn erbt und das zweite Kind ausbezahlt wird. Ich vermache den Nordseehof meiner Frau Johanna, meinem Sohn Uwe und meiner Tochter Adda zu gleichen Teilen. Johanna wird weiterhin die ungeteilte Finanzhoheit behalten. Sie muss sich bei Anschaffungen nicht mit meinen Kindern Adda und Uwe absprechen, denn sie weiß am besten, was der Nordseehof braucht. Dennoch: Alle drei müssen es zusammen stemmen. So sehe ich die Zukunft der Schäferei gesichert und auf genug starke Schultern verteilt. Sollte einer der drei nicht in Neusiel bleiben wollen, fällt, bis auf den gesetzlichen Pflichtteil, der Anteil an diejenigen, die bleiben, damit sie wirtschaftlich arbeiten können. Ich habe ein weiteres Testament hinterlegt, das Johanna zur Alleinerbin macht, wenn Adda und Uwe nicht bleiben wollen. Ihren Pflichtteil bekommen sie in dem Fall nach Johannas Tod ausgezahlt, sonst wäre der Nordseehof verloren.
Eike Deeken, Februar 1974

Johanna ließ den Brief sinken und sah ihre Kinder an.

Die schwiegen zunächst.

»Ich …«, stotterte Uwe dann los, »ich will wirklich nicht bleiben!«

»Was?«, fragte Johanna erschrocken. »Das verstehe ich nicht. Ich dachte, du bist der geborene Schäfer und willst das alles einmal für dich haben!« Von Adda hatte sie Ablehnung erwartet, aber nicht ernsthaft von Uwe. Oder besser: Sie hatte gehofft, dass er sich für den Nordseehof entscheiden würde, weil sein Traum vom Studium eben nur ein Traum war.

Uwe druckste herum. »Es hat sich etwas verändert, weißt du? Seitdem ich beim Bund bin, ist mir aufgegangen, wie viele andere Möglichkeiten es gibt.«

»Du willst doch nicht etwa bei diesem *Verein* bleiben?«, fragte Adda entsetzt und betonte das Wort verächtlich.

Uwe schüttelte den Kopf. »Nein. Aber ich wollte doch schon immer Veterinärmedizin studieren. Das habe ich lange beiseitegeschoben, auch weil ich Papa nicht kränken wollte. Aber nun weiß ich, wie die Welt da draußen ist… Was ich noch alles tun kann. Mein Wissen aus der Schäferei wird mir viel nützen.« Er brach ab. »Jedenfalls sehe ich meine Zukunft nicht in der Landwirtschaft. Das ist mir zu eng.«

»Hey, du lebst gerade eingesperrt in einer Kaserne!«, rief Adda. Sie strich sich eine Haarsträhne aus dem Gesicht. »Was weißt du bei den Bundeswehrknackis denn von Freiheit?«

»Adda, jetzt bitte keine Grundsatzdiskussion über den Sinn der Bundeswehr«, wies Uwe sie zurecht. »Ich war, im Gegensatz zu dir, mal außerhalb dieses kleinen Kosmos Neusiel und umzu. Und es hat mir gefallen. Ich kann und will nicht hierbleiben.«

Johanna schluckte und schaute Adda an. »Dabei hattest du eigentlich immer die gestutzten Flügel, die du wachsen lassen wolltest. Was ist mit dir?«

»Adda muss dann eben bleiben«, fiel Uwe Johanna ins Wort. »Sie kann heiraten und ihr Mann den Hof leiten. Das wäre die beste Lösung.«

Adda schnaubte. »Vergiss es!«

Johanna ging darauf nicht ein, sondern überlegte laut: »Papa hat mit seinem Wunsch verfügt, dass jeder von euch frei seinen Weg wählen kann. Ich muss keinen auszahlen, und ihr erbt dann eben nach meinem Tod.« Sie schwieg kurz, bevor sie weitersprach. »Doch es wäre schon gut, wenn wenigstens einer von euch mit mir zusammen die Verantwortung für den Hof übernehmen könnte.«

Adda warf einen verächtlichen Blick zu ihrem Bruder. »Wenn ihr das so seht, brauchen wir vermutlich nicht weiter zu diskutieren, oder? Dann ist es wohl schon beschlossene Sache. Habt ihr schon den passenden Mann für mich ausgesucht?« Adda spie die Worte förmlich aus, und Johanna spürte ihre Verzweiflung. Sah sich selbst, als ihre Eltern sie damals vor vollendete Tatsachen gestellt hatten. Wollte sie das wirklich für ihre Tochter?

Adda traten Tränen in die Augen, und sie sprang auf. Mit großen Schritten rannte sie im Kontor auf und ab. »Aber es ist ja immer so: Die Männer entscheiden, und die Frauen sollen sich fügen. Der große Bruder geht also seinen Weg, und die kleine Schwester hat sich nebst Mutter anzupassen.« Sie lachte hämisch auf. »Weil man uns Frauen aber gleichzeitig nichts zutraut, habt ihr euch bestimmt schon ganz stiekum überlegt, dass ich einen passenden Mann bekomme, der den Laden dann mit mir weiterführt. Platz ist auf dem Nordseehof ja genug!« Sie sah ihre Mutter und Uwe herausfordernd an. »Vergesst es! Da spiele ich nicht mit. Ich lass mich nicht für diesen Hof verschachern!« Sie wollte zur Tür stürzen, aber Johanna packte sie am Handgelenk. »Bleib! Wir reden darüber.«

Adda streifte die Hand ihrer Mutter ab. »Es gibt nichts zu sagen. Nun hast du mich da, wo du mich immer haben wolltest! Ich muss bleiben und in diesem Kaff versauern! Und am Ende werde ich genauso verbittert und unglücklich sein wie du. Vermutlich an der Seite eines Mannes, den ich verabscheue.« Sie rannte aus dem Kontor und schmetterte die Tür hinter sich zu.

Johanna sah ihrer Tochter durch das Fenster nach. Sie stapfte wutentbrannt über den Hof und trat sogar nach Aika, die sich jaulend trollte. Johanna seufzte. Dann dachte sie an Lientje, ihre Schwiegermutter, die ihr das Leben zur Hölle gemacht hatte. Wie sehr sie, Johanna, das düstere Haus hier gehasst hatte!

Und selbiges verlangte sie nun von ihrer Tochter? Weil sie etwas an ihrem Vater wiedergutmachen sollte, wofür sie nichts konnte? Es war nicht Addas Schuld, dass Johanna aus ihrem schlechten Gewissen heraus beschlossen hatte, ihr Leben für den Nordseehof zu geben und alles andere dem unterzuordnen.

»Es ist nicht richtig«, murmelte sie.

Uwe sah seine Mutter fragend an. »Was ist nicht richtig, Mama?«

Johanna zuckte zusammen. »Dass Adda bleiben soll, wenn du gehst. Das kann ich nicht tun!«

Uwe sah sie verständnislos an. »Bisher warst du doch ganz anderer Meinung. Woher rührt dein Sinneswandel?«

»Es war ein Fehler, sie aufhalten zu wollen. Dein Vater hat recht. Jeder sollte seinen Träumen folgen dürfen. Alles andere bringt Unglück.«

»Aber die Schäferei …«, warf Uwe hilflos ein. »Adda muss bleiben und heiraten, das ist doch kein Problem. Und bis sie einen Mann gefunden hat, kann Hero dir zur Hand gehen.«

»Ich habe nicht einmal mehr Hero«, gab Johanna zu.

»Er hat heute Morgen gekündigt, weil er keine Frau als Chefin auf dem Hof akzeptieren kann.«

»Das passt zu meinen Befürchtungen!«

»Was hast du für Befürchtungen?«, hakte Johanna sofort nach.

»Dass der Nordseehof nicht allein von dir als Frau geleitet werden kann und Adda sich in die Gegebenheiten fügen sollte«, entgegnete Uwe ruhig. »Es fehlt ein Mann im Haus.«

»Es fehlt *was?*« Johanna bemühte sich, ruhig zu bleiben, denn ähnlich hatte sich ihr Vater damals geäußert, als sie den Eilershof als einzige Tochter hatte übernehmen wollen, nachdem sie zuvor bewiesen hatte, dass sie dazu in der Lage war.

Johannas Gedanken schlugen Kapriolen. In welchen Gedankenmustern lebte ihr Sohn? Sie konnten doch in der heutigen Zeit Adda nicht einfach verheiraten, damit der Hof erhalten blieb, auch wenn Johanna sich nichts mehr als das wünschte. Nein und nochmals nein! Sie wollte nicht sein wie ihre Eltern damals, die einfach über ihr Leben bestimmt hatten. Und sie wollte nicht in die Fußstapfen ihrer Schwiegermutter Lientje treten, die nur dann glücklich war, wenn alles nach ihrer Pfeife tanzte.

Ihr stellten sich die Nackenhaare auf. Es musste einen anderen Weg geben, und sie würde ihn finden.

»Wir leben nicht mehr in den Fünfzigern, mein Sohn«, gab sie schneidend zurück. »Dein Vater hat mir die Vollmacht über die Finanzen erteilt. Ich werde auch ohne euch beide zurechtkommen. Ich suche mir einen neuen Mitarbeiter, der die Arbeiten draußen überwachen kann.«

Johanna lehnte sich zurück. Genau so wollte sie es machen.

Uwe sah gelangweilt aus dem Fenster.

»Dann nimm Manfred. Er hat sich auf der Beerdigung schon angeboten. Er hat Ahnung, er ist fleißig, und Papa mochte ihn. Und Adda mag ihn übrigens auch.« Ein selbstgefälliges Grinsen glitt über sein Gesicht. »Vielleicht lösen sich die Probleme von allein, wenn er und Adda sich öfter sehen. Es wäre wieder ein Mann im Haus, denn du wirst es schwer haben in der Welt der Bauern, und das weißt du auch.«

Johanna starrte Uwe fassungslos an. »Ich bin schockiert, wie wenig du mir zutraust!«, sagte sie. »Seit Jahren mache ich die Buchhaltung, und vor mir hat es deine Großmutter Lientje getan. Sie war in vielen Dingen kein leuchtendes Beispiel, aber auch sie hat den Hof gut geführt.«

Uwe warf sich gegen die Stuhllehne und starrte zur Decke. »Aber das, was ich sage, ist die Realität. Wach endlich auf, Mama!« Er kratzte sich den Kopf und schürzte die Lippen. Dabei sah er aus wie Eike.

»Ich kenne dich gar nicht mehr, glaube ich«, sagte Johanna langsam. »Ich bin ein wenig erschrocken über das, was du sagst.«

Uwe sah sie erstaunt an. »Ich war immer dein Prinz, Mama. Adda hatte sich unterzuordnen. Das hast du wohl nur nie bemerkt.«

Johanna schwieg betreten. Hatte sie sich nicht damals geschworen, zwischen ihren Kindern nie Unterschiede zu machen? Auf ganzer Linie versagt, dachte sie und nagte an der Unterlippe. Wenn sie jetzt nicht für Adda eintrat, würde sie ihre Tochter für immer verlieren.

»Ich muss hier weg, sonst ersticke ich unter deiner Fürsorge«, versuchte Uwe, seine Entscheidung noch einmal zu rechtfertigen. »Du liebst den Nordseehof so sehr, mich eingeschlossen. Aber ich verkümmere hier. Du würdest mich als Schäfer zwar dulden, aber niemals das Zepter aus der Hand geben. Ich hätte nichts zu sagen. Du brauchst mich, weil du einen Mann auf dem Hof brauchst, aber ich wäre dennoch weiterhin dein kleiner Junge. Das will ich nicht mehr. Und zu alldem« – er machte eine ausschweifende Handbewegung – »habe ich eben eine andere Meinung als du.«

Johanna legte den Kopf in ihre geöffneten Hände. Es war alles so verfahren! Sie schwiegen für eine Weile, und jeder hing seinen Gedanken nach.

»Kann Adda vielleicht einen Kompromiss eingehen?«, schlug Uwe schließlich vor. »Mit ihr zusammen und Manfred als Mitarbeiter könntest du zurechtkommen.«

»Wie meinst du das jetzt schon wieder?«, fragte Johanna müde.

»Adda kann die Ausbildung zur Krankenschwester in Sande oder in Wilhelmshaven machen. Das hast du früher selbst mal vorgeschlagen. Du würdest dann wenigstens nicht allein wohnen. Sobald sie heiratet und Kinder bekommt, ist es mit ihren Flausen sowieso vorbei. Ich hingegen bin auf die Uni angewiesen. Das geht nicht anders.«

Johanna sprang auf. »Es reicht jetzt, Uwe. Weder Adda noch ich müssen am Herd enden, weil es für Männer wie dich angenehmer ist. Wir können durchaus denken und Verantwortung tragen.«

Uwe lachte bitter auf. »Das hat ja schon wunderbar geklappt«, entgegnete er ironisch. »Kaum ist Papa weg, kündigt dein Mitarbeiter, weil du eine Frau bist. Die Welt funktioniert ohne uns Männer nicht! Das müsst ihr Frauen einfach einsehen.«

»Hat man euch das beim Bund eingeimpft?« Johannas Stimme klang scharf.

»Nun, auch die Verteidigung unseres Landes liegt auf den Schultern der Männer.«

Johanna presste die Lippen zusammen. Sie würden auf keinen gemeinsamen Nenner kommen.

Aber bei all seinen Reden war in ihr ein Entschluss gereift, und sie würde es eben *nicht* so machen, wie Uwe es vorgeschlagen hatte. Sie wollte ihre Tochter ziehen lassen, damit sie ihr Glück fand.

Johanna reckte das Kinn und sah Uwe mit festem Blick an.

»Adda darf ihre Träume genauso leben wie du, und darüber werde ich mit dir nicht weiter diskutieren.«

Uwe nickte. »Gut, das musst du selbst wissen. Dann sind deine beiden Kinder weg.« Seine Stimme wurde weicher, als er die Hand auf die seiner Mutter legte und mit versöhnlicher Stimme fortfuhr: »Ich weiß, dass du es immer gut gemeint hast, Mama. Und dass du für mich und Adda immer das Beste wolltest. Dafür liebe ich dich, auch wenn wir hier grundverschiedener Meinung sind. Aber lass uns nicht weiter streiten.« Er beugte sich zu Johanna und hauchte ihr einen Kuss auf die Wange. »Ich verstehe deine Enttäuschung, weil ich nicht bleiben kann. Du hast auf mich gehofft, aber was ich eben gesagt habe, trifft den Kern. Ich muss auf eigenen Füßen stehen und kann mein Leben nicht unter deinen Augen führen. Ebenso wenig, wie Adda das offenbar möchte.« Er schluckte. »Wenn etwas sein sollte, werde ich trotzdem für dich da sein, versprochen.«

Johanna nickte. »Danke.«

»Pass auf, ich rufe gleich bei Manfred an. Er kann

kurzfristig bei uns anfangen, und so bist du eine Sorge los.«

Johanna war einerseits erleichtert, dass sich so schnell eine Lösung für ihr Dilemma bot, aber andererseits machte es sie stutzig, dass Manfred derart schnell und flexibel einspringen konnte. Es schien fast, als hätte er alles von langer Hand geplant.

Dann aber lachte Johanna innerlich über sich selbst. Sie sollte nicht hinter allem gleich schlimme Dinge vermuten, bloß weil sie mit ihrem Schwager und der Schwiegermutter damals auf die Nase gefallen war. Sie hatte eben Glück, dass sie nicht lange suchen musste, und sie hatte noch mehr Glück, dass Uwe ihr bereitwillig half.

»Gut, dann frag Manfred Oetjen. Wir können es gern mit ihm versuchen. Schließlich war er ein Freund von Papa.«

Uwe stand auf und umarmte Johanna. Dankbar atmete sie den vertrauten Geruch ein und versuchte, die Trauer darüber, dass er nicht mehr zurückkommen würde, zu verdrängen.

»Das ist eine gute Entscheidung, Mama. Und sollte es zu größeren Schwierigkeiten kommen, kannst du ihm immer noch Prokura geben, das hat er auch schon angedeutet. Er ist mit allem sehr erfahren.«

Johanna schob Uwe ein Stück weg. »Es wird zu keinen Schwierigkeiten kommen«, gab sie zurück. »Er kann hier arbeiten, aber ich werde alle Entscheidungen für den Nordseehof treffen. Ich allein.«

Johanna öffnete das Fenster, weil sie plötzlich zu ersticken glaubte.

Dann setzte sie sich wieder und sah Uwe mit liebevollem Blick an. Er wollte schließlich nur das Beste. »Ich bin froh, wenn Herr Oetjen herkommt. Aber mach dir keine Sorgen. Ich werde es schaffen. Der Nordseehof wird immer in der Hand der Deekens bleiben!«

Uwe stand ebenfalls auf. »Willst du Adda deine Entscheidung mitteilen, oder soll ich das tun?« Er schloss das Fenster wieder, denn es wehte ein kalter Zug ins Kontor.

»Ich mache das. Es wird Zeit, es ihr schnellstens zu sagen.«

»Ich hab dich lieb, Mama. Und glaube mir, ich will doch auch nur das Beste. Für dich, für den Hof und auch für meine kleine Schwester.«

*

Paul stand schon eine geraume Weile auf dem Nordseehof. Die Hütehündin war ein friedliches Tier und hatte nur freundlich an seinem Hosenbein geschnüffelt, ehe sie wieder im Stall verschwunden war. Er hatte gestern beschlossen, die Beerdigung lieber nicht mit seiner Anwesenheit zu stören. So viel Pietät musste sein. Er hatte schließlich alle Zeit der Welt. Und, ehrlich gesagt, nicht so viel Mut, wie er vorgab. In Wahrheit hatte er regelrecht Schiss. Aber wenn man etwas erreichen wollte, musste man dafür kämpfen, und das manchmal ohne Visier. Wer hätte ihm auch eines mitgeben sollen? Genau genommen, hatte er nicht einmal einen Helm.

Paul beschloss, später mit seiner Tante zu sprechen und jetzt alles erst einmal in Ruhe zu beobachten.

Weil das Wetter furchtbar war, hatte er sich am Eingang zur Scheune untergestellt. Und so war ihm nicht entgangen, dass Adda das Kontor wutentbrannt verlassen hatte und mit dem Rad weggefahren war. Kurz darauf hatte Johanna das Fenster aufgerissen. Das Gespräch zwischen seiner Tante und ihren Kindern verlief wohl höchst unerfreulich. Paul nahm an, dass es um die Verteilung des Erbes ging. Er war folglich genau zum richtigen Zeitpunkt gekommen.

Allerdings war er für einen Besuch auf dem Bauernhof mit seinem grauen Anzug unpassend gekleidet. Die schwarzen Lederschuhe wiesen zudem braune Sprenkel auf, denn schon auf dem Weg von seinem Auto zum Hof war es unglaublich matschig gewesen. Auch der hintere Teil des Trenchcoats war feucht, weil er versehentlich einen nassen Busch gestreift hatte. Vielleicht hätte er lieber in seinem Porsche warten sollen, nur hatte Paul die Befürchtung, in dem Fall wichtige Dinge zu verpassen. Und auffallen wollte er schon gar nicht, weshalb er den Wagen versteckt am Rand eines Feldwegs geparkt hatte.

Nun traten Johanna und Uwe heraus. Er verschwand sofort im Haus, während Johanna einen prüfenden Blick zum Himmel warf.

Die Wolken hatten sich zwar kurzfristig aufgelockert, aber es war nasskalt. Seine Tante rieb sich fröstelnd die Schultern.

Jetzt oder nie, dachte Paul und gab sich einen Ruck. Er verließ seinen Unterstand und stellte sich ihr in den Weg. »Guten Tag, Tante Johanna«, sagte er und fingerte die Zigarettenschachtel aus der Hosentasche. »Wir haben uns gestern schon gesehen.«

Johanna sah ihn mit vor Schreck geweiteten Augen an.

»Ich bin übrigens der Paul«, fuhr er fort und zeigte dann auf das große, grüne Tor der Scheune. Betont langsam holte er eine Zigarette aus der Verpackung. »Ist er da umgekommen?«

Das Gesicht seiner Tante versteinerte. »Von wem sprichst du?«

Er holte das Feuerzeug aus der Tasche und zündete die Zigarette an. So redete es sich besser. Bevor er zu weiteren Erklärungen ansetzte, nahm er einen tiefen Zug. »Von wem ich rede? Ich glaube, das weißt du: von meinem Vater Reent Deeken.« Paul grinste, merkte jedoch gleich darauf, dass seine Stimme wieder wackelte. Eine Unart, wenn er verunsichert war. Das musste er dringend in den Griff bekommen. Schließlich war er im Augenblick der Stärkere, denn dass er seine Tante vollkommen aus dem Konzept gebracht hatte, war deutlich. Sie war inzwischen leichenblass und griff instinktiv hinter sich, als suche sie Halt.

Doch dann machte sich plötzlich eine Veränderung bemerkbar. Johanna verzog die Augen zu einem Schlitz und nahm eine stolze Haltung an. »Gut, Herr Deeken. Die Ähnlichkeit zu Reent ist in der Tat verblüffend. Nur stellt sich mir die Frage, was Sie von mir wollen?«

»Ehlers, ich heiße Ehlers, Tante Johanna«, berichtigte Paul sie, um Zeit zu gewinnen.

Johanna musterte ihn skeptisch, als müsse sie abwägen, wie sie mit der Situation umgehen sollte. »Bitte warten Sie einen Moment, Herr Ehlers«, sagte sie dann. »Wir können gleich miteinander sprechen. Ich muss nur erst meine Tochter suchen, danach kann ich mir anhören, was Sie zu sagen haben.«

»Adda ist eben mit dem Rad weg, als wäre der Teufel hinter ihr her«, gab Paul bereitwillig Auskunft. »Sie ist dort entlanggefahren.« Er wies in die Richtung des Eilershofs.

»Gut, dann spreche ich später mit ihr«, lenkte Johanna ein. Sie rieb sich wieder die Schultern. »Kommen Sie bitte mit ins Haus, Herr Ehlers. Mir ist kalt, wir können uns besser drinnen unterhalten.«

Na bitte, es geht doch, dachte Paul zufrieden. Er folgte Johanna über den Hof bis zur Treppe, die ins Haupthaus führte. Die grüne Tür hatte im oberen Teil Fenster und passte wunderbar zum Ambiente des Hauses. Paul hatte die Schäferei schon bei seinen beiden vorherigen Besuchen als imposant empfunden, aber als er nun die Stufen erklomm, klopfte sein Herz vor Aufregung. Der Nordseehof war der Wahnsinn! Kein Wunder, dass sein Vater nur ungern von hier weggegangen war und dass er dieses Anwesen bestimmt gern besessen hätte. Nun, wer wusste schon, ob der Tod seines Vaters wirklich ein Unfall gewesen war …

Paul hatte die ganzen Wochen und Monate verschiedene Szenarien durchdacht. Und um die Wahrheit herauszubekommen, hatte er sich entschlossen, doch zum Nordseehof zurückzukehren. Seine Mutter wusste nämlich nichts Genaues, und da Reent sich keinen Deut um sie geschert hatte, als sie ihm von der Schwangerschaft erzählt hatte, war es ihr wohl auch egal gewesen. Ihm aber nicht. Ihm fehlte ein Vater. Und ihm fehlte Geld. Leider war es in der Bank nicht so gelaufen, wie er es sich vorgestellt hatte. Er hatte gedacht, dass es nicht auffallen würde, wenn er ein bisschen Kapital für sich abzweigte. Doch leider war es schneller aufgeflogen, als er ahnen konnte, und sein Chef hatte es sogar als Unterschlagung bezeichnet. Seine dröhnende Stimme hatte Paul noch immer im Ohr.

»Sie sind noch jung, Herr Ehlers, und Sie haben einen großen Fehler gemacht. Trotzdem werde ich Gnade vor Recht ergehen lassen. Sie zahlen die Summe zurück, und ich verzichte auf eine Anzeige. Allerdings sind Sie mit sofortiger Wirkung freigestellt. Sie werden verstehen, dass wir einen solchen Mitarbeiter nicht länger beschäftigen können.«

Nun war er also arbeitslos und musste sich ein neues Betätigungsfeld suchen. Warum nicht in Ostfriesland? Wo seine Wurzeln lagen.

»Ich war schon öfter hier«, sagte er, als er Johanna in den Flur folgte. Es roch dort nach einer Mischung aus gekochten Bohnen und frisch gebackenem Brot. Eine eigenartige Melange, die aber dennoch irgendwie heimelig war.

Ansonsten war Paul allerdings maßlos enttäuscht. So mächtig der Nordseehof von außen erschien: Schon im Flur herrschte eine bedrückende Atmosphäre. Viel zu wuchtige Möbel, dunkelgrün gestrichene Wände und an den Decken gebeizte Eiche ließen das Anwesen düster und ungemütlich erscheinen. Auch der Holzfußboden musste dringend abgeschliffen werden. Das Gebäude hatte eine grundlegende Renovierung nötig, wenn sich die Tristesse aus dem Flur auch in den anderen Räumen fortsetzte.

»Im Herbst war ich mal hier«, griff er das Gesagte wieder auf, weil Johanna nicht reagiert hatte, aber vor einer Tür stehen blieb und ihn anschaute. »Und noch einmal, als dein Mann ins Krankenhaus kam. Hat Adda nichts erzählt?«

Wenn seine Tante überrascht war, zeigte sie es nicht, denn sie schwieg weiterhin beharrlich, wobei sie ihre aufrechte Haltung nicht wieder ablegte. Tante Johanna war die Herrin der Schäferei, und diese Rolle spielte sie mit unglaublicher Perfektion. Sie wirkte auf Paul wie ein Wachhund, der jeden Augenblick zuschnappen würde, wenn er sein Zuhause bedroht sah.

Paul hatte in seinem kurzen Leben gelernt, Menschen einzuschätzen. Seine Tante war der Typ Mensch, der um die Dinge, die ihm wichtig waren, kämpfte und sie verteidigte. Mit allen Mitteln. Der Nordseehof war unübersehbar das Wichtigste in ihrem Leben, und wenn er seinen Anteil einfordern wollte, benötigte er dafür eine List und großes Durchhaltevermögen. Tante Johanna würde ihm freiwillig nicht einen einzigen Kieselstein überlassen. Ihr plötzlich aufgetauchter Neffe war für sie ein Störenfried, den sie vermutlich, so schnell es ging, wieder aus ihrem Leben kicken würde. Er musste also planvoll vorgehen. Vielleicht zog die Mitleidsmasche …

Plötzlich hatte Paul allerdings das Gefühl, den Kopf senken zu müssen, weil seine Tante ihn so mit ihrem Blick fixierte, dass er es nicht länger aushielt. Schade, dass er nicht wusste, in welchem Verhältnis Johanna zu seinem Vater gestanden hatte! Andernfalls wäre es ihm vielleicht möglich gewesen, ein Loch in den Panzer der Tante zu bohren. Ein winziges würde genügen, damit er weiterstochern konnte. Aber momentan ließ sie ihm keine Chance.

Johanna stieß die Tür auf und bat ihn mit einer einladenden Handbewegung in eine große Küche.

»Bitte!«, sagte sie und rang sich zugleich ein oberflächliches Lächeln ab. Früher musste sie wunderschön gewesen sein, und auch jetzt war seine Tante noch sehr attraktiv. War sein Vater womöglich in sie verliebt gewesen?

Paul schalt sich selbst wegen dieser Gedanken. Das wohl kaum, immerhin hatte sie ihn um seinen Besitz gebracht. Außerdem war es unerheblich. Er war hier, um sich das zu holen, was seinem Vater eigentlich zugestanden hätte. Und somit auch ihm selbst.

»Herr Ehlers, ich habe Sie gebeten, auf der Eckbank

Platz zu nehmen!«, sagte Johanna, und Paul wurde rot, weil er zuvor nicht hingehört, sondern seinen Gedanken nachgehangen hatte.

»Danke«, sagte er und rutschte auf die Bank wie ein Schuljunge. Von dort aus sah er sich um und kam sich vor wie in einem Film der Fünfzigerjahre. Auch in der Küche war alles alt. Allein die wuchtigen Pfannen über dem alten Ofen. Der Eichenbüfettschrank mit den furchtbaren Schnitzereien, die früher sicher mal modern gewesen waren …

Seine Tante wollte offenbar Tee aufbrühen. Dazu stellte sie einen bunt bedruckten Kessel auf den immerhin vorhandenen Elektroherd und zwei winzige Tassen mit einer rosafarbigen Rose auf den Tisch.

Als der Tee lange genug gezogen war, setzte sie sich Paul gegenüber auf einen Stuhl und reichte die Dose mit dem Kandis herüber.

Paul dauerte das alles viel zu lange, und die Teezeremonie ging ihm auf die Nerven, aber es war wohl besser, sich zurückzuhalten. Er verschränkte die Hände ineinander, um seine Ungeduld nicht allzu deutlich zu zeigen.

»Nehmen Sie bitte ein Kluntje!«, forderte Johanna ihn auf und goss den Tee ein.

Erst dann begann sie, mit kühler Stimme zu sprechen. Dass sie ein bisschen nervös war, erkannte Paul daran, wie sie sich zweimal hektisch ins Haar griff und den akkuraten Sitz ihres aschblonden Pferdeschwanzes überprüfte. »Bitte sehen Sie mir nach, dass ich im Augenblick nicht sehr belastbar bin. Wie Sie wissen, habe ich erst gestern meinen Mann beerdigen müssen.«

Paul versuchte, mitleidig zu schauen. »Noch mal mein herzliches Beileid, Tante Johanna.«

Johanna nickte. »Ist gut. Sie behaupten also steif und fest, mein Neffe zu sein?«

»Ich behaupte es nicht nur, ich bin es. Du kannst meine Mutter fragen. Reent Deeken ist mein Vater.« Paul duzte seine Tante weiter beharrlich und hoffte, sie damit weichzukochen.

Sie spitzte die Lippen und sah ihn abwartend an. Dass sie so gar nichts sagte, brachte Paul aus dem Konzept, und er begann zu haspeln. »Ich … ich lebe in Oberhausen. Mit meiner Mutter. Sie ist damals von meinem Vater schwanger geworden. Er ist dann hierher nach Ostfriesland gefahren. Und nicht mehr zurückgekehrt.«

»Das konnte er auch nicht, weil er verstorben ist«, antwortete Johanna mit gefährlich ruhiger Stimme. »Dann müssen Sie ungefähr das Alter meiner Tochter haben. Wusste er denn überhaupt, dass er Vater ist?«

»Er hat meine Geburt nicht mehr erlebt«, sagte Paul. »Aber dass meine Mutter schwanger war, war ihm durchaus bekannt. Leider hat es ihn nicht interessiert. Er war wohl eher kein … Familienmensch.«

»Nein, das war er nicht. Für Reent gab es nur ihn selbst. Sonst nichts.«

Paul zuckte zurück, denn Johannas Worte waren scharf und ein bisschen gemein. Er druckste weiter herum. »Ich … ich …«

»Die Vaterschaft zu ignorieren, passt zu Reent. Er kümmerte sich nie um das, was er bei seinen Avancen hinterließ.«

Paul schaute seine Tante verwundert an. Das klang nun ziemlich verbittert. Ob sie doch mal ein Liebespaar gewesen waren und sie mit seinem Vater ihre eigenen Erfahrungen gemacht hatte?

»Man sagt, es war ein Unfall hier auf dem Nordseehof?«

Der Blick seiner Tante wurde hart. »Reent ist bei einem Feuer ums Leben gekommen. Damals hat die Scheune lichterloh gebrannt. Ein Wunder, dass nicht mehr passiert ist.«

Täuschte Paul sich, oder verlor Johanna kurz die Fassung? Denn ihre Stimme brach. Doch sie hatte sich schnell wieder in der Gewalt. »Das war damals alles nicht einfach, und mehr müssen Sie auch nicht wissen. Im Übrigen brauche ich einen Nachweis, dass Sie die Wahrheit sagen.« Sie räusperte sich, und ihre Stimme bekam wieder den gewohnten Klang. Ruhig, gelassen und doch mit großer Festigkeit.

Paul nickte und holte das Foto hervor, das er schon Adda gezeigt hatte. Er schob es über den Tisch.

Johanna betrachtete es, berührte das Bild aber nicht. »Das ist wirklich mein Mann, und der andere daneben ist sein Bruder Reent. Woher haben Sie das?«

»Mein Vater hat es bei meiner Mutter liegen lassen.«

Johanna runzelte die Stirn. »Liegen lassen?«

»Gut, es war anders. Meine Mutter hat es ihm weggenommen, weil sie sich schon gedacht hat, dass er sich drücken wird. Mutti hat gesagt, sie musste es nehmen, weil es wohl das Einzige sein würde, was ich je von meinem Vater hätte.«

Seine Tante schüttelte verärgert den Kopf. Sie griff nun doch nach dem Bild und fuhr mit der Fingerspitze sacht über das Gesicht ihres verstorbenen Mannes. Dabei huschte ein unsäglicher Schmerz über ihre Züge. Paul war über die Heftigkeit sehr überrascht. Hier war das winzige Loch. Hier war seine Tante verletzbar. Paul würde sehen, ob er das für sich nutzen konnte.

Sie sog die Luft einmal schwer ein, ehe sie sagte: »Dein Vater war … schwierig. Wir hatten kein gutes Verhältnis. Auch Eike und er nicht. Ich möchte nichts Böses über einen Toten sagen, aber« – jetzt duzte sie ihn doch, und ihre Stimme bekam einen fast mütterlichen Klang – »tu dir einen Gefallen, Paul, und setze Reent Deeken nicht auf den Thron. Das wäre unangemessen. Es ist alles lange her, aber dein Vater hat damals den Nordseehof fast ruiniert.«

Paul schluckte. Er hatte sich das ganz anders vorgestellt. Sagte seine Tante wirklich die Wahrheit? Oder log sie, um sich selbst zu schützen? Nur vervollständigte sie leider das Bild, das auch Manu gezeichnet hatte. Paul aber gab nicht auf. »Also war es für euch ein Segen, dass er bei dem Brand ums Leben gekommen ist?«

»Der Tod ist niemals ein Segen, Paul. Niemals. Das ändert aber nichts an der Tatsache, dass er uns übel mitgespielt hat.« Johanna warf das Foto auf den Tisch, bevor sie fortfuhr. »Reent hat meinem Mann das Erbe geneidet. Er wurde ordnungsgemäß ausbezahlt, hat aber nie akzeptieren können, dass er den Hof nicht übernehmen konnte. Er ist im Ruhrgebiet als Autohändler zu viel Geld gekommen und aus einem mir unbekannten Grund gescheitert. Aber das weißt du sicher von deiner Mutter.«

»Du zweifelst also nicht mehr daran, dass ich sein Sohn bin?«

»Du bist ihm wie aus dem Gesicht geschnitten, du hast dieses Foto, und was du sagst, klingt plausibel. Ja, ich glaube, dass du Eikes Neffe bist.« Sie seufzte laut. »Reent Deeken, was hast du noch alles angestellt?«

Johanna schenkte sich eine weitere Tasse Tee ein. Ihre Hände zitterten leicht, als sie die Tasse zum Mund führte.

»Er wurde wirklich ausbezahlt, und alles war rechtmäßig?«, hakte Paul nach.

»Ja«, bestätigte Johanna knapp, und er wurde das Gefühl nicht los, dass sie ihm etwas verschwieg. Er würde schon noch herausfinden, was das war.

»Wo ist sein Grab?«

»Es war auf dem Neusieler Friedhof. Es ist aber nicht mehr da. So lange bleiben die Gräber nicht. Wir haben die Laufzeit nicht verlängert. Es tut mir leid für dich, weil du es nicht mehr aufsuchen kannst. Aber woher hätten wir wissen sollen, dass es dich gibt?«

Paul leckte sich die Lippen. »Gut, dann eben kein Grab mehr, wo ich um ihn trauern kann.« Er nippte am Tee, konnte dem Geschmack allerdings nichts abgewinnen und wunderte sich, dass die Ostfriesen ihn dem Gerücht nach in rauen Mengen in sich hineinkippten.

»Was genau willst du hier?«, fragte Johanna jetzt, die sein angewidertes Gesicht genau beobachtet hatte. »Der Teegeschmack kann es wohl kaum sein.«

»Ich möchte alles über meinen Vater wissen. Meine Mutter redet nicht gern über ihn und sagt nur, er sei ein einflussreicher, aber schlechter Mensch gewesen. Dagmar behauptet dasselbe, und nun du auch.«

»Dagmar?« Plötzlich überschlug sich Johannas Stimme.

Paul beobachtete sie genau. Schon wieder wirkte seine Tante verletzbar. Er hatte eine zweite Wunde gefunden.

»Dagmar ist mit Rolf Menzel verheiratet. Er war früher mal hier auf dem Hof. Nach dem Krieg. Hat meine Mutter gesagt.«

»Ja, ich kenne Rolf«, gab Johanna unumwunden zu. »Ich habe aber ewig nichts von ihm gehört.«

Ihre Hände zitterten jetzt heftig, als sie zur Teetasse

griff. Sie stellte sie sofort zurück, sonst wäre der Tee übergeschwappt.

»Ich bin gern bei den beiden«, erklärte Paul. Johanna wirkte zum ersten Mal sehr verunsichert. Eine Strähne war ihr aus dem Zopf gerutscht und hing ihr in die Stirn.

Paul musterte sie. »Wart ihr befreundet?«

»Nein, so kann man das nicht nennen«, antwortete Johanna eine Spur zu rasch. »Ich hatte mit den Vertriebenen vom Nordseehof kaum zu tun. Damals habe ich auf dem Eilershof gelebt, und als ich als Eikes Frau hierherkam, war er schon fort.« Sie nahm die Tasse erneut in die Hand. Vorsichtig trank sie einen Schluck Tee und hatte sich danach wieder im Griff. Paul beschloss, es vorerst dabei zu belassen.

»Hat mein Vater denn nichts hinterlassen, was mir als sein Sohn zusteht?«, fragte er. »Ein Schmuckstück? Irgendetwas?«

»Nein, nichts«, entgegnete seine Tante. »Du bist auch nicht sein legitimer Sohn. Da könnte ja jeder kommen und etwas einfordern. Tut mir leid, Paul, aber ich kann dir nicht weiterhelfen. Er hat übrigens noch zwei uneheliche Kinder, die auf dem Nachbarhof aufgewachsen sind.«

Paul riss ungläubig die Augen auf. »Noch zwei Kinder?« Das war wirklich blöd und reduzierte seine Möglichkeiten.

Johanna zuckte mit den Schultern. »Nun weißt du, was du wissen musst, und ich denke, du solltest dich schnell wieder auf den Rückweg machen und deinen Vater vergessen.«

»Das geht nicht.« Paul kniff die Lippen zusammen.

»Und warum nicht?«

»Erstens: Ich will meinen Vater besser kennenlernen,

auch wenn es ihn nicht mehr gibt. Und zweitens: Ich habe meine Arbeit bei der Bank verloren.«

»Dann such dir eine neue«, schlug Johanna vor.

»Ich habe Mist gemacht, und so einfach ist das in diesen Zeiten nicht. Null Wirtschaftswachstum. 2,6 Prozent Arbeitslose. Und dann das, was in der Bank passiert ist ... Obwohl ich nichts dafür kann. Ehrlich. Aber ich habe mich halt versehen.«

Paul sah seiner Tante an, was sie von seinen Erklärungsversuchen hielt. Ihr stand förmlich ins Gesicht geschrieben: ganz der Vater!

»Es ist für mich nur dumm gelaufen. Nun muss ich etwas anderes suchen. Kann ich nicht eine Weile hierbleiben? Ich bin doch dein Neffe.«

Johanna runzelte die Stirn. »Wie soll das gehen? Ich kann niemanden einfach so durchfüttern!«

»Ich mache mich auch nützlich«, bot Paul an. »Du kannst mir zeigen, was man in einer Schäferei alles tun muss. Nach dem Tod deines Mannes kannst du doch bestimmt eine helfende Hand gebrauchen. Du wirst es nicht bereuen, versprochen!«

Johanna wand sich sichtlich. Die Vorstellung, ihn hierzubehalten, gefiel ihr offenbar nicht, aber nachdem sie eine Weile nachgedacht hatte, sagte sie: »In Kürze werde ich einen Mitarbeiter einstellen. Aber jemand, der beim Groben mit anpackt, würde mir auch helfen. Also gut!«

Paul sprang auf. »Ist das dein Ernst?«

»Ich sage nie etwas, was mir nicht ernst ist«, sagte Johanna. »Aber unterschätze die Lage nicht. Die Arbeit auf dem Hof ist kein Zuckerschlecken, und deine Anzüge und den schicken Trench kannst du ganz weit nach hinten in den Schrank verbannen.«

»Und wo kann ich schlafen?«

»Der Hof ist groß, Paul. Ich mache dir ein Gästezimmer zurecht.«

Sie erhob sich ebenfalls und ging zur Tür. »Komm mit, ich zeige dir, wo du unterkommen kannst. Aber mit meinen Kindern spreche ich selbst und erkläre ihnen, warum du hier bist.«

»Gern«, sagte Paul und zupfte den grauen Anzug zurecht. Das lief besser als gedacht. Er hatte nun ausreichend Zeit, hier vor Ort herauszufinden, was mit seinem Vater passiert war. Und ob ihm nicht doch ein Stück vom Kuchen des Nordseehofes zustand. Gleichgültig, ob es noch andere Kinder gab, die ja offenbar kein Interesse an alldem hatten.

Er folgte seiner Tante durch den dunklen Flur die Treppe hinauf, bis er in einem Zimmer stand, von dem aus er einen Blick über die weitläufige Marsch hatte. Er sah sich abschätzend um. Auch in diesem Raum dominierten die schweren Eichenmöbel und dunklen Tapeten der Nachkriegszeit.

»Ich beziehe nur rasch das Bett«, sagte Johanna und öffnete den Schrank. Sie tat das mit flinken Fingern, und schon kurz darauf türmten sich auf dem Doppelbett ein dickes Daunenoberbett nebst wuchtigen Kissen. Alles roch ein wenig klamm.

Johanna drehte den Heizkörper auf, der sofort losbollerte. »Es dauert ein bisschen, ehe es warm wird. Da vorn ist ein Schreibtisch, das Badezimmer findest du drei Türen weiter links. Wir haben nur eine alte Badewanne mit Duschvorhang. Luxus wirst du in der Schäferei vergeblich suchen. Aber ich lasse das Haupthaus demnächst renovieren«, fügte sie hinzu, als sei es ihr vor ihrem Gast doch peinlich, wie heruntergekommen der Nordseehof inzwischen war.

»Ich komme schon klar, Tante Johanna«, sagte Paul. »Und danke!«

»Abendessen gibt es um sieben in der Küche. Bitte sei pünktlich.«

Kapitel 11

Adda befand sich auf dem Weg nach Hause. Sie war bei Deike gewesen. Erst hatte sie bitterlich um ihren Vater geweint, aber danach war die Wut wieder in ihr hochgekommen, weil sie seinen Nachlass als so ungerecht empfand. Gemeinsam hatten sie sich richtig ausgekotzt. Darüber, wie gemein es war, dass nun ausgerechnet sie auf dem Nordseehof bleiben sollte und Uwe als Mann alle Freiheiten offenstanden.

»Männer können immer das tun, was sie wollen«, sagte Deike. »Guck dir doch meinen Vadder an.«

»Deinen Vater?«

Deike zog die Stirn in Falten. »Tu nicht so. Jeder weiß, dass dein Onkel und meine Mutter… Rausgekommen sind Hajo und ich. Hajo hat noch Glück, dass er meiner Mutter ähnlich ist, aber ich? Ganz der Vater!«

»Ich sehe doch keinem in meiner Familie ähnlich. Das kommt vor«, wandte Adda ein.

Deike nickte. »Jedenfalls hat der Typ sich aus dem Staub gemacht und uns einfach sitzen lassen. Und wer musste allein klarkommen? Die Frau.« Ihre Freundin tat immer so, als interessiere es sie in Wahrheit nicht, dass Addas Onkel sich nie um seine beiden Kinder gekümmert hatte, aber jedes Mal, wenn sie darüber sprach, war sie doch sehr angefasst. Sie war ein paar Jahre älter als Adda, aber solche Verletzungen heilten vermutlich ein ganzes Leben nicht. So gesehen, war Adda tatsächlich gut weggekommen. Immerhin hatte ihr Vater sie über alles geliebt. Nur war der jetzt tot. Adda hatte schon wieder aufkommende Tränen unterdrücken müssen.

Es war inzwischen stockdunkel, denn es dämmerte im Februar vor allem bei schlechtem Wetter schon früh. Adda musste achtgeben, auf dem Weg zu bleiben und nicht im Schlot zu landen, denn das Licht an ihrem Rad war defekt, und Straßenbeleuchtung gab es hier natürlich nicht.

Als sie den Nordseehof erreicht hatte, war sie regelrecht erleichtert, denn sie fürchtete sich immer ein bisschen, allein in der Dunkelheit unterwegs zu sein. Auf dem Hof parkte ein roter Porsche. Adda blieb abrupt stehen. Dieser Paul ließ wirklich nicht locker.

Sie stellte das Rad in die Remise. Als sie auf die Haustür zuging, stand Paul im Licht der Außenleuchte oben auf der Treppe. Er trug einen grauen Anzug mit Trenchcoat und rauchte.

»Paul? Ich hätte nicht geglaubt, dich noch mal wiederzutreffen.«

Er grinste sie an. »Ich habe dir gesagt, dass ich zurückkomme.«

»Was tust du hier?«

»Wohnen.«

Adda machte einen Schritt rückwärts. »Erzähl keinen Mist. Warum solltest du hier wohnen?«

Paul trat die Zigarette mit der Schuhspitze aus. »Ich konnte deine werte Mutter von unserem Verwandtschaftsgrad überzeugen, und dein Bruder hat es auch schon hingenommen, dass sich die Familie ein wenig vergrößert hat. Er ist bereits auf dem Weg in seine Kaserne. Gab wohl einen Streit zwischen deiner Mutter und ihm.«

Adda rannte die Stufen hinauf, stieß Paul beiseite und riss die Haustür auf. Drinnen kam ihr Aika schwanzwedelnd entgegen, aber sie schubste sie weg und stürmte in die Küche, wo sie ihre Mutter vermutete.

Die stand wie erwartet am Herd und machte gerade etwas Milch fürs Abendessen warm. Der Tisch war schon gedeckt, eine Teekanne stand auf dem Stövchen.

Adda sog den süßlichen Duft der warmen Milch ein. Er durchzog den Raum und verbreitete eine Idylle, die Adda jetzt nicht empfand.

»Warum wohnt Paul hier? Glaubst du ihm etwa?«

Ihre Mutter nahm den Topf von der Platte. »Komm, wir setzen uns.«

Adda plusterte sich wütend auf und wollte ihre Mutter beschimpfen. All ihre Wut hinausschreien. Als ob sie nicht genug Probleme hätten, holte ihre Mutter nun auch noch diesen Kerl auf den Hof!

Aber etwas in Johannas Gesicht ließ Adda verstummen. »Ich möchte mich nicht setzen«, war dann alles, was sie hervorbrachte.

»Gut, wir können auch im Stehen reden«, willigte ihre Mutter ein. »Bevor du jetzt weiter die Wände hochgehst, möchte ich, dass du mir zuhörst und dir dann überlegst, ob deine Wut gerechtfertigt ist.«

Adda presste die Lippen zusammen. Sie hasste es, wenn ihre Mutter so schulmeisterlich mit ihr sprach. Sie verschränkte die Arme vor der Brust und schaute sie herausfordernd an. »Dann schieß mal los!«

»Vorab: Ich möchte, dass du im Sommer mit Deike

nach Bremen gehst und bitte zuvor deinen Führerschein machst, damit du unabhängig bist. Eine Frau muss Auto fahren können.«

Adda sackten die Arme herunter, ihr Widerstand bröckelte sofort. »Ich soll *was?*«

»Deinen Weg gehen. Und den sehe ich bei dir vorerst nicht hier in Ostfriesland.«

In Adda rumpelten alle Gedanken durcheinander. Sie konnte es kaum fassen. »Ich darf wirklich weg? In Bremen eine Lehre machen? Und vorher den Führerschein?«

Ihre Mutter nickte. Adda veranstaltete einen Freudentanz. Sie juchzte, schrie. Tränen liefen über ihre Wangen. »I'm free!«, schrie sie. »Yeah, I am free!«

Nach einer Weile beruhigte sie sich, setzte sich doch an den Tisch und lief rot an. Was hatte sie da eben getan? Erst gestern war ihr Vater beerdigt worden, und sie war schon heute taumelig vor Freude. »Entschuldige, Mama. Das war jetzt … gemein. Wegen Papa und so.« Sie legte den Kopf auf die Arme und weinte vor Scham.

Ihre Mutter wartete still ab.

Adda ließ es zu, dass sie ihr ein Glas Milch einschenkte und sich zu ihr setzte. Es war eine ungewohnt vertraute Situation, die Adda aber sehr genoss.

»Ist gut, Adda. Ich weiß, dass du um ihn trauerst, und das wirst du immer tun. So wie wir alle. Aber wir dürfen auch weiterleben. Weil er nicht wiederkommt. Und Freude gehört dazu. Das hätte Papa so gewollt.«

Adda wischte sich mit dem Ärmel die Tränen aus dem Gesicht.

»Papa hat auch gesagt, ich soll meinen Weg gehen. Sonst würde ich krank werden. Man darf seine Träume nicht begraben.«

»Das hat er wirklich so gesagt?«, fragte Johanna.

»Ja, das waren die letzten Worte, die er an mich gerichtet hat.« Adda senkte den Blick. »Aber wie kommt es, dass du es dir anders überlegt hast? Und warum wohnt Paul hier?«

Ihre Mutter legte die Hand auf ihre. »Immer der Reihe nach. Also: Ich selbst habe es damals gehasst, auf diesem Hof leben zu müssen. Ja, ich wollte nach Amerika. Aber es ist anders gekommen, und in der Folge war es mein Leben, für den Nordseehof da zu sein. Und ich dachte, es wäre richtig, wenn wir alle gemeinsam dafür kämpfen, dass er erhalten bleibt. Aber ich weiß, dass es für dich nicht stimmig ist. Du musst etwas anderes sehen und ausprobieren. Und wer weiß, vielleicht kommst du eines Tages zurück, weil es da draußen doch nicht besser gewesen ist.«

»Das glaube ich nicht«, unterbrach Adda ihre Mutter, doch die hob lächelnd die Hand.

»Wenn es anders ist, wird es auch in Ordnung sein.«

In Adda arbeitete es. Sie war frei. Ein Umstand, mit dem sie nie gerechnet hatte und der sie jetzt, trotz aller Vorfreude, komplett aus der Bahn warf. Nach und nach krochen andere Gedanken hervor. Gedanken, die sie bei ihren Fluchtfantasien immer erfolgreich verdrängt hatte, die sie nun aber zulassen musste. »Aber wie willst du den Hof allein bestellen? Das schaffst du doch nicht. Ach, Mama, es ist so lieb, dass ich gehen darf, aber wenn …«

»Langsam«, antwortete ihre Mutter. »Natürlich habe ich auch da eine Lösung. Was du noch nicht weißt: Hero hat gekündigt.« Sie fasste kurz zusammen, warum, und Adda war darüber schlichtweg genauso empört wie ihre Mutter. Plötzlich baute sich eine Brücke zwischen den beiden Frauen auf. Noch brüchig, aber sie war da.

Sie hat mich losgelassen, und ich bin ihr näher als zuvor, dachte Adda. Die Mutter legte ihre Hand erneut auf ihre.

»Aber all das darf nicht dein Problem sein. Uwe hat bereits mit Manfred telefoniert. Er wird der neue Mitarbeiter.«

»Eine gute Wahl«, sagte Adda. »Manfred ist sehr nett, und er kann was.«

»Er allein kann es aber nicht schaffen, wenn viel Arbeit anliegt.«

Dann dämmerte es Adda. »Sag nicht, dass mein aus dem Nichts aufgetauchter Cousin vorhat, sich hier einzubringen, und du ihm deshalb Asyl gewährt hast?«

Ihre Mutter lächelte und schenkte ihr etwas Milch nach. »Da hast du den Nagel auf den Kopf getroffen. Paul braucht Arbeit und offenbar ein Zuhause. Da schlagen wir zwei Fliegen mit einer Klappe. Nein, nicht zwei, einen ganzen Schwarm. Denn das ermöglicht dir und Uwe, eure Träume zu leben.«

»Und wo steckt mein lieber Cousin jetzt? Eben stand er nämlich noch rauchend auf der Treppe. In vollem Zwirn.«

»Er kommt gleich um sieben zum Essen.«

Adda zog die Stirn in Falten, schwieg aber.

Ihre Mutter schluckte. »Mit deinem Bruder habe ich übrigens wegen alldem eine große Meinungsverschiedenheit gehabt. Aber am Ende haben wir uns geeinigt. Er hat sich auch um Manfred gekümmert. Nun ist es gut.«

Adda trank einen Schluck. Bestimmt hatte sie jetzt einen Milchbart, so wie früher. Und richtig, ihre Mutter reichte ihr mit einem Zwinkern das Geschirrhandtuch. »Das mit Uwe tut mir leid, aber wenn er so männlich verbohrt ist, kann man wohl nichts ändern.«

»Nein«, antwortete Johanna. »Aber er hat dann doch

eingesehen, dass wir genau diesen Weg gehen müssen, um allen gerecht zu werden.«

»Ich traue Paul allerdings nicht, Mama«, flüsterte Adda mit einem Blick zur Tür. »Er war mir von der ersten Sekunde an unheimlich. Bitte pass auf!«

»Das mach ich. Aber er ist wohl wirklich dein Cousin, und somit habe ich eine gewisse Verantwortung. Dein Onkel Reent hat also mindestens drei Kinder in die Welt gesetzt, um die er sich nie gekümmert hat. Ich hoffe, da kommen nicht noch mehr.«

»Erhofft Paul sich ein Erbe?«

Ihre Mutter zuckte mit den Schultern. »Hoffen kann er viel. Aber er ist unehelich geboren und wurde nie offiziell anerkannt. Er kann den Nordseehof nicht gefährden.«

Adda sah ihre Mutter an. Johanna sagte es zwar lässig, aber sie hörte doch einen Funken Unsicherheit. Onkel Reent war kein unbeschriebenes Blatt gewesen, und auch er hatte viel Schaden angerichtet.

»Da ist noch etwas«, wechselte ihre Mutter das Thema. »Ich werde in Kürze die ersten Renovierungen im Haus machen lassen. Die notwendigen Arbeiten in der Schäferei nehme ich dann in Angriff, wenn wir den neuen Mitarbeiter haben.«

»Willst du hier alles auseinanderreißen?«, fragte Adda.

»Nein, ich möchte modernisieren. Du hast selbst immer betont, wie viel schöner du den Eilershof findest. Und dass ich das ohne deine Einwände auch hier umsetzen kann, ist dein Entgegenkommen dafür, dass du gehen darfst. Ich werde mich nämlich von Dingen trennen, die deinem Vater gehört haben. Aber ich muss hier zukünftig weiterleben und möchte mich wohlfühlen. Kannst du das akzeptieren?«

Adda überlegte kurz. Sie fand den Nordseehof ja selbst viel zu gediegen.

»Okay«, sagte sie schließlich. »Ich werde nicht rummosern und mich auch mit Paul arrangieren. Der Preis der Freiheit!«

Ihre Mutter stand auf, zog Adda hoch und nahm sie in den Arm. Eine ungewohnt vertraute Geste, die Adda sehr schön fand. »Danke, mein Liebes. Du wirst sehen, wir bekommen das alles hin.«

»Ja«, antwortete Adda. Sie küsste ihre Mutter sacht auf die Wange.

Was für ein Tag. Auf der einen Seite der Schatten des Todes ihres Vaters – und dann die Ankündigung, dass sie frei war. Am liebsten wäre sie sofort noch mal zu Deike gefahren. Aber das musste nun bis morgen warten.

Es klopfte, und die beiden Frauen fuhren auseinander.

Manfred mit seinen blonden Haaren und schokobraunen Augen schob sich in die Küche. Beim Lächeln zeigten sich freundliche Grübchen auf den Wangen, was Adda schon damals im Stall gleich aufgefallen war.

»Entschuldigen Sie, dass ich hier so spät reinplatze. Aber ich wollte keine unnötige Zeit verstreichen lassen.«

Addas Mutter stand auf und ging auf den Mann zu. »Schön, dass Sie hier sind.«

Manfred lächelte Adda eine Spur länger an als nötig.

Ihre Mutter schien das bemerkt zu haben und räusperte sich, bevor sie sagte: »Ich habe zwar erst morgen mit Ihnen gerechnet, aber dann will ich Ihnen im Seitentrakt mal ein Zimmer fertig machen. Aber erst gibt es Abendessen. Adda, biete Manfred doch bitte einen Tee an. Ich sage Paul Bescheid, nicht, dass er die Zeit vergessen hat.«

»Ja, mach ich, Mama.«

1975

Kapitel 12

Adda saß am Bett ihrer Großmutter und tunkte Zwieback in den Tee. Dabei schaute sie sehnsüchtig aus dem Fenster. Es war ein sonniger Tag, und wie gern wäre sie jetzt draußen über die von den ersten Sumpfdotterblumen und Löwenzahn mit gelben Blüten gesprenkelten Marschwiesen spaziert, um ein bisschen von dem zu träumen, was sie nicht erträumen durfte! Die Illusion von einem Leben in Bremen war im letzten Jahr doch wieder zerplatzt wie eine Seifenblase, und Deike war allein in den Zug in die Freiheit gestiegen. Adda hatte zwar das Abi und den Führerschein in der Tasche, aber statt auf Demos zu gehen und in einer großen Klinik zu arbeiten, versorgte sie nun ihre kranke Großmutter und arbeitete in der Schäferei. Selbst die Ausbildung war in weite Ferne gerückt.

Nachdem erst alles so rosig für sie ausgesehen hatte, war ihr Leben im letzten Frühling von einem Tag auf den anderen gekippt. Oma Foline hatte einen Schlaganfall gehabt, von dem sie sich nicht mehr richtig erholte. Sie konnte nicht mehr sprechen, nur noch unverständliche Laute kamen ihr über die Lippen, auch wenn sie geistig vollkommen klar erschien. Seit der Rückkehr aus dem

Krankenhaus lebte Oma Foline auf dem Nordseehof im seitlichen Trakt im Erdgeschoss.

Wie hätte Adda da fortgehen können? Sie musste und wollte sich um ihre Oma kümmern, und so hatte sie sich auch ihrer Mutter gegenüber ausgedrückt, die Adda trotzdem geraten hatte, ihre Ausbildung zu machen. Inzwischen war sie aber froh, dass ihre Tochter geblieben war, denn die Versorgung von Oma Foline war nicht einfach neben der Arbeit auf dem Hof, und vielleicht hätte sie andernfalls längst in ein Heim gemusst.

Das Laufen fiel der Großmutter schwer, deshalb saß sie meist im Rollstuhl. Zum Glück waren die Türen in der Schäferei breit genug, sodass sie Oma problemlos hin und her schieben konnten. An der Außentreppe hatte Ingo eine Rampe gebaut, und so war es möglich, Foline bei Sonnenschein auf den Hof zu bringen, wo sie bei der Arbeit zusah und sich nicht langweilte.

Adda und ihre Großmutter verstanden sich auf ihre eigene Weise, weshalb Adda sich überwiegend um sie kümmerte. Ihrer Mutter fehlte oft die Geduld. Die Arbeit auf dem Hof war oft zu viel.

Zum Glück hatte sich Manfred als Glücksgriff für den Nordseehof erwiesen. Er war in das kleine Häuschen der Oma neben dem Eilershof eingezogen.

Adda mochte ihn sehr. Allein dieses freundliche Funkeln in seinen Augen und der Blick, mit dem er sie manchmal beinahe auffraß … Es war ein Spiel mit dem Feuer, das Adda aber genoss, hatte sie doch sonst wenig Zerstreuung und viel zu viel Arbeit, denn sie schufteten oft bis zum Umfallen.

Ihr Bruder Uwe fehlte hingegen einfach überall. Der Streit war bei einem seiner Besuche neuerlich entfacht und am Ende weiter eskaliert, und so war er nicht einmal zu Weihnachten nach Hause gekommen. Ab und zu rief er Adda an und schwärmte von Hannover. Vom Maschsee. Von dem Park drum herum und den Möglichkeiten, die er nun hatte. Er erzählte von seinem Studium und den Kommilitonen. Es war, als lebte er in einem fremden Universum, zu dem kein anderer der Deekens Zutritt hatte und in das er wohl auch nichts hineinlassen wollte. Da war kein Platz mehr für eine Schäferei oder das kleine Dörfchen Neusiel. Und erst recht nicht für die jüngere Schwester oder die kranke Großmutter.

Paul war ebenfalls keine Hilfe. Er tat nur dann etwas, wenn es ihm in den Kram passte. Er war anstrengend und ein Besserwisser. Adda hätte den Schmarotzer längst zum Teufel gejagt, aber aus einem unerfindlichen Grund duldete ihre Mutter sein Verhalten.

Oma Foline gab einen Laut von sich und riss Adda damit aus ihren Gedanken. Sie sah ihre Großmutter aufmerksam an und strich ihr sacht mit dem Finger über die Wange. Die versuchte ein Lächeln, was wegen der Lähmung schief wirkte.

»Du lachst mit den Augen«, sagte Adda. »Ich hab dich lieb, Oma! Was möchtest du mir sagen?«

Es dauerte stets einen Moment, aber meist erkannte Adda nach einer Weile, was ihre Oma wollte.

»Ich bringe dich gleich raus in die Sonne, das möchtest du, oder?«

Oma Foline nickte.

»Ich setze dich nach dem Essen in den Stuhl und ziehe dich an.«

Vorsichtig reichte Adda ihr ein weiteres Stück vom eingeweichten Zwieback. Dann ließ sie ihre Oma Tee aus der Schnabeltasse trinken. Sie hatten extra eine aus weißem Porzellan gewählt, denn Foline mochte kein Plastikgeschirr. Adda brühte den Tee nach althergebrachter Art auf, aber das Trinken aus der Schnabeltasse veränderte das, was Oma Foline am Teetrinken geschätzt hatte. Urige ostfriesische Gemütlichkeit. Teetrinken war Mittel zum Zweck geworden.

Oma Foline winkte ab. Sie lehnte sich in ihr Kissen zurück. Adda warf einen Blick auf die Uhr. Die Mittagsstunde war vorbei, und es war eine gute Zeit, Oma nach draußen zu bringen. Sooft es ging, holte sie sie aus dem Bett, denn es bestand immer die Gefahr, dass sie sich durchlag, zumal sie ziemlich dünn geworden war.

Oma Foline nickte. Da sie nur ein Mittagsnickerchen gemacht hatte, war sie bis auf die leichte Hose angekleidet.

»Komm, ich ziehe dich rasch an. Es ist recht mild heute, wenn ich dich in den Windschatten stelle, brauchst du keine allzu dicke Jacke. Da reicht ein dünner Schal.«

Sie kontrollierte die Windel und half ihrer Großmutter hernach in die Hose. »So, nun ab in den Rollstuhl«, sagte Adda im Plauderton.

Es klopfte.

Foline zuckte zusammen, als Deike zur Tür reinschaute.

»Hey, was machst du denn hier?«, fragte Adda überrascht. »Mit dir habe ich überhaupt nicht gerechnet! Warum bist du nicht in Bremen?«

Ihre Freundin war wieder besonders schrill gekleidet.

»Kurzbesuch!«, quiekte Deike. »Bin schon morgen wieder weg. Aber natürlich wollte ich unbedingt noch zu dir!« Sie drehte sich im Türrahmen. »Ja, sprich es aus.

Es ist schlimmer mit mir geworden, seit ich in Bremen arbeite und genug eigenes Geld habe, um die Boutiquen unsicher zu machen.«

Adda grinste, sprang auf und umarmte Deike, denn sie kam viel zu selten nach Neusiel. Sie sah schräg aus mit ihrem paillettenbesetzten, royalblauen Shirt, das sie zu einer extrem eng abgenähten Satinschlaghose trug.

»Moin, Oma Foline!« Deike ließ Adda los, stürzte auf Addas Oma zu und küsste sie auf die faltige Wange. »Da komme ich gerade richtig, um Adda zu helfen, was?«

Foline hob die gesunde Hand zum Gruß.

Adda knuffte ihre Freundin sacht in die Seite. »Jo, dann pack mal mit an!«

Sie kontrollierten, ob die Bremsen vom Rollstuhl festgestellt waren, und setzten Oma Foline an die Bettkante.

»Alles gut? Oder ist dir schwindelig?«, fragte Adda besorgt, denn manchmal wurde ihrer Großmutter beim Aufsetzen schwarz vor Augen, vor allem, wenn sie länger gelegen hatte.

Oma Foline hob wieder die Hand.

»Kann losgehen!« Gemeinsam hievten sie die alte Dame in den Rollstuhl. »Das ist ja praktisch, dass du ausgerechnet jetzt kommst. Ich kann es zwar allein, aber zu zweit geht es wirklich leichter.«

Adda wickelte Foline ein geblümtes Tuch um den Hals. »Nun kann es losgehen, ab in die Sonne, Oma!«

Sie schoben sie durch den düsteren Flur, der allerdings einer Baustelle glich, weil ihre Mutter die Renovierungen in Auftrag gegeben hatte. Überall standen Farbeimer, und es roch streng. Deike hielt die Tür auf. Alle drei wurden vom Sonnenlicht geblendet. »Was für ein schöner Tag!«

»Ah, meine Base ist unter die Romantiker gegangen!«

Adda fuhr herum. Wo zum Teufel kam Paul schon wieder her? Manchmal glaubte sie, er würde sie verfolgen.

»Sonst noch was?«, fragte sie ihn.

»Nein, ich will die Damen nicht stören. Ich bin auf dem Weg nach Wilhelmshaven. Der Porsche braucht ein bisschen Bewegung.«

»Hilf lieber meiner Mutter, so, wie du es versprochen hast. Es ist Lammzeit, da ist dein *Porsche* sekundär!«

Paul lächelte. »Mein Porsche ist nie sekundär. Der hat schließlich ein Heidengeld gekostet.«

»Und wie finanzierst du dein Baby gerade?«, provozierte Adda ihn. Er ging ihr mit seiner Überheblichkeit furchtbar auf die Nerven.

»Mutti zahlt«, gab er kund und hüpfte die Stufen hinunter. Adda sah ihm mit zusammengekniffenen Augen nach und trat wütend mit dem Fuß auf, als er mit durchdrehenden Reifen davonfuhr.

»Ein Idiot«, sagte Deike. »Den hätte ich schon längst in den Allerwertesten getreten. Was treibt mein Halbbruder nach all der Zeit eigentlich noch hier?«

Adda winkte ab. »Nichts. Der Typ weiß nichts mit sich anzufangen, bekommt aber von seiner Mami regelmäßig Geld, damit er sein Auto finanzieren kann. Ansonsten sitzt er wie die Made im Speck die Zeit ab. Erst dachte ich ja, er wäre scharf auf ein Erbe – was ihm nicht zusteht. Inzwischen glaube ich, er genießt es einfach, hier zu sein und nicht wirklich arbeiten zu müssen.«

Deike nagte an der Unterlippe. »Vielleicht braucht er den Familienanschluss.«

»Kann sein. Mich wundert, dass meine Mutter das mitmacht. Aber wenn es um Paul geht, sieht sie aus, als hätte sie ein schlechtes Gewissen ihm gegenüber. Hat irgendwie mit dem Tod von Onkel Reent zu tun.« Sie winkte ab. »Interessiert mich alles nicht mehr. Es ändert ja nichts.«

Sie hatten den Rollstuhl derweil die Rampe hinuntergefahren und suchten ein windstilles Plätzchen für Oma. Die lächelte freudig, denn sie liebte es, auf dem Hof zu stehen und dem Treiben dort zuzusehen. Ihr verbliebenes Glück, das sie in vollen Zügen auskostete.

Adda zeigte auf den kleinen Busch, der auf der linken Seite vor der Hauswand gepflanzt worden war.

»Magst du da stehen, Oma?«, fragte Adda.

Ihre Großmutter nickte. Das Knattern von Pauls Porsche war noch immer zu hören.

»Oma, wenn was ist: Mama ist im Stall, und die Arbeiter laufen auch ständig über den Hof.« Sie nahm die Glocke aus dem Korb des Rollstuhls. »Hier, bitte klingeln. Wie immer!« Sie kontrollierte, ob alles in Ordnung war, und wandte sich dann an ihre Freundin.

»Ich hab noch etwas Zeit, ehe ich meinen Dienst antreten muss. Ich habe heute nämlich Nachtwache im Stall. Du weißt, die Lämmer purzeln gerade aus den Müttern.« Adda sagte es scherzhaft, aber ihr war nicht leicht zumute. Deike hatte von einem Kurzbesuch gesprochen und würde schon bald wieder abreisen.

Adda hakte sich bei ihrer Freundin ein, und gemeinsam gingen sie in den Garten, der hinter dem Haus lag. Er war groß und von mächtigen Bäumen umgeben. Nach hinten raus endete er an einer Graft, auf der ein Schwanenpaar schwamm. Auch das war etwas Beständiges, etwas, das sich in all den Jahren nicht geändert hatte. Wobei Adda nicht wusste, ob es wirklich immer ein und dasselbe Paar war. Es gab aber auch Enten und Teichhühner und andere Wasservögel. Bald würden zudem die Frösche ihr Konzert anstimmen und sie alle am Schlafen hindern.

Außerdem befand sich dort ein wunderschöner Rosengarten, den einst ihre Großmutter Lientje angelegt hatte und der im Sommer in voller Pracht erblühte. Ihr Vater war ein begeisterter Rosengärtner gewesen. Seit seinem Tod wurde das Stück Garten arg vernachlässigt. Adda fand das ein bisschen schade, hatte aber selbst auch keine große Lust, die Rosen zu pflegen und zu kultivieren.

»Zur Bank?«, fragte Adda.

Dort saßen sie unglaublich gern. Man hörte nur das Zwitschern der Vögel. Die Felsenbirnen reckten ihre weiß getupften Äste in den Himmel, und die ersten Tulpenknospen warteten darauf, sich zu öffnen. Am Ufer standen lilafarbige Hyazinthen neben weißen Krokussen.

»Die Welt feiert das Ende des Winters jedes Jahr in unglaublich festlichen Farben«, sagte Deike und deutete auf eine gelbe Forsythie, die ihre Blüten der Sonne entgegenstreckte.

»Nicht ich bin die Romantikerin, du bist es«, sagte Adda lächelnd. »Musst du wirklich schon morgen zurück nach Bremen?«

»Ja«, bestätigte Deike. »Aber ich wollte dich unbedingt sehen und in Ruhe mit dir schnacken. Morgen wäre es zu hektisch geworden, mein Zug geht recht früh.«

Adda seufzte und griff nach der Hand ihrer Freundin.

Deike drückte sie. »Ich werde dich wieder so vermissen! Wo ich bis zum Schluss gehofft habe, du kommst doch noch mit mir. Es war so enttäuschend, als du im letzten Jahr abgesagt hast.«

Adda seufzte noch einmal, nur lauter. »Das habe ich

auch gehofft. Und wie, Deike. Aber du weißt ja … Solange Oma da ist, geht es nicht.«

»Schon gut, Adda. Dann muss ich mich mit den Leuten in der Stadt begnügen. Meine Wohnung in Schwachhausen ist echt toll! Und meine Freunde auch. Total entspannt und ständig unterwegs, um was zu machen. Partys, Demos und andere Aktionen. Wir lassen uns nicht einfach alles gefallen und nehmen es mit der stoischen norddeutschen Ruhe hin.« Deike kicherte und wurde ein bisschen rot. »Und man ist auch lockerer da … mit …« Sie gluckste verschämt. »Also, nicht auf den Einen und die Ehe warten, meine ich.«

Adda lief ihrerseits rot an. Über solche Dinge sprach man in Neusiel nicht. Man redete darüber, welcher Bock für welches Schaf passend war, und man lachte über das dunkle Brummen oder das Kreischen der Bullen, wenn sie die Kühe beglücken sollten. Aber öffentlich über Sex zwischen Menschen zu reden war auf dem Land tabu. Das taten nur die Männer untereinander in den Kneipen. Manchmal schnappte man bei den Frauen eine verschämte Bemerkung beim Kaffeeklatsch auf.

Adda flirtete zwar mit Manfred, aber wenn sie sich mit ihm einlassen würde – was sie durchaus schon überlegt hatte, weil sie ihn wirklich mochte –, würde er automatisch davon ausgehen, dass sie ein Paar waren und sich über kurz oder lang verloben würden. Und das wollte Adda bei aller Sympathie nicht, denn dadurch würde sie ihr Ziel aus den Augen verlieren. Eines Tages …

»Vom Eilershof in die Großstadt ist krass«, erzählte Deike eben weiter. »Da passieren echt andere Dinge als in Neusiel. Erinnere dich, als die RAF im Dezember am Hauptbahnhof ein Gepäckschließfach in die Luft gejagt hat. Es gab sechs Verletzte! So was könnte ich mir am Sander Bahnhof gar nicht vorstellen.«

Nun musste Adda doch lachen. »Na, auf so etwas kann man wohl auch gut verzichten, oder? Dieser ganze Terrorismus ist echt befremdlich. Deine Mutter ist damals auch echt ausgeflippt vor Schreck.«

»Jo, weiß ich, aber ich bin trotzdem wieder gefahren.«

»Echt üble Typen. Denk mal an die Olympiade in München vor ein paar Jahren.«

»Das war krass«, gab Deike zu. »Aber wenn man mal von der Gewalt absieht – die finde ich auch richtig daneben –, haben die Leute im Prinzip ja nicht unrecht, wenn sie die Missstände im Staat anprangern. Wir müssen kaputt machen, was uns kaputt macht. Alles ist so unglaublich verlogen. Die ganzen Ex-Nazis sitzen noch an den Hebeln der Macht! Das kann man nicht einfach so hinnehmen.«

»Das stimmt schon«, bestätigte Adda. »Aber ganz ehrlich? Gewalt kann und darf man nicht mit Gegengewalt begegnen. Da kenne ich keine Kompromisse.« Sie war über Deikes Aussage erstaunt. Ihre Freundin sah aus wie eine Disco-Queen und erzählte solche Sachen. Das passte nicht zusammen. Sie selbst wollte zwar auch kämpfen, aber dabei nicht über Leichen gehen.

»Na ja, du hast recht. Ihre Mittel sind nicht probat«, bemerkte Deike geschwollen. »Aber dass der Staat einen Denkzettel braucht, finde ich schon super. Müsste man halt anders und friedlicher machen.«

Adda beneidete ihre Freundin grenzenlos. Bremen schien ein einziges Abenteuer zu sein, und Deike steckte mittendrin.

»Ich erlebe echt was! Was Richtiges. Nicht nur das Kalben von Kuh XY und die erste Heuernte.« Deikes Wangen glühten vor Eifer, und wieder war Adda ein bisschen neidisch und musste die Tränen unterdrücken.

Deike stupste sie an. »Adda, in meiner Wohnung könnten wir zu zweit wohnen. Du würdest in Bremen bestimmt in einer der Kliniken noch einen Ausbildungsplatz für den Herbst ergattern. Mann, du hast dein Abi in der Tasche! Du kannst studieren! Überleg es dir, und komm mit! Für deine Oma findet ihr bestimmt eine andere Lösung. Du kannst doch nicht immer nur das tun, was andere von dir erwarten. Dann gehst du vor die Hunde. Im Augenblick machst du den Eindruck, offenen Auges in eine dir selbst gestellte Falle zu tappen.«

»Aber Oma …«, begann Adda, doch Deike winkte ab.

»Wenn deine Mutter wirklich gewollt hätte, dass du mit mir weggehst, hätte sie längst einen Weg gefunden. So ist es allerdings überaus bequem für sie, und sie hat das, was *sie* will. Auch wenn sie was anderes erzählt. Aber du? Du verkümmerst!«

Adda presste die Lippen aufeinander. »Mama hat mich nicht dazu gezwungen, bei Oma zu bleiben. Im Gegenteil, sie wollte, dass ich meinen Weg mache. Aber ich wäre mir schäbig vorgekommen, und jetzt … jetzt hat es sich so eingespielt, weißt du?«

Deike fuhr sich durchs Haar. »Immerhin. Aber was ist, wenn Oma Foline weitere zehn Jahre lebt? Dann bist du immer noch hier und vermutlich mit diesem Schönling von Mitarbeiter verheiratet.«

Adda seufzte, weil Deike die Wahrheit sagte. Aber sie war zu feige, um jetzt einfach zu gehen. »Später, ja, später komme ich nach Bremen. Sobald ich hier wegkann. Versprochen.«

»Später, später«, äffte Deike sie nach, pflückte ein Blatt

vom Busch und zerknüllte es, bevor sie es fallen ließ. »Später passiert nichts.« Sie stupste Adda an. »Oder gibt es noch einen anderen Grund? Heißt der vielleicht Manfred Oetjen und macht dir verdammt schöne Augen?«

Adda kicherte albern. »Er ist nett, das ja. Aber du weißt, was passiert, wenn er und ich …«

»Du hast also schon darüber nachgedacht, mal mit ihm …?« Deike sprach das Ungeheuerliche nicht aus.

»Ja, manchmal«, wand sich Adda. »Ich mag ihn.« Sie senkte den Kopf. »Aber Manfred will bestimmt nicht in der Großstadt wohnen und mit der Straßenbahn fahren.«

»Wohl wahr.« Deike lachte auf und zwinkerte Adda dann zu. »Aber ich würde mir an deiner Stelle trotzdem nehmen, was ich will. Auch bei ihm. Wenigstens das, wenn du dein Leben schon für das alles hier opferst. Hey, die Zeiten haben sich geändert! Man wartet nicht mehr bis zur Ehe, und du verpflichtest dich zu nichts!«

Adda biss sich auf die Unterlippe. »Ist aber ein großer Schritt.«

»Man muss doch Erfahrungen machen! Wo ist denn die Rebellin geblieben? Noch im letzten Jahr hast du große Töne über die Selbstbestimmung der Frau gespuckt.«

Adda seufzte. Deike traf immer den Nagel auf den Kopf.

»Weißt du, was die in der Stadt sagen?«, legte sie schon wieder los.

Adda sah sie mit großen Augen an. »Nein, was denn?«

»Ich zitiere mal den Spruch, der auf dem Uniklo ganz dick auf der Kabinentür steht. Gleich neben dem Kondomautomaten. ›Wer zweimal mit demselben pennt, gehört schon zum Establishment.‹« Deike winkte ab. »Aber das stimmt natürlich auch nicht immer. Manchmal bin ich länger mit jemandem zusammen. Meist mit Studenten, deshalb bin ich oft an der Uni. Das sind kurze Spaßbeziehungen. Eben so lange, wie es dauert. Die meisten Typen da sehen allerdings eher aus wie du. Lässig gekleidet. Oft mit Jeans und Parka. Cordjacken, längere Haare, Strickpullis und so. Ich gelte da mit meinen Glitterfummeln als Paradiesvogel. Aber sie sind alle tolerant. Kurzum: Die Stadt macht frei!«

Auch Deike hatte sich verändert, stellte Adda fest. Nicht nur ihr Bruder. Und sie selbst war noch immer das kleine Landei, das auf den Mann wartete, den sie am Ende heiratete und mit dem sie den Hof führen konnte. Eine ewige Gleichförmigkeit, die seit Jahrhunderten so sicher war wie Ebbe und Flut. Nein, das wollte sie auf keinen Fall!

»Wie schön dieser Blütenduft ist«, riss Deike sie nun aus ihren Gedanken. »Ich liebe euren Garten! Den vermisse ich tatsächlich so manches Mal in der Stadt.« Deike lief zur Graft und hielt ihre Hand ins Wasser. »Ja, das ist das Einzige, was ich echt vermisse. Außer dir natürlich.«

»Wie geht es denn eigentlich Hajo?«, lenkte Adda ab. Sie wollte nichts mehr von Bremen und dem Leben in der Großstadt hören. Und davon, dass sie endlich ihren ersten Sex haben sollte. Es wurmte sie, dass sie so unerfahren war. »Von ihm habe ich ewig nichts gehört.«

»Der turnt noch immer in München herum, studiert oder auch nicht und trägt sicher bald Lederhosen«, witzelte Deike. »Oder er wird Terrorist! Nee, das war jetzt nicht witzig.« Sie drehte sich zum Haus um, wandte sich aber sofort wieder Adda zu. Ihr Grinsen war plötzlich ziemlich breit. »Guck mal, da kommt dein Verehrer!«

Adda folgte Deikes Blick. Manfred Oetjen schlenderte durch den Garten auf sie zu.

»Ich mach mich dann mal vom Acker, will das junge Glück ja nicht stören«, sagte Deike. Sie umarmte ihre Freundin. »Mach, was du für richtig hältst. Auch mit Manfred. Nur lass dich auf keinen Fall anketten! Wir schreiben uns und telefonieren. Versprich mir, dass du zu mir kommst, so schnell es irgendwie geht, okay?«

Adda nickte nur. Deike warf ihr eine Kusshand zu und verschwand.

Manfred hatte eine Narzisse in der Hand, die er Adda jetzt reichte. »Hier, mein Flower-Power-Mädchen«, sagte er und fixierte sie mit seinen braunen Augen. Er sah unverschämt gut aus, und Addas Herz klopfte eine Spur schneller. Manfred setzte sich neben sie.

»Heute werden wir noch etliche Geburten haben«, sagte er. »Du machst die Nachtschicht?«

Adda sah ihn fahrig an. Ihr schwirrten Deikes Sätze durch den Kopf. Machte sie tatsächlich alles falsch? Ja, das tat sie, denn sie war auf dem Nordseehof und nicht in Bremen bei Deike. Sie demonstrierte nicht. Sie hatte keinen Sex. Sie würde dafür heute Nacht Lämmer auf die Welt holen. Später Klauenpflege machen und Zäune kontrollieren. Manchmal mit dem Trecker übers Land fahren – was hier schon als sensationell galt, wenn es eine Frau tat.

»Und übernimmst du die Nachtschicht nun?«, wiederholte Manfred seine Frage.

Adda zuckte zusammen. »Ja, das war so abgesprochen. Und du bist bis dahin dran?« Sie sah auf die Uhr. »Mama hat jetzt Feierabend, dein Dienst beginnt gleich.«

Manfred nickte. »Ich kann aber bestimmt Hilfe brauchen, wenn ein Mutterschaf lammt. Also, wenn du Zeit hast …?«

Adda lächelte innerlich. Manfred wollte sie an seiner

Seite haben, und da fiel ihm nichts Besseres ein, als sie zu einer Schafgeburt einzuladen?

Trotzdem fühlte Adda sich unsäglich angezogen, das Angebot anzunehmen. Allein mit Manfred. Gucken, was passierte. Die Schmetterlinge kurz fliegen lassen. Sich nehmen, was man wollte.

Manfred legte seine Hand auf ihre. »Es ist schön, hier mit dir zu sitzen.«

Adda atmete einmal tief ein. Deike hatte recht. Sie musste hier fort. So schnell es ging. Adda rang trotzdem mit sich und hörte sich sagen: »Ja, ich helfe dir gleich.«

Manfred strahlte sie an. »Wirklich? Du würdest mir die allergrößte Freude machen.« Er hauchte ihr einen Kuss auf die Wange. »Eine große Freude!«

Adda errötete, und wieder klopfte ihr Herz schneller. Sie war eine erwachsene Frau, und Sex konnte auch unverbindlich sein, hatte Deike gesagt. Warum nicht Manfred, der war ihr immerhin sehr sympathisch, und er mochte sie.

»Ich … ich muss dann schnell zu Oma. Bis später!« Sie sprang auf und lief zurück zum Haus. Harrijasses nej, sie benahm sich weiß Gott nicht wie eine erwachsene Frau!

Kapitel 13

Paul fuhr nach Grafschaft zum Barkeler Busch. Das Wäldchen, das in der Nähe des neuen Wasserwerks lag, hatte er kürzlich entdeckt, und er mochte es. Die kleinen, verschlungenen Wege um die vielen Teiche. Das Vogelgezwitscher. Das Rauschen der Baumkronen im Wind. Ab und zu kam ihm eine Reitergruppe entgegen. Dieses Mal waren es zwei Mädchen auf einem weißen und einem braunen Pferd. Sonst traf er nur Hundebesitzer oder den einen oder anderen Angler. Zum Nachdenken der perfekte Ort.

Und Paul musste nachdenken, denn er war auf seiner Suche nach dem großen Geheimnis fündig geworden. Das Jahr des Ausharrens, in dem er es sich gleichzeitig richtig gut hatte gehen lassen, hatte etwas gebracht. Es war bestimmt nur ein kleines Mosaiksteinchen, aber es half Paul ein großes Stück weiter. Er war auf jeden Fall äußerst zufrieden, denn wenn er es geschickt anstellte, war er in kurzer Zeit reich. Seine Tage auf dem Nordseehof waren allerdings gezählt, weil er für den ersten Juli zum Bund einberufen worden war.

Paul durchquerte den Wald, bis er einen der Teiche, die sogenannte Lange Kuhle, erreicht hatte. Sie glänzte braungrün in der Sonne. Auf der Wasseroberfläche in

Ufernähe wanden sich gelbe Schlieren, die von den Pollen der umliegenden Bäume herrührten.

An der langen Seite befand sich eine kleine Bucht, an deren Kante alte, wuchtige Kiefern standen. Die Wurzeln ragten über die Böschung und gaben ein bizarres Bild ab. Ob Wind oder Regen sie freigespült hatte, wusste Paul nicht, aber man konnte sich darunter wunderbar niederlassen, ohne von oben gesehen zu werden. Dort wollte er über seinen Fund nachdenken.

Er ließ sich im Sand nieder und schaute über den in der Sonne glitzernden Teich. Ein Fisch sprang heraus und hinterließ einen Kringel, der erst größer wurde und sich dann nach und nach an der Oberfläche verlor.

Nun war er also doch fündig geworden, nachdem er schon nicht mehr mit einem Erfolg gerechnet hatte. Adda hatte ihn am Vortag mal wieder derart herablassend behandelt, dass er entschieden hatte, seine Suche nach dem großen Geheimnis vom Nordseehof erneut aufzunehmen. Der Schlüssel dazu war seine Tante, und es konnte doch sein, dass sie etwas in ihrem Schlafzimmer versteckt hatte. Bislang war er davor zurückgeschreckt, so tief in ihre Intimsphäre einzudringen, denn Johanna behandelte ihn anständig. Nicht zuletzt deshalb hatte er ja zwischenzeitlich beschlossen, einfach sein Leben in der Schäferei zu genießen. Aber als Adda ihn dann wieder mal mit ihrer spitzen Zunge beleidigte, war ihm die Galle hochgekommen. Er sei hier unerwünscht und solle sich zum Düwel scheren, hatte sie gesagt. Und dass er ein schrecklicher Faulpelz sei. Ja, er wollte Adda wehtun. Es würde sie verletzen, wenn er ihre Mutter als Mörderin enttarnte oder wenn er Beweise fand, dass Eike nicht ihr leiblicher Vater war.

Dann aber war Paul auf etwas völlig anderes gestoßen.

Erst war ihm alles harmlos vorgekommen. Der Raum war renoviert, an der Wand gegenüber vom Bett prangte eine Fototapete, die einen Buchenwald darstellte. Die Möbel waren aus hellem Furnier, die Gardinen orange. Lediglich eine alte Kommode hatte Johanna stehen gelassen.

Doch beim näheren Hinschauen hatte Paul entdeckt, dass die Wand hinterm Bett noch immer aus Mauerwerk bestand. Schnell hatte er einen einzigen losen Stein erkannt und dahinter einen kleinen Schlüssel gefunden. Die modernen Möbel besaßen keine Schlösser. Folglich blieb nur die alte abschließbare Kommodenschublade.

Es hatte nicht lange gedauert, bis er genau dort, unter den Strümpfen, eine Zigarrenkiste fand, über und über mit Hundertmarkscheinen gefüllt.

Paul warf einen kleinen Ast ins Wasser. Vorsorglich hatte er alles wieder ordentlich verstaut, weil er so rasch nicht entscheiden konnte, was er mit diesem Wissen anstellen sollte. Geld, versteckt in Kästchen, hatte immer etwas Anrüchiges, oder? Man brachte heutzutage Summen in dieser Größenordnung auf die Bank.

Folglich ließ das Ganze den Schluss zu, dass es kein Geld war, von dem jemand etwas wissen sollte.

»Illegaler Schotter, woher auch immer«, murmelte Paul. Wer hätte Tante Johanna, die immer überaus korrekt wirkte, so etwas zugetraut?

Paul nahm ein neues Stöckchen und malte damit auf dem Sand. Ob es meinem Vater gehört hat?, dachte er. Immerhin hatte der nach den Erzählungen von Manu Zigarre geraucht. Ob sein Onkel das auch getan hatte, wusste er nicht. Als er das viele Geld vor sich sah, war ihm wieder mal der Gedanke gekommen, dass sein Vater vielleicht gar keinem Unfall zum Opfer gefallen war, sondern Johanna und Eike ihn getötet hatten, um an dieses Geld zu kommen. Mit dem sie gerade alles modernisierte. Und ihre Freundlichkeit lag einzig darin begründet, dass sie ihm gegenüber ein schlechtes Gewissen hatte. Paul hieb den Stock mit einem Ruck in den Sand.

Etwas aber passte nicht. Denn hätte ihn seine Tante nicht lieber gleich zum Teufel geschickt, wenn sie befürchten musste, dass er herumstocherte, um die Wahrheit über den Tod seines Vaters ans Licht zu bringen?

Paul stand auf. Die Kuhle lag wie ein Spiegel da. Keine einzige Welle gluckste ans Ufer. Neben ihm ertönte ein schriller Ruf, ein Eisvogel stürzte sich ins Wasser und brachte kurzzeitig die Oberfläche des Teiches zum Beben. Doch schon kurze Zeit später breitete sich wieder die Glätte aus.

Was soll ich machen?, überlegte Paul weiter. Das Geld an mich nehmen und verschwinden? Oder Johanna darauf ansprechen? Nur musste er dann zugeben, dass er ihre Sachen durchwühlt hatte. Das könnte ungünstig sein. Paul scharrte mit der Schuhspitze.

»Es ist mein Geld«, sagte er trotzig. »Mein Vater hat mir nichts vermacht, und die haben hier alles. Es muss Vaters Geld sein. Es muss!« Seine Stimme klang merkwürdig laut in der Einsamkeit des Wäldchens.

Sein Entschluss aber stand fest. Er würde sich holen, was ihm zustand. Alles gewinnbringend anlegen und am Ende ein gemachter Mann sein. Wozu hatte er denn in der Bank gelernt? Er wusste schließlich, wo man Geld vermehren konnte.

Ein Lächeln huschte über Pauls Gesicht. Zuerst würde

er seiner Mutter helfen. Sie sollte auch so ein feines Leben haben wie die Leute auf dem Nordseehof. Raus soll sie aus der tristen Zweizimmerwohnung in der Westerholtstraße. Fort von diesem Gestank im Treppenhaus.

Paul reckte seinen Rücken und spazierte auf einem anderen Weg zurück. Er kam an einer weiteren Kuhle vorbei, entdeckte unter einer großen Fichte Gewölle von Eulen und sah ein paar Kaninchen über den Pfad hoppeln.

Paul lief schneller und merkte, dass er jeden Schritt im selben Takt machte. Eins-zwei, eins-zwei. In seiner Tasche knisterte der Brief der Bundeswehr. Seine Einberufung war in drei Monaten. Er würde sich das Kästchen holen, und zwar einen Tag, bevor er ging. Seine Tante würde ihn sicher nicht aus der Kaserne holen für einen Diebstahl, den sie nicht anzeigen konnte, weil es bestimmt Blutgeld war.

Und bis dahin wollte er die Füße stillhalten und sehen, was es sonst noch zu holen gab. Er hoffte nur, sie würde in den nächsten Wochen nicht allzu viele Rechnungen davon bezahlen, denn die Renovierungen in der Schäferei gingen zügig voran.

*

Johanna wischte sich die Hände an der Stallschürze ab und pustete eine verschwitzte Strähne aus dem Gesicht, die unter ihrem Kopftuch hervorgerutscht war. Im Stall war vorerst Ruhe. Manfred würde gleich die Wache übernehmen.

Er machte seine Arbeit gut, sie waren inzwischen per Du und recht vertraut, was die Arbeit anging. Und doch beschlich Johanna immer mal wieder das Gefühl, dass mit Manfred etwas nicht stimmte. War es die unwirsche Art, mit der er auf Kritik oder Anregungen reagierte? War es die schnelle Umstellung seines Verhaltens, wenn er bemerkte, dass er Johanna damit brüskierte?

Sie konnte es nicht sagen, aber das merkwürdige Gefühl kam regelmäßig hoch. Vermutlich war sie psychisch derart labil, dass sie sich ständig bedroht sah.

Manfred verrichtete seine Arbeit stets gründlich und mit einem Lächeln, das aber augenblicklich verschwand, wenn er sich unbeobachtet glaubte. Und letzte Woche hatte Johanna ihn im Kontor erwischt, als sie vergessen hatte abzuschließen. Natürlich hatte er eine plausible Erklärung dafür gehabt. Er brauchte die Rechnung für eine Futterlieferung und hatte Johanna nicht finden können.

Sie sollte ihm nicht misstrauen, Manfred war schließlich nicht Reent. Aber doch hatte er Ehrgeiz und wäre bestimmt nicht abgeneigt, Herr auf dem Nordseehof zu werden. Dazu musste er nur Adda heiraten, und all ihre Probleme wären gelöst. Aber wollte Johanna ihn als Schwiegersohn? Nun, das musste Adda entscheiden. Ein bisschen flirtete sie immerhin mit ihm.

Eike wäre glücklich, dachte Johanna. Er mochte Manfred. »Und du hörst jetzt auf, über ihn herumzuunken!«, sagte sie laut zu sich selbst.

Vorhin war er Adda in den Garten nachgegangen. Es erinnerte sie an ihr erstes Zusammentreffen mit Eike vor all den Jahren, und sie betrachtete es mit gemischten Gefühlen. Was wäre gewesen, wenn sie die Einladung der Deekens damals ausgeschlagen hätte? Wäre sie glücklicher geworden, wenn sie mit Rolf nach Amerika gegangen wäre? Ohne ihre Eltern?

Sie sah zur Stalltür hinaus und warf einen Blick auf ihre Mutter, die unbeweglich dasaß und auf den Hof starrte.

Was wäre aus ihr geworden? Sicherlich hätten Theda und Ingo sich um sie gekümmert… Es war müßig, darüber nachzudenken, aber seit Paul auf dem Hof lebte, überfielen sie ihre Erinnerungen und Überlegungen wieder öfter. Es wäre besser, wenn ihr Neffe bald verschwände. Paul passte nicht hierher. Nicht in ihr Leben. Er wühlte lediglich Vergangenes auf, was eigentlich schon gut verpackt in den Tiefen des Nordseehofs vergraben war. Außerdem arbeitete er nur selten mit, obwohl das die Voraussetzung dafür gewesen war, dass er bleiben durfte. Adda war schon lange mehr als genervt von ihrem Neffen.

Johanna beschloss, Paul heute Abend zu sagen, dass er gehen musste. Er gefährdete den Frieden auf dem Hof, und das konnte sie nicht zulassen.

Adda kam aus dem Garten in den Hof und lief auf Johanna zu. Ihre Tochter wirkte etwas überdreht und versuchte, es mit aufgesetzter Fröhlichkeit zu überspielen.

»Wollen wir Oma reinbringen? Es wird langsam kühl«, sagte sie mit einem prüfenden Blick zum Himmel. »Da vorn kommt eine Wolkenwand, und ohne Sonne wird sie frieren. Der Rollstuhl ist nur so schwer, kannst du mir bitte helfen, ihn die Rampe hinaufzuschieben?« Wie immer war Adda sehr fürsorglich auf das Wohl ihrer Oma bedacht, und wie immer versetzte es Johanna einen leisen Stich der Eifersucht.

»Ja, das habe ich auch schon überlegt«, antwortete sie und folgte ihrer Tochter. Gemeinsam schoben sie Oma Foline die Rampe hinauf ins Haus.

»In den nächsten Tagen wird der Flur fertig sein«, sagte Johanna mit einem Blick auf die herumstehenden Farbeimer. Die neue Heizungsanlage bollerte schon, und endlich war es überall im Haus warm. Ihre Planungen und die Organisation der Arbeiten hatten sich viel länger hingezogen als gedacht, aber nun ging es Schlag auf Schlag.

Im Sommer würde der Nordseehof eine neue Einbauküche bekommen. Mit wundervollen orangefarbenen Glanzfronten. Das Bad war schon nächste Woche dran. Dort hatte sie smaragdgrüne Fliesen mit kleinen Ornamenten gewählt. Dazu eine große Badewanne und eine Duschkabine. Kein klebriger Vorhang mehr am Körper! Johanna freute sich darauf.

Das Schlafzimmer war inzwischen schon hell und freundlich. Lediglich die alte Kommode mit den Intarsien hatte Johanna behalten. Darin lag noch immer die Zigarrenkiste mit dem Geld und den kleinen Geheimnissen ihres Lebens. Auch von den vier gestickten Bändern, die ihre Mutter ihr zur Hochzeit gestickt hatte, konnte sie sich nicht trennen. Ihre Mutter hatte ihr damit eine Freude machen wollen. In dem guten Glauben, für ihre Tochter das Beste zu tun. Manchmal nahm Johanna sie heraus und strich über die feinen Stiche. Ja, Mutter hatte es gut gemeint, und doch war nichts so gekommen wie erhofft. Johanna schob den Gedanken beiseite.

Als Letztes würde die Stube dran sein. Dann war aus dem Nordseehof alles Altbackene verschwunden. Alles war dann anschließend neu und freundlich, genau wie auf dem Eilershof.

Leider würde die Renovierung Unsummen verschlingen, aber Johanna hatte mit den Handwerkern einträgliche Abmachungen getroffen. Nach und nach würde sie die noch ausstehenden Rechnungen bezahlen und musste keine Schulden machen. Sie dankte Eike im Stillen dafür, dass er ihr das ermöglicht hatte und sie all ihre Vorstellungen umsetzen konnte.

»Willst du in dein Zimmer?«, riss Adda Johanna mit der Frage an ihre Großmutter aus den Gedanken. Oma Foline nickte und zeigte mit der gesunden Hand den Flur hinunter.

Adda lächelte ihre Mutter flüchtig an. »Ich mach das schon.« Sie brachte ihre Oma fort.

Johanna blieb im Flur stehen und wartete auf ihre Tochter, während sie die fertig gestrichenen Wände betrachtete und überlegte, welche Bilder sich dort gut machen würden.

»Ist noch was?«, fragte Adda, als sie aus Folines Zimmer trat. Wie immer in ihrem speziellen Tonfall. Wie meist eine Spur zu scharf.

»Du warst eben mit Manfred im Garten?«, fragte Johanna.

»Er ist mir nachgegangen. Warum fragst du?«

»Magst du ihn?«

Adda zog genervt die Brauen hoch und spitzte die Lippen. Eine Antwort blieb sie ihrer Mutter schuldig. »Ich helfe Manfred jetzt bei den Schafen«, sagte sie. »Ich muss mich nur umziehen.«

*

Adda betrat den Stall mit gemischten Gefühlen. Die Frage ihrer Mutter hatte sie noch mehr durcheinandergebracht. Was war Manfred für sie? Wann hatte es begonnen, dass ihre Knie ein bisschen weicher wurden, wenn er ihr begegnete?

Es hatte nicht lange gedauert, zumal er von Beginn an unverhohlenes Interesse an ihr gezeigt hatte.

Trotzdem war sie nicht verliebt, denn es fehlte, dass sie

sich nach ihm sehnte. Das Gefühl, es keine Sekunde ohne ihn auszuhalten.

Andererseits musste sie sich fragen, ob Manfred sich wirklich für sie interessierte oder ob es eher um sein Interesse an der Schäferei ging. Immerhin war sie eine gute Partie, jetzt, da Uwe sich aus dem Staub gemacht hatte. Und sollte sie Manfred erhören, würde er in den Nordseehof einheiraten und wäre ein gemachter Mann. Er wirkte wie ein Typ, der bekam, was er wollte. Er ließ nie locker, wenn er sich etwas in den Kopf gesetzt hatte, und verfolgte sein Anliegen mit unglaublichem Charme. Und immer mit diesem Lächeln, das er nur verlor, wenn etwas misslang.

So gesehen, brauchte sie auf ihn keine Rücksicht zu nehmen, weil sie seine tieferen Beweggründe nicht kannte. Sollte sie es also einfach wagen?

Unschlüssig stand Adda am Gatter, sog den feinen Duft der Schafe ein und beobachtete, wie Manfred die Tiere versorgte. Er war sehr umsichtig. Jede seiner Bewegungen selbstsicher und ruhig. Ein bisschen erinnerte er sie an ihren Vater, der ähnlich mit den Schafen umgegangen war.

Nur sah Manfred besser aus. Er war schlank, aber nicht dünn, und bestimmt eins neunzig groß. Adda mochte große Männer. Wenn er lachte, zeigten sich unzählige Fältchen um seine schokobraunen Augen, und sein Hintern machte selbst in der Stallhose was her. Kein Wunder, dass sie oft an ihn dachte. Er sah ein bisschen so aus wie diese Unterwäschemodels im Neckermann-Katalog.

Inzwischen hatte Manfred Adda entdeckt und lächelte freudig. Sie bekam bei seinem Blick ein schlechtes Gewissen, weil sie ihm in gewisser Weise Habgier unterstellt hatte. Manfred mochte sie wirklich. Es konnte nicht anders sein.

»Adda, komm her«, sagte er. »Dann können wir alle Muttertiere untersuchen und sehen, welches als Nächstes lammt.«

Adda kletterte über das Gatter. Sofort kamen einige der Schafe auf sie zu und stupsten sie an.

»Sie kennen und mögen dich«, stellte Manfred fest und sah sie schon wieder mit diesem liebevollen Blick an, der Adda völlig verunsicherte. »Wir sollten mal schauen, ob alle Euter in Ordnung sind. Zwei der Damen haben sich schon auffällig von der Herde abgesondert, da geht es bestimmt bald los.« Er zeigte zur linken Seite des Stalls.

Sie arbeiteten sich gemeinsam von Schaf zu Schaf. Und wieder ging Adda der Gedanke durch den Kopf, dass es genauso mit ihrem Vater gewesen war. Eine stille Übereinkunft. Dieses sichere Wissen, dass der andere verstand.

Sie folgte Manfred zu den nächsten Schafen, bis sie die ganze Herde gesichtet hatten.

»Nun sind wir durch«, sagte Manfred. »Und haben etwas Zeit.« Er griff nach Addas Hand. »Wollen wir uns setzen?« Er zeigte auf den Heustapel außerhalb des Gatters.

Adda ließ sich von ihm mitziehen. Was für ein Klischee, dachte sie, das erste Rendezvous im Heu. Sie kicherte leise und war unsicher, wie sie sich jetzt verhalten sollte.

Sie setzte sich neben ihn. Manfred hatte ihre Hand noch nicht losgelassen. Nun aber spürte sie, dass er den Griff lockerte und seine Finger sich langsam über ihren Rücken hinauftasteten. »Keine Angst, Adda. Ich mache nichts, was du nicht willst.« Manfreds Stimme klang warm und schmeichelte ihr. Er roch gut. Es war ein herber Duft. Ein bisschen nach Tabak, ein bisschen nach Heu mit einer Nuance von Seeluft.

Adda überkam eine wohlige Gänsehaut, und sie schmiegte sich an ihn.

»Nimm dir, was du willst, Adda«, hörte sie Deikes Stimme. »Du musst schließlich Erfahrungen sammeln, und heutzutage bedeutet es nichts mehr.«

Adda ließ es zu, dass Manfred ihr Haar küsste und laut aufseufzte.

Noch nie war sie einem Mann so nah gewesen, und sie genoss jede Berührung. Es war keine Verliebtheit, aber eine große Sympathie. Es war der Genuss und der Reiz des Neuen. Und es war eine Vertrautheit, die es zuließ, sich näherzukommen. Inzwischen berührten Manfreds Oberschenkel die ihren.

Adda schloss die Augen und ließ es ohne schlechtes Gewissen geschehen. Sie wollte von diesem süßen Gefühl kosten, ohne Fragen zu stellen. Ohne an die Folgen zu denken.

Manfreds Hände hatten ihren Nacken erreicht und kraulten ihren Hals. Und plötzlich waren seine Finger überall. Er gab grunzende Geräusche von sich, die Adda aber nicht abstießen, sondern anfeuerten. Sie beugte sich zu ihm und spürte seine vollen Lippen auf ihren, öffnete wie von selbst den Mund und ließ es zu, dass ihre Zungen miteinander spielten.

Plötzlich merkte sie, dass auch sie stöhnte und sich immer enger an Manfred rieb. Seine Zunge war weich, er schmeckte gut, und alles zusammen war eine wunderbare neue Erfahrung. Deike hatte nicht gelogen. Man musste es erlebt haben.

Adda wurde warm. Überall. Und ein unbändiges Verlangen überkam sie. Es war ihr gleichgültig, ob jemand in den Stall kommen konnte. Es war ihr gleichgültig, dass sie sich irgendwann einmal vorgenommen hatte, das erste Mal für ihre große Liebe aufzusparen. Sie wollte jetzt nur eines: Manfreds Geliebte sein.

Wie sie aus ihren Stallklamotten gekommen war, wusste sie nicht. Warum sie auf einer Decke lagen und woher Manfred sie hergezaubert hatte, wusste sie auch nicht. Erst später wurde ihr klar, dass er das alles genau geplant hatte. Er bekam eben immer, was er wollte, und sie hatte es ihm gegeben.

Manfred musste Erfahrung haben, er verstand es, alle Knöpfe zu drücken, die Adda nach und nach willenlos werden ließen. Ihr war alles egal. Hauptsache, Manfred machte weiter und weiter.

Als sie sich kaum noch beherrschen konnte, schaute er sie kurz an und drang dann vorsichtig in sie ein. Ein höllischer Schmerz durchfuhr Adda, und plötzlich war alles fort, was sie dazu getrieben hatte, genau das zu tun, was sie tat. Es war aber zu spät. Manfred bewegte sich rhythmisch in ihr, gab erregte Laute von sich, stöhnte und murmelte: »Adda … Adda! Wie habe ich mich danach gesehnt! Jetzt bist du mein, und ich durfte der Erste sein. Meine Adda!« Er wurde mit jedem Satz lauter. Und fordernder.

Der Rausch war längst vorbei. Sie war nicht sein. Sie gehörte ihm nicht, würde ihm nie gehören! Sie war frei! Manfred schien nicht zu merken, was in ihr vorging, er nahm sich, was er haben wollte. Immerhin hatte Adda ihn zu diesem Schritt ermuntert.

In ihr aber gab es nur einen Gedankenstrang, der sich immer und immer wiederholte wie bei einer Schallplatte mit Sprung. Kalte Worte, die sie innerlich gefrieren ließen. *Was machst du hier eigentlich? Jetzt musst du bleiben! Du dumme Kuh musst bleiben! Er wird dich nie gehen lassen. Jetzt nicht mehr!* Trotzdem ließ Adda es mit geschlossenen Augen geschehen und wehrte sich nicht.

Endlich bäumte Manfred sich auf, gab einen leisen Schrei von sich und sackte auf ihr zusammen.

Kurz darauf begann er, Addas Gesicht mit zaghaften Küssen zu überdecken. »Meine Adda. Meine geliebte Adda«, wiederholte er. »Jetzt gehörst du endgültig mir!«

Sie zuckte bei jedem seiner Worte zusammen. Manfred stützte sich neben ihr auf und strich ihr eine Strähne aus dem Gesicht. »Ja, du gehörst mir.« Er nickte zufrieden.

Adda öffnete den Mund und wollte eben lautstark protestieren, doch er verschloss ihre Lippen mit einem harten Kuss. Als er von ihr abließ, sah er sie so an, wie ihr Lehrer sie früher immer strafend angeschaut hatte, wenn sie ungehorsam war. Adda wagte nicht mehr, etwas zu sagen, sondern senkte verlegen den Blick.

»Das war wunderbar«, begann Manfred. »Es tut beim ersten Mal immer weh, aber wenn wir es noch einmal machen, wird es auch für dich schön. Glaub mir!«

Adda wagte es immer noch nicht, ihm zu gestehen, dass es kein zweites Mal geben würde. Nie wieder würde sie mit ihm schlafen. Denn wenn sie es noch einmal zuließ, würde sie sich damit selbst Ketten anlegen. Außerdem wollte sie nicht, dass er je wieder sagte, sie gehöre ihm. Aber auch das brachte sie nicht über die Lippen. Vielleicht würde es ihr gelingen, ihm zukünftig einfach aus dem Weg zu gehen, dann würde er schon merken, dass sie eine freie Frau und das hier eine einmalige Sache gewesen war.

Sie lächelte ihn verunglückt an. Damit war er offenbar zufrieden, denn er strich ihr mit dem Finger über die

Wange. »Komm, deck dich zu, Liebes!« Er nestelte nach einer zweiten Decke, die er zuvor dorthin gelegt haben musste.

Adda fröstelte. Immer deutlicher wurde ihr, dass dies alles kein Zufall war. Sie war Teil einer Inszenierung, deren Ziel eine Hochzeit auf dem Nordseehof war. Manfred Oetjen hatte geplant, sie heute zu verführen.

Er spürte ihre Abwehr allerdings nicht, sondern sprach weiter mit ihr wie mit einem Kind, das zum Einschlafen bewegt werden sollte. »Ich fühle mich geehrt, dass ich der Erste sein durfte. Nun sind wir vereint, und kein anderer wird dich besitzen, weil du ja ein anständiges Mädchen bist.« Wieder traf sie dieser Lehrerblick. »Das nimmt uns niemand mehr weg. Wenn eine junge Frau einem Mann die Jungfräulichkeit schenkt, ist das etwas ganz Besonderes.«

Adda verkrampfte sich noch mehr. Sie wollte Manfred nicht verletzen, deshalb konnte sie ihm unmöglich sagen, dass sie nur mitgemacht hatte, weil sie neugierig war. Weil sie mitreden und endlich eine Frau sein wollte.

Ach, sie wusste selbst nicht, warum sie sich dazu hatte hinreißen lassen, so weit zu gehen. Denn alles, was nun blieb, war ein schales Gefühl. Adda wurde ein bisschen übel.

»Mir ist kalt. Ich ziehe mir rasch was über«, sagte sie und setzte sich auf. Sie kam sich vor wie in einem falschen Film.

Zwischen den Beinen rann es feucht hinunter. Es schmerzte. Am liebsten hätte sie gleich alles abgewischt, sich gewaschen. Eingecremt. Es ungeschehen gemacht.

Manfred sah ihre Unsicherheit und reichte ihr ein Taschentuch. Dann küsste er sie wieder, aber Adda wich zurück und stand auf. Hektisch suchte sie ihre Sachen zusammen und schlüpfte hinein.

»Du bist ein bisschen durcheinander«, sagte er. »Das ist beim ersten Mal verständlich.«

»Ich gehe jetzt ins Haus, weil ich vor dem Nachtdienst noch was essen möchte. Es stehen ja ein paar Geburten an, da will ich konzentriert sein, und das geht hungrig nicht«, plapperte sie verlegen drauflos und erkannte die Enttäuschung in Manfreds Gesicht, weil sie keine Anstalten machte, ihn zum Abschied zu küssen oder ihm wenigstens eine Umarmung zu schenken. Weil sie keinen seiner Liebesschwüre erwiderte oder ihm versicherte, dass es trotz des Schmerzes schön oder wenigstens ein unvergessenes Erlebnis war. Sie konnte das alles nicht sagen, denn es wäre gelogen gewesen.

»Ich bin pünktlich zurück. Versprochen.« Sie winkte kurz, rannte aus dem Stall und dann direkt in ihr Zimmer, wo sie sich aufs Bett warf.

Adda unterdrückte ein Würgen. Fühlte nur noch Ekel vor sich selbst. »Hauptsache, du bist jetzt nicht schwanger«, sagte sie laut. »Dann war es das mit dem Traum von Freiheit.«

Weil die erhofften Tränen ausblieben, die Adda ein wenig Erleichterung geschenkt hätten, zog sie sich die Decke über den Kopf. Und nun nie mehr aufstehen, Manfred nie wieder begegnen müssen … Es war ein frommer Wunsch, der nicht in Erfüllung gehen konnte.

Sie würde in ein paar Stunden in den Stall gehen. So, wie es die Arbeit auf dem Nordseehof verlangte.

Kapitel 14

Johanna hatte Frühstück gemacht und saß nun in der Küche. Die Nacht musste für Adda mit zwei unkomplizierten Geburten recht ruhig gewesen sein, aber sie sorgte sich um ihre Tochter, denn als sie ihr vorhin im Flur begegnet war, hatte sie blass und völlig übernächtigt ausgesehen. So, als ob doch etwas schiefgelaufen war und sie es nicht zugeben mochte. Das wiederum passte allerdings nicht zu Adda, die keine Skrupel hatte, auch über Fehler und Versäumnisse zu sprechen.

Ihre Tochter war nach dem Nachtdienst sofort ins Bad gegangen und hatte lange geduscht. Jetzt trat sie in die Küche, setzte sich zu ihr an den Tisch und schenkte sich sofort einen Kaffee ein, den sie mit zitternden Händen zum Mund führte, aber sogleich wieder abstellte, weil sie sich die Lippen verbrannt hatte.

Johanna reichte ihrer Tochter ein Brötchen. »Habe ich eben extra beim Bäcker in Neusiel gekauft.«

»Danke.« Adda griff danach und schmierte dick Butter darauf.

Johanna schob ihr den Zuckertopf rüber. »Den hast du vergessen.« Adda trank Kaffee nie ungesüßt. »War die Nacht anstrengend?«

»War okay, zwei Lämmer und alles ohne Schwierigkeiten. Ich habe die Tiere versorgt und in die Boxen gebracht. Die Lütten trinken auch problemlos.«

Das konnte es also tatsächlich nicht sein, was Adda aus der Fassung gebracht hatte. Hing es etwa mit Manfred zusammen? Die beiden waren gestern lange zusammen im Stall gewesen, und er hatte sich nicht mal verabschiedet, was eher ungewöhnlich war. In Johanna arbeitete es.

»Kommt Manfred auch zum Frühstück?«, fragte sie.

Adda zuckte mit den Schultern. Sie biss einmal kräftig ab und murmelte dann mit vollem Mund: »Ich habe ihn heute noch nicht gesehen. Keine Ahnung.«

»Aber gestern vor deiner Nachtwache«, wagte Johanna zu fragen, »da habt ihr zusammen gearbeitet.«

Adda versteifte sofort. »Ja und? Das ist doch nicht ungewöhnlich.« Sie griff nach der Zuckerdose und häufte drei Löffel Zucker in die Tasse. »Vergiss es, Mama. Ich will ihn nicht. Er ist zu alt für mich, und ich will irgendwann weg aus Neusiel. Egal, was da von seiner Seite aus ist.«

Johanna nahm sich ebenfalls ein Brötchen. Adda würde niemals bleiben und schon gar nicht wegen eines Mannes. Auch nicht, wenn es einer wie Manfred war. Als sie ihre Tochter darin bestärkt hatte, endlich ihren Weg zu gehen, waren sie sich sehr nah gewesen. Da war diese kleine Hoffnung, dass sie es als Mutter und Tochter schaffen könnten. Doch seit Adda wieder Fesseln angelegt waren, entfernte sie sich erneut von ihr. Jeden Tag ein Stück.

Adda sog die Luft scharf ein und schlug plötzlich so heftig mit der Faust auf den Tisch, dass die Tassen auf den Untertellern vibrierten. Sie warf das Brötchen zurück auf den Teller. »Mama, wir müssen reden!«, brach es aus ihr heraus. »Ich hatte letzte Nacht viel Zeit zum Nachdenken. Und deine Fragen bestärken mich darin, dass wir etwas klären sollten. Sofort.«

»Du willst nach Bremen?«, schoss Johanna blind. »Zu Deike.«

»Ja. Ich muss hier weg, bevor Manfred sich in eine Idee verrennt. Ich … ich ersticke hier!«

Johanna pustete einmal schwer die Luft aus. »Das sollten wir in Ruhe besprechen.«

»Deshalb sitzen wir hier.«

»Und was wird aus Oma? Deshalb bist du schließlich geblieben. Du weißt, dass ich dir schon nach Papas Tod gesagt habe, dass du frei bist. So schwer es mir auch fällt. Denn du weißt auch, wie wichtig mir die Schäferei ist und –«

»Mama!«, fiel Adda ihr ins Wort. »Ja, ich weiß das alles, du musst es nicht dauernd wiederholen. Und wegen Oma … Bitte stell eine Pflegerin ein. Sie wird es verstehen, weil Oma immer wollte, dass ich meinen eigenen Weg gehe.«

Johanna wurde immer schwerer ums Herz. »Ich überlege mir was«, versprach sie. Auch wenn ihr nicht klar war, wie. Ihr wuchs das alles ziemlich über den Kopf. Die kranke Mutter, die Verantwortung. Und dann ihre Kinder, die die Schäferei verließen wie die Ratten das sinkende Schiff.

»Du hast ja noch Paul«, sagte Adda. »Er lebt hier. Er isst hier. Er spielt den verlorenen Sohn.«

»Ich will Paul bitten zu gehen«, entgegnete Johanna. »Wollte ich gestern schon machen, aber ich habe ihn nicht mehr gesehen. Er tut der Schäferei nicht gut. Er will nicht arbeiten, lungert nur herum. Ich weiß, ehrlich gesagt, gar nicht, was genau er hier treibt.«

Adda zuckte mit den Schultern. »Er sucht Familie. Obwohl er eine Mutter hat. Irgendwie verständlich, aber ich finde es unmöglich, wie er sich aufführt. Wie Graf Rotz, das sagt man doch so schön.«

»Er wird den Nordseehof verlassen«, beteuerte ihre Mutter. »Ich habe schon mit Manfred gesprochen. Wir werden stattdessen einen Lehrling einstellen. Der nützt uns mehr als Paul, der sich zu schade dafür ist, eine Forke anzupacken und damit auszumisten.«

»Endlich mal eine gute Entscheidung.« Adda lächelte befreit. »Scheint der Tag der Wendungen zu sein.« Sie setzte sich aufrecht hin. »Wann kann ich denn planen, nach Bremen zu gehen? Ich muss schließlich ein paar Dinge organisieren. Mir einen Praktikumsplatz suchen und so. Wohnen kann ich bei Deike.«

»Ich kümmere mich gleich heute darum, wie wir eine Lösung für Oma finden«, versprach Johanna, auch wenn sie keine Ahnung hatte, woher sie so schnell eine kompetente Pflegerin bekommen sollte.

Adda wirkte sehr erleichtert. Vermutlich hatte sie sich auf einen harten Kampf eingestellt. »Dann kümmere ich mich um einen Praktikumsplatz!«

Johanna erhob sich. »Ich rede gleich mit Oma und schaue, ob jemand aus Neusiel die Pflege übernimmt. Dann wäre es für sie nicht so fremd. Dort kennt sie schließlich fast jeden.«

Bevor Johanna aber in den Flur gehen konnte, trat Manfred ein. Als sein Blick auf Adda fiel, strahlte er. »Hallo!« Er machte einen Schritt auf sie zu, so als wolle er sie umarmen, aber Adda sprang vom Tisch auf. Dabei stieß sie gegen die Kante, und der Tee aus ihrer Tasse schwappte über. »Du kannst meinen Platz haben, Manfred.« Sie schlüpfte an ihm vorbei. »Ich habe noch viel zu tun. Bis später!«

Manfred schaute ihr konsterniert nach. Dieses Mal lächelte er nicht. Im Gegenteil. Seine Mimik hatte sich von einer Sekunde zur nächsten merklich verfinstert. »Was hat sie? Gestern dachte ich, sie und ich …« Er brach ab, als er Johannas ernstes Gesicht sah. »Was ist los? Du wirkst, als wolltest du mir etwas sagen. Und es sieht nicht so aus, als wäre es positiv.«

»Das stimmt«, bestätigte Johanna. »Es haben sich gerade eben grundlegende Änderungen für die Schäferei ergeben, und wir müssen die Arbeit hier neu organisieren.«

»Warum?« Manfred wurde von Sekunde zu Sekunde blasser. Johanna hatte Mitleid mit ihm, denn sie würde ihrem jungen Mitarbeiter jetzt sehr wehtun müssen. Er hatte sich von Adda wohl mehr erhofft, als sie zu geben bereit war.

»Setz dich doch bitte erst.« Johanna deutete auf einen leeren Stuhl und beschloss, sofort zur Sache zu kommen. »Es ist so, dass Adda nach Bremen geht. Sie wünscht es sich schon lange, weil sie dort erst ein Praktikum und später eine Ausbildung machen will. Ich kümmere mich um eine Pflegerin für Oma Foline, denn ich möchte meiner Tochter nicht im Weg stehen. Ich habe nämlich selbst …« Johanna brach ab. Ihre Vergangenheit ging Manfred nun doch nichts an.

Er schürzte die Lippen, wirkte allerdings nicht verletzt, wie Johanna angenommen hatte, sondern eher wütend, und was sie in seinem Gesicht las, machte ihr Sorge.

»Aber gestern …«, begann er, sprach aber nicht weiter. Er biss sich auf die Lippen, und sein Kinn zitterte. Dann sah er Johanna an, streckte den Rücken und lächelte verbindlich. Wieder wirkte es so, als hätte er einen inneren Schalter umgelegt. »Gut, ich mache mir Gedanken, wie wir es lösen. Vermutlich möchtest du jetzt recht kurzfristig einen Lehrling einstellen, oder?«

»Ja, das wäre gut«, meinte Johanna. »Denn auch Paul wird uns verlassen. Ich sag es ihm gleich.«

Nun stutzte Manfred. »Hat er dir gar nichts gesagt?«

»Nein, was denn?« Johanna sah Manfred erstaunt an.

»Er hat doch vom Bund seinen Einberufungsbefehl in die Kaserne nach Oldenburg bekommen. Demnach ist er zum ersten Juli sowieso weg.«

Johanna runzelte ärgerlich die Stirn. Das hätte Paul ihr wirklich selbst sagen müssen. Er war und blieb ein unmöglicher junger Mann. Na warte, dachte sie, mein liebes Freundchen, wenn du mir unter die Augen kommst!

Manfred war derweil zur Tür gegangen. »Ich schaue mich dann mal nach einem Lehrling um. Ich wollte ohnehin nichts essen.« Seine Stimme klang gepresst.

Er verließ die Küche, und mit seinem Verschwinden wehte vom Flur her ein kühler Wind in die Küche.

Johanna lehnte sich mit geschlossenen Augen gegen die Anrichte. Die Last auf ihren Schultern wurde schwerer und schwerer. Und sie war allein damit, sie zu tragen. Diese unsägliche Last der Schäferei.

*

Rolf saß mit Dagmar im Garten. Beide hatten eine Flasche Köpi in der Hand und ließen den Abend ausklingen. In der letzten Zeit lief es wieder besser mit ihnen, fast so, als schwebten sie mit demselben Flügelschlag. Nachdem Paul vor einem Jahr auf den Nordseehof gezogen war, hatte es eine Weile gekriselt, da Dagmar befürchtet hatte, dass es in Rolf alte Wunden aufreißen würde. Doch er hatte sich an ihre Abmachung gehalten und keinen Kontakt zu Adda oder Johanna gesucht.

Dagmar hatte deshalb das Kriegsbeil zwischen ihnen begraben und sogar mit dem exzessiven Trinken aufgehört. Auch ihre Flucht in die Arme anderer Männer gehörte der Vergangenheit an. Sie hatten eine stille Abmachung, die Vergangenheit endlich ruhen zu lassen.

Es fiel Rolf zwar schwer, aber er wollte seine Ehe nicht gefährden und hatte sich geschworen, Hanna endlich zu vergessen. So wie sie an ihn vermutlich auch keinen Gedanken mehr verschwendete. Nicht einmal jetzt, da sie über Paul mit der Nase darauf gestoßen wurde. Bei einem seiner Besuche hatte er Rolf erzählt, dass sie von Dagmar und ihm gesprochen hatten. Allerdings war die Häme aus Pauls Stimme verschwunden gewesen. Er schien Johanna wirklich zu mögen, während er an Adda kein gutes Haar ließ, weil sie ihn ziemlich herablassend behandelte.

»Wat für ein schöner Sommerabend«, riss Dagmar ihn nun aus seinen Gedanken. »Du, Menzelchen, hättest du was dagegen, wenn ich mit der Manu nach Mallorca fliege? So für 'ne Woche?«

Rolf nahm einen Schluck Bier. »Was sollte ich dagegen haben? Ihr habt lange nichts mehr zusammen gemacht. Klar kannst du fliegen.«

Dagmar gab ihm einen Kuss. »Das wäre im Juli. Und da haben wir beide ja Urlaub, den wir dann allerdings getrennt verbringen müssen.«

Rolf stellte die Bierflasche ab. Einerseits war es schade, andererseits gönnte er Dagmar die Reise. »Ist in Ordnung. Wir wollten doch ohnehin nicht wegfahren, sondern den Gartenteich erweitern. Das mach ich dann allein, und wenn du zurückkommst, ist alles schön.«

»Aber dann hab nur ich Ferien und du Arbeit«, wandte Dagmar ein. Sie legte ihre Hand auf seinen Unterarm.

Rolf fingerte eine Zigarette aus der Hemdtasche und reichte auch Dagmar die Schachtel. »Wenn ich schnell fertig werde, fahre ich vielleicht noch für zwei Tage nach Bremen. Ich würde so gern mal sehen, was aus meinem alten Häuschen geworden ist, in dem ich damals mit Volker gewohnt habe.«

Bevor Rolf zum Bergbau ins Ruhrgebiet gekommen war, hatte er ein paar Jahre in Bremen Walle gewohnt, zusammen mit Volker Cordes, einem älteren Mann, der ein Pferdefuhrwerk besaß und damit Gelegenheitsarbeiten verrichtete. Eine echte Männer-WG. Sie hatten zwar hart gearbeitet, um sich über Wasser zu halten, aber ihr Zuhause war abends das Vergnügungsviertel *Bremer Küste* gewesen. Frauen, Spiel und Alkohol.

Erst nach Volkers Tod hatte Rolf es geschafft, sich aufzuraffen und eine Ausbildung im Bergbau zu machen.

»Das ist eine gute Idee«, sagte Dagmar. »Ich bin gespannt, ob du noch etwas wiedererkennst. Ich sag Manu dann zu.«

Rolf zündete die Zigarette an und sah dem Qualm hinterher, der sich träge in den Abendhimmel in Richtung ihres Sterns schraubte.

Schon als ihn die Idee anfiel, hätte er sich dafür in den Hintern treten können. Doch sie war da und setzte sich sofort wie mit Widerhaken in seinen Gedanken fest. Von Bremen konnte man es mit dem Auto in neunzig Minuten zum Nordseehof schaffen. Und niemand würde bemerken, dass er dort gewesen war. Er brauchte es Dagmar nicht auf die Nase zu binden. Er wollte sie schließlich nicht betrügen. Nur mal gucken … einfach nur gucken …

Auch wenn Rolf sich selbst einredete, dass er die Idee ja nicht umsetzen musste, wusste er bereits, dass er sein Versprechen Dagmar gegenüber, keinen Kontakt mehr zum Nordseehof aufzunehmen, brechen würde.

Kapitel 15

Deike liebte Schwachhausen. Die alten Villen, das Rattern der Straßenbahnen und den Geruch der Stadt. Man roch den Sommer, aber auf andere Art und Weise, als Deike es von zu Hause gewohnt war. In Ostfriesland war es ein süßlicher Duft, eng verbunden mit dem Heumachen und den blühenden Wiesen. Hier roch der Sommer unbeschwerter, ging nicht einher mit harter Arbeit auf den Feldern, sondern man assoziierte ihn mit dem Besuch eines Cafés, dem Schlendern an der Weser oder einem Bummel durch die Innenstadt. Mit übervollen Auslagen vor den Geschäften, bunten Fähnchen und dem einen oder anderen Straßenmusikanten.

Am liebsten hielt sich Deike im Schnoor auf, saß dort in einem der vielen Cafés und machte im Anschluss einen Bummel an der Schlachte. Oder sie ging zum Rathausplatz, weil sie die Skulptur der Bremer Stadtmusikanten mochte, aber auch die wunderschönen alten Gebäude dort. Allen voran das imposante Rathaus. Es gab im ganzen Land bestimmt kein Schöneres.

Auch die Geräusche unterschieden sich. In Ostfriesland war der Sommer untrennbar mit dem Brummen der Trecker und Mähdrescher verbunden. Dem Singen der

Vögel und dem Kreischen der Möwen. Und dem großen Nichts in der Nacht. Dieser menschenlosen Stille, die nur von den Naturgeräuschen wie dem Bellen eines Fuchses, den Geräuschen der Kühe und Schafe oder dem Schnattern einer aufgescheuchten Ente durchbrochen wurde.

In Bremen hingegen pulsierte der Sommer. Es war laut. Autos hupten. Menschen lachten und riefen sich etwas zu. Flugzeuge brummten im Wettstreit mit Bussen und Bahnen. Es war eine andere Lebendigkeit, und Deike genoss jede Stunde. Nie wieder wollte sie zurück in die Weite, die doch so eng war.

Und endlich würde auch Adda von dieser Frucht der Großstadt naschen können.

Deike war mit der Straßenbahn unterwegs in Richtung Hauptbahnhof, um Adda abzuholen. Weil es draußen warm war, herrschte in der Bahn stickige Luft. Auch das gehörte zum Sommer in der Stadt, und selbst das fand Deike wunderbar.

Aufgeregt rutschte sie auf der Bank hin und her. Ihre Freundin hatte zwar schon im März mit ihrer Mutter gesprochen, und alles war klar gewesen, doch Adda selbst hatte immer wieder ihre Oma vorgeschoben, bis die auf ihre Art und Weise ein Machtwort gesprochen hatte. Adda solle endlich gehen!

Paul war inzwischen beim Bund, aber Adda sagte, ihre Mutter benähme sich seit seinem Auszug komisch. »Sie macht ihn für irgendwas verantwortlich. Paul hat was angestellt. Da bin ich sicher. Nur redet Mama nicht mit mir. Auf jeden Fall ist er weg.«

Deike fand, dass das eine gute Nachricht war. Sie mochte Paul nicht. Dass er ihr Halbbruder sein sollte, machte die Sache nicht besser. Aber nun war er vom

Nordseehof verschwunden und konnte keinen Schaden anrichten.

Deike sah auf die Uhr. Die Straßenbahn war pünktlich und würde den Hauptbahnhof bald erreicht haben. Sie hoffte, dass Adda am Ende nicht doch gekniffen hatte und an der nächsten Station in Varel gleich wieder ausgestiegen war, weil sie Angst vor ihrer eigenen Courage hatte. Immerhin fuhr sie in eine unbekannte Zukunft, denn ihre bisherigen Bewerbungen hatten zu nichts geführt.

Doch Deike hatte eine Überraschung für Adda, und damit würde sie heute noch aufwarten und ihr einen super Start ermöglichen.

Die Straßenbahn hielt am Hauptbahnhof, und Deike lief über den Vorplatz zum Eingang. Hier drängelten sich die Menschenmassen, und es war sehr heiß. Viele Leute hielten ein Eis in der Hand. Die Röcke der Frauen waren kurz, die Shorts extrem knapp, und das Leben war so bunt wie ein Tuschkasten, dessen Farben ineinander verlaufen waren.

Deike schob sich durch die Menschen und steuerte das Gleis an, auf dem Adda einfahren würde. Dreimal hatte sie kontrolliert, ob sich an der Ankunft nichts geändert hatte. Wenn Adda aus dem Zug stieg und sie wäre nicht da … Unvorstellbar. Adda war ein Landei, und sie würde womöglich panisch werden, denn wie sollte sie allein zu ihrer Wohnung finden, da sie die eigene Region kaum verlassen hatte? Ein bisschen Einkaufen in Wilhelmshaven, Wittmund oder Oldenburg, ab und zu einen Ausflug nach Leer oder Emden, die Schule in Jever. Das war es dann auch schon.

Deike erinnerte sich nur zu gut an ihre eigene erste Woche in der Stadt. Das hatte sie Adda vorsichtshalber nicht erzählt. Wie ein aufgescheuchtes Huhn hatte sie mutterseelenallein mit ihrem Koffer am Bahnhofsvorplatz gestanden und nicht gewusst, mit welcher Straßenbahn sie fahren sollte. Wäre ihr nicht eine Studentin zu Hilfe gekommen… Deike bekam noch immer Gänsehaut. Auch wenn sie an die Abende dachte, wenn sie allein unterwegs war und ihr die skurrilsten Gestalten begegneten. So, wie sie gekleidet waren, hätte man sie in Neusiel vermutlich eingesperrt.

Aber inzwischen kam Deike prima zurecht. Sie kannte die Fahrpläne und wusste, welche Straßenbahn in welchen Stadtteil fuhr. Adda würde es auch schnell herausfinden, aber es war gut, dass sie am Anfang nicht völlig allein vor der Herausforderung stand.

Als Deike zur Treppe abbog, rempelte sie versehentlich einen Mann an. Er war dünn, der helle Mantel schlackerte um seinen Körper. Außerdem trug er einen schwarzen Hut, unter dem dunkles Haar hervorlugte, und hielt den Blick gesenkt. Alles in allem wirkte er wie der Vergangenheit entsprungen und ein bisschen wie der Schauspieler Gregory Peck.

»Oh, Entschuldigung«, sagte Deike, stutzte dann aber, als sich ihre Blicke trafen. Seine Augen waren tiefblau, so wie man das Meer in der Literatur beschrieb und wie es vermutlich am Mittelmeer auch war. Wieder heftete sich ihr Blick an den Mann. Dann schüttelte sie den Kopf. Hätte sie es nicht besser gewusst, hätte sie geschworen, dass er Addas Augen hatte. Denn in deren undurchdringlicher Iris konnte man ebenso abtauchen wie in seinen Augen. Der Blick war ebenso scheu und verletzlich, und zugleich strahlte er einen überaus starken Willen aus.

»Macht nichts«, beeilte sich der Mann zu sagen. Auch

er musterte sie mit der Spur eines Erkennens. Dann fing er sich und lächelte. »Ich war selbst unaufmerksam und bitte meinerseits um Entschuldigung.«

Deike starrte ihn noch immer an. Ein Typ mit der Höflichkeit der alten Schule. So etwas traf man selten, wie witzig!

»Ist was?«, fragte er schließlich lächelnd, als der Blickkontakt peinlich wurde.

Deike lachte ebenfalls. »Nein, ich dachte nur eben, Sie kommen mir bekannt vor. Aber das kann nicht sein. Woher denn? Ich muss dann mal weiter.« Sie schlüpfte an ihm vorbei und hastete die Treppen zum Bahnsteig nach oben, denn Addas Zug wurde eben angesagt. Es war ihr unangenehm, dass sie den Mann so angestarrt hatte. Nicht, dass er glaubte, sie wollte was von ihm. Deike sah an sich hinunter. Der Rock endete zwei Handbreit über dem Knie, das war schon ein bisschen gewagt. Und wie immer war sie kunterbunt und sehr auffällig gekleidet. Ihr kinnlanges Haar wurde von einem lila Schal zurückgebunden.

Dann hatte Deike keine Zeit mehr, über die Begegnung nachzudenken, denn der Zug aus Oldenburg fuhr ein, und sie musste in dem Gewühl Ausschau nach ihrer Freundin halten. Es dauerte nicht lange, da hatte sie Adda entdeckt, und sie fielen einander in die Arme.

Adda roch nach Landluft. Ein bisschen nach diesem süßen Heu, vermischt mit dem leisen Duft der Schafwolle. Komisch, dass es Deike hier in der Stadt so deutlich auffiel und sie dem früher keine Bedeutung beigemessen hatte.

»Gut siehst du aus, Adda«, begrüßte sie ihre Freundin, die sich kein bisschen verändert hatte. Sie trug noch immer einen ihrer bunten Hippieröcke, ihr dunkles Haar wellte sich bis zur Mitte ihres Rückens. Um die Stirn hatte sie ein geflochtenes Lederband gewunden, an ihren braun gebrannten Armen klimperten zahlreiche bunte Reifen, die sie sich in Wilhelmshaven in einem kleinen Laden gekauft hatte.

»Es ist so schön, dass ich endlich kommen kann!«, sagte Adda lachend. Ihre blauen Augen blitzten, und Deike fiel der Mann von eben ein. Zweifelsohne hatte er das gleiche Leuchten wie Adda. Zufälle gab's!

»Nun komm erst einmal mit. Du glaubst nicht, was ich für eine schöne Wohnung habe. Im Keller!«

»Im Keller?«, wiederholte Adda ungläubig. »Ist es dort nicht feucht und düster?«

»Man nennt es Souterrain. Die Häuser in Bremen sind eigenartig gebaut«, erklärte Deike. »Du wirst es sehen.«

Sie lotste Adda über den Bahnhofsvorplatz zu den Straßenbahnen. »Ich frage mich, wie man sich hier zurechtfinden kann«, sagte Adda.

»Das lernt man ganz schnell, glaub es mir!«

Sie bestiegen die Straßenbahn 4. Es war wieder ein Geschiebe und Gedränge, aber Deike hatte bereits Übung, und so gelang es ihr, einen Sitzplatz für sie beide in einer Viererecke zu ergattern.

»Dass du dich hier einfach hinsetzen magst«, flüsterte Adda. »Gegenüber sitzen doch welche.«

Deike lachte auf. »Das ist in der Stadt so.«

Adda versank förmlich auf der Bank, und sie hielt dabei den Griff ihres Koffers umklammert. Er stand zwischen ihnen und war recht voluminös, sodass beide kaum wussten, wie sie ihre Beine daneben platzieren sollten. Zum Glück mokierte sich kein anderer Fahrgast darüber.

An der Haltestelle Kirchbachstraße stiegen sie aus. Adda atmete tief durch und sah sich neugierig um. »Das ist ja richtig grün hier«, sagte sie erstaunt. »Aber es ist ganz schön stickig. Ich vermisse den Nordseewind!«

»Ach, so schlimm ist es nicht. Zur Not gehst du an die Weser, da ist es ein bisschen zugiger.«

Adda schaute sich weiter um. »Mit so vielen Bäumen und Hecken hätte ich nicht gerechnet.«

Deike grinste. »Es gibt in der Nähe auch den Bürgerpark, dort ist es richtig grün. In der Innenstadt sieht es vermutlich so aus, wie du es erwartest. Betonwüste, und das einzige Grün sind ein paar vorwitzige Grashalme. Dahin gehen wir später.«

»Und ich dachte wirklich immer, Bremen ist überall grau in grau. Wohin müssen wir?«

Deike zeigte nach links. »Dort entlang. Ich wohne in der Orleansstraße.«

Adda lief schweigend mit dem Koffer neben ihrer Freundin her, bis sie links in eine Straße einbog. Hier standen die meist aus dunklem Backstein erbauten, mehrstöckigen Häuser dicht an dicht.

Deike deutete dorthin. »Verstehst du nun, warum ich im Keller wohne? Das ist Souterrain! Schau.« Sie steuerte auf eines der Häuser zu. Eine Treppe mit geschwungenem weißen Geländer führte nach oben in die Erdgeschosswohnung. Daneben befand sich ein kleines Tor, hinter dem eine kurze Treppe abwärts zu einer grünen Haustür ging, die im oberen Teil aus symmetrisch durchbrochenem Glas bestand. Deike holte den Schlüssel aus der Tasche und schloss auf. Adda folgte ihr, und als sie in die Wohnung trat, bekam sie vor Aufregung den Mund fast nicht mehr zu.

»Wahnsinn!«, rief sie aus. »Das ist ja richtig schön hier!«

»Warte ab, bis ich dir dein Zimmer zeige«, sagte Deike. »Da musst du leider Abstriche machen.« Sie schob Adda in die Stube, von wo aus sie einen Blick in den kleinen Hinterhofgarten hatten.

*

Das Kontor war, neben dem Seitentrakt, der einzige Bereich auf dem Nordseehof, den Johanna nicht verändern würde. Die gediegenen dunklen Möbel passten in den Raum, der dadurch Solidität zeigte. Dass sie als Frau bei der Arbeit schon früh große Freiheiten hatte ausleben dürfen – obwohl man sie ihr zu Beginn in der Schäferei erst nicht zugestehen wollte –, hatte sie unter anderem ihrer Tätigkeit in der Buchhaltung zu verdanken. Weil sie das beherrschte und viele Stunden im Kontor am Schreibtisch gesessen hatte, war es ihr gelungen, den Nordseehof zu retten. Nein, der Raum war ihr Refugium, das mit seiner altehrwürdigen Ausstrahlung genauso bleiben musste, wie es war.

Jetzt stand Johanna allerdings erneut vor einem Dilemma. Die Schäferei steckte ihretwegen in Schwierigkeiten, weil sie die Renovierungen mit dem Wissen um das versteckte Geld forsch und großzügig angegangen war. Nur war aber alles weg. Irgendjemand hatte sie bestohlen, und sie ahnte auch, wer. Es konnte nur Paul gewesen sein, und das, obwohl sie ihm über ein Jahr ein Zuhause gegeben hatte. Was für eine Enttäuschung! Viel schlimmer aber war, dass sie die ausstehenden Rechnungen der Handwerker nicht begleichen konnte. Es war ein furchtbares Desaster!

Johanna nahm seufzend den nächsten Ordner zur Hand und begann erneut zu rechnen. Sie raufte sich das Haar.

Es würde äußerst schwierig werden, denn die Reserven der Schäferei waren wie geplant für die Zäune und den neuen Trecker draufgegangen. Und die Reparatur des Scheunendaches stand noch aus, damit es die nächsten Stürme überstand.

Nach einer Stunde legte Johanna den Stift beiseite. Es schien aussichtslos. Vor lauter Sorge konnte sie nachts nicht mehr schlafen, wälzte sich von einer Seite zur anderen, aber fand doch keine Lösung. Ohne das von Eike zurückgelegte Geld hatte sie einfach keine Chance. Eine Möglichkeit wäre, Paul zu überführen, wie auch immer sie das anstellen sollte. Es gab schließlich keinen einzigen Beweis dafür, dass dieses Geld überhaupt existierte. So blieb ihr nur, bei der Bank einen Kreditantrag zu stellen. Der Nordseehof stand trotz allem gut da und konnte als Sicherheit dienen.

Johanna ließ den Kopf in die Hände sinken, weil sie schon wieder von einer Panikattacke heimgesucht zu werden drohte, die sich in furchtbarem Herzrasen und Todesangst äußerte.

»Ich krieg das hin!«, flüsterte sie und bemühte sich, ganz ruhig ein- und auszuatmen. Nach einer Weile beruhigte sie sich und war wieder in der Lage, einen klaren Gedanken zu fassen. Gleich würde sie einen Termin bei der Bank machen, das war die beste Lösung. Mit etwas Glück reichte es, nur den neuen Trecker und vielleicht den Mähdrescher als Sicherheit anzugeben.

Johanna beschloss, zum Deich zu fahren und dort ein bisschen zu entspannen, das ging am Meer einfach am besten. Wenn ihr Blick in die Weite schweifte, konnten die Gedanken fliegen. Sie nahm den Kadett und fuhr Richtung Jadebusen. Kurz entschlossen bog sie am Deich rechts ab und machte sich auf den Weg nach Dangast. In Petershörn suchte sie einen Parkplatz und spazierte von dort auf der Deichkrone Richtung Dangaster Siel. Dangast gehörte zum Landkreis Friesland und war das südlichste Nordseebad. Die frische Luft tat ihr unglaublich gut. Sie lief beschwingt zwischen den Schafen hindurch, schaute über den Jadebusen zum offenen Meer und genoss die nach Schlick riechende Luft. Gerade war Ebbe, und im Watt waren nur wenige Wasserpfützen zu sehen. Die Sonne ließ den Schlick glitzern, als wäre er mit tausend Edelsteinen geschmückt. Auf der Strandpromenade tummelten sich die Menschen genauso wie am darunterliegenden Strand.

Johanna wurde von anderen Spaziergängern überholt, Kinder lachten und freuten sich über den Ausflug ins Freie. Es wäre zu schade gewesen, den warmen Tag drinnen und mit Sorgen zu verbringen.

Trotzdem waren sie da und holten Johanna mit Wucht wieder ein. Sie saß momentan auf einem Berg Rechnungen, die sie schnellstmöglich begleichen musste, wenn sie nicht auf ewig einen schlechten Ruf behalten wollte. So etwas klebte wie Pech an einem. »Da kommt Johanna Deeken. Die zahlt auch nicht mehr, seit ihr Mann tot ist. Ist wohl zu viel, dass sie die Schäferei allein leitet. Das geht als Frau eben nicht.«

Johanna hörte sie schon, die Geiferer aus dem Dorf, die nur darauf warteten, dass sie auf die Nase fiel. Als Frau mit der Schäferei und ohne männlichen Beistand. An diesem Denken hatte sich auch in all den Jahren bei den meisten nicht viel geändert. Eine Frau durfte zwar auf dem Hof mitarbeiten, aber ihn allein zu führen, sogar ohne Sohn, das war für viele noch unvorstellbar.

Sie dachte an Uwes Worte damals. Ihre Diskussion hatte zu einem Riss zwischen ihnen geführt, den sie bis heute nicht hatte kitten können. Er rief pflichtbewusst alle paar Wochen an, erkundigte sich höflich nach der Arbeit – und erzählte von sich nur das Nötigste. Uwe war ihr entglitten. Genau wie Adda, die es endlich geschafft hatte, ihrem Traum ein Stück näher zu kommen.

Johanna merkte, dass ihr eine Träne die Wange hinunterrann. Sie hätte vieles besser machen können. Aber dass sie Adda hatte gehen lassen, war die richtige Entscheidung gewesen. Man durfte nicht nur von der Freiheit träumen. Man musste versuchen, sie zu leben. Irgendwie.

Die jungen Frauen mussten es besser machen als die in ihrer Generation.

Johanna hatte das Siel erreicht und beschloss, an den Strand zu gehen. Sie schlüpfte aus ihren Sandalen und genoss es, wie der Sand sich zwischen ihren Zehen verteilte. Sie legte den Kopf in den Nacken und nahm die warmen Sonnenstrahlen auf, die auf ihrer Haut kitzelten. Sie sollte das Leben viel mehr genießen. Etwas Leichtigkeit ins Dasein bringen! Ach, wenn sie das nur könnte!

Am Wattsaum hatte sie plötzlich Lust, mit den Füßen in den schlickigen Bereich zu waten. Vorsichtig betrat sie das Watt. Es schmiegte sich herrlich weich um ihre Füße. Sie ging ein Stück weiter hinein, trat aber vorsichtig auf, damit sie sich an keiner Muschel schnitt, denn in diesem Bereich des Strandes war der Schlick weich, und man sackte tiefer ein als im Sandwatt ein Stück weiter. Johanna blieb stehen, lauschte dem Knistern des Schlickbodens, der bei Ebbe mit seinem leisen Gesang bezauberte.

Ein Austernfischerpaar zankte sich ein Stück weiter um seinen Fang, am Himmel kurvten mehrere Lachmöwen. Johanna dachte daran, was ihr Vater ihr früher mal erzählt hatte. Damals, als der Krieg seine Seele noch nicht zerstört hatte. »Sie heißen nicht so, weil sie lachen. Sondern der Name stammt vom Wort Lache, dem flachen Gewässer. Aber weißt du was, mien Deern: Im Lateinischen heißt der Vogel tatsächlich lachende Möwe. Larus ridibundus!«

Seitdem nannte Johanna die Lachmöwe in Gedanken immer mit dem lateinischen Namen, weil ihr die Vorstellung stets besser gefallen hatte, dass die Vögel lachend durch die Welt flogen. Vielleicht, weil sie es selbst viel zu selten tat.

»Und auch jetzt ist mir das Lachen mal wieder gehörig vergangen«, sagte sie zu sich selbst. »Da dachte ich, ich mache es mir schön, lasse meinen Kindern ihre Freiheit und übertrage Reents Schuld nicht auf seinen Sohn, sondern gebe ihm eine reelle Chance. Und was passiert? Ich stehe vor unbezahlten Rechnungen, weil genau dieser Mensch mich offenbar betrogen und hintergangen hat.«

Johanna schloss die Augen, versuchte, die Geräusche in sich aufzusaugen. Das Rufen der Kinder, das eine heile Welt suggerierte. Das Kreischen der Möwen, die fröhlichen Rufe überall.

Es dauerte, ehe sie kehrtmachte und zum Strand zurückging. Sie konnte auf Dauer nicht vor den Problemen davonlaufen und musste sich ihnen stellen. Trotzdem wollte sie die Natur noch ein bisschen genießen.

Sie ging zur Stranddusche und wusch sich dort am Wasserhahn den Schlick von den Füßen. Dann setzte sie sich eine Weile in den Sand, bis alles getrocknet war.

Oben auf der Promenade wischte Johanna die letzten Sandkörner ab und schlüpfte in die Sandalen. Anschließend suchte sie sich eine Bank auf dem Deich. Sie schloss erneut die Augen.

In den Wochen bevor Paul zum Bund gegangen war, hatte er sich eigenartig benommen. Irgendwie so, als läge er auf der Lauer, was Johanna zu der Annahme verleitete, dass er schon länger von dem Geld gewusst hatte. Ihr einziger Triumph war, zumindest einen Teil der Rechnungen schon damit bezahlt zu haben. Er hatte folglich nicht die vollständige Summe stehlen können. Aber nun fehlten ihr fünfzehntausend Mark.

Sie schabte mit den Sandalen übers Gras. Was machte sie eigentlich so sicher, dass ihr Neffe der Dieb war?

Aber wer sonst sollte es gewesen sein? Sie dachte an Pauls Blick, als Johanna ihn im März gebeten hatte, den Nordseehof zu verlassen. Er war nicht laut geworden, aber dieser stille Hass war genauso vernichtend gewesen.

»Warum gehst du nicht zu deiner Mutter und hilfst ihr?«, hatte Johanna ihn gefragt. »Du bist seit einem Jahr kaum dort gewesen.«

Paul war kreidebleich geworden, hatte sich die Lippen geleckt, und von einer Sekunde auf die nächste war die Wut aus seinem Blick verschwunden. »Ich gehe im Juli zum Bund. Ich habe Post bekommen. Bitte lass mich solange hierbleiben.«

Johanna hatte erst gezögert, denn am liebsten wäre sie Paul sofort losgeworden. Aber der Lehrling konnte auch erst im Juni kommen, und so hatte sie schließlich zugestimmt unter der Bedingung, dass Paul endlich mit anfasste. Ein fataler Fehler, wie sie nun wusste.

»Wer sonst könnte es an sich genommen haben?«, flüsterte Johanna. Adda bestimmt nicht. Ihre Tochter würde sie niemals bestehlen, und schon gar nicht jetzt, wo sie sie hatte gehen lassen. Johanna kam noch Manfred in den Sinn. Manfred, der von der Schäfertochter abgewiesene Mann. Der sich große Hoffnungen auf eine Ehe mit Adda und zugleich auf den Nordseehof gemacht hatte.

Er verhielt sich ebenfalls eigenartig, seit Adda seinen Heiratsantrag abgelehnt hatte. War es nur die Enttäuschung? Oder verleitete eine solche Verletzung unter Umständen dazu, sich an etwas zu bereichern, was einem nicht zustand?

Aber dann verwarf sie den Gedanken wieder. Manfred war nicht der Typ für krumme Geschäfte oder gar Diebstahl. Er war manchmal etwas eigenartig, aber sie konnte sich nicht vorstellen, dass er sie bestehlen würde. Damit würde er seine Anstellung riskieren. Außerdem verdiente er gut, und Adda schadete er damit auch nicht, falls er noch immer wütend auf sie war.

So kam Johanna nicht weiter. Vermutlich würde sie den Dieb nie finden. Also musste sie nun sehen, wie sie den Betrag aus der Schäferei abzweigen konnte, ohne den Hof zu gefährden. Sie scheute sich davor. Schließlich hatte sie das Geld auch ihren Kindern vorenthalten, weil sie geglaubt hatte, dass es automatisch irgendwann an sie zurückfiel, wenn sie den Betrag in die Schäferei investierte.

Johanna erhob sich seufzend. Sie musste wohl oder übel mit Manfred sprechen. Der Verlust würde Auswirkungen auf die zukünftige Arbeit in der Schäferei haben, denn sie mussten irgendwo Einsparungen vornehmen. Er war derzeit der Einzige, der ihr helfen konnte. Er hatte sich in all der Zeit nie etwas zuschulden kommen lassen, war immer loyal gewesen. Sogar, nachdem Adda alles andere als fair zu ihm gewesen war. Ja, sie sollte mit ihm reden. Er hatte vielleicht eine gute Idee, denn inzwischen kannte er den Nordseehof und all die anfallenden Abläufe sehr genau.

Wie immer schaute sie zuerst nach ihrer Mutter, die in der Stube im Rollstuhl vor dem Fernseher saß. Johanna hatte ein schlechtes Gewissen, dass sie sie heute nicht nach draußen gebracht hatte. Aber gleich würde die Pflegerin noch einmal kommen und ein bisschen mit ihr spazieren gehen.

Als Johanna sich vergewissert hatte, dass alles in Ordnung war, begab sie sich sofort wieder ins Kontor. Manfred hatte sie offenbar gesehen und kam ihr nach.

Er klopfte an und betrat den Raum. »Na, Johanna, prüfst du, ob ich alles richtig gemacht habe?«, fragte er scherzhaft, aber das Lächeln erreichte seine Augen nicht, und seine Mimik wirkte leblos.

»Nein, ich… ich…« Johanna stockte und sah ihren Verwalter fest an. »Ich brauche fünfzehntausend Mark. Möglichst schnell.«

Manfred wurde blass. »Wozu? Ist etwas kaputtgegangen, von dem ich nichts weiß?«

Er wirkte ehrlich betroffen, das beruhigte Johanna sehr. Ihr Verdacht war vermutlich völlig unbegründet. Er sorgte sich tatsächlich.

»Es geht um die Renovierungen. Du weißt, da bin ich großzügig vorgegangen.«

Manfred zog sich den Stuhl heran und setzte sich. »Aber hast du das denn nicht einkalkuliert? Ich meine, du bist doch sonst so genau in der Buchführung, verlangst über alles Rechenschaft und Quittungen. Wir diskutieren jede Anschaffung …« Er hob hilflos die Handflächen zur Decke.

Johanna sortierte verlegen die Papiere vor ihr auf dem Tisch. Es half wohl nichts. Sie musste ehrlich zu ihm sein, denn sie brauchte seine Unterstützung.

»Ich hatte Bargeld«, erklärte sie und nannte ihm die Summe. »Das hatte Eike für die Renovierung … beiseitegelegt.«

Manfred kraulte sich das Kinn. Seit Neuestem ließ er sich einen Bart wachsen, der inzwischen schon ganz ansehnlich sprießte. »Und nun kostet das alles mehr als geplant?«, schlussfolgerte er.

»Nein«, widersprach Johanna. »Ich hatte es genau durchdacht und selbstverständlich auch die Beträge mit den Handwerkern abgesprochen.«

»Dann ist doch alles gut.«

»Nein. Das Geld ist weg.«

Manfred sprang auf und stützte sich am Schreibtisch ab. Er beugte sich zu Johanna. »Was soll das heißen, es ist weg?«

»Gestohlen«, flüsterte Johanna. »Jemand ist in mein Schlafzimmer eingedrungen, hat den versteckten Schlüssel gefunden und das Kästchen in meiner Kommode. Es waren noch fünfzehntausend Mark drin. Und nun sind sie weg.«

Manfred setzte sich wieder. »Diebstahl! Das kann doch nicht sein! Wer to'n Düwel bestiehlt dich?«

»Ich habe eine Ahnung.«

Manfred wirkte tief bestürzt. Fast ein bisschen zu sehr. »Wann genau ist das Geld denn weggekommen? Noch als Paul da war?«

»Ich habe es nach seiner Abreise bemerkt. Sofort danach«, sagte Johanna. »Ich glaube, wir denken dasselbe.«

»Dieser Swienegel«, schimpfte Manfred los. »Das gibt es doch gar nicht! Hast du Beweise?« Er schüttelte den Kopf. »Nein, hast du nicht. Dammich!«

»Es weiß keiner von dem Geld. Offiziell gibt es das gar nicht. Von daher wäre es schwierig, das der Polizei zu melden. Es stünde Aussage gegen Aussage. Dummerweise habe ich auch Eikes Brief dazu vernichtet.«

Manfred schlug mit der Handfläche auf den Tisch. »Das war wirklich dumm, Johanna. Geld, das es gar nicht gibt und von dem kein Mensch sagen kann, wie es verschwunden ist! Würdest du das melden, wärst du auch noch wegen Steuerhinterziehung dran.« Dann sah er sie freundlich an. »Du tust mir echt leid! Wie kann ich dir helfen?«

Sie senkte den Kopf. »Es war eine Dummheit, aber ohne Paul wäre es gar nicht aufgeflogen, und ich hätte den Nordseehof problemlos zu einem Schmuckstück umbauen können. Es sollte für Adda schön werden. So oft hat sie davon geschwärmt, wie modern der Eilershof ist! Und jetzt? Sie ist weg und das Geld auch.« Johanna kamen die Tränen, und sie schluchzte laut auf.

Manfred stand auf, umrundete den Schreibtisch und nahm sie etwas linkisch in den Arm. Es dauerte einige Zeit, ehe sie sich beruhigt hatte.

Manfred ließ sie los, tätschelte ihre Hand und lief im Kontor auf und ab. »Was machen wir denn jetzt?«

Johanna hob den tränenverschleierten Blick. »Wir? Du willst mir wirklich helfen?«

»Wenn ich kann«, antwortete Manfred achselzuckend. Er lehnte sich mit vor der Brust verschränkten Armen gegen die Fensterbank. »Es ist schließlich nicht deine Schuld, dass Adda mir übel mitgespielt hat. Und ihre vielleicht auch nicht. Ich habe mich da in was verrannt, von etwas geträumt, was unerfüllbar ist. Aber deshalb lasse ich dich jetzt nicht hängen. Du bist eine wunderbare Chefin, und wir werden den Nordseehof retten!«

Johanna sah ihren Mitarbeiter an. Warum wirkte er plötzlich so aufgeräumt? Aber eigentlich war das egal. Manfred hielt in dieser schweren Situation zu ihr, und das war das Einzige, was jetzt zählte. Er wusste zwar auch keine Lösung, aber es tat gut, dass sie nicht allein war.

Johanna versuchte, sich zu sammeln. »Dann lass uns die Einnahmen und noch nötigen Ausgaben für dieses Jahr zusammen durchgehen und schauen, ob irgendwo etwas einzusparen ist.«

Sie besprachen, was noch anlag, und debattierten jede Ausgabe.

Am Ende waren sie jedoch nicht viel weiter als zu Beginn, und Manfred krauste die Stirn. »Ich glaube nicht, dass wir die ganze Summe übrig haben«, sagte er und schlug die Beine übereinander. »Die Wolle war nicht sehr ergiebig im letzten Winter. Und die Schlachtungen decken gerade unsere Kosten. Der neue Trecker hat ein großes Loch gerissen … Das Dach der Scheune kann nicht warten, das müssen wir vor der Sturmsaison flicken, sonst pustet es uns der erste Orkan weg.« Er blähte die Wangen. »Ich sehe wirklich keinen Spielraum.«

Johanna seufzte laut. »So een Schiet. Dann muss ich zur Bank und fragen, ob wir einen Kredit bekommen.«

»Wirklich die schlechteste Lösung«, sagte Manfred. »Aber ich sehe auch keinen anderen Weg – es sei denn …« Er wiegte den Kopf. »Ich würde dir gern aus der Patsche helfen. Ich bin nicht unvermögend. Und du kannst es mir später zurückzahlen.«

Johanna zog die Brauen hoch, schüttelte dann aber heftig den Kopf. »Danke, aber das wäre doch zu viel des Guten, wenn die Mitarbeiter für die Misswirtschaft ihrer Arbeitgeber einstehen müssten.«

Manfred setzte sich wieder. »War ja nur ein Angebot.« Er klang erst ein bisschen beleidigt, sog dann die Luft tief ein und war sofort wieder ganz verbindlich. »Du wirst den Hof oder ein paar Maschinen als Sicherheit einsetzen müssen.«

Johanna stimmte ihm zu. »Das ist richtig, aber die Schäferei steht auf sicheren Beinen, da kann ich es wohl wagen.«

Manfred schaute zwar skeptisch, aber er nickte. »Eine andere Wahl hast du vermutlich nicht.«

Und ich werde Paul in seiner Kaserne in Oldenburg aufspüren und mir mein Geld zurückholen, dachte Johanna. Ich werde ihn weichkochen. Ihm die moralischen Daumenschrauben anlegen, immerhin hat er hier lange Zeit wohnen dürfen, ohne auch nur einen Pfennig zu bezahlen. Das Geld gehört ihm nicht. Selbst wenn es von seinem Vater stammt und der es vermutlich illegal erwirtschaftet hat: Der Schaden, den Reent Deeken damals hinterlassen hatte, deckte die Summe nicht. Nun standen sie eigentlich wieder gut da, und da kam Reents Sohn und machte alles zunichte.

Johanna hatte gedacht, sie könnte nicht mehr hassen, doch jetzt war dieses Gefühl, das in ihr aufkam, ganz nah dran.

»Gut, ich danke dir, Manfred. Ich werde einen Termin bei der Bank machen. Derweil überweise ich die fälligen

Rechnungen an die Handwerksbetriebe. Es sind schon die zweiten Mahnungen. Danke für dein Ohr.« Sie schaute ihren Mitarbeiter bittend an. »Und es wäre mir lieb, wenn du das Dilemma für dich behalten könntest!«

Manfred nickte. »Das ist doch selbstverständlich, Johanna. Ehrensache.« Er stand auf und ging zur Tür. »Ich mach dann mal draußen weiter!« Im Türrahmen blieb er noch einmal stehen. »Hast du was von Adda gehört?«

Johanna schaute auf die Uhr. »Sie müsste jetzt in Bremen angekommen sein. Sicher ruft sie gleich an.«

Manfred nickte. »Schade, dass sie weg ist.«

Kapitel 16

Adda kam aus dem Staunen nicht mehr raus, als sie sich in der Souterrainwohnung umsah. Es war gar nicht dunkel hier, im Gegenteil. Vom Wohnraum aus ging es hinaus auf eine kleine Terrasse in den Garten, auch die Küche hatte ein großes Fenster, das ausreichend Licht einließ. »Wir haben ja sogar eine Einbauküche!«, entfuhr es Adda. Das hätte sie sich in den kühnsten Träumen nicht vorstellen können. Sie bestand aus hellem Kiefernholz und war als Zeile an der linken Wand angebracht. Rechts befand sich ein Resopaltisch mit zwei Stühlen.

Dann sah sie sich im Wohnzimmer um. Ein graues Stoffsofa mit einem Sessel stand an der Stirnseite, ein Sideboard rechts. Auf einem Schränkchen mit abgeschrägten Beinen thronte ein monströser Fernseher.

»Das ist alles voll modern!«

»War so eingerichtet«, erklärte Deike lapidar. »Meinen Freunden ist es zu spießig.«

»Die waren ja auch noch nie auf dem Nordseehof, bevor Mama Hand angelegt hat«, erwiderte Adda. »*Das* war spießig!«

»Stimmt. Aber du kennst meine Freunde nicht. Die leben eher minimalistisch. Jaffa-Bude, wenn du verstehst.«

Weil Adda der Ausdruck unbekannt war, schwieg sie lieber.

»Nun zeig ich dir noch das Bad und dein Zimmer. Da hört das Wunderbare übrigens auf. Es ist sehr klein.«

Adda machte sich auf einiges gefasst, aber da der Rest der Wohnung stimmte und sie überhaupt in Bremen sein durfte, wollte sie alles so nehmen, wie es war. Nun galt es, erst einmal in der Stadt anzukommen und sich um einen Praktikumsplatz zu kümmern.

Vom Bad war Adda noch ganz angetan, wenngleich sie sich nie für rote Fliesen mit gelben Ornamenten entschieden hätte. Als sie jedoch ihr winziges Zimmer betrat, musste sie Deike recht geben. Eigentlich handelte es sich bei dem Raum eher um eine Abstellkammer, in der für nicht viel mehr als ein Bett Platz war. Unter dem Fenster, das sich knapp unterhalb der Decke befand und durch das man die Füße der Leute auf dem Gehweg zählen konnte, stand ein mit hellem Kiefernfurnier bezogener, kleiner Schreibtisch. Links duckte sich eine passende Kommode fast verschämt in der Ecke, und darüber hingen schäbige Regalbretter, auf denen sicher zuvor Marmeladengläser und Konserven aufbewahrt wurden. Der Durchgang war so eng, dass sie sich seitwärts am Bett vorbeiquetschen musste.

Kein Vergleich zu ihrem riesigen Zimmer auf dem Nordseehof, von wo aus sie einen wunderbaren Blick über die Marsch gehabt hatte. Adda schluckte bei dem Gedanken, schob ihn dann aber weit weg. Sie hatte es so gewollt, und sie würde keinen Rückzieher machen.

»Mein Zimmer ist etwas größer und hat das Fenster zum Garten«, sagte Deike. »Immerhin liegt die Wohnung gut, und sie ist erschwinglich.«

Adda nickte. »Ich bin wirklich froh, dass du mich aufnimmst.« Sie durfte keine großen Ansprüche stellen. Noch verdiente sie schließlich nichts und lag ihrer Mutter auf der Tasche. Auch wenn die gesagt hatte, Adda solle sich keine Sorgen machen, sie bekämen das hin.

»Nun komm, ich habe Zitronensprudel kalt gestellt«, lockte Deike sie. »Auspacken kannst du später!«

Adda folgte ihr ins Wohnzimmer. Deike holte die Sprudelflasche mit zwei Gläsern, und sie setzten sich auf die Couch. Adda atmete tief durch. Sie war in Bremen! Endlich!

»Ich habe übrigens eine Überraschung für dich«, stieß Deike plötzlich grinsend hervor.

Adda sah sie fragend an.

»Du kannst dich schon morgen im Krankenhaus für ein Praktikum vorstellen. Ich kenne da jemanden, und der hat das gedeichselt.«

Adda sprang auf und fiel ihrer Freundin um den Hals. »Wirklich? Das ist ja super! Oh, wie gut, dass ich nicht bei Manfred geblieben bin …« Sie verstummte unter dem fragenden Blick ihrer Freundin.

»Was war mit Manfred?«, fragte Deike behutsam.

Adda erzählte, was passiert war.

»Du bist echt keine Jungfrau mehr?« Deikes Augen leuchteten vor Bewunderung. »Das war mutig.«

»Ich war nur froh, dass er mich nicht geschwängert hat.«

Deike nagte an der Unterlippe. »Bist du in ihn verliebt?«

»Ich weiß es nicht. Manfred ist vertraut. Und er war … sehr lieb dabei. Aber er wäre eine Fessel gewesen. Ich wollte mich nicht in ihn verlieben. Ich wollte das nicht zulassen, sonst wäre ich in Ostfriesland versauert! Nein, ich liebe ihn nicht. Sonst säße ich nicht hier.« Sie machte eine Pause. »Und manchmal ist er schwierig.«

»Er hat dein Nein also nicht akzeptiert«, mutmaßte Deike.

Adda nickte. »Der war stinksauer.«

Deike warf sich auf dem Sofa zurück. »Du wärst da echt vertrocknet wie eine Primel in der Sonne. Eine Traumhochzeit in Weiß, ganz nach Art der Bauern mit Torte um Mitternacht! Und dann schuften auf dem Hof, bis du umfällst.« Sie setzte sich wieder gerade hin und musterte Adda, die nervös ihre Hände knetete. »Was hat er denn genau gesagt, als er bemerkt hat, dass du andere Pläne als das hast? Los, raus mit der Sprache!«

Adda wand sich. »Erst wollte er es nicht einsehen. Hat mir sogar einen Antrag gemacht«

»Der gibt echt alles«, entfuhr es Deike. »Aber du hast abgelehnt, oder?«

»Klar, er war allerdings total sauer. Sein Blick war …« Adda zögerte. »Er hat mich so böse angesehen, dass ich direkt Angst bekommen habe, und dann hat er mich … hat er mich …« Sie schluckte. »Dann hat er mich ein Flittchen genannt.«

»Puh«, brach es aus Deike heraus. »Das ist heavy. Echt ein schräger Typ.« Sie schüttelte verständnislos den Kopf. »Dabei hat er immer so freundlich getan.«

»Solange alle nach seiner Pfeife tanzen, ist er sehr umgänglich.«

»Was sagt denn deine Mutter?«

»Sie weiß davon nichts. Mama braucht Manfred in der Schäferei, und deshalb habe ich ihr nicht gesagt, was für gemeine Sachen er mir an den Kopf geworfen hat. Ich wollte schließlich weg, und wenn sie ihn rausgeworfen hätte …« Adda unterbrach sich selbst und fuhr sich mit der Hand übers Kinn. »Ich hoffe nur, er lässt sie das nicht spüren. Ich traue ihm nicht so ganz über den Weg.«

»Männer eben«, spuckte Deike aus. Sie goss ihr Glas noch einmal voll. »Na ja, du bist da erst einmal weg, und wenn jemand klarkommt, dann deine Mutter. Manchmal denke ich, sie ist unbegrenzt belastbar.«

Das sah Adda zwar anders, aber Deike hatte recht. Es war nicht ihr Problem.

»Hier erwartet dich ein anderes Leben, meine Liebe!« Sie schaute auf die Uhr. »Gleich kommen Dirk und Marius. Wir wollen hier bei mir ein bisschen abhängen. Ich muss mich noch frisch machen!«

*

Rolf schaute sich vorsichtig um, nachdem er die Straßenbahn verlassen hatte. Dagmar war mit Manu nach Mallorca geflogen, er hatte den Teich fertig gebaut und war nun seit so vielen Jahren wieder in Bremen. Er lief in Richtung Hafen und bog dann nach rechts ab, bis er in das Viertel kam, wo er nach seiner Flucht aus Ostfriesland zusammen mit Volker gewohnt hatte.

Alles in allem war es hier eine gute Zeit gewesen, denn zwischen Volker und ihm hatte sich eine wunderbare Freundschaft entwickelt. Ohne ihn wäre Rolf vermutlich böse abgestürzt.

In Walle hatte sich viel verändert, und als er vor dem alten Kaisenhaus stand, erkannte Rolf es kaum wieder. Früher war es ein einfacher Bau gewesen, dreißig Quadratmeter groß und einstöckig. Alle Häuser hatten denselben Grundriss, man hatte strengen Vorgaben folgen müssen. Heute aber war alles individueller, anders. Sicher auch schöner, aber es schmerzte Rolf ein bisschen, obwohl er nichts anderes hätte erwarten dürfen. Nichts war mehr zu sehen von dem Stall, in dem das Pferd gestanden hatte. Oder von dem kleinen Gärtchen, wo ihr Gemüse gewachsen war.

Rolf studierte das Klingelschild des Nachbarhauses, aber auch Gerda Bruns lebte dort nicht mehr. Er kannte den neuen Namen nicht.

Es war sinnlos, der Vergangenheit nachzutrauern. Wohin sollte das führen? Seit er hier weggegangen war, waren weit über zwanzig Jahre vergangen.

»Du musst, verdammt noch mal, nach vorn sehen«, schimpfte Rolf leise mit sich selbst. »Versuche endlich, mit Dagmar glücklich zu sein!«

Rolf lachte innerlich auf. Es war einfach lächerlich. Seine Durchhalteparolen hatten ihm all die Jahre nichts genützt. Er kam und kam nicht an in seinem Leben, weil immer Hanna fehlte, sein entscheidendes Puzzlestück zum Glücklichsein. Dass sie an seinem Leben nicht teilhaben durfte, hinderte ihn daran, sein Glück zu finden.

»Suchen Sie was?« Eine junge, blonde Frau hatte das Fenster ihres kleinen Häuschens geöffnet und sah Rolf neugierig an.

»Ich hab hier mal gewohnt. Mit Volker Cordes«, antwortete Rolf. »Ich wollte nur mal schauen, wie sich alles verändert hat.«

Die Frau legte skeptisch den Kopf schief. »Kann jeder sagen. Scheren Sie sich zum Teufel! Ich glaube Ihnen kein Wort. Sie wollen bestimmt nur auskundschaften. Verschwinden Sie – oder soll ich die Bullen rufen?«

Rolf hob abwehrend die Hände. »Ich bin ja schon weg. Schönen Tag noch!«

Er ärgerte sich über sich selbst. Es war ein Fehler gewesen, nach Bremen zu kommen. Und deshalb sollte er auch den Gedanken aufgeben, zum Nordseehof zu fahren. Alte Schauplätze besuchen. In Erinnerungen schwelgen. Bilder heraufbeschwören. So etwas war nie gut, wenn Lebensträume unerfüllt geblieben waren.

»Nun verschwinden Sie doch endlich!«

Weil Rolf so in seine Gedanken versunken war, hatte er sich nur wenige Schritte entfernt, was die Frau erst recht gegen ihn aufbrachte. Sie drohte ihm mit der Faust, und Rolf trollte sich schnellen Schrittes.

An der nächsten Kreuzung blieb er unschlüssig stehen und überlegte, wohin er gehen sollte. Er beschloss, zum Überseehafen zu laufen, wo er sich damals als Kajearbeiter verdingt hatte.

Es dauerte eine Weile, bis er das Areal erreicht hatte. Noch immer dominierte die Roland-Mühle das Bild. Rolf spazierte weiter und blieb auf der Brücke stehen. Von hier konnte er einen Blick auf die Schiffe erhaschen. Gleich hinter dem großen Backsteingebäude lag ein Frachter. Möwen schwebten kreischend am Himmel, der vertraute Geruch des Hafens umhüllte ihn. Es war ein besonderer Duft, der aus einer Mischung von Öl, salziger Luft und Metall bestand. Einer, den er aus allen anderen in der Welt immer wieder erkennen würde.

Rolf schloss die Augen. Von hier war er immer ins Vergnügungsviertel *Bremer Küste* gegangen. Bei diesem Namen musste er noch immer lächeln. Als Volker ihn damals zum ersten Mal genannt hatte, war Rolf davon ausgegangen, dass es sich um einen Strandabschnitt oder eine Promenade am Wasser handelte. Stattdessen reihte sich an der *Bremer Küste* eine Spelunke an die nächste. Bars, Kneipen und Etablissements, wie sie den ankommenden Seeleuten gefielen.

Da gab es den *Elefant*. Das *Krokodil* oder *Golden City*.

Rolf zog sich bei dem Gedanken an seine häufigen Besuche dort der Magen zusammen. Nein, es war längst nicht alles gut gewesen. Der viele Alkohol, die vielen Frauen. Was hatte er für Unsummen dortgelassen! Es war besser, einen großen Bogen um seine einstigen Lieblingslokale zu machen, sofern es sie überhaupt noch gab.

Stattdessen lief er weiter zum Hafengelände. Vorbei an den Speicherhäusern.

An einer kleinen Fischbude lockte ihn der köstliche Duft von Pannfisch mit Bratkartoffeln. Dieses Gericht wurde zusammen mit Kabeljau oder Seelachs auf einem Aufsteller feilgeboten.

Rolf konnte nicht widerstehen und setzte sich unter den verblichenen, blau-beige gestreiften Sonnenschirm auf die wackelige Holzbank an einen Tisch, weil die anderen Stühle und Tische besetzt waren. Es war Mittagszeit, und die Leute aus den umliegenden Firmen hatten Pause.

Die Bedienung eilte sofort diensteifrig auf Rolf zu. Es war eine kräftige Frau mit braunblumiger Kittelschürze. Sie zückte Stift und Block, um die Bestellung aufzunehmen.

»Pannfisch, bitte. Und eine Limo.«

»Sind Bratkartoffeln und Gurkensalat dabei«, erklärte die Frau. »Kommt dann gleich.«

Sie notierte alles und sah Rolf erst dann richtig an. Abrupt hielt sie inne und senkte die Hände. Sie blinzelte, schüttelte ungläubig den Kopf und sagte dann erfreut:

»Na, wenn das mal nicht Rolf ist! Du bist es doch, oder? Der bei Volker im Kaisenhaus gewohnt hat.«

Rolf musterte die Frau nun ebenfalls gründlicher, und danach wusste er, wer vor ihm stand. Er sprang begeistert auf. »Gerda Bruns!« Die alte Nachbarin, der sie ihr Kaisenhaus vermacht hatten, damit sie mehr Platz für ihre fünf Kinder hatte. Rolf wollte sie umarmen, doch sie blickte sich hektisch um, zog die Mundwinkel nach unten und legte die Stirn in Falten. Dann wies sie mit dem Kopf Richtung Fischbude und formte ein »Besser nicht« mit den Lippen.

Rolf verstand und setzte sich wieder. »Gerda! Wie geht es dir?« Erst jetzt bemerkte er ihre Blässe, die dunklen Ringe unter den Augen und die tiefen Falten, die ihr einst hübsches Gesicht zerfurchten.

»Ich muss leider weiterarbeiten, Rolf, sonst macht mich der Boss einen Kopp kleiner. Aber so viel: Mir hat das Leben übel mitgespielt, und dabei war der Tod meines ersten Mannes nur der Anfang. Aber ich will nicht klagen. Immerhin lebe ich, was?« Sie strich sich die Schürze glatt. »Ich hol dir mal rasch die Limo.«

Rolf sah Gerda nach. Sie wuselte zwar flink um die Tische herum und hatte ihre Gäste alle im Blick, aber ihr haftete in der Tat eine gewisse Tragik an.

Gerda nahm im Vorbeigehen noch eine Bierbestellung auf und verschwand dann in der kleinen weißen Bude. Kurz darauf brachte sie Rolf die Zitronenlimonade.

»Was ist genau geschehen?«, fragte er.

Gerda zuckte mit den Schultern. Wieder dieser prüfende Blick in die Runde, so als fürchtete sie sich vor etwas. »Ich bin allein, mien Jung. Mein neuer Mann fand eine Blondine reizvoller. Drei meiner Kinder sind tot.

Krebs, Motorradunfall, und der Lütte hat sich selbst …« Sie brach ab. »Die anderen beiden haben sich abgesetzt und halten sich für was Besseres als ihre Mudder von der Fischbude. Mag nicht drüber reden.« Ihre Mimik wechselte abrupt, und sie lächelte plötzlich. »Aber wie ich sehe, war es für dich gut, die *Bremer Küste* zu verlassen und in den Pott zu gehen. Da haben sie dich wohl nicht angelogen, und du bist zu Wohlstand gekommen mit deiner Steinkohle unter Tage.« Sie trat einen Schritt zurück und musterte Rolf. »Du wirkst tatsächlich, als hätte dir das Leben nicht so arg zugesetzt.« Gerda kam wieder näher und strich mit dem Zeigefinger über Rolfs Hemd. »Was für ein feiner Zwirn! Das sieht aus wie Markenware, mien Jung!«

Rolf lächelte Gerda an. Wie schön, dass er sie getroffen hatte! »Bei mir ist alles gut. Ich bin verheiratet und … und ich habe sogar eine erwachsene Tochter«, stieß er hervor.

Gerdas Gesicht war voller Wärme, als sie sagte: »Erhalte dir dein Glück, Rolf. Bitte, erhalte es dir! Kann so schnell vorbei sein. Wie heißt die Deern denn?«

»Adda«, sagte Rolf.

Ein Gast rief nach Gerda, und sie mussten die Unterhaltung abbrechen. »Ich bin gleich zurück.« Sie ging zum übernächsten Tisch und kümmerte sich um die Bestellung. Danach blieb sie eine Weile beschäftigt.

Etwa fünfzehn Minuten später balancierte Gerda drei Teller aus der Bude nach draußen. Zwei stellte sie am Nachbartisch ab, mit dem anderen steuerte sie auf Rolf zu. »Dein Pannfisch. Wohl bekomm's, du Glückspilz!«

Rolf wickelte das Besteck aus der weißen Serviette und wedelte sich den Duft des Mahls zu. Es roch köstlich, und als er den ersten Bissen nahm, wusste er, dass er nur selten so guten Fisch gegessen hatte. Alle Stücke auf dem Teller waren auf den Punkt gebraten und nicht zu fettig. Dasselbe galt für die Bratkartoffeln, obwohl sie mit reichlich Speck durchsetzt waren. Auch der mit Kondensmilch angemachte Gurkensalat war ein Gedicht. Nicht zu süß, nicht zu sauer, und mit etwas Dill gewürzt. Der Koch der Fischbude verstand sein Handwerk!

Rolf aß langsam und genoss jeden Bissen. Dabei ließ er den Trubel, der ringsumher herrschte, auf sich wirken. Rund um das Hafengebiet hatte sich viel verändert. Alles war moderner geworden, und doch hatte sich dieser Teil der Stadt ein Stück der Ursprünglichkeit erhalten.

Gerda wuselte weiterhin hektisch hin und her, brachte Getränke und servierte eines der drei Fischgerichte.

Als Rolf aufgegessen hatte, winkte er Gerda zu sich und bat um die Rechnung.

Sie nahm wieder Block und Stift und rechnete aus, was Rolf zu zahlen hatte. Dann reichte sie ihm den Zettel, und er zog das Portemonnaie aus der Hosentasche.

»Wo wohnst du denn jetzt?«, fragte er währenddessen. »Immer noch in Walle?«

Gerda winkte ab. »Nein, ich bin nach Neustadt gezogen. Blieb mir nix anders übrig.« Sie war mit einem Mal recht schroff, aber dann gewann ihr Lächeln wieder die Oberhand. »Ich hab dich übrigens vorhin sofort an deinen Augen erkannt. Wie kann ein Mann nur einen solchen Blick haben!« Sie klopfte ihm auf die Schulter und zögerte, als wollte sie noch etwas sagen. Dann schoss es förmlich aus ihr heraus: »Falls du noch nicht an der *Küste* warst – die wollen sie auch kaputt machen.« Sie legte den Kopf schief und schaute sich prüfend um, doch die anderen Gäste waren bestens versorgt und abgelenkt, sodass sie nicht zuhörten, was Gerda sagte. »Ich dachte, das interessiert dich vielleicht.«

»Und ob. War ja mal so was wie mein zweites Zuhause. Was haben sie denn vor?«, fragte Rolf sofort nach und reichte ihr das abgezählte Geld. Er hatte noch drei Mark Trinkgeld draufgelegt.

Gerda steckte das Geld in die große Kellnerbörse und winkte ab. »Nur Blödsinn. Politiker eben. Kennt man ja.« Sie seufzte. »Erst wollte der Senat ein großes Eroscenter bauen und damit die *Küste* schließen. Dann haben sie davon gesprochen, ein neues Vergnügungsviertel am Gleisdreieck zu errichten. Als ob sich der Strich so leicht verschieben lässt!« Gerda schüttelte unwillig den Kopf, bevor sie fortfuhr: »Eine Umsiedlung der Bars ist doch viel zu teuer, und was für Risiken birgt das? – Warte mal!«

Gerda nahm den Teller und das Glas mit und verschwand in der Bude. Kurz darauf kam sie mit einem feuchten Putztuch zurück. Damit wischte sie mit langsamen, kreisenden Bewegungen den Tisch ab und erzählte leise weiter. »Das hat doch Tradition in Walle, mit den Kneipen und auch mit den Deerns da! Dazu fein nah am Hafen für die Seemänner, die wollen doch nicht erst mit dem Taxi in den Puff fahren. Na, da kennen die Herren Senatoren die Kunden aber schlecht!«

Rolf griff nach Gerdas Unterarm, weil sie noch immer um ihn herumputzte. »Und weiter?« Walle ohne die Kneipen und Etablissements war für ihn unvorstellbar.

Gerda richtete sich auf und schüttelte den Lappen aus. »Das haben sie nicht durchsetzen können, die Herren vom Senat.«

Sie beugte sich verschwörerisch zu ihm hinunter. »Sie haben zwar damals beschlossen, dass es im Gleisdreieck dieses neue Viertel geben soll, nur passiert ist da nix. Gab Widerstand aus der Bevölkerung. Die Waller mögen die *Küste!* Erst jetzt im Februar haben sie das Ganze endgültig gekippt, das wird also nienich gebaut.«

»Dann ist doch alles gut, oder nicht?«, fragte Rolf zufrieden. Er beschloss, sich das alles später in Ruhe anzusehen.

Aber Gerda schüttelte empört den Kopf. Rolf verwunderte ihre Aufregung, denn er hätte sie nicht als Verteidigerin des Rotlichtviertels eingeschätzt. »Sie haben es trotzdem geschafft, die Kneipen in Walle zu knechten«, zischte sie. »Auf übelste Art haben sie das gemacht!« Gerda echauffierte sich regelrecht. »Der Senat hat eine Sperrverordnung in Kraft gesetzt. Seitdem dürfen die Deerns nur noch in der Cuxhavener Straße am Fabrikufer und der Tilsiter Straße stehen. Und – das muss man sich mal vorstellen – nur von achtzehn Uhr bis fünf Uhr morgens! Und was machen die Seeleute, die nur tagsüber Zeit und auch Bedürfnisse haben? Da bricht ein dickes Geschäft weg, aber die Herren vom Senat …« Gerda verstummte und hieb die Hand so heftig auf den Tisch, dass es schepperte und die anderen Gäste aufmerksam wurden. Sie lächelte ihnen beflissen zu und wandte sich wieder an Rolf.

»Jetzt gibt es über ganz Bremen verteilt eine Menge Bordelle. Ich glaube, mehr als zwanzig. Da haben sie echt was erreicht, die da oben!« Gerda lachte leise auf. »Statt dass sie lieber alles beim Alten gelassen hätten, wo es doch allen an der *Küste* wunderbar ging!« Sie runzelte die Stirn. »Du wirst es kaum glauben – es kam sogar die Idee auf, eine sogenannte Herberge der käuflichen Liebe zu bauen.« Sie kicherte. »So ein Blödsinn, sag ich dir, mien

Jung. Na ja, ein paar Spelunken findest du noch. Aber es hat sich verändert. Insgesamt kommen weniger Matrosen, und die Bremer selbst hängen lieber vor der Glotze, als in Bars zu gehen. Aber Fisch geht immer. Die Bude hier brummt. Dazu ein Bierchen …«

»Gerda, du wirst nicht fürs Sabbeln bezahlt!«, dröhnte eine dunkle Stimme.

Gerda fuhr erschrocken zusammen. »Ich glöv, ich muss an die Arbeit, mien Jung!«

»Warte«, bat Rolf sie. »Warum interessierst du dich so für das Rotlichtviertel? Ich meine, du bist eine Frau. Und du hast doch mit den Kerlen und so nichts zu tun.«

Gerda senkte kurz den Blick, wurde rot und richtete sich dann kerzengerade auf. »Rolf, ich sagte dir doch schon, dass das Leben mir übel mitgespielt hat. Aber auch ich musste überleben und war froh, dass es die *Küste* gab. Eine alleinstehende Frau hat nicht viele Möglichkeiten. Ohne meine Arbeit an der Bar und mit den paar Gefälligkeiten, die damit verbunden waren, wäre ich verhungert.«

Rolf stand auf und hätte Gerda am liebsten in den Arm genommen. Wie schlimm musste es ihr ergangen sein, dass sie die *Bremer Küste* mit all ihren düsteren Seiten für sich als Rettung feierte? Wie winzig klein war doch sein Problem dagegen!

Gerda hatte seine Sentimentalität offenbar erkannt und einen Schritt zur Seite gemacht, um Abstand zwischen sich zu bekommen.

»Ich muss dann mal. Pass auf dich auf, und halte dein Glück fest. Frau und Tochter! Du weißt gar nicht, wie gesegnet du bist.«

»Gerda!«, dröhnte es erneut. »Ich versohl dir gleich den Arsch, wenn du nicht auf der Stelle antrabst!«

Gerda nickte Rolf zu und sagte beim Fortgehen: »Ich arbeite hier gern. Er ist ein Guter, der Fritz. Wirklich! Er gibt mir Arbeit, und ich bin ihm gefällig, wenn er es braucht.« Sie huschte davon.

Kurz darauf hörte Rolf ein heftiges Klatschen und einen kurzen Aufschrei von Gerda. Er zögerte, doch was konnte er schon ausrichten? Aber es blieb ein schales Gefühl zurück.

Rolf beschloss, noch ein Stück weiter zur Hafenanlage zu laufen, um seine Gedanken zu sortieren. Gerdas Bericht hatte ihn arg aufgewühlt.

Rolf war so abgelenkt, dass er beinahe in einen Gabelstapler gestolpert wäre. Der Fahrer ballte die Hand zur Faust und drohte ihm, bevor er davonratterte. Aber Rolf musste immer daran denken, was er Gerda erzählt hatte. »Ich bin verheiratet und habe eine Tochter!« Das war ihm einfach so rausgerutscht.

Ihre Antwort darauf – ›Du bist gesegnet!‹ – brachte Rolf zum Nachdenken. Seine Aussage war zwar nicht gelogen, aber sie malte ein falsches Bild. Und doch entsprach es den Tatsachen. Es gab einen Menschen auf dieser Welt, der ihm unglaublich nah war, auch wenn Adda nichts von ihm wusste.

Rolf drehte um und machte sich auf den Weg zur *Küste*. Von dort würde er die Straßenbahn zurück in die Innenstadt nehmen, wo er seinen Mercedes geparkt hatte, und nach Ostfriesland zum Nordseehof fahren. Er überquerte die Nordstraße und blieb vor dem *Elefant* stehen. Alte Erinnerungen krochen wie Spinnen aus allen Ecken und spannen ihre Netze um ihn. Wie oft war er hier versackt! Am liebsten hätte er geschaut, ob die Kneipe offen war, doch dann tauchte Johannas Bild vor ihm auf.

Sie war Witwe. Sie hatte sein Kind ausgetragen. Die Tochter, der er nach Thedas Ansicht helfen sollte. Und ihm fiel nichts Besseres ein, als sich zu besaufen und sich später am Abend mit Huren zu umgeben, obwohl er ein verheirateter Mann war? Nur, um in alten Erinnerungen zu schwelgen?

Nein, so tief wollte er nicht sinken. Es passte nicht mehr, er war ein anderer Mann als damals.

»Du solltest dich schämen!«, sagte er laut.

Rolf lief ein Stück weiter und war froh, dass es die Bäckerei von damals noch gab. Eigentlich war er pappsatt von dem üppigen Pannfisch, aber er konnte einfach nicht widerstehen, den kleinen Laden mit dem großen Fenster zu betreten. Seine Hand umschloss die Messingstange mit dem schwarzen Griff, und er drückte die Tür auf. Im Innern der Bäckerei schlug ihm der vertraute Duft von Frischgebackenem entgegen. In der Auslage lagen kleine Küchlein, ein paar Kekse und auch Sahnestücke. Rolf aber bestellte sich nach alter Tradition ein belegtes Brötchen.

Die Verkäuferin reichte ihm das Gewünschte über den Verkaufstresen. Rolf umfasste die Papiertüte und verließ in Gedanken versunken das gelb geklinkerte Gebäude. Er wollte eben die Nordstraße wieder überqueren, als von rechts wie aus dem Nichts ein Radfahrer an ihm vorbeischoss. Rolf strauchelte vor Schreck. Er versuchte noch, sich zu halten, ruderte mit den Armen, doch es war zwecklos. Er verlor das Gleichgewicht und fiel auf die Straße.

Bevor er sich aufrappeln konnte, sah er dicke, schwarze Reifen auf sich zurasen. Eine helle Motorhaube. Dann hörte er lautes Quietschen. Ein furchtbarer Schmerz durchfuhr sein rechtes Bein. Und dann war alles schwarz.

Kapitel 17

Nachdem Adda sich nach ihrer Ankunft bei Deike ein bisschen ausgeruht hatte, bemühte sie sich jetzt, ihr Zimmer wohnlich zu gestalten. Doch egal, was sie versuchte: Es war zwecklos. In dieses Loch bekam man einfach keine Gemütlichkeit. So wirklich zu Hause fühlte sie sich deshalb nicht, aber das änderte sich bestimmt mit der Zeit, wenn sie sich eingewöhnt hatte. Vielleicht konnte sie morgen ein Poster kaufen. Von The Who oder Pink Floyd. Adda hoffte, dass es helfen würde.

Morgen musste sie um acht Uhr zur Klinik. Dort hatte sie einen Termin bei der Pflegedienstleitung. Und wenn alles gut lief, würde sie ab übermorgen ein halbes Jahr lang ein Praktikum machen können und sich währenddessen um einen Ausbildungsplatz bemühen. Leicht war das nicht, derzeit war jeder froh, wenn er irgendwo unterkam.

Adda ging ins Bad und machte sich frisch. Ein wenig Deo, die Haare kämmen und einen Hauch Lidschatten.

Adda war gerade fertig und hatte das Haar zu einem Zopf gebunden, als es klingelte. Sie hörte, dass Deike öffnete und die Ankommenden stürmisch begrüßte. »Toll, dass ihr da seid! Adda ist heute angekommen.«

»Super«, antwortete der eine, der eine überaus warme und sympathische Stimme hatte.

Adda war ein bisschen nervös und wartete, bis die drei ins Wohnzimmer gegangen waren. Sie fand es besser, dort dazuzustoßen und sie nicht in dem engen Flur begrüßen zu müssen.

Ein letzter prüfender Blick in den Spiegel, und ihr neues Leben mit neuen Freunden, von denen sie hoffte, sie würden sie mögen, konnte beginnen.

Adda klopfte das Herz bis zum Hals, aber sie betrat lächelnd das Wohnzimmer, wo es sich die anderen schon auf dem Sofa und dem Sessel bequem gemacht hatten.

»Moin«, sagte sie.

»Hi, du musst Adda sein«, begrüßte sie der Typ, der sich auf dem Sessel fläzte.

»Das ist Marius«, stellte Deike ihn vor.

Er hatte einen überdimensionalen Hut auf dem Kopf, unter dem sich bis zur Schulter lange, winzig kleine Löckchen kringelten. Er hob die Hand zum Gruß, an seinem Gelenk baumelten unzählige Lederarmbändchen.

Adda musterte ihn weiter, denn er war eine interessante und auffällige Erscheinung. Marius trug eine braune Cordhose, dazu ein rot kariertes Holzfällerhemd und darüber, trotz der Hitze, eine dünne, bestickte Weste. »Marius studiert und fährt im Krankenhaus die Leute rum, um sich ein bisschen was dazuzuverdienen«, erklärte Deike. »Also, er schiebt sie zu Untersuchungen und was sonst so anliegt.« Sie deutete zum Sofa, wo ein junger Mann mit vollen Lippen und ebenfalls schulterlangem und leicht gewelltem, blondem Haar saß. Er hatte es zu einem Zopf zusammengebunden. Adda mochte seine dunkelblauen Augen sofort, denn sie schauten warm und freundlich. Ihnen fehlte der stechende Blick, den sie bei Marius wahrgenommen hatte. »Und das da ist Dirk.«

Adda begrüßte beide und versuchte, nicht allzu unsicher zu wirken. Vor allem Marius flößte ihr Respekt ein. Er machte einen so selbstsicheren Eindruck, als wüsste er genau, was gut war und was nicht.

Dirk hingegen war genau der Typ Mann, den sie mochte. Nicht nur das blonde Haar, auch das schwarze T-Shirt mit dem Che-Guevara-Motiv entsprach ganz ihrem Geschmack. Am Kinn prangte ein dünnes Bärtchen, und wenn er wie jetzt lächelte, zeigten sich tiefe Grübchen auf beiden Wangen. »Willkommen in Bremen«, sagte er. Seine Stimme klang weich, ein bisschen wie in Watte gepackt, und zugleich voll und angenehm. Ihn hatte sie im Flur gehört. »Ist sicher etwas anderes als das, was du kennst. Deike sagt, du stammst wie sie aus Ostfriesland?«

Adda lief rot an und knetete verlegen ihre Hände. »Ja, das stimmt. Ich habe dort auf dem Nordseehof gelebt. Das ist eine Schäferei.«

Dirk war sofort Feuer und Flamme. »Echt? So richtig Schafe hüten mit Schäferstock?« Er stockte und klopfte auf den freien Platz neben sich. »Komm, du musst ja nicht stehen.«

Adda ließ sich neben Dirk fallen und saß so Deike und Marius gegenüber. Ihre Freundin hatte sich einen Stuhl aus der Küche geholt.

Adda griff den Faden wieder auf. Über Schafe zu sprechen war unverfänglich, und da fühlte sie sich sicher.

»Wenn wir sie auf den Deich treiben, dann ja. Stecken, Hut und Hütehund. Wie man es sich vorstellt.«

Dirk war sichtlich beeindruckt, während Marius eher

skeptisch wirkte. »Klingt ja romantisch, das Landleben.« Er griff nach einer der Bierflaschen, die Deike zuvor auf dem Tisch platziert hatte, und köpfte sie mit seinem Feuerzeug. »Aber ist das nicht Massentierhaltung und voll übel für die Tiere?«

Adda zuckte mit den Schultern. Ob sie die Arbeit auf dem Hof als romantisch bezeichnen würde, wusste sie nicht. Aber schlecht ging es ihren Schafen nicht. Sie hasste es, gleich zu Beginn in eine Verteidigungshaltung gezwungen zu werden. Dass die Schafe bei ihnen litten, wollte sie allerdings so nicht stehen lassen. Sie überlegte, wie sie es auf den Punkt bringen konnte, ohne das Thema zu vertiefen. Schließlich wollte sie lieber etwas über das Stadtleben erfahren.

»Einen solchen Hof zu führen, ist verdammt harte Arbeit«, rang sie sich schließlich ab und versuchte, selbstbewusst zu erscheinen, was unter dem durchdringenden Blick von Marius nicht einfach war. Er hatte eigenartige Augen. Adda konnte die Farbe nur schwer definieren, sie changierte zwischen Blau und Grün.

»Früh aufstehen und manchmal nächtelang durcharbeiten«, erklärte sie weiter. »Wenn man Pech hat, vernichtet ein schweres Unwetter alles. Aber – ja, es ist etwas Besonderes.«

»Das klingt nach einem Scheißleben für die Bauern«, sagte Marius grinsend und nahm einen Schluck Bier. »Ist ein bisschen zu warm, Deike«, tadelte er, wandte sich aber sofort wieder Adda zu. »Du drückst dich vor meiner Frage nach dem Wohl der Tiere. Ihr erzeugt sie, damit sie beim Schlachter landen und zu Fleisch und Wurst werden, stimmt's?« Selbstzufrieden lehnte Marius sich in dem Sessel zurück, und Adda war sich schon jetzt sicher, dass sie ihn nicht mochte. Was für ein desaströser Einstand! Gleich der erste Mensch, den Deike ihr vorstellte, war ihr unsympathisch!

Trotzdem wollte sie jetzt nicht nachgeben. Das gebot allein die Ehre der Schäferei.

»Ja, dafür werden die Lämmer geboren. Aber um eines mal klarzustellen: Wir trennen die Kleinen nicht von der Mutter, und sie dürfen bis zur Geschlechtsreife im Verbund mit ihr draußen weiden. Unsere Schafe kommen nur kurz über die Wintermonate rein, sind dann in einem großen, luftigen Stall untergebracht, wo sie sich frei bewegen können. Dort bekommen sie Heu aus Gras zu fressen, das in der Marsch gewachsen und von uns selbst gemäht und getrocknet wurde. Sie werden artgerecht gehalten.« Adda griff nun ihrerseits nach einer Flasche Bier, obwohl sie es eigentlich gar nicht mochte. Sie öffnete sie allerdings mit dem Flaschenöffner. Erst als sie einen Schluck getrunken hatte, redete sie weiter. »Als Erstes werden im Spätsommer die Böcke weggeholt, bevor sie geschlechtsreif werden. Damit sie nicht ihre eigenen Mütter oder Schwestern decken. Die werden dann auch geschlachtet, aber erst, wenn sie mindestens fünfzig Kilogramm wiegen.« Addas Stimme hatte an Schärfe zugenommen, und sie wurde mutiger, denn sie hasste es, wenn man sie angriff, weil die Führung einer Schäferei nicht den idyllischen Vorstellungen einiger Städter entsprach. Alle wollten ihr Grillsteak oder die Bratwurst auf dem Teller haben, aber nicht wissen, wie es dorthin gekommen war.

Marius war offenbar in Diskussionslaune, denn er ließ nicht locker. »Und die süßen kleinen Osterlämmer? Denen macht ihr dann gleich nach der Geburt den Garaus? Das nennst du artgerecht?« Marius grinste sie mit dem spöttischen Blick eines Menschen an, der glaubte, einen Trumpf in der Hand zu halten.

Adda aber zog die Brauen hoch. »Da bist du einer bösen Fehlinformation aufgesessen«, insistierte sie und war stolz, dass es ihr gelang, seinem Blick standzuhalten. »Kein Schäfer schlachtet so junge Tiere. Das wird immer nur behauptet, weil zur Osterzeit die Lämmer geboren werden. Das, was du als Osterlamm auf dem Teller hast, ist in der Regel ein einjähriges Jungtier, das aussieht wie ein normales Schaf. Man schlachtet frühestens ab fünfzig Kilogramm. Sagte ich doch eben schon.«

Dirk hatte die ganze Zeit geschwiegen und mischte sich jetzt kurz ein. »Komm, lass es, Marius! Davon haben wir doch überhaupt keine Ahnung.«

Nun verschlug es Marius tatsächlich die Sprache, und er nuckelte am Flaschenhals herum.

Adda vermutete, dass sie sich leider schon am ersten Abend einen Feind gemacht hatte, aber Marius hätte sie schließlich nicht zu provozieren brauchen.

»Und wenn du mir jetzt damit kommst, dass du lieber Schafskäse isst, dann gebe ich dir mal eine Denksportaufgabe.« Adda erschrak selbst vor ihrem Mut, aber sie hatte sich in Rage geredet. »Schafskäse wird aus Schafmilch gemacht. Gut. Aber die Milch bekommen normalerweise die Lämmer, so wie bei unserem Schlachtvieh. Das ist für die Lütten nämlich mit Abstand das Beste, solange sie nicht grasen können.« Sie fixierte Marius, der ihr tatsächlich interessiert zuhörte.

Adda fuhr fort: »Diese Lämmer können nun aber nicht gesäugt werden, weil die Milch in dem Fall zur Herstellung von Käse benötigt wird. Das Lamm wird folglich geboren und muss mit Fertignahrung und ohne die Nähe zur Mutter aufgezogen werden. Na – klingelt's? Welches Lamm hat es besser? Beim Schlachter landen am Ende nämlich fast alle. Es sei denn, sie werden zur Zucht benötigt und gegen ein älteres Tier getauscht. Zu groß darf die Herde auch nicht werden.«

Marius schürzte die Lippen und schwieg.

Adda war sehr zufrieden mit sich und nahm noch einen Schluck Bier. Es war genauso bitter wie das Jever Pils, das man bei ihnen zu Hause trank. Sie würde es wohl nie mögen, obwohl alle darauf schworen.

Nach Addas Statement herrschte eine peinliche Stille im Raum. Marius lutschte noch immer beleidigt am Flaschenhals, er war es vermutlich nicht gewohnt, dass ihm jemand widersprach und seine Argumente auseinandernahm.

Deike bemühte sich, die Stimmung irgendwie zu retten. »Ich leg mal die neue Platte von Bachman-Turner Overdrive auf. Die habe ich mir gestern gekauft.« Sie sprang auf und ging zum Plattenschrank. »Da ist auch der neue Hit drauf. *You Ain't Seen Nothing Yet*.«

»Blöde Mucke.« Marius rollte mit den Augen. »Da kannst du ja gleich *Lady Bump* anmachen.«

»*Das* ist ja wohl was völlig anderes!«, widersprach Deike. »Du bist echt nicht gut drauf heute.«

Marius ignorierte ihren Einwand. »Leg lieber The Who auf. Das ist Musik vom Feinsten. Du bist echt manchmal komisch, Deike. Deine Spießereinrichtung. Deine Klamotten …«

Adda sah rot und fuhr Marius an. »Wenn du nur meckern kannst, was machst du dann eigentlich hier?«

Marius schnappte sich ohne weiteren Kommentar eine zweite Flasche Bier und stellte die geleerte beiseite.

Adda sah Deikes warnenden Blick und biss sich auf die Lippen. Okay, dann würde sie Deikes Freund eben nicht weiter provozieren, obwohl sie sich fragte, warum ihre Freundin sich das Gesabbel gefallen ließ. Sie war doch sonst nicht auf den Mund gefallen. Aber dann bemerkte sie die Blicke zwischen den beiden. Dass ihr das nicht gleich aufgefallen war! Deike war in den Angeber verknallt, und der genoss es, von ihr angeschmachtet zu werden.

Adda beschloss, sich lieber zurückzuhalten, auch wenn sie Marius am liebsten rausgeworfen hätte. Nur stand ihr das weiß Gott nicht zu. Um überhaupt etwas zu tun, nahm sie wieder einen Schluck von dem bitteren Gesöff.

Sie war froh, als Dirk das Wort ergriff. »Ich finde es sehr interessant, was du eben erzählt hast. Wäre cool, das mal mit eigenen Augen zu sehen.« Er schüttete sich sein Bier in ein Glas, trank etwas und wischte sich den Schaum mit dem Ärmel ab.

»Ja, klar«, sagte Adda, jetzt wieder mit fröhlicher und verbindlicher Stimme. »Können wir mal planen. Aber erst einmal bin ich in Bremen.«

Deike hatte derweil The Who aufgelegt, und *My Generation* flutete den Raum. Sie ging in die Küche. Kurz darauf kam sie mit einer Schale Chips wieder.

Marius griff sofort zu und stopfte sich eine Handvoll in den Mund.

Benehmen hat der auch keins, resümierte Adda. Sie warf Dirk einen Blick zu, der sie freundlich anlächelte. Adda wusste, dass sie von Deike später eine Standpauke zu erwarten hätte, aber in Dirk hatte sie definitiv einen Verbündeten. Irgendwie tat das gut. Überhaupt schien er ihr viel umgänglicher zu sein als Marius, der auf sie wirkte wie ein Bock, der sein Revier abcheckte und genau wusste, dass seine Konkurrenz keine Chance gegen ihn hatte.

»Was gibt es sonst Neues?«, fragte Marius schließlich. Er köpfte die dritte Bierflasche mit seinem Feuerzeug. Dann griff er in die Hemdtasche und holte eine Schachtel HB heraus, die er fragend herumreichte.

Adda winkte ab, aber Dirk und Deike griffen zu. »Wer wird denn gleich in die Luft gehen?«, zitierte Adda lachend die Werbung, als sie die Marke erkannte. Aber die Gesichter der anderen versteinerten.

»Damit das mal ganz klar ist«, sagte Marius mit ruhiger Stimme. Er sprach etwas schwerfällig, wie in Zeitlupe. Adda führte es auf seinen nicht geringen Alkoholgenuss zurück, weil er auch ein bisschen nuschelte. »Wir sind in keiner Abhängigkeit von der Reklameindustrie. Wir sind frei, verstehst du? Wir hassen das Establishment und werden zukünftig bestimmt keine Werbezitate wiederholen. Ich dreh sonst sowieso selbst. Ist geklaut von meinem Alten, weil ich keine Kohle hatte.«

Adda wurde rot und senkte den Blick. Bloß kein zweiter Streit, dann konnte sie gleich zurück nach Neusiel gehen, und Bremen war gelaufen. »Ist in Ordnung. Wusste ich nicht.«

Marius zündete die Zigarette an. »Wir sympathisieren mit der Revolution und ich persönlich auch mit der RAF. Die sind echt gut drauf und reden nicht nur. Dafür sind Deike und Dirk aber zu feige. Sie finden das alles zu heftig.«

Adda schwieg. Von der RAF hatte sie nur schlimme Dinge gehört. Und nun saß sie mit diesem Marius zusammen, der es gut fand, wenn jemand Dinge in die

Luft sprengte? So wie das Gepäckfach am Bahnhof. Sie schluckte. Ihr wurde mulmig.

Deike winkte ab. »Hör auf, Marius. Die RAF ist großer Mist. Darüber haben wir schon so oft debattiert. Wir sollten das Thema wechseln, weil ich es gruselig finde, was die Typen machen. Sie sind total verblendet!«

Marius' Gesicht verfinsterte sich. Er erinnerte Adda dabei an Manfred.

»Und natürlich machen wir uns stark für die Rechte der Frauen«, ereiferte sich Deike jetzt. »Letzten Monat war Weltfrauenkonferenz, und da haben sie beschlossen, die Situation der Frauen zu verbessern.«

»Ja, das ist wichtig«, meinte Dirk. »Wir Männer müssen das unterstützen, denn es herrscht noch immer das Patriarchat. Dabei müssen alle dieselben Rechte haben. Auch im Beruf. Stattdessen muss der Ehemann einwilligen, dass eine Frau arbeiten gehen darf, und entscheiden, ob sich ihre Berufstätigkeit mit den Pflichten in der Ehe vereinbaren lässt. Das geht gar nicht!«

Adda spitzte die Lippen. »Also, meine Mutter führt die Schäferei als Frau allein.«

»Echt?« Dirk bekam große Augen. »Und das auf dem Land?«

»Mein Vater ist gestorben, und da war nur sie da. Mein Bruder und ich wollten weg.«

Es war zwar für ihre Mutter nicht einfach, den Nordseehof zu leiten, aber das musste sie den Jungs hier schließlich nicht auf die Nase binden. Adda war froh, dass sie ein Thema gefunden hatten, bei dem sie wohl alle einer Meinung waren. Sie atmete erleichtert aus.

Dirk zündete seine Zigarette jetzt ebenfalls an und reichte Deike das Feuerzeug. In Windeseile saßen sie in einer blauen Dunstwolke. Adda musste husten, aber sie versuchte, den Reiz zu unterdrücken.

»Es gibt generell viel zu tun«, sagte Dirk und nahm einen tiefen Zug. Er hatte die Beine übereinandergeschlagen, und Adda sah, dass die Jeans am Knie aufgerissen war.

»Gestern hat die CDU/CSU das Offensivkonzept vorgelegt. Sie wollen das Demonstrationsrecht verschärfen. Und mutmaßliche Terroristen überwachen – was sie sich schreiben und so. Leute, das geht nicht. Wir kehren zurück in einen Überwachungsstaat. Ich sage nur: Artikel 8, Grundgesetz.« Dirk klopfte die Asche auf einer braunen Untertasse aus Steingut ab, auf der schon zwei Kippen lagen.

»Aber wenn sie doch Straftaten begangen haben«, begann Adda, der Blick von Deike ließ sie jedoch verstummen. Sie musste sich in Acht nehmen. »Gut, ich weiß da zu wenig.«

»Das lernst du noch. Wir diskutieren täglich über die neuesten politischen Ereignisse. Dann bist du schnell drin. Infos kriegst du hier überall in den Aktionsgruppen an der Uni«, sagte Dirk und lächelte sie wieder so liebevoll an, dass Adda förmlich dahinschmolz und vor ihren Empfindungen erschrak.

Sie fühlte sich zunehmend unwohl. Erst setzte sie sich total in die Nesseln, und nun war sie dabei, sich zu verknallen?

Was hatte Deike gesagt? Wenn man jemanden mochte, konnte problemlos Sex dabei herauskommen. Gut, das hatte sie mit Manfred auch durchgezogen und war dabei auf die Nase gefallen.

Lächerlich, schoss es ihr durch den Kopf. Du weißt schließlich gar nicht, ob Dirk was von dir will. Und es ginge auch alles ganz schön schnell. Reiß dich zusammen.

Adda lächelte verbindlich in die Runde. Doch als Dirk mit seinem Oberschenkel wie zufällig den ihren berührte und er sie dabei eine Spur zu lange ansah, war sie nicht mehr so sicher, ob sie es sich nicht doch wünschte.

Warum nicht?, dachte Adda trotzig. I am wild. I am free. Und weit weg vom Nordseehof, wo man sie wegen solcher Gedanken beschimpft hätte.

Sie lächelte zurück und genoss, dass Dirk sie mit seinen Blicken förmlich auszog.

Sie debattierten noch eine Weile hin und her, beäugten alles und beschlossen dann, dass Marius Flyer zum Thema Gleichberechtigung herstellen sollte, die sie alle vier verteilen würden. Dabei häuften sich ihre wie zufälligen Berührungen. Einmal trafen sich ihre Finger, als sie nach den Chips griffen, ein anderes Mal waren es die Knie. Die Blicke zwischen Adda und Dirk wurden länger und intensiver.

Adda begann, es zu genießen: Sie war jetzt in Bremen! Mittendrin. Da, wo das Leben pulsierte!

Inzwischen dämmerte es, und Deike zündete ein paar Kerzen an.

»Ich finde, du solltest deine Bude echt anders gestalten«, schlug Marius schon wieder vor. Dann grinste er anzüglich. »Aber immerhin hast du ein weiches Bett und ich nur eine fleckige Matratze.« Er zog Deike zu sich auf den Sessel und kraulte ihren Nacken.

»Ist halt möbliert gemietet«, sagte sie entschuldigend und fraß ihn fast mit ihren Augen auf. »Ich darf die Sachen nicht einfach so rauswerfen.« Ihre Stimme bekam einen dunklen Unterton, den Adda bei ihrer Freundin noch nie gehört hatte.

»Weißt du, was? Ihr beiden zieht zu uns in die Wohngemeinschaft, wenn was frei wird«, sagte Marius. »Da ist es echt besser als hier. Wir stellen nichts zur Schau, lehnen den Kapitalismus ab.« Er wies auf die Einrichtung. »Das hier ist genau das Gegenteil. Wenn du weiter bei uns mitmachen willst, geht das auf Dauer nicht.«

Deike gab ihm einen längeren Kuss. »Darüber reden wir später. Man könnte es auch als Tarnung für ein bürgerliches Leben weiterlaufen lassen.«

»Gute Idee«, lenkte Marius ein und legte endlich seinen Schlapphut ab. Jetzt sah er sehr verwegen, aber auch ein bisschen ungepflegt aus, weil ihm das Haar am Kopf klebte. Kein Wunder bei der Hitze draußen. »Bei uns gibt es noch die echten Jaffa-Möbel und nur Sachen, die man selbst gebaut hat. Keine Macht dem Geld! Darüber reden wir aber beim nächsten Mal. Jetzt möchte ich erst einmal Action.« Er begann, Deike zu küssen.

Sie schubste ihn sanft von sich. »Erst duschen. Du bist völlig verschwitzt. Komm, ich helfe dir beim Waschen!« Kichernd verschwanden die beiden im Bad und ließen Adda und Dirk zurück.

Adda wusste nicht, was sie jetzt mit Dirk allein anfangen sollte. Marius' Worte hatten sie verunsichert. »Was meint er damit, ›wenn man bei euch mitmachen will‹? Wer seid ihr denn?«, fragte Adda schließlich.

Dirk legte seinen Arm um sie. »Wir sind eine Aktionsgruppe, die sich gegen die Ungerechtigkeiten in der Demokratie einsetzt und den Kapitalismus bekämpft. Allerdings mit friedlichen Mitteln. Marius übertreibt manchmal etwas. Wenn wir anfangen würden, etwas in die Luft zu sprengen oder in Kauf zu nehmen, dass Menschen zu Schaden kommen, wäre ich raus.«

Adda kuschelte sich vertrauensvoll an Dirk. Das klang doch schon mal gut.

»Ich fand es vorhin echt stark, wie du Marius Kontra gegeben hast. Das wagen nicht viele. Jetzt hast du bei ihm einen Stein im Brett.«

Adda sah Dirk zweifelnd an. »Ich dachte, er ist stocksauer.«

»Marius? Nö, der schmollt dann kurz, aber er weiß jetzt, dass du dich durchsetzen kannst. Das ist wichtig für unsere Gruppe.«

Dirk streichelte ihren Oberarm. Er berührte sie dabei nur sacht, und doch durchfuhr sie ein Stromschlag.

Aus dem Bad ertönten währenddessen eindeutige Geräusche. Deike und Marius hatten Spaß.

Dirk beugte sich zu Adda und hauchte ihr einen Kuss auf die Lippen. Aber Adda wollte mehr. Sie zog ihn zu sich heran und öffnete ihren Mund.

Dirk erwiderte den Kuss. Er war sanft und zärtlich, und doch hatte die Situation etwas Forderndes, denn seine Hände waren plötzlich überall.

»Komm!« Dirk löste sich von Adda. »Lass uns in dein Zimmer gehen.«

Sie erhob sich und ging voraus. Sie hinterfragte nicht, ob das richtig war. Sie war in Bremen und frei. Adda legte sich aufs Bett, genoss Dirks kundige Finger. Seine Küsse. Seine Hände, seine Berührungen. Sie ließ es geschehen, dass er sie auszog und mit seinen Lippen jeden Zentimeter ihres Körpers eroberte.

Adda wollte in diesem Moment nur noch eines: dazugehören.

Kapitel 18

Johanna trug einen engen, karierten Rock und dazu den grauen Blazer. Ihr Haar hatte sie am Hinterkopf ein wenig mit dem Kamm toupiert und mit einer Spange zusammengehalten. Sie wirkte seriös, und das war wichtig, wenn sie in Wittmund bei ihrer Bank über die Kreditvergabe sprach. Ihre Forderung war eine große Summe für eine alleinstehende Frau, selbst wenn sie den Nordseehof als Sicherheit hatte. Johanna ärgerte sich immer noch, dass sie das gefundene Geld nicht zur Bank gebracht hatte, wie es ihre erste Eingebung gewesen war. Auch wenn sie es hätte versteuern und ihren Kindern davon hätte erzählen müssen. Aber Paul hätte sie dann nicht bestehlen können. Hinterher war man immer schlauer.

Johanna fuhr über Friedeburg und Reepsholt nach Wittmund. Sie parkte in der Nähe des Marktplatzes und war froh über die paar Schritte, die sie zu gehen hatte. Johanna liebte das ostfriesische Städtchen, das ähnlich beschaulich war wie die friesische Stadt Jever, wo ihre beiden Kinder zur Schule gegangen waren, weil sie einfach näher lag.

Johanna hatte die Bank erreicht. Mit einem unguten Gefühl betrat sie das Gebäude. Ihr jahrelanger Bankberater, ein umsichtiger und väterlicher Mensch, der ihr sicher keine Schwierigkeiten gemacht hätte, war in den Ruhestand gegangen, und sie würde sich heute mit seinem Nachfolger Hartmut Brockmüller auseinandersetzen müssen. Er war konservativ und als schwierig verschrien. Sie hatte nur einmal in Eikes Beisein mit ihm zu tun gehabt und ihn als sehr arrogant empfunden. Er hatte sie damals mit einem jovialen Kopfnicken begrüßt und sich danach ausschließlich mit ihrem Mann unterhalten.

Johanna hasste den typischen Geruch der Schalterhallen. Die Geräusche der Schreibmaschinen und die abschätzenden Blicke, mit denen jeder Eintretende begutachtet wurde.

Schlips und Kragen, korrekt sitzende Anzüge gegen eine Frau vom Bauernhof. Johanna schluckte. Sonst war sie doch auch nicht so furchtsam. Sie musste Haltung wahren, um ihr Ziel zu erreichen. Trotz der kämpferischen Gedanken fiel ihr Klopfen zaghaft aus.

»Herein!« Hartmut Brockmüller war etwa Ende vierzig und von stattlichem Körperbau. Seine Oberlippe war von einer Hasenscharte gezeichnet, und seine Ohren standen ein bisschen zu weit ab. Immerhin begrüßte er Johanna mit einem verbindlicheren Lächeln als beim letzten Mal, was sie ein wenig ermutigte.

»Nehmen Sie doch Platz, Frau Deeken.«

Johanna lächelte freundlich zurück und setzte sich so hin, dass sie beide Füße fest auf dem Boden abstellen konnte. Das gab ihr ein wenig Sicherheit.

Herr Brockmüller ruckelte seine Brille zurecht. »Was kann ich für Sie tun?«

Johanna war kein Typ, der lange um den heißen Brei herumredete, und so fiel sie gleich mit der Tür ins Haus. »Ich brauche einen Kredit über fünfzehntausend Mark.«

Herr Brockmüller lachte leise auf. »Frau Deeken, da habe ich mich wohl verhört! Das ist eine Menge Geld. Und Sie sind eine Frau.«

Johanna verschlug es kurz die Sprache. »Ja, ich bin eine Frau. Und ich leite eine Schäferei und benötige etwas Liquidität. Wie Ihnen bekannt sein dürfte, können laut Gesetz auch Frauen ihr eigenes Vermögen verwalten.«

Herr Brockmüller sah sie mit einem väterlich abschätzenden Blick an. »Keine Frau ist in der Lage, allein einen so großen Betrieb wie den Nordseehof zu führen. Sie haben schließlich schon einen Mitarbeiter eingestellt, wie ich gehört habe. Weil Ihr Sohn studiert, nicht wahr? Eine Frau muss ihre Berufstätigkeit mit der Arbeit für Haushalt und Familie vereinbaren können, das sollte Ihnen ebenfalls bekannt sein.« Er leckte sich die Lippen. »Ich ziehe immer gern ein paar Erkundigungen ein, bevor meine Kunden kommen, und ich bin zu dem Schluss gelangt, dass der Haushalt der Schäferei Sie genug fordert, ohne dass Sie auch noch die Geschäfte führen sollten. Übertragen Sie alles auf Ihren Sohn oder den Mitarbeiter, dann können wir weiterreden.«

Johanna kam bei seinem wohlgefälligen Tonfall die Galle hoch. Aber sie musste sich zusammenreißen, denn sie wollte etwas von diesem Mann. Er war der Gönner, sie die Bittstellerin. Ob es ihr gefiel oder nicht. Sie überlegte kurz, was sie auf den Redeschwall antworten sollte.

»Ich habe Herrn Oetjen eingestellt, weil meine Kinder ihren eigenen Weg gehen müssen. Von ihnen möchte keiner die Schäferei leiten«, quetschte sie hervor, immer noch darum bemüht, freundlich zu bleiben, was ihr mit jedem Wort weniger gelang. »Herr Oetjen ist mir unterstellt und lediglich ein Mitarbeiter, kein Verwalter, wenn

Sie darauf hinauswollen. Ich bin nämlich durchaus selbst in der Lage, den Nordseehof zu leiten. Wenn Sie sich über uns erkundigt haben, wird Ihnen bestimmt geläufig sein, dass ich schon zu Lebzeiten meines Gatten die Bücher geführt habe.« Johanna ruckelte auf dem Stuhl herum und bemühte sich um eine aufrechte Haltung.

Herrn Brockmüller ließen ihre Ausführungen ohnehin kalt. Fast kam es Johanna vor, als hätte er gar nicht zugehört. Er blätterte lustlos in dem vor ihm liegenden Ordner. Zwischendurch befeuchtete er vor dem Umblättern die Finger mit der Zunge. Mit allem ließ er sich furchtbar viel Zeit. Johanna glaubte, dass dies Absicht war, um sie mürbe zu machen.

Sie biss sich wütend auf die Lippen. Aber sie wollte nicht abwarten, ehe er wie ein römischer Kaiser den Daumen hob oder senkte. »Ich bin folglich diejenige, die die Entscheidungen fällt, und deshalb benötige ich jetzt einen Kredit«, setzte sie erneut an.

Endlich sah Herr Brockmüller sie über den Rand der Brille hinweg an. »Wenn Sie alle Vollmachten haben und jetzt in einen Liquiditätsengpass geschlittert sind, dann sagt es doch einiges über Ihre Führungsqualitäten aus, oder sehe ich das falsch?«

Johanna geriet kurz aus dem Konzept. Was für ein arroganter Mensch! »Ich musste das Wohnhaus sanieren. Dabei sind hohe Kosten entstanden …«

»… die Sie doch zuvor hätten kalkulieren müssen!« Herr Brockmüller schüttelte gönnerhaft den Kopf. »Es bestätigt meine Auffassung, dass Frauen und Geld nicht zusammenpassen und Sie die Geschäfte lieber den Männern überlassen sollten.«

»Es ist etwas schiefgelaufen«, erklärte Johanna.

»Was mit einer vernünftigen Finanzplanung nicht passiert wäre, nicht wahr?« Herr Brockmüller seufzte theatralisch und klappte dann den Ordner zu. »Tut mir leid, Frau Deeken. Ich sehe keinen Spielraum. Sie haben immerhin erst einen neuen Trecker gekauft. Alles geht eben nicht, das müssen Sie verstehen.«

»Ich muss die Handwerker bezahlen«, zischte Johanna. »Verdammt, Sie haben doch notfalls den Hof als Bürgschaft! Obwohl der neue Trecker ausreichen würde. Das wissen Sie selbst!«

Herr Brockmüller stand auf. »Ich muss Sie vor sich selbst schützen, liebe Frau Deeken. Nachher ist der Hof weg, und dann?«

»Ich weiß sehr wohl, was ich tue. Und ich muss diese Rechnungen begleichen. Welchen Kreditrahmen können Sie mir denn zugestehen?« Johanna wollte nicht einfach so aufgeben.

»Sie sind aber hartnäckig!« Widerwillig setzte Herr Brockmüller sich wieder und blätterte erneut hin und her. »Tausend Mark. Mein letztes Wort. Das kann dann auch ohne Sicherheit gehen, da will ich mal großzügig sein.«

Johanna schluckte. Davon konnte sie wenigstens den letzten Betrag an den Maler zahlen. Für den Rest musste sie sich etwas anderes einfallen lassen.

»In Ordnung«, stimmte sie zähneknirschend zu.

Herr Brockmüller zog die Brauen hoch. »Gut heiße ich das nicht, aber ich will mal nicht so sein. Ich setze den Vertrag auf, und Sie können ihn dann unterschreiben. Aber nun muss ich wirklich arbeiten und mich wichtigen Dingen zuwenden. Nichts für ungut.« Er stand auf und ließ Johanna einfach sitzen.

*

Rolf schmerzte der Kopf. Nein, nicht nur der Kopf. Auch das rechte Bein. Die Arme … Je länger er darüber nachdachte, desto klarer wurde ihm, dass es eigentlich kein einziges Körperteil gab, das ihm nicht wehtat. Den zweiten Tag lag er nun schon in der Klinik, an die ersten Stunden konnte er sich nicht mehr erinnern, nur an das schmerzhafte Erwachen. Es waren keine vertrauten Gerüche um ihn gewesen. Keine Geräusche, die ihm bekannt vorkamen. Eher ein leichtes Klappern. Ein Piepen.

Als er die Augen geöffnet hatte, war es um ihn herum seltsam grell und weiß gewesen. Eine Frau in weißem Kittel und mit Haube hatte sein Handgelenk umfasst und den Puls gemessen.

»Wo bin ich hier?«, war seine einzige Frage, denn noch konnte er sich an nichts erinnern.

»Im Krankenhaus, Herr Menzel. Das war ganz schön knapp gestern, aber jetzt sind Sie ja wieder da.«

Langsam hatte sich Rolf erinnert. Er hatte einen Unfall gehabt. Vor der Bäckerei.

»Werde ich überleben?«

Die Schwester hatte ihn freundlich angelächelt. »Sie haben nur den Arm gebrochen und eine Gehirnerschütterung. Es hätte viel schlimmer ausgehen können. Warum sind Sie bloß vor das Auto gelaufen?«

Die Frage beschäftigte Rolf noch immer. Aber nun fiel es ihm wieder ein. Er war in Gedanken versunken gewesen, weil ihn das Gespräch mit Gerda noch immer sehr beschäftigt hatte. Dann war er gestolpert, weil ein Radfahrer angesaust kam.

Es beruhigte ihn ungemein, dass er sich wieder völlig an das Geschehen erinnern konnte. Er klingelte, denn er hatte Durst und kam nur schwer an das Glas heran, weil der linke Arm geschient war und bei jeder Bewegung höllisch schmerzte. Der Nachtschrank stand leider auf der falschen Seite.

Es dauerte nicht lange, bis Schwester Agnes reinkam. Den Namen hatte er sich gemerkt. Sie erkannte die Lage sofort und schüttelte den Kopf. »Wer hat denn den Nachttisch dorthin gestellt? Wenn der linke Arm nicht beweglich ist, müssen wir das Ding doch auf die andere Seite schieben!« Sie sortierte die Kabel und schob ihn dorthin, wo Rolf hinlangen konnte. Dann reichte sie ihm das Wasserglas. »Sie dürfen auch wieder aufstehen. Ihre Beine sind in Ordnung. Nur nicht übertreiben, aber langsam bis zur Toilette dürfen Sie schon wieder gehen.«

»Ich kann mich endlich erinnern, was passiert ist«, sagte Rolf.

»Na, sehen Sie, es geht aufwärts. Ich denke, Sie müssen nicht allzu lange hierbleiben. Mal sehen, was der Chef morgen bei der Visite sagt.«

Schwester Agnes drehte sich zur geöffneten Tür um. Auf dem Flur lief eben eine Kollegin vorbei. »Adda?«, rief sie, und Rolf zuckte bei der Nennung des Namens zusammen. »Bringst du mir bitte eine Schüssel? Dann können wir Herrn Menzel beim Waschen unterstützen.« Sie wandte sich wieder ihm zu. »Ganz allein werden Sie es noch nicht schaffen. Und ein bisschen vorsichtig sollten Sie wegen der Gehirnerschütterung auch noch sein. Nicht, dass Sie später ständig Kopfschmerzen haben.«

Schwester Agnes prüfte die Schiene, während sie auf Adda warteten.

Kurz darauf kam eine dunkelhaarige Schönheit herein. Gekleidet in einen weißen Kittel, aber ohne Haube, dafür mit einem wunderbar schwarzen, langen Zopf, den sie fest geflochten hatte. Ihre tiefblauen Augen musterten ihn neugierig. Ansonsten wirkte sie noch etwas unsicher.

»Das ist unsere Praktikantin Adda. Sie hat heute ihren ersten Tag. Adda kommt aus Ostfriesland«, stellte Schwester Agnes das Mädchen vor.

Rolf schluckte. War das immer noch Zufall? Obwohl – Adda war ein typisch ostfriesischer Name, nicht nur seine Tochter hieß so. Aber diese Augen … Nein, es bestand eigentlich kein Zweifel, wer da vor ihm stand.

Er versuchte ein Lächeln, was schmerzte, weil er auch ein paar Prellungen im Gesicht hatte. Vermutlich sah er aus wie Frankenstein.

»Guten Tag, Herr Menzel«, begrüßte die Praktikantin ihn völlig unbedarft. Sie schien seinen Namen tatsächlich noch nie gehört zu haben. Rolf versuchte, die aufkommende Nervosität zu unterdrücken. Er durfte nichts sagen.

Schwester Agnes zeigte derweil auf die Waschschüssel. »Pass auf, Adda. Du füllst sie jetzt mit Wasser und tust ein paar Spritzer Seifenlauge dazu. Waschlappen liegen in der Bettenkammer im Schrank, ein Handtuch hat Herr Menzel schon. Dann machst du ihn oben herum frisch. Er hat eine Commotio Cerebri und eine Unterarmfraktur. Also eine Gehirnerschütterung und einen Bruch des Unterarms. Von daher muss er sich noch ruhig verhalten und darf heute nur zur Toilette aufstehen, ansonsten Bettruhe.«

Adda nickte. Dann verschwand sie, um alle Utensilien zusammenzusuchen. Es dauerte nicht lange, bis sie zurückkam.

Schwester Agnes warf einen letzten Blick auf alles. »Gut, dann wasche bitte nur den Oberkörper. Zur Spätschicht kommt Thomas, der sich um … den Rest kümmert. Und vergiss das Zähneputzen nicht. Dazu brauchst du die Nierenschale, sie steht schon am Waschbecken.«

»Ist gut, Schwester Agnes.« Addas Stimme klang fest. Sie hörte sich ein bisschen wie seine Hanna an.

»Ich sehe, du kommst zurecht. Wir haben es ja schon zweimal gemeinsam gemacht, und Herr Menzel kann dir sagen, wenn ihm etwas unangenehm ist.« Schwester Agnes verließ das Zimmer.

Adda begann vorsichtig mit der Arbeit. Zuerst reichte sie Rolf den feuchten Waschlappen, mit dem er sich das Gesicht wusch. Es tat gut, wenngleich er wirklich aufpassen musste, weil ihm alles wehtat.

»Gefällt es Ihnen hier?«, versuchte Rolf, ein Gespräch zu beginnen.

»Ja, sehr«, antwortete Adda. »Ich habe heute meinen ersten Arbeitstag, ich möchte Krankenschwester werden.«

Sie nahm Rolf den Waschlappen aus der Hand und legte ihn in die Waschschüssel. Während sie ihm das Handtuch gab, sah sie ihn unsicher an. »Sie müssen jetzt das Flügelhemd ausziehen, sonst kann ich Sie nicht waschen.«

Er lächelte und nickte.

Adda fingerte die Schleife im Nacken auf.

»Sie kommen aus Ostfriesland, hat Schwester Agnes gesagt?«, hakte Rolf nach. Er musste Gewissheit haben.

Adda wrang den Waschlappen aus und reichte ihn Rolf, sodass er sich den Oberkörper und die Armbeugen waschen konnte.

»Ja, ich habe dort in einer Schäferei gelebt«, antwortete Adda. »Aber ich möchte lieber in die Pflege.«

Sie sah Rolf erstaunt an, als er den Waschlappen langsam sinken ließ. Seine Hände begannen, fürchterlich zu zittern.

»Ist etwas?«, fragte Adda. »Geht es Ihnen nicht gut?«

Rolf seufzte einmal laut auf. »Es ist alles in Ordnung. Es tat nur kurz weh.« Schon, als er es aussprach, wurde ihm die Doppeldeutigkeit seiner Worte bewusst.

»Wir können langsamer machen.« Adda nahm Rolf den Waschlappen aus der Hand und reichte ihm das Handtuch. »Ich wasche Ihren Rücken, dann ziehe ich Sie wieder an. Ich habe ein frisches Nachthemd dabei. Wegen der Schiene ist es besser, Sie tragen erst noch eins von uns.«

»Ich habe auch gar nichts mit. Mein Koffer ist im Auto, und das parkt in der Innenstadt. Sind meine anderen Sachen sehr schmutzig?«

»Ich sehe gleich nach. Sie müssen sie ja anziehen, wenn Sie das Krankenhaus verlassen.«

Durch Rolfs Kopf purzelten die wildesten Gedanken. Es war eine so groteske Situation! Er lag in diesem Krankenhaus und wurde von seiner Tochter gewaschen, die nicht einmal wusste, dass es ihn gab. Er betrachtete sie genauer.

Adda ähnelte Hanna absolut nicht. Bis auf die Stimme gab es nichts, was darauf hingewiesen hätte, dass sie eine Deeken war, denn auch Eike glich sie nicht. Adda war ihm selbst wie aus dem Gesicht geschnitten. Im Stillen dankte er Gott, dass er im Augenblick so lädiert und die frappierende Ähnlichkeit deshalb nicht sofort deutlich war. Eike musste es gewusst haben. So blind konnte er nicht gewesen sein.

Adda trocknete seinen Rücken ab. Sie war dabei umsichtig, fast zärtlich. Am liebsten hätte Rolf sie in den Arm genommen, denn wenn sie wie jetzt konzentriert arbeitete, erkannte er plötzlich doch seine Hanna. Genau so hatte sie immer ausgesehen, wenn sie einer einzigen Sache ihre Aufmerksamkeit geschenkt hatte. Adda verhielt sich wie ihre Mutter. Sie wusste offenbar exakt, was sie wollte, und zugleich haftete ihr etwas sehr Verletzliches an. Das war Hanna. Von ihm selbst hatte sie nur das Aussehen. Irgendwie erleichterte ihn diese Erkenntnis.

»Sie wirken plötzlich so abwesend. Strengt es Sie zu sehr an?«, fragte Adda. »Wir müssen auch nur noch die Zähne putzen.« Sie gab ihm die Zahnbürste und hielt die Nierenschale nebst Becher zum Spülen bereit.

»Geht schon«, sagte Rolf. Er war froh, als er wieder einen frischen Geschmack im Mund hatte.

Adda reichte ihm einen Kamm. »Davon hat Schwester Agnes zwar nicht gesprochen, aber ich denke, ein bisschen Kämmen tut Ihrer Frisur gut.«

Rolf sah seine Tochter dankbar an. Adda hatte ihre Sache prima gemacht. Er war ein Glückspilz, dass er ihr auf diese Weise begegnen durfte.

»Wollten Sie nicht in Ostfriesland bleiben?« Er gab ihr den Kamm zurück.

Adda verneinte sehr heftig. »Da ist es mir zu eng. Und immer nur Schafe, Schafe, Schafe. Was anderes zählt auf dem Nordseehof nicht. Wäre ich dortgeblieben« – sie lachte leise auf –, »wäre ich binnen dieses Jahres schon verheiratet! Der passende Kandidat für die Schäferei stand schon bereit.«

Sie schlug die Hand vor den Mund und wurde leicht rot. Vermutlich war es ihr unangenehm, dass sie einem völlig Fremden so vertrauensvoll private Dinge erzählte.

Doch sie hatte sich schnell wieder gefangen und rutschte zurück in die Rolle der Pflegenden.

Rolf aber runzelte die Stirn. Hatte sich denn da oben nichts geändert? Johanna nichts dazugelernt? »Und was sagt Ihre Mutter?«

»Zum Glück hat sie mich meinen Weg gehen lassen. Ich wollte so weit wie möglich weg«, erzählte Adda weiter, doch ihr Ton war geschäftiger. Sie wirkte sichtlich bemüht, das Thema abzukürzen. »Nun bin ich mit meiner besten Freundin hier, nein, eigentlich ist sie meine Großcousine … ach, egal. Und ich werde mich politisch betätigen. Für Frauenrechte eintreten. Und frei sein.«

Rolf lächelte. Er war erleichtert, dass Adda nicht allein in Bremen war. Und sie hatte es geschafft, ohne dass er sich hatte einmischen müssen. Adda war eine Kämpferin, auch das hatte sie von Hanna.

»Ist es so in Ordnung für Sie? Ich bin dann fertig.« Adda begann aufzuräumen.

»Das war sehr erfrischend, danke. Sie werden bestimmt mal eine wunderbare Krankenschwester«, lobte Rolf sie.

Adda wurde rot. »Danke. Ich wäre so froh, wenn es funktionieren würde! Ich bin noch auf der Suche nach einem Ausbildungsplatz.« Sie nahm die Schüssel und leerte das Wasser im Waschbecken aus. »Wenn noch etwas ist, klingeln Sie bitte«, sagte sie und kontrollierte, ob er an die Klinge herankam. »Gleich gibt es Frühstück. Ich habe eben in der Küche schon Kaffee aufgebrüht und die Milch warm gemacht.« Sie verließ das Krankenzimmer.

Rolf schloss die Augen. Er fühlte, wie seine Wangen nass wurden, weil er die Tränen nicht zurückhalten konnte. »Danke, lieber Gott, dass du mir diese wunderschöne Tochter geschenkt hast und dass ich sie wenigstens dieses eine Mal sehen durfte«, murmelte er.

Kapitel 19

Johanna hatte mal wieder schlecht geschlafen und sich ständig von einer Seite auf die andere gewälzt. Jetzt saß sie seit drei Stunden in der Küche und dachte nach.

Sie war verärgert, nein richtig wütend. Und völlig enttäuscht. Ach, wäre doch der alte Herr Müller noch in der Bank! Er hätte sie nicht behandelt wie ein kleines, dummes Mädchen. Tausend Mark, das war einfach ein Witz!

Johanna brühte sich eine weitere Kanne Tee auf. Gleich war es Zeit, mit der Arbeit zu beginnen, gleich würde Manfred auf den Hof gefahren kommen.

Johanna fasste ihre Gedanken der vergangenen Nacht noch einmal zusammen. Doch, es war richtig gewesen, den Nordseehof zu renovieren. Sie konnten nicht weiter mit den uralten Möbeln und der Düsternis leben. Deshalb hatte Eike ihr schließlich das Geld hinterlassen. Sie mussten auch hier mit der Zeit gehen. Das, was Johanna schon frühzeitig in der Schäferei durchgesetzt hatte, galt genauso für die Wohnräume. Fortschritt. Nach vorn sehen.

»Außerdem hat es mir geholfen, mit Eikes Tod klarzukommen«, sagte sie zu sich selbst. »Ich bin jetzt allein, und das ist nach so vielen Jahren schwer. Diese Neuerungen helfen mir.«

Sie stand auf und stellte die Tasse in die Spülmaschine. Auch eine Anschaffung, die bei der vielen Hofarbeit überaus hilfreich war.

Es schepperte draußen, und Manfred radelte auf den Hof. Sein Schutzblech am Rad war schon lange locker, aber irgendwie schaffte er es nicht, es zu reparieren. Immerhin wusste Johanna so stets, dass er angekommen war.

Manfred kam sofort in die Küche geeilt. »Hast du schon was von Adda gehört?«, fragte er statt einer Begrüßung. »Sie hatte doch gestern den ersten Tag in der Klinik.«

Johanna verneinte. »Ich denke, sie wird es gut gemeistert haben. Du kennst sie doch. Ich möchte Adda auch nicht ständig anrufen.«

Manfred hörte gar nicht hin. »Ich wünschte, sie würde mir schreiben«, sagte er. »Oder sich wenigstens mal telefonisch melden. Sie kennt doch meine Nummer.«

Johanna legte ihre Hand auf seine Schulter. »Adda hat sich anders entschieden, und ich finde, wir sollten das beide akzeptieren.«

»Das kann ich nicht«, gab Manfred unumwunden zu. »Ich träume jede Nacht von ihr. Und weißt du was? Sie war auch meine Frau. Ich war der erste Mann für sie.«

Johanna wich zurück. Sie hatte sich das zwar schon gedacht, aber es klang seltsam und übergriffig, wenn er es ihr erzählte. Sie war die Mutter!

»Ich glaube, das ist eher eine Sache zwischen euch, oder?«

»Du sollst nur wissen, wie ernst es uns war.« Jetzt klang er fast wie ein trotziges Kind.

Johanna bezweifelte das, was Addas Seite anging, trotzdem glaubte sie, Manfred beruhigen zu müssen. »Gib ihr Zeit. Es kann schließlich sein, dass sie das Stadtleben bald satthat. Sie kennt es doch gar nicht. Vielleicht kommt sie zurück.«

»Du wiederholst dich, Johanna. Wir wissen beide, dass es so nicht sein wird. Aber ich kriege das schon hin. Auch andere Mütter haben hübsche Töchter«, fügte Manfred lapidar hinzu.

Seine Mimik gefiel Johanna überhaupt nicht.

Er setzte sich an den Küchentisch und wechselte abrupt das Thema. »Wie war dein Gespräch mit der Bank? Du wirkst mitgenommen.«

»Sehr negativ und wirklich mies gelaufen«, sagte Johanna. »Sie geben mir Tausend Mark.«

Manfred sprang auf. »Das ist doch lächerlich, Johanna! Sie haben die Schäferei als Sicherheit und …« Er hielt inne. »Soll ich mal hingehen? Ich meine – ich bin ein Mann. Da könnten sie …«

»Nein«, unterbrach Johanna ihn mit scharfer Stimme. »Kommt nicht infrage. Du hast schließlich keinerlei Handhabe als Angestellter. Wie sähe das aus! Ich leite den Nordseehof, und ich werde das Geld auch auftreiben. Keiner der Handwerker wird mir nachsagen, ich hätte ihn nicht bezahlt.«

»Ich habe wirklich ein paar Ersparnisse«, bot Manfred an. »Genug, um dir jetzt aus der Patsche zu helfen. Ich würde das gern machen.«

Doch wollte Johanna es noch immer nicht. »Nein! Auf keinen Fall.«

Manfreds Gesicht versteinerte. »Du weißt, dass ich inzwischen alles für den Nordseehof tun würde. Ich möchte dir gern helfen, Johanna!«

»Lass gut sein, ich weiß es zu schätzen, aber ich werde einen anderen Weg finden, als meinen Mitarbeiter anzupumpen.«

»Mehr bin ich für dich nicht? Nur ein Mitarbeiter?« Manfred runzelte die Stirn. »Ich habe mich um die Schäferei sehr verdient gemacht, und wenn du mich so bezeichnest, klingt es, als wäre ich austauschbar.«

Johanna mochte es nicht, wenn Manfred so fordernd wurde. Das stand ihm nicht zu – aber warum sollte sie sich jetzt mit ihm streiten?

»Johanna?«, hakte er nach.

»Es ist alles in Ordnung, Manfred.« Sie lächelte ihn unverbindlich an. Denn in ihr war gerade eine Idee zur Rettung gereift. Warum war sie nicht gleich auf den Gedanken gekommen? Es gab nur einen Menschen, der ihr jetzt helfen konnte und der ihr niemals in den Rücken fallen würde. Jemand, auf den sie sich immer und in jeder Lebenslage verlassen konnte. Ihr Cousin Ingo! Sie hätte sich ihm längst anvertrauen sollen.

»Gut, dann geht dein Mitarbeiter jetzt mal Mist fahren.«

Johanna schreckte zusammen und hielt Manfred zurück. Sie wollte nicht, dass er noch mehr gekränkt war. »Warte. Nein, du bist natürlich mehr für uns alle hier als nur derjenige, der auf dem Hof arbeitet. Entschuldige bitte, es war gedankenlos von mir. Trotzdem möchte ich nicht, dass du mir Geld gibst.«

Ob ihre Worte Manfred besänftigten, konnte Johanna nicht einschätzen. Aber es war wichtig, dass er seine Kompetenzen nicht überschritt. »Ich muss noch mal weg. Und – heute ist kein Mist zu fahren, das weißt du.« Sie lachte leise auf, denn Manfred würde gleich mit dem neuen

Trecker und dem Kreiselmäher auf den Marschwiesen seine Runden drehen und das Gras wenden.

»Wo willst du hin?«, fragte Manfred.

»Das erzähle ich dir später«, versprach sie. »Ich bin in spätestens zwei Stunden zurück.« Johanna stürzte in den Flur, riss dort die Strickjacke vom Haken und rannte hinaus. Sie holte das Rad aus der Remise und fuhr den Landwirtschaftsweg entlang zum Eilershof. Völlig außer Atem kam sie dort an.

Ingo trat soeben aus dem Haus und warf einen prüfenden Blick zum Himmel. In der Landwirtschaft war das Wetter ein wichtiger Faktor, den es täglich zu berücksichtigen und gegebenenfalls miteinzubeziehen galt. Für übermorgen war Regen angekündigt, und wenn Johanna die aufkommenden Federwolken betrachtete, war an der Vorhersage etwas dran.

»Moin, Johanna!«, rief Ingo erstaunt aus. Er wischte sich die Hände reflexartig an der Hose ab, obwohl sie noch gar nicht schmutzig waren. »Was machst du denn so früh am Morgen hier?«

»Hast du einen Augenblick Zeit?«

Ingo warf einen Blick auf seine Armbanduhr. »Jo, kurz. Wir können uns in den Garten setzen. Unter die Kirsche. Die ersten Früchte sind schon reif, und sie schmecken auch am Morgen.«

Johanna folgte ihm in den Obstgarten, der zwar kleiner war als der auf dem Nordseehof, aber dafür lauschiger. Unter der Kirsche stand ein Holztisch, um den Theda Klappstühle gestellt hatte. Ingo ließ sich auf einen fallen, nachdem er zuvor nach oben gegriffen und zwei Kirschen gepflückt hatte. Er steckte sich eine in den Mund und spuckte den Kern weit in den Garten.

»Wie früher«, sagte Johanna lachend. »Ich konnte aber weiter spucken.«

»Das stimmt«, gab Ingo unumwunden zu. »Aber deshalb bist du wohl kaum hier, oder?«

»Nein, es ist auch etwas heikel …« Johanna erzählte ihm von dem Fund des Geldes und dass es von Eike stammte. Sie berichtete davon, dass sie es für die Renovierung des Nordseehofs eingeplant hatte und dass vermutlich Paul das Geld gestohlen hatte.

Ingo hörte interessiert zu, stand zwischendurch auf und pflückte weitere Kirschen, die er auf den Tisch legte.

Johanna griff danach und spuckte die Kerne ebenfalls ins Gras. »Jetzt stehe ich vor einem großen Problem. Ich kann die ausstehenden Rechnungen nicht begleichen. Wir sind mit der Schäferei zwar gut aufgestellt, aber es reicht nicht, um das hinzukriegen.« Johanna sog die Luft scharf ein und berichtete von dem unerfreulichen Gespräch mit Herrn Brockmüller. Dann gab sie sich einen Ruck. »Ingo, kannst du mir den Betrag leihen? Ich werde ihn dir so schnell wie möglich zurückzahlen. Versprochen!«

Ingo lehnte sich auf dem Stuhl so heftig zurück, dass er fast hintenüberkippte. »Uff«, stieß er dann hervor. »Das ist eine Menge Geld.«

»Allerdings. Ich bin am Ende.«

»Paul ist ein Ekel«, sagte Ingo. »Ganz der Vater, auch wenn sie sich nie begegnet sind. Du musst dir von ihm das Geld zurückholen!«

»Ja, aber wie denn?« Johanna schluchzte auf. »Ingo, ich kann den Diebstahl doch gar nicht beweisen! Ich könnte zwar zur Kaserne nach Oldenburg fahren, aber was nützt das?«

»Nichts«, gab ihr Cousin zu. »Vermutlich verprasst er

mit seiner Mutter das Ersparte, wenn er auf Heimaturlaub ist.« Ingo spuckte einen Kern besonders weit.

»Kannst du mir denn irgendwie helfen?«, fragte Johanna.

Ingo wiegte den Kopf. »Ich habe dieses Jahr massiv in meine Maschinen investiert«, sagte er schließlich. »Aber ich habe auch Rücklagen. Also werde ich dir helfen. Ich kann dir zehntausend Mark leihen. Tausend bekommst du von der Bank, und die restlichen viertausend musst du irgendwie aus der Schäferei abzweigen, indem du entweder eine Investition zurückstellst oder Glück beim Verkauf der nächsten Lämmer und der Wolle hast.«

»Wir haben dieses Jahr mehr Jungschafe als sonst. Und sie werden im Herbst und im nächsten Frühjahr einen guten Ertrag bringen.« Johanna rechnete. »Ich wollte das Scheunendach erneuern. Dann muss das warten. So könnte ich es hinbekommen.« Ihr fiel bereits jetzt ein Stein vom Herzen.

»Gut!« Ingo stand auf und griff nach einer weiteren Kirsche. »Ich setze einen Vertrag auf und überweise die Summe. Ein bisschen förmlich sollten wir bei so viel Geld schon vorgehen.«

Johanna umarmte ihren Cousin. »Danke, Ingo. Es ist gut, dass es dich und Theda gibt. Und ja – es muss schriftlich fixiert sein.« Dann runzelte sie die Stirn. »Wo ist Theda denn überhaupt?«

Jetzt grinste Ingo breit. »Sie hat jemanden kennengelernt. Und manchmal kommt sie nachts nicht nach Hause.«

»Nein!«, entfuhr es Johanna. »Wer ist es?«

»Der ältere Sohn von Martha Selig. Hermann.«

»Aber der ist doch zehn Jahre jünger als sie!«

»Neun Jahre, um genau zu sein«, sagte Ingo. »Deshalb

sind sie auch vorsichtig, um den Tratsch in Neusiel nicht zu befeuern. Hermann arbeitet bei den Olympia-Werken und baut Schreibmaschinen. Scheint die große Liebe zwischen den beiden zu sein. Aber pst… Das will sie dir sicher noch selbst sagen.«

»Ich schweige wie ein Grab«, sagte Johanna und stand ebenfalls auf. »Und danke!«

»Da nich für!« Ingo tippte sich an die Stirn, und gemeinsam gingen sie zurück zum Hof.

»Komm, ich fahr dich nach Hause«, schlug er vor.

Johanna ließ sich nicht zweimal bitten und kletterte auf den Sitz des Traktors.

»Wie früher!«, rief Ingo, als er den Motor startete.

»Ja, wie früher!« Johanna lachte laut und genoss den Fahrtwind und den unverkennbaren Gestank des Treckers.

*

Adda kam müde von ihrem dritten Frühdienst zurück in die Wohnung in Schwachhausen. Sie ließ sich auf ihr Bett fallen und den Tag Revue passieren.

Immerhin hatte sie heute schon Blutdruck und Puls messen dürfen. Sie hatte Fieberthermometer verteilt und einer alten Frau beim Essen geholfen.

Und ich kann inzwischen richtig schnell Betten beziehen, dachte sie. Laken wechseln, wenn jemand im Bett liegt. Von der Seite oder von oben, je nachdem, was bei der Erkrankung günstiger war.

Auf jeden Fall machte ihr die Arbeit Spaß. Es war genau das, was sie sich für ihre Zukunft vorstellen konnte. Ja, sie liebte sogar den Geruch von Desinfektionsmitteln oder den der frisch gestärkten weißen Bettwäsche, wenn sie aus der Wäscherei kam. Sie liebte schon jetzt das leise Quietschen der Krankenhausschuhe, und Adda konnte sich nichts Schöneres vorstellen, als endlich eine Haube auf dem Kopf zu tragen. Das Zeichen, dass sie dazugehörte.

Ihr machte auch der Umgang mit den Patienten Spaß, selbst wenn sie so manches Mal eine Hemmschwelle überschreiten musste. Sei es, weil jemand unter sich gemacht oder sich übergeben hatte, oder weil es Wunden gab, die sie zurückzucken ließen. Auch manche Gerüche waren unangenehm, aber nie so, dass Adda sich nicht hatte überwinden können.

»Man gewöhnt sich mit der Zeit an die meisten Sachen, aber du wirst auch immer mal wieder mit Dingen konfrontiert werden, die dich an deine Grenze bringen. Das zu erkennen und trotzdem alles zu geben: Das macht am Ende eine gute Schwester aus«, hatte Schwester Agnes gestern zu ihr gesagt.

Adda war froh, sie an ihrer Seite zu haben, denn Schwester Agnes war erfahren und hatte immer ihre Patienten im Fokus. Jedes Zimmer, das sie verließ, war sauber, und die Kranken sandten ihr ein freundliches Lächeln hinterher. So eine Schwester wollte Adda auch einmal werden.

Einen Patienten mochte sie besonders gern, und das war Herr Menzel mit den tollen Augen. Er war freundlich und geduldig und lobte sie viel. Sie hatte sofort großes Vertrauen zu ihm gefasst. Vorhin hatte sie länger mit ihm geklönt.

Das hatte Schwester Agnes bemerkt, und sie davor gewarnt, einen der Kranken zu bevorzugen oder sich gar mit ihnen anzufreunden. Das war Addas heutige Lektion gewesen.

»Du darfst dich mit den Patienten nicht verbrüdern. Sie können dir zwar alles anvertrauen, weil es verboten ist, das weiterzuerzählen, denn es gibt die Schweigepflicht, darüber bist du belehrt worden. Aber Adda: Du bist die Pflegende, und da ist professionelle Distanz gefordert! Schließlich werden manche deiner Patienten vielleicht sterben oder sehr leiden. Das darf dich nicht aus dem Konzept bringen, weil noch viele andere Kranke darauf warten, dass du für sie da bist. Also: Halte dich zurück, und gehe keine Freundschaften ein.«

Es gab so viel dazuzulernen und zu beachten, und Adda wollte alles tun, damit Schwester Agnes zufrieden mit ihr war.

Jedenfalls war Adda danach zu Herrn Menzel kühler gewesen, was ihn aber nicht davon abgehalten hatte, freundlich mit ihr zu sprechen.

Morgen würde er sowieso nach Hause gehen. Er durfte das Bett schon wieder für längere Zeit verlassen, seine Kopfschmerzen waren weg, und nur wegen des gebrochenen Arms brauchte er nicht in der Klinik zu bleiben. Er wollte, so schnell es ging, zurück zu seiner Frau nach Oberhausen.

Adda hatte ihn erst fragen wollen, ob er Paul kannte, aber dann war ihr das doch zu albern vorgekommen. Oberhausen war eine riesengroße Stadt und nicht Neusiel, wo jeder jeden kannte.

Die Haustür klackte, und Deike kam herein. Adda hörte, wie sie ihre Tasche auf die Kommode im Flur pfefferte und den Schlüssel ans Brett hängte.

»So, nun habe ich drei Tage frei«, trällerte sie und klopfte bei Adda an.

Ihre Freundin trug heute ein türkisfarbenes Strickkleid,

das von einem braunen Gürtel zusammengehalten wurde und knapp über dem Knie endete. Dazu hatte sie farblich passende Schuhe mit hohem Absatz an, und ein gleichfarbiger Reif schmückte ihr blondes, schulterlanges Haar. Sie sah wunderschön aus. »Hat Marius nicht gesagt, du sollst dich anders kleiden?«, fragte Adda.

»Hat er, aber das juckt mich nicht«, antwortete Deike. »Er ist ein Motzkoffer und meint, er könnte alles bestimmen. Auch in der Gruppe. Die meisten kuschen vor ihm. Ich nicht. Obwohl« – ein leises Strahlen huschte über Deikes Gesicht –, »im Bett ist er wirklich unvergleichbar.«

»Hat man gehört«, neckte Adda sie.

»Na, leise wart ihr auch nicht«, konterte Deike. »Mir wäre Dirk zu brav.«

»Bist du mit Marius zusammen?«, fragte Adda. Sie war unsicher, wie es sich mit ihr und Dirk verhielt. Mit diesen lockeren Sitten kam sie im Augenblick noch schwer zurecht. Sie sehnte sich nach Dirk, aber er hatte sich nach dem Treffen nicht mehr bei ihr gemeldet.

Deike winkte lässig ab. Sie lehnte sich gegen den Türrahmen und verschränkte die Arme vor der Brust. »Zusammen … hm. Das gibt es so gar nicht in der Gruppe. Wir sind freie Menschen, aber wenn man zusammen ist, dann hat man ja eine gewisse Hoheit über den anderen.« Sie zuckte mit den Schultern, aber allein ihr Gesichtsausdruck ließ Adda erahnen, dass Deike nicht so lässig damit umgehen konnte, wie sie tat.

Einmal Landei, immer Landei, dachte Adda ernüchtert. Sie war gespannt, ob sie sich je aus den anerzogenen Fesseln lösen konnte – und ob sie ihre Wertvorstellungen überhaupt aufgeben wollte. Verbindlichkeit gab schließlich Sicherheit.

Deike war derweil kurz in den Flur gegangen und hatte sich ihre Zigarettenschachtel geholt. Das Feuerzeug klackte, und sie nahm einen tiefen Zug. »Ich geh gern mit Marius auf Demos, und meinetwegen kann er auch sonst was mit mir tun. Aber ich kleide mich, wie ich will, und ganz sicher ziehen wir nicht in seine Jaffa-Kisten-WG um, wo ich hier eine saubere und wunderbare Butze habe. Du kannst dir nicht vorstellen, was für eine Absteige die WG ist.« Sie pustete den Qualm in Addas Richtung. »Und es stinkt da. Nee, da will ich echt nicht wohnen.«

Adda setzte sich in ihrem Bett auf und machte eine ausschweifende Handbewegung. »Du hast Glück, dass dein Onkel und meine Mutter das hier zahlen«, wandte sie ein. »Nicht jeder kann sich eine solche Wohnung leisten. Deshalb meinte Marius, dass du dich besserstellst als andere.«

Deike fuhr sich vor dem Spiegel durchs Haar und rückte den Reif zurecht. »Dafür kann ich doch nichts! Wenn ich ausziehe und mit Sperrmüllmöbeln lebe, zieht hier jemand anders ein, und was ist dann gewonnen außer, dass ich todunglücklich bin? Nichts. Also kann ich hier auch wohnen bleiben.« Deike verschwand erneut und kam mit der Untertasse wieder, die sie als Aschenbecher zweckentfremdet hatte.

»Es geht um das Zeichen«, erwiderte Adda.

Deike lachte auf. »Du warst schon immer der größere Revoluzzer, und das ist gut so. Man muss Träume und Ziele haben, sonst verändert sich die Welt nicht. Meine Ziele sind eben eher … klein. Deshalb demonstriere ich, bleibe aber hübsch brav hier wohnen, und zieh mich schick an.«

Adda stand auf und zupfte ihre Bluse zurecht. »Ist das nicht inkonsequent?«

»Na und? Hauptsache, man macht was.« Sie stieß Adda an. »Wenn du einmal in dieser WG warst, wirst du mich verstehen und dir auch überlegen, dass Inkonsequenz manchmal ganz nützlich ist.«

Das Telefon im Flur klingelte. »Geh du ran, ich muss mal verschwinden«, sagte Deike.

Adda nahm ab.

Es war Dirk. »Hast du gleich Zeit? Du könntest zu uns in die WG kommen. Wir wollen die Flugblätter planen.«

Adda sagte freudig zu und ließ sich den Weg erklären.

Deike kam aus dem Bad und stellte fest: »Du strahlst so!«

»Das war Dirk. Ich gehe jetzt zu ihm. Dann kann ich mich gleich von der Richtigkeit deiner Aussage überzeugen.«

Deike griff nach ihrer Handtasche und zog eine Packung Kondome heraus. Sie warf sie Adda zu. »Fang! Nicht dass mein Landei noch einen dicken Bauch bekommt. Im Gegensatz zu Neusiel stehen die Herren hier nämlich nicht darauf. Sie wollen freie Liebe. Spaß. Aber keine Verpflichtung. Ich fürchte, da ist Dirk keine Ausnahme. Außerdem willst du nicht Mutter werden, sondern Krankenschwester. Oder hast du die Nase schon voll?«

»Nein, es ist mein Traumberuf.« Adda steckte die Kondome ein. Beim letzten Mal hatte Dirk eines dabeigehabt, aber sicher war sicher. Sie würde ihn vermutlich nicht bremsen, wenn er noch einmal mit ihr schlafen wollte.

»Hey, warte kurz«, bat ihre Freundin sie, als Adda schon auf dem Weg zur Tür war. »Wie war es denn in der Klinik?«

»Warum fragst du?« Sie war etwas erstaunt, denn gestern hatte sie den Eindruck gehabt, dass Deike ihr eher zuhörte, weil sie sie nicht vor den Kopf stoßen wollte, aber nicht, weil es sie wirklich interessierte.

»Nur so«, druckste ihre Freundin herum.

Adda erzählte ein wenig und ließ auch Herrn Menzel nicht aus, nannte aber keinen Namen. Aber dass er so wunderbare blaue Augen hatte, verschwieg sie nicht.

»Witzig, als ich dich vom Bahnhof abgeholt habe, bin ich auch einem Typen in die Arme gelaufen, der extrem blaue Augen hatte. Deinen sehr ähnlich.«

»Bestimmt war es mein Vater«, witzelte Adda. »Weil ich meinem ja gar nicht ähnlich bin. Und jetzt rennt der Typ in Bremen rum und sucht mich. So, wie eine verlorene Seele herumirrt, wenn sie etwas im irdischen Dasein nicht erledigt hat.«

»Klar wie Kloßbrühe, Adda!« Deike rollte mit den Augen, wurde dann aber wieder ernst. »Eigentlich habe ich dich aus einem bestimmten Grund gefragt.« Sie lief rot an. »War Marius heute im Dienst? Ich kann ihn seit gestern nicht erreichen.«

Adda schüttelte den Kopf. »Hab ihn nicht gesehen. Ich dachte, ihr spioniert euch nicht nach. Jeder ist frei …«

Deike biss sich auf die Lippen und ignorierte Addas letzte Sätze. »Mist. Dann ist er wieder zugedröhnt und abgetaucht. Auf Dauer kann er seinen Job da vergessen. Das mit seinem Studium hat sich deswegen auch schon erledigt. Er ist exmatrikuliert. Er studiert nämlich in Wahrheit gar nicht mehr.«

Adda sah Deike befremdlich an. »Und warum hat er dann einen solchen Einfluss, dass er mir einen Praktikumsplatz besorgen konnte?«

»Sein Onkel ist Klinikchef. Sonst wäre er da schon längst weg.«

Das erklärte so manches. Schräger Vogel, dachte Adda. Lebt als Schmarotzer und macht einen auf dicke Lippe.

Sie sah auf die Uhr. »Darf ich jetzt los? Ich möchte Dirk und die anderen nicht warten lassen. Oder kommst du mit?« Sie griff nach ihrer Jacke, die an der Garderobe hing. »Ich kann auf jeden Fall in der WG fragen, ob er da ist.«

Deike schüttelte den Kopf. »Das ist unwichtig. Ich wollte eigentlich nur wissen, ob er noch arbeitet. Dann viel Spaß. Ich bleib aber hier. Will noch ein paar Sachen erledigen.« Deike wies auf die Jacke. »Ist echt warm draußen, die musst du nicht anziehen.«

Adda nahm ihren Haustürschlüssel vom Brett. »Sie haben aber Gewitter angekündigt«, widersprach sie und verließ die Wohnung. Leichtfüßig sprang sie die Treppen hinunter und sog tief die laue Luft ein, als sie vor die Haustür trat. Es roch süßlich, ein bisschen schwer, aber unverkennbar dominierte der Duft der Heckenrosen, die den Straßenrand mit ihren feinen rosafarbenen Blüten zierten.

Adda beschloss zu laufen, denn so weit war es nicht bis zur WG. Es war allerdings schwülwarm, die Luft flirrte über dem Asphalt und ließ ihn nass erscheinen. Was hätte Adda um einen einzigen Windhauch gegeben! Um eine winzige Nordseebrise. Ihr lief der Schweiß schon jetzt den Rücken hinunter.

Sie stapfte an wunderbaren Villen vorbei, genoss den blühenden Phlox in Weiß und Lila und die orangeroten Montbretien in den akkurat angelegten Vorgärten des Viertels.

Adda durchquerte den Bürgerpark, wo es wegen der dichten Bäume ein bisschen kühler war, und bog schließlich in die Straße ab, die Dirk ihr beschrieben hatte. Hier war es vorbei mit der Idylle. Graue Häuserfronten grenzten an graue Gehwege.

Inzwischen hatte sich der Himmel verdunkelt, am Horizont braute sich eine schwarze Front zusammen. Adda beschleunigte ihre Schritte. Es hatte sich zwar noch nicht abgekühlt, aber ihr war unheimlich, als sie das erste Donnergrollen vernahm.

Endlich war sie am Ziel. Die WG lag in einem grauen Mehrfamilienhaus, bei dem dringend ein Farbanstrich nötig gewesen wäre. Neben einem Fenster hatte jemand einen Regenbogen gemalt, wohl um den Anblick ein bisschen freundlicher zu gestalten.

Eine heftige Böe ließ Adda erschrocken herumfahren. Sie hoffte, dass Dirk wirklich zu Hause war und sie nicht im Gewitter zurücklaufen musste.

Sie klingelte, aber es ertönte kein Schellen. Dafür riss Dirk die Tür auf, er musste sie schon erwartet haben. »Komm rein! Das knallt gleich bestimmt heftig. Der Himmel ist pechschwarz.« Er küsste Adda, und sie freute sich darüber. Vielleicht hatte Deike nicht in allen Punkten recht, und es gab doch so etwas wie Beziehungen. Bei Marius mochten ihre Vermutungen zutreffen, aber Dirk war ein anderer Typ.

Adda folgte ihm ins Innere der Wohnung – und prallte entsetzt zurück. Hier hatte Deike nicht übertrieben. Die Wohnung stank. Überall lagen verdreckte Matratzen herum. Als Tischchen dienten angemalte Obstkisten, auf denen sich die Zigarettenkippen in fantasievollen Aschenbechern türmten. Die Decken auf den Matratzen waren kaputt und fleckig. Den Fußboden zierten umgekippte Porzellanbecher mit verschiedenen Aufdrucken und benutzte Teller.

Dirk lotste Adda in die Küche. Auch hier setzte sich das Chaos fort. Ungespültes Geschirr stapelte sich neben dem Abwaschbecken. Auf dem verdreckten Herd klebten die Essensreste von verschiedenen Mahlzeiten, ein Teil war eingebrannt.

»Möchtest du einen Tee?«, fragte Dirk.

Adda schüttelte angewidert den Kopf. Aus keiner dieser Tassen mochte sie trinken. Sie fragte sich, wie wohl das Bad aussah, denn Dirk war gepflegt und roch weiß Gott nicht unangenehm. Wahrscheinlich konnte man auch in einem solchen Saustall sauber werden.

Dirk bemerkte ihr Befremden und zog sie zu einer Tür. »Mein Zimmer ist sauber.« Er öffnete, und Adda fühlte sich wie auf einem anderen Planeten. War sie eben noch erschrocken gewesen über die chaotischen Zustände in der WG, stand sie nun in einem pedantisch aufgeräumten Zimmer, wo alles seinen Platz hatte und kein Staubkorn zu finden war.

»Wieso lebst du in einer solchen WG, wenn du selbst ganz offensichtlich andere Vorstellungen vom Wohnen hast?«

Dirk zwinkerte ihr zu. »Es ist günstig – und ganz ehrlich? Ich wollte meinen Anwaltseltern damit eins auswischen. Sie sind entsetzt darüber, wie ich jetzt wohne, und es freut mich. Sie haben sich nie wirklich um mich gekümmert, und das ist meine winzige Rache.«

Adda feixte. Es gab also noch mehr junge Menschen, die gegen das Elternhaus rebellierten, und sie fühlte sich Dirk jetzt ganz nah. »Aber du studierst trotzdem Jura?«

»Ja, mit dem Studium kann man eine Menge machen. Mir gefällt es.« Dirk schob Adda wieder zurück in den Flur.

»Leider findet die Zusammenkunft woanders statt«, sagte er. »Aber ich möchte, dass du zukünftig gern kommst. Dann werden wir immer in mein Zimmer gehen. Nur wir beide.« Dirk küsste sie und schloss die Tür hinter sich.

In dem Augenblick zuckte ein greller Blitz, der von der Küche her sogar den Flur erhellte. Kurz darauf ertönte ein lautes Donnergrollen.

»Zum Glück bist du jetzt bei mir. Draußen tobt gleich die Hölle.« Dirk legte den Arm schützend um sie, und sie gingen in ein anderes Zimmer.

Dort saß schon ein anderer Typ im Schneidersitz vor einem Brett, das auf zwei kniehohe Birkenholzstämme gelegt war und als Tisch diente.

»Na, du bist Adda?«, fragte er und stellte sich als Stefan vor. »Wir bereiten gerade die Aktion vor. Wegen der Überarbeitung von Paragraf 218.«

Davon hatte Adda gehört. Im letzten Jahr war der Abtreibungsparagraf reformiert worden. Eine Frau, die ungewollt schwanger war, durfte nun dann innerhalb der ersten drei Monate straffrei abtreiben, wenn sie sich beraten lassen hatte.

Es blitzte wieder heftig, und kurz darauf plätscherte der Regen an die Scheibe.

»Warum wollt ihr deswegen eine Aktion starten?«, fragte Adda. »Ist das nicht in Ordnung so?«

Stefan stand kurz auf und schloss die obere Fensterluke.

»Es gibt Widerstand aus der Union. Die CDU/CSU will dagegen angehen und lieber für eine Abmilderung der sozialen Notlage sorgen«, erklärte er, nachdem er sich wieder gesetzt hatte. Er nahm den Stift in die Hand und kritzelte ein paar Stichpunkte auf den vor ihm liegenden Block.

Wieder blitzte es, und sofort ertönte ein ohrenbetäubender Donner.

»Upps«, sagte Dirk grinsend. »Gut, dass wir hier warm und trocken sitzen. Jetzt ist es direkt über uns.« Er stand ebenfalls auf und drückte den Schalter. Adda sah, dass es sich um keine richtige Lampe, sondern lediglich um eine eingedrehte Glühbirne handelte. Das Licht flackerte, als der nächste Blitz niederfuhr und mit dem unvermittelt folgenden Knall zeigte, dass er irgendwo eingeschlagen war.

»So, nun sollten wir uns auf das Wesentliche konzentrieren«, sagte Stefan. Er sah Adda an. »Was meinst du dazu? Wir diskutieren nämlich immer alles aus.«

Adda war unsicher. Generell fand sie es gut, wenn man Frauen nicht bestrafte, weil sie sich mit einer Schwangerschaft nicht anfreunden konnten, aber sicher war es besser, vorher gut zu überlegen, ob man es nicht doch hinbekam. Dann aber dachte sie an das Gerede in Neusiel, wenn eine Frau in anderen Umständen war und keinen Vater vorweisen konnte. Wie schwer hatte Tante Theda es gehabt! Andererseits liebte sie Deike und Hajo, und wie blöd wäre es, wenn sie nicht da wären.

Wobei ich das ja gar nicht bemerkt hätte, dachte Adda. Das Thema war ihr zu komplex. Zu schwierig.

Die Aktionsgruppe verlangte aber eine eindeutige Position zu dem Thema und auch, dass sie mit ihnen auf die Straße ging. Adda entschloss sich also zur Flucht nach vorn.

»Die Union will dagegen angehen, aber kommen sie damit durch?«

»Sie haben eigene Vorschläge«, warf Dirk ein. »Sie wollen, dass eine eindeutige Indikation vorliegt. Also, es muss ein erheblicher Schaden bei Mutter oder Kind zu erwarten sein, damit sie die Bescheinigung bekommt.«

»Seelische Belastung gehört auch dazu«, entfuhr es Adda. Das hatte sie kürzlich gelesen.

Stefan nagte am Ende des Kulis. »Das schon, aber der Begriff ist zu dehnbar. Wir wünschen, dass eine Frau das alles ganz allein ohne die staatliche Einmischung entscheiden kann.«

Adda wunderte sich über Stefans Engagement, schließlich war er ein Mann und würde mitnichten von dieser Problematik betroffen sein.

»Die SPD und FDP wollen jetzt eine erweiterte Lösung, weil die Union mit ihrer Klage durchgekommen ist. Ätzend, diese Konservativen!« Stefan schleuderte den Stift auf den Tisch.

Draußen donnerte eine Windböe gegen das Fenster, und wieder blitzte es grell.

»Was wollen sie genau?«, hakte Adda nach. Sie fand das politische Engagement echt spannend und war beeindruckt, wie gut Stefan und Dirk informiert waren.

»Keine Strafverfolgung, wenn der Abbruch ärztlich attestiert ist. Also medizinisch begründet, ethisch begründet oder sozial«, erklärte Dirk.

Adda dachte weiter nach. Sie schwankte, ob sie das guthieß, aber warum nicht? Selbstbestimmung war immer etwas Positives. Schließlich waren Frauen keine Mutterschafe, die für irgendeine Produktion werfen mussten. Andererseits ging es um werdendes Leben.

Stefan hob den Kuli wieder auf. »Das ist eine Scheißlösung. In katholisch geprägten Regionen oder in den

Pfaffenkrankenhäusern wird keine Frau abtreiben dürfen.«

»Man kann das Kind aber doch zur Adoption freigeben«, wandte Adda ein. Sie fand, die beiden machten es sich mit ihrem Pauschalurteil zu leicht. Immerhin wuchs Leben im Bauch der Mutter.

Stefan winkte nur ab. »Wir wollen freie Selbstbestimmung. Und nun brauchen wir einen Slogan.«

»Wir sind keine Zuchtkühe«, schlug Adda vor, obwohl sie noch immer unsicher war, wie sie zu dem Thema stand.

Dirk küsste sie auf die Wange. »Super Idee! Daraus kann man was machen.«

Stefan nickte. »Wir fügen noch ›für den Staat‹ dahinter.«

Er entwarf mit ein paar Pinselstrichen ein Banner. »Ich werde es fertig machen, und übermorgen ist dann die Demo am Rathausplatz!«

Sie rissen noch andere Themen an, bei denen Adda sich aber lieber zurückhielt. Da ging es um die Bewegung 2. Juni und die Lorenz-Entführung, zu der Steffen und Dirk sich nicht einigen konnten. Zum Glück fragten die beiden nicht nach ihrer Meinung.

*

Rolf war froh, dass er das Krankenhaus verlassen konnte. Er hatte widerwillig die schmutzigen Klamotten angezogen und fuhr nun mit dem Taxi zu dem Parkhaus, wo sein Mercedes stand. Dort holte er sich frische Sachen aus dem Koffer und kleidete sich in der Kaufhaustoilette um, denn er befürchtete, dass er mit den zerschlissenen Anziehsachen und dem lädierten Gesicht wie ein Hausierer wirkte.

Rolf sah in den Spiegel und fühlte sich gleich besser. So konnte er die Rückreise mit der Bahn antreten – um das Auto würde sich der ADAC kümmern. Mit seinem kaputten Arm war es unmöglich, dass er selbst lenkte. Er würde nicht zum Nordseehof fahren, sondern nach Hause. Dagmar war von Mallorca zurück, sie hatten die letzten Tage öfter telefoniert.

Er ging zum Hauptbahnhof, löste ein Ticket, stieg in den nächsten Zug und verschlief fast die ganze Fahrt. Zum Glück weckte ihn der Schaffner, kurz bevor er umsteigen musste. Vom Bahnhof aus ließ Rolf sich mit dem Taxi zur Bergbausiedlung bringen.

Er ahnte schon, dass etwas nicht stimmte, als er die Tür öffnete. Die Wohnung war ungewöhnlich still, und es fehlten etliche Gegenstände.

»Dagmar?«, rief er.

Keine Reaktion.

»Dagmar?« Rolf schaute in jedes Zimmer, doch seine Frau war nicht da.

In der Küche fand er schließlich einen Briefumschlag, der an ihn adressiert war. Rolf riss ihn auf.

Hallo Rolf,
ich bin zu Manu gezogen. Ich habe nämlich in vielen Gesprächen mit ihr festgestellt, dass unsere Ehe zu einem einzigen Theaterstück verkommen ist.
Ich weiß, dass du Hanna noch immer nachtrauerst, ich hab dir sogar an der Nasenspitze angesehen, dass du zum Nordseehof fahren wolltest, was nur dein Unfall vermutlich verhindert hat. Und jedes Mal, wenn du mich aus dem Krankenhaus angerufen hast,

gab es nur einen Namen, den du in den drei Minuten unserer Gespräche zehnmal erwähnt hast. Adda. Adda. Adda. Ich kann das nicht mehr.
Deshalb möchte ich mich auch nicht mehr an dich klammern und darauf hoffen, dass du deine Hanna irgendwann vergisst. Seit Paul auf dem Nordseehof war, ist alles noch einmal an die Oberfläche gespült worden, und wir haben vergeblich versucht, es zu ignorieren.
Glaub mir, es ist besser so.
Meine persönlichen Dinge habe ich mitgenommen, das Haus kannst du erst einmal behalten.
Eine Scheidung ist unnötig, ich wäre dann schuldig geschieden, weil ich dich verlassen habe. Ich denke, das wirst du mir nicht antun.
Danke für die vielen Jahre an deiner Seite.
Dagmar

Rolf ließ den Brief sinken. Dagmar hatte ihn also verlassen. Er setzte sich auf den Küchenstuhl und wartete, ob es ihm den Boden unter den Füßen wegzog. Er starrte gegen die weiße Wand, sah einer Fliege zu, die langsam aufwärtskroch. Er hörte ein Kinderlachen vor dem Fenster. Das Brummen eines vorbeifahrenden Autos.

Doch auch nach längerer Zeit, als ihm die Endgültigkeit von Dagmars Entscheidung bewusst geworden war, stellte sich keine Trauer ein. Im Gegenteil: Ein völlig anderes Gefühl machte sich in ihm breit – und das war Erleichterung.

Er, Rolf Menzel, war nun frei.

Und nicht nur er.

Seine Hanna war es auch, und er würde zu ihr fahren,

sobald sein Arm geheilt und hier in Oberhausen alles geregelt war.

Es war bestimmt möglich, längeren Urlaub einzureichen, damit er abschätzen konnte, wie Johanna zu ihnen beiden stand. Und vielleicht war es doch an der Zeit, dass Adda die Wahrheit erfuhr.

Rolf stand auf, ging ins Wohnzimmer und schraubte mit den Zähnen den Verschluss der Whiskyflasche auf.

1976

Kapitel 20

Johanna schreckte hoch, weil eine starke Windböe das Haus attackierte und die Dachpfannen scheppern ließ.

Die Wettervorhersage hatte für diesen Tag Anfang Januar windiges Wetter und auch eine Sturmflut angesagt, und das draußen hörte sich wahrlich nicht gut an. Schon in der Nacht war Johanna ein paarmal wach geworden. Normalerweise kannten sie die heftigen Herbst- und Winterstürme an der Küste, aber etwas in ihr warnte sie dieses Mal. Sie war unruhig, ihr Herz klopfte, und immer wieder war sie aufgestanden und hatte aus dem Fenster geschaut, ob auf dem Hof alles in Ordnung war.

Nun setzte auch noch heftiger Regen ein, und die Tropfen hämmerten fast wütend gegen die Scheiben. Johanna streifte ein leichter Windhauch, der sich durch die Fugen der Fenster drängte. Der Sturm würde sich zu einem kräftigen Orkan auswachsen, es war besser, draußen noch einmal nach dem Rechten zu sehen und alles abzusichern. Johanna schaute auf den Wecker, es war sechs Uhr. Ohnehin Zeit zum Aufstehen.

Trotz der inneren Unruhe fiel es ihr derzeit schwer, das Tagwerk zu verrichten. Sie war so allein! Und das nur, weil ihre Kinder es vorzogen, dem Nordseehof fernzubleiben. Adda ging in ihrer Arbeit und den politischen Aktivitäten auf. Sie schien in Bremen ihre Berufung und ihr Glück gefunden zu haben. Immerhin telefonierten sie öfter, und Adda ließ sie ein bisschen an ihrem neuen Leben teilhaben. Das war mehr, als Johanna erwartet hatte.

Uwe hingegen hielt sich weiter bedeckt. Er war nach wie vor der Ansicht, es sei ein Unding, dass seine Mutter die Schäferei allein führte und Manfred nicht als Verwalter mit Prokura einsetzte. Sie kamen auf keinen gemeinsamen Nenner, und so blieb Johanna das schale Gefühl, ihren Sohn von Gespräch zu Gespräch mehr zu verlieren.

Weihnachten und Silvester waren Ingo und Theda gekommen und hatten den Heiligen Abend mit ihr verbracht. Zuvor hatte Johanna ihre Mutter versorgt und gewartet, bis sie endlich schlief. Foline hatte in den letzten Wochen sehr abgebaut und wirkte zunehmend wirr.

Damit ein bisschen Atmosphäre herrschte, hatte Ingo in der Stube vom Nordseehof einen Tannenbaum aufgestellt, doch trotz der Kerzen, der Strohsterne und des Lamettas war für Johanna keine Weihnachtsstimmung aufgekommen. Ihr fehlten die Kinder an diesem Fest besonders.

Aber Adda hatte sich in Bremen zur Schicht einteilen lassen, weil sie Silvester freibekommen wollte, um mit ihren Freunden zu feiern, und Uwe wollte die Feiertage mit der Familie seiner neuen Freundin Sanne verbringen. Er hatte es bislang allerdings noch nicht für nötig befunden, sie seiner Mutter vorzustellen. Vermutlich fürchtete er, dass sie die junge Frau ablehnte, weil für ihren Sohn keine Frau gut genug war.

Johanna kletterte aus dem Bett. Die Schwierigkeiten

wuchsen ihr über den Kopf. Sie tat sich schwer, Ingo die Schulden zurückzuzahlen, auch wenn er geduldig war und nicht drängelte. Leider war der Verkauf der Böcke nicht so ertragreich gewesen wie erhofft. Deshalb hatte sie das Dach der Scheune vorerst nicht neu decken lassen. Sie hoffte nun, der Sturm würde den Pfannen nicht zu arg zusetzen. Paul hatte sie ebenfalls angerufen und versucht, ihn zum Einlenken zu bewegen, aber er wies jede Schuld von sich, und so waren Johanna die Hände gebunden.

Sie rieb sich fröstelnd die Schultern. Es war kalt, obwohl die Heizung an war und laut bollerte. Aber dieser furchtbare Sturm kroch einfach durch jede Ritze.

Inzwischen war das Jahr drei Tage alt, und das alte hatte sich einfach so davongeschlichen, ihr aber all ihre Geldsorgen und die Einsamkeit dagelassen. Und diesen Wind, der wie ein schlechtes Omen an ihrem Zuhause rüttelte.

Johanna seufzte laut und trat an den Schrank, um sich etwas zum Anziehen herauszunehmen, bevor sie ins Bad ging. Alles Lamentieren führte zu nichts. Die Arbeit musste getan werden, und je mehr sie sich darauf konzentrierte, desto mehr betäubte es ihre Gedanken und ihren Schmerz.

Sie nahm die Sachen und tappte mit bloßen Füßen über den Holzboden des Flures zum Badezimmer. Wieder schepperte es draußen, und sie zuckte zusammen.

Es war bislang kein besonders kalter Winter gewesen, und Johanna sehnte sich nach Eis und Schnee. Sie mochte den Frost, der die Marsch weiß funkeln ließ, wenn die gefrorenen Tautropfen an den Grashalmen glitzerten. Das war viel schöner als der Tanz, der dort gerade abging und der vermutlich nur Schäden und schlimme Wunden hinterließ.

Ein lautes Scheppern ließ Johanna zusammenzucken. Sie warf die Sachen zu Boden, rannte zurück ins Schlafzimmer und stürzte zum Fenster. Es war noch dunkel, aber sie konnte erkennen, dass auf dem Hof ein paar zerschmetterte Dachziegel lagen, die von der Scheune gefegt worden waren.

»So ein Mist«, fluchte sie. »Nun rächt es sich doch, dass wir das Dach nicht haben neu decken lassen!«

Eine Lücke am First oder zwischen den Pfannen bot für nachfolgende Böen immer eine Angriffsfläche, und das Letzte, was sie gebrauchen konnte, waren noch mehr Kosten. Obwohl für den Sturmschaden hoffentlich die Versicherung aufkommen würde.

Johanna lief zurück ins Bad, begnügte sich mit einer Katzenwäsche und zog sich rasch an. Bevor sie in die Küche eilte, schaute sie noch kurz bei ihrer Mutter rein, die zum Glück selig schlief und im Augenblick keine Hilfe benötigte. Um sie würde sich in einer Stunde die Pflegerin kümmern, sie selbst musste gleich in den Stall und schauen, ob es den Tieren gut ging.

Zuerst höre ich aber Nachrichten, dachte Johanna. Ändern kann ich an dem geschädigten Dach momentan doch nichts. Vielleicht bin ich unnötig ängstlich, und der Spuk ist schon bald vorbei.

Sie stellte das Radio an. »Der Orkan hat eine überraschende Rechtswendung gemacht, zieht nun über Jütland nach Süden und bringt schwere Sturmböen aus Südost, vereinzelt kommt es auch zu Orkanböen. Bitte bleiben Sie im Haus«, hörte Johanna die Stimme des Radiosprechers.

Sie seufzte. Also hatte sie sich nicht geirrt. Es würde noch schlimmer kommen. Zuerst einen Kaffee, dachte sie, denn ihr war plötzlich schwindelig, und sie hoffte, der Koffeinkick würde ihr helfen. Sie stellte die Kaffeemaschine an, war dann aber doch zu unruhig, um darauf zu warten, dass das Wasser durchgelaufen war.

Ich kann inzwischen den Schaden an der Scheune begutachten und einen kurzen Blick in die Ställe werfen, dachte sie, schlüpfte in die Joppe und trat vor die Tür.

Sie musste sich am Griff festhalten, weil gerade wieder eine heftige Böe über den Hof fegte und einen riesigen Ast quer über das Pflaster schob. Er bäumte sich wie zur Bedrohung auf, tanzte nach rechts und wieder nach links und zerbarst mit Wucht an der Scheunenwand.

Johanna überlegte kurz. Es war nicht ungefährlich, über den Hof zu laufen. Wie zur Bestätigung rutschte eben eine weitere Pfanne vom Dach und krachte aufs Pflaster.

Jetzt erst recht, dachte Johanna. Sie legte sich ein Tuch über den Kopf und rannte Richtung Schafstall.

Dort brannte bereits Licht. Manfred war also schon da. Bei dem Wetter würde Heino, ihr neuer Lehrling, der seit dem Sommer auf dem Hof war, sicher nicht kommen. Er wohnte in Friedeburg, und wie sollte er mit dem Rad die weite Strecke bei dem Wind bewerkstelligen? Es war viel zu gefährlich.

Johanna betrat den Stall und war froh, als ihr der vertraute, süßliche Geruch entgegenschlug und sie dem Sturm erst einmal entkommen konnte. Manfred versorgte gerade die Schafe und strich einem Muttertier beruhigend über den schmalen Kopf. »Die Pferde haben schon Heu«, begrüßte er sie. »Wat för een Schietwedder! Die Tiere sind auch ganz dörnanner.«

Johanna näherte sich ihrem Mitarbeiter. »Es sind Dachziegel von der Scheune geknallt. Ich kontrolliere das gleich. Nicht, dass uns alles runterweht.«

Manfred nickte und wuchtete eine weitere Forke voller Heu in die Raufe. »Mach das. Ich bin hier auch gleich fertig und kümmere mich dann um die Hühner. Die bleiben wohl besser drin. Nicht, dass sie uns davonwehen.«

Johanna rannte durch den peitschenden Regen rüber zur Scheune und riss die Tür auf. Sie machte Licht und zuckte zusammen, als sie sah, was der Sturm bereits angerichtet hatte. Der angekündigte Orkan war längst da. Ein normaler Sturm hatte keine solche Kraft.

An der Giebelseite waren die Bockpfannen auf einer Länge von bestimmt drei Metern heruntergeweht, und über ihr hing der graue Morgenhimmel mit seinen düsteren Wolken und dem Regen, der unaufhaltsam durch das Loch in die Scheune prasselte. Ihre Schuhe badeten bereits in einer Pfütze.

»O nein!«, entfuhr es ihr. »Das darf doch nicht wahr sein!«

Johanna setzte sich verzweifelt auf einen Strohballen und schlug die Hände vors Gesicht. Es war ihr egal, dass der Sturm weiteren Regen durch das Loch im Dach drückte und sie immer nasser wurde. Sie fühlte sich ausgeliefert. Diesem Wind. Diesem Regen. Diesem Loch im Dach, das nur allzu deutlich zeigte, wie es um die Schäferei derzeit bestellt war.

Wieder lösten sich zwei Bockpfannen, ruckelten laut über die anderen Pfannen und zerschellten dann auf dem Pflaster.

Es war wie damals. Der Orkan. Das Feuer. Die Sturmflut. Reent. Auch da hatte das Unwetter nur Verderben gebracht!

Johanna stand mühsam auf und musste sich gleich wieder setzen. Dieser vermaledeite Schwindel begleitete sie seit einer Woche und machte ihr das Leben schwer, zumal sich auch eine latente Übelkeit hinzugesellt hatte. Es war seit gestern so schlimm, dass Johanna sogar überlegt hatte, zum Arzt zu gehen, und das war etwas, was sie normalerweise nie tat. Es war bestimmt fünf Jahre her, dass sie sich hatte untersuchen lassen.

Aber sie konnte hier unmöglich ausfallen! Dann wären Manfred und Heino allein, und das jetzt, da die Schafe aufgestallt waren. Nein, es war besser, alles einfach zu ignorieren. Sie musste sich zusammenreißen und durfte keine Schwäche zeigen. Trotzdem wurde ihr auch im Sitzen schwindelig, und ihr Herz begann zu rasen. Johanna krallte die Fingerspitzen ins Stroh und schloss kurz die Augen. Dabei atmete sie mehrfach langsam tief durch. Das hatte bisher immer geholfen.

Dieses Mal aber wurde und wurde es nicht besser. Im Gegenteil! Johanna beugte sich nach vorn, dann sackte sie zusammen.

*

Ingo hatte sich trotz des Sturms nach dem zweiten Frühstück zu Fuß auf den Weg zum Nordseehof gemacht. Schon nach wenigen Metern fluchte er, dass er nicht mit dem Auto hatte fahren können, weil Theda es zugeparkt hatte. Da seine Schwester über Nacht bei ihrem Hermann geblieben war und er den Schlüssel nicht hatte finden können, war ihm allerdings keine andere Wahl geblieben.

Tapfer setzte Ingo den Kampf gegen den Sturm fort,

aber es war furchtbar anstrengend. Die Böen schienen immer mehr an Fahrt aufzunehmen, und auch wenn man starke Winde an der Küste gewohnt war, beunruhigte es ihn. Die Großwetterlage seit dem Jahresende wies auf nichts Gutes hin, und heute war das Morgenhochwasser nicht mehr abgelaufen. Es bestand die Gefahr einer schweren Sturmflut, denn die Winde hatten auf Nordwest gedreht und waren so heftig, wie er es nur selten erlebt hatte. Diese Paarung konnte an der Küste verhängnisvoll sein, auch wenn die Deiche inzwischen höher und besser gebaut waren als noch vor Jahren. Doch extremes Hochwasser, zusammen mit vom Regen aufgeweichten Deichen, war stets eine große Gefahr.

»Wird schon nicht so schlimm«, machte Ingo sich trotzdem selbst Mut und kämpfte vornübergebeugt gegen Sturm und Regen an.

Kurz bevor er den Nordseehof erreicht hatte, rauschte eine besonders starke Böe über die Marsch. Sie war so mächtig, dass Ingo von der Wucht kurz ins Straucheln geriet. Er stützte sich mit der rechten Hand ab, hörte parallel ein furchtbares Knacken und Knirschen, und dann sah er Geäst auf sich zustürzen.

Die Eiche, dachte er noch. Verdammt, diese dicke Eiche!

Geistesgegenwärtig rollte sich Ingo in den Graben und entging so dem dicken Stamm des Baumes, der sich mit einem Ächzen quer über den Weg legte, ein bisschen nachfederte und dann verstummte.

Ingo brauchte eine Weile, ehe er sich wieder gefangen hatte. Sein Kopf schmerzte, er lag quer an der Böschung, die Füße steckten im Schlamm. Ingo hatte seine Finger in den klebrigen Kleiboden gekrallt.

Ihn musste ein Ast gestreift haben, und als er sich ins Gesicht fasste, bemerkte er, dass die Nässe rosa gefärbt war. Er tastete die Stirn ab und fühlte am Haaransatz eine klaffende Wunde.

»Schiet!«, fluchte er, versuchte aber, ruhig zu bleiben. Am Kopf blutete es immer stärker, sagte er sich. Du musst nun zusehen, dass du möglichst schnell zum Nordseehof gelangst. Da kannst du die Wunde versorgen.

Vorsichtig bewegte er alle Gliedmaßen, doch es schien nichts gebrochen oder verstaucht zu sein.

Ingo hob den Kopf. Über ihm befand sich dürres Buschwerk, das sich teilweise ineinander verflochten hatte.

Er bewegte vorsichtig seine Füße. Sie waren nass, und er hatte das Gefühl, seine Zehen würden langsam abfrieren.

»Denn man tau«, flüsterte er und versuchte, sich mühsam unter dem Geäst her zurück auf den Weg zu schieben. Erst beim dritten Versuch gelang es ihm, sich hochzustemmen. Es dauerte wieder ein bisschen, ehe er unter dem dichten Astwerk hervorgekrabbelt war.

Mühsam trampelte er auf der Stelle, aus seinen Schuhen drang nur ein gedämpftes Quatschen. Die Wunde tropfte noch immer, und seine ganze rechte Seite war völlig durchnässt. Zum Glück war es bis zum Nordseehof nicht mehr weit. Das würde er schaffen.

Schweren Schrittes und nach vorne gebeugt, um gegen die Macht des Windes anzukommen, stampfte er los.

Ingo duckte sich, als er am niedergedrückten Gras erkannte, dass die nächste Böe über die Marsch raste. Wieder knackte und knirschte es. Dieses Mal erwischte es eine Esche etwa zehn Meter weit hinter ihm. Das alles sah nicht gut aus. Und der Rückweg war allen Fahrzeugen bis auf Weiteres versperrt, also würde ihn Johanna nicht mit dem Auto zurückbringen können.

Nur noch wenige Meter, und er hatte das große Tor zum Nordseehof erreicht. Ingo hoffte, dass Johanna etwas Trockenes zum Anziehen für ihn finden würde. Ob er unter diesen Umständen das vorgesehene Gespräch mit ihr führen konnte, wusste er nicht. Eigentlich graute es ihm auch davor, denn er hatte keine guten Nachrichten.

Es war wie verhext.

An seinem Traktor war ein größerer Schaden entstanden, den er sofort hatte beheben lassen müssen. Nur hatte das eine Unsumme an Geld verschlungen. Geld, das nicht eingeplant gewesen war und das ein dickes Loch in seine Haushaltskasse gerissen hatte. Nun brauchte er kurzfristig einen Teil des Geldes zurück, das er seiner Cousine geliehen hatte, wenn er nicht selbst in große Schwierigkeiten geraten wollte. Es würde kein leichtes Gespräch werden, war Johanna doch selbst noch so klamm. Allerdings konnte er bei der Bank keinen weiteren Kredit mehr aufnehmen, sein Rahmen war dort ausgeschöpft. Er hoffte, dass sie zusammen eine vernünftige Lösung finden würden.

Ingo hatte die Treppe zum Haus erreicht. Oben klingelte er, doch außer dem Bellen des Hundes aus dem Schafstall war kein Laut zu hören.

»Komisch«, murmelte Ingo. Er drückte die Klinke hinunter und trat ein. Auf dem Nordseehof wurde, wie auf den anderen Höfen ringsum, nie abgeschlossen. Er blieb kurz stehen und zog die nassen Schuhe aus. Im Flur roch es nach Kaffee, aber es war ungewöhnlich still im Haus. Ingo betrat die Küche, fand seine Cousine dort aber nicht vor. Eigenartig, um diese Zeit trank sie meist ihren

Elf-Uhr-Tee. Stattdessen stand die gefüllte Kaffeekanne auf der Warmhalteplatte der Maschine, und es wirkte nicht so, als hätte Johanna schon etwas davon getrunken.

Ingo trat zurück in den Flur und rief laut nach Johanna. »Hey, wo steckst du denn?«, rief er noch einmal, als er keine Antwort erhielt. Sie musste draußen im Stall sein. Warum hatte er dort nicht zuerst nachgesehen? Weil ihm furchtbar kalt war und er aus diesen ekligen Klamotten rauswollte. Ingo überlegte, was er tun sollte. Er konnte schließlich nicht einfach an Johannas Schränke gehen. Andererseits musste er schnellstmöglich aus den Sachen raus, wenn er sich keine Lungenentzündung holen wollte.

Im Flur entdeckte er glücklicherweise am Haken eine Arbeitshose und ein kariertes Hemd. Beides würde ihm zu kurz sein, aber immerhin trocken. Ohne lange zu überlegen, entledigte er sich der nassen Kleidung und zog rasch die frischen an.

Als er danach zur Haustür gehen wollte, ließ ihn ein lautes Klopfen zusammenzucken. Ingo schrak zusammen. Das kam aus Tante Folines Zimmer! Er stürzte sofort dorthin, riss die Tür auf – und schreckte zurück. Tante Foline lag vor dem Bett, inmitten einer Wasserpfütze und von den Scherben ihrer weißen Porzellanschnabeltasse umgeben. Sie sah ihn mit schreckgeweiteten Augen an und versuchte, etwas zu sagen, aber ihren Mund verließen lediglich unverständliche Laute.

Ingo beugte sich zu ihr hinunter und streichelte das blasse, faltige Gesicht. »Was ist denn nur passiert?«

Tante Foline seufzte, brabbelte wieder los und schloss ergeben die Augen.

Ingo wollte sie gerade zurück ins Bett heben, als er sah,

dass das Laken vollkommen verdreckt war. Er konnte seine Tante unmöglich darauflegen. Er schob das Nachthemd hoch. Ihre Windel quoll über.

Ingo fühlte sich maßlos überfordert. Er konnte Kälbern zu einem guten Start ins Leben verhelfen. Er war in der Lage, ein so großes Gehöft wie den Eilershof zu führen. Aber mit der Pflege einer alten Frau kannte er sich nicht aus, und es brachte ihn an seine Grenzen.

Wo nur steckte Johanna? Warum ließ sie ihre Mutter einfach im Bett liegen?

»Wahrscheinlich ist die Pflegerin aus Neusiel wegen des Orkans nicht gekommen«, murmelte er. Aber es passte so gar nicht zu seiner Cousine, ihre Mutter im Stich zu lassen und sich nicht zu kümmern. Es musste etwas passiert sein.

Ingo strich Tante Foline ein weiteres Mal übers Haar. Gut, dann würde er zuerst sie versorgen und anschließend weiter nach Johanna suchen. Wahrscheinlich war sie in einem der Ställe, weil ein Tier Hilfe brauchte.

»Tante Foline, du hattest wahrscheinlich Durst und bist aus dem Bett gefallen, als du dir die Tasse angeln wolltest«, resümierte er dann. »Pass auf, ich gebe dir gleich was zu trinken, aber erst musst du sauber gemacht werden. Es ist alles verschmutzt.«

Ingos Gedanken überschlugen sich. Womit sollte er beginnen? Foline wirkte völlig ausgekühlt, da musste er rasch Abhilfe schaffen.

Am besten mache ich erst sie sauber, dann das Bett, und anschließend kann ich sie zurücklegen, überlegte er.

Ingo besah seine schmutzigen Finger. Damit konnte er Tante Foline unmöglich anfassen. Also huschte er zwei Türen weiter ins Bad und wusch sich die Hände. Ein Blick in den Spiegel zeigte ihm, dass seine Stirnwunde nicht mehr blutete. Darum konnte er sich also später kümmern. Rasch eilte er zu Foline zurück.

Ingo sah sich um und entdeckte die Waschschüssel auf der Kommode, die wohl noch vom Vorabend dort stand. Am Rand lag ein Waschlappen, das Handtuch über der Stuhllehne.

Ingo nahm ein frisches Nachthemd aus dem Schrank. Er wechselte rasch die volle Windel, säuberte Foline, zog ihr das neue Nachthemd an und deckte sie mit einer Wolldecke zu.

Das verschmutzte Bett war rasch frisch bezogen. Ingo konnte seine Tante schon bald auf die Matratze heben und sie bequem lagern.

Tante Foline wirkte völlig erschöpft. »Ich hole dir jetzt aus der Küche etwas zu trinken«, versprach er ihr und hoffte, dass es ihr danach wieder besser gehen würde. »Bestimmt hat Johanna dort eine zweite Schnabeltasse!« Foline reagierte auch jetzt nicht. Sie hielt die Augen geschlossen und atmete flach.

Ingo hastete in die Küche, befüllte die neue Tasse mit frischem Wasser und kam schnell zurück.

Vorsichtig hob er Folines Kopf, aber sie trank nur widerwillig wenige Schlucke, ehe sie die Augen wieder schloss. Ingo hoffte, dass seine Tante sich bei dem Sturz nicht verletzt hatte, aber wenn es ihr nachher nicht besser ging, würde er einen Krankenwagen holen müssen.

Der kommt gar nicht durch, du Dösbaddel, schimpfte er innerlich mit sich selbst. Er konnte gar nicht mehr richtig denken. Es gelang ihm kaum, die Waschutensilien zurück an Ort und Stelle zu bringen.

Dann sah er noch einmal nach der Tante. Sie schlief

jetzt und atmete ruhig. Mehr konnte er vorerst nicht tun, denn er musste dringend Johanna finden.

»Wo steckt sie bloß?«, fragte er sich laut und kratzte sich am Kopf. Ob sie doch nicht im Stall war, sondern krank im Bett lag?

Ingo huschte im Haupthaus ins obere Stockwerk und klopfte an die Schlafzimmertür. Weil Johanna nicht antwortete, öffnete er sie, doch das Bett war leer, allerdings ungemacht.

Ingo schüttelte den Kopf. Also musste sie doch draußen sein.

In Windeseile lief er die Treppen hinunter, rannte über den Hof und steuerte auf den Schafstall zu.

Dort herrschte trotz der furchtbaren Wetterlage nur leichte Unruhe. Die Schafe blökten, als sich die Tür öffnete, wandten sich dann aber wieder der Raufe zu und kauten zufrieden an ihrem Heu. Nur wenn eine Böe um den Stall wehte und es klapperte, hoben ein paar Tiere die Köpfe. Der Stall war ausgemistet, aber weder Manfred noch seine Cousine waren irgendwo zu sehen.

»Johanna – bist du da?«, rief Ingo dennoch, aber es kam nur der Hund aus der Ecke geschossen, winselte leicht und legte sich, nachdem Ingo ihn gestreichelt hatte, wieder auf seine Decke neben den Mutter-Lamm-Schafboxen.

Ingo zuckte mit den Schultern, verließ den Stall und schaute kurz bei den Pferden nach. Er inspizierte auch die Remise und den Hühnerstall.

Keine Johanna, kein Manfred. Der Nordseehof war wie verwaist. Hier stimmte tatsächlich etwas nicht. Ingo wurde zunehmend unruhig und wusste nicht mehr, wo er nun noch suchen sollte.

Obwohl es fast Mittag war, zeigte sich alles grauschwarz, und noch immer wütete der Orkan. Das Rauschen der Bäume war überlaut, und jede Böe klang wie ein verhängnisvolles Grollen.

Plötzlich schepperte von der Scheune eine Dachpfanne herunter, und erst jetzt bemerkte Ingo, dass es bei Weitem nicht die erste war. Auf dem ganzen Innenhof der Schäferei lagen die roten Scherben der zerschmetterten Dachpfannen.

Sie ist in der Scheune!, schoss es ihm durch den Kopf. Mit einem kräftigen Ruck stieß er die Tür auf und trat ein. »Johanna!«, stieß er aus und stürzte zu ihr.

Seine Cousine saß heftig zitternd auf einem Heuballen und hatte den Kopf in die Hände gestützt.

»Was ist passiert?« Er stieß sie sacht an. »Nun sag doch was! Seit wann sitzt du hier?«

Er schauderte, als er von einer nassen Böe gestreift wurde, die laut und unheilvoll stöhnend durch die Scheune zog und Nässe mit sich führte.

»Das Dach«, flüsterte Johanna und hob vorsichtig die rechte Hand. »O mein Gott, das Dach. Es fliegt weg, Ingo. Dieser Sturm wird uns vernichten, so wie der andere uns damals auch fast vernichtet hat.«

In dem Augenblick, als sie es aussprach, schepperte eine weitere Pfanne zu Boden und vergrößerte das Loch im First. Kurz darauf brachen etliche seitliche Ziegel weg, und es zeigte sich auch dort eine riesige Lücke. Darüber tanzten dicke graue Wolken nach der zerstörerischen Choreografie des Sturms.

»Komm erst einmal ins Haus«, schlug Ingo vor. »Drinnen ist es warm, und das Dach ist heil. Hier können wir jetzt nichts tun und müssen abwarten, bis das Wetter sich ein wenig beruhigt hat.« Sorgenvoll dachte er an den Eilershof, und er hoffte, dort würde alles halten. Und er hoffte auch, dass ihnen die nächste Flut keine böse Überraschung bieten würde. Einen solchen Sturm hatte Norddeutschland lange nicht erlebt.

»Warum bist du nicht schon längst ins Haus gegangen?«, fragte er.

»Ich bin umgefallen«, flüsterte Johanna. »Ich konnte mich zwar hochziehen, nur ist mir so schwindelig.«

»Ist gut. Nun komm mit.« Ingo reichte seiner Cousine die Hand.

Johanna erhob sich mit zitternden Beinen und ließ sich von Ingo ins Haus schleppen. Wegen des Windes brauchten sie eine Weile, um den Hof zu überqueren.

»Es war noch nie so schlimm«, sagte Johanna. »Noch nie! Nicht einmal damals. Oder ich habe es vergessen. Es brennt aber nicht. Dieses Mal brennt es wenigstens nicht.«

Wieder krachten Teile des Scheunendachs zu Boden. Wenn sie Pech hatten, wurde wirklich das ganze Dach abgedeckt. Je mehr Pfannen herunterfielen, desto instabiler wurde es. Ingo hoffte, Johanna war ausreichend versichert, damit keine weitere Belastung auf sie zukam.

Sie gingen in die Küche, und plötzlich schaute Johanna Ingo entgeistert an. Sie zeigte auf die Wunde an seiner Stirn. »Was ist passiert?«

Ingo erzählte von den umgestürzten Bäumen und dass er mächtig Glück gehabt hatte.

»Du musst es verbinden!«

»Später, es blutet ja schon nicht mehr. Leider ist das nicht alles.« Er berichtete, was mit Foline geschehen war.

»Harrijasses nej«, entfuhr es Johanna. »Aber geht es

ihr gut?« Sie sprang auf und wollte sofort zu ihrer Mutter eilen, aber Ingo drückte sie zurück auf ihren Stuhl.

»Du bleibst bitte sitzen. Ich sehe gleich nach ihr. Im Augenblick ist Tante Foline versorgt, und wir können nichts tun, als diesen Orkan abzuwarten, denn wegen der Bäume kommt kein Rettungswagen durch. Ich gebe ihr gleich etwas zu essen. Wo steht was?«

Johanna deutete mit dem Kopf zum Brotschrank. »Weiche ihr ein bisschen Weißbrot ein. Das mümmelt sie gern.«

Sie atmete schwer, und Ingo sah sie besorgt an. »Geht es?«

Johanna ignorierte seine Frage. »Und der Hubschrauber? Lass uns den Hubschrauber holen. Nicht, dass meine Mutter sich was gebrochen oder eine Kopfverletzung hat! Ingo, ich bin schuld, wenn etwas Schlimmeres passiert ist!«

Er schüttelte den Kopf und versuchte, Johanna zu beruhigen. »Keiner ist schuld! Was kannst du dafür, wenn du ohnmächtig wirst und danach keine Kraft hast aufzustehen?«

Johanna senkte den Kopf. »Ich hatte Angst. Dachte, es wäre so wie damals. Mit Reent und dem Feuer. Mir wurde immer komischer. Und dann … dann weiß ich nichts mehr!« Sie schlug die Hände vors Gesicht und schluchzte auf.

»Wo ist denn Manfred? Er muss doch bemerkt haben, dass du nicht wiederkommst?« Ingo war Johannas Mitarbeiter auf dem Weg hierher nicht begegnet. »Müsste er nicht arbeiten?«

Seine Cousine wirkte überfordert. »Er war früh am Morgen schon im Stall. Vielleicht ist er nach der Arbeit wieder gefahren, weil der Sturm stärker wurde. Er wird mich nicht gefunden haben, um mir Bescheid zu geben.« Johanna begann nun stark zu zittern. »Ist auch egal. Ich rufe ihn später an und frage nach. Jetzt müssen wir nach Mutter schauen. Ich komme mit.«

Ingo sah sie zweifelnd an, aber wenn Johanna sich etwas in den Kopf gesetzt hatte, dann war es zwecklos, mit ihr zu diskutieren.

Er gab Johanna die Hand und wollte ihr hochhelfen, als sie plötzlich weiß wie die Wand wurde und erneut kollabierte.

Kapitel 21

Adda lief aufgeregt im WG-Zimmer auf und ab, während Dirk rittlinks auf dem Stuhl hockte und ihr dabei zusah.

Der Fernseher flimmerte und spuckte eine Hiobsbotschaft nach der anderen aus.

Es war schon spät und stockdunkel. Aber bei dem kräftigen Sturm konnte sie unmöglich zurück in ihre Wohnung gehen. Im Fernsehen berichteten sie ständig von dem Orkantief, das schwere Sturmfluten mit sich brachte. Die Wasserstände in Hamburg waren höher als bei der Flut 1962. 6,45 Meter über normal null! Und auch hier in Bremen stürmte es, als würde es kein Morgen mehr geben.

Adda hatte mehrfach versucht, zu Hause auf dem Nordseehof anzurufen, aber die Leitung musste defekt sein, sie kam einfach nicht durch. Zumindest schienen bislang die Deiche an der Nordseeküste zu halten, noch gab es von da keine Katastrophenmeldungen. Aber auch dort erreichten die Wasserstandspegel, genau wie an der Weser, gerade den Extrempegel. Es war nicht abzuschätzen, was auf die Küste noch zukam.

Der Sturm fegte fauchend und dröhnend über die Stadt hinweg. Überall lagen Äste herum, ständig wehten Tüten und andere Dinge durch die Straßen, tanzten auf der

Stelle, wurden von der nächsten Böe weitergetragen und verschwanden im Nichts. Mülltonnen bewegten sich wie von Geisterhand geschoben über die Höfe, im Nachbarhof wackelten aufgetürmte Rohre, bis der Stapel auseinanderfiel.

»Es wird schon alles gut gehen bei euch«, versuchte Dirk, Adda zu beruhigen. Sie stand jetzt, die Faust vor den Mund gepresst, wie angewurzelt am Fenster.

»Ich fahre morgen sofort nach Hause, um mich davon zu überzeugen«, sagte sie. »Das hier ist ein Horrorfilm, Dirk. Und ich will wissen, wie er für die Schäferei ausgegangen ist, verstehst du?«

»Du hast morgen Spätdienst«, erinnerte er sie. »Du kannst nicht so ohne Weiteres verschwinden.«

»Dann übermorgen. Ich nehme mir frei! Habe noch Überstunden und anschließend Urlaub«, entgegnete sie trotzig.

Dirk zog die Mundwinkel nach unten und dachte kurz nach. »Darf ich mit? Die paar Vorlesungen kann ich ausfallen lassen, wenn sie wegen des Orkans überhaupt stattfinden.«

Adda atmete einmal tief ein. Sie wusste nicht, ob sie das wollte.

Sie hockten ständig aufeinander, ihre Treffen waren zu einer Selbstverständlichkeit geworden. Adda vermisste ihn, wenn er mal nicht da war, aber war das Liebe?

Ihr fehlte das Herzklopfen, der Überschwang der Gefühle. Dafür war da etwas anderes. Dirk war vertraut, und sie mochte ihn mehr als jeden anderen Mann zuvor. Aber war das genug?

Reichte das schon aus, um ihn ihrer Mutter vorzustellen und ihm ein Leben zu zeigen, das ihm völlig fremd sein würde? Ein Leben, das sie abgelegt hatte wie eine schuppige Haut, die sie nicht mehr mochte.

»Warum überlegst du so lange, ob ich mitkommen darf?«, fragte er.

Adda grub ihre Zähne in die Unterlippe. Was sollte sie darauf bloß antworten? Was war das mit ihnen beiden? Sie und Dirk – konnte das gut gehen? Wollte sie eine feste Beziehung mit ihm oder sich doch erst ausprobieren, so wie es Deike tat?

Andererseits hatte sie in Bremen mit niemand anderem geschlafen als mit ihm. Weil sie ihn mochte. Weil es ihr guttat, wie er sie behandelte. Weil der Sex mit ihm Spaß machte und er die richtige Mischung aus neuartigem Spiel und Rücksichtnahme fand.

Und weil es ihr Freude machte, mit ihm zu diskutieren und sich politisch zu betätigen. Er war umgänglicher als Stefan und Marius, die sie zunehmend mied. Beide waren schreckliche Besserwisser und beharrten derart auf ihren Standpunkten, dass es von vorneherein zwecklos war, sich mit ihnen auf eine Diskussion einzulassen. Außerdem stieß es sie ab, dass sie sich immer mehr radikalisierten.

»Und?«, Dirk stupste sie neckisch an. Dabei fiel ihm eins seiner Löckchen in die Stirn. Adda strich es sacht weg und hauchte ihm einen Kuss auf die Nasenspitze.

»Ich fahre allein«, beschied sie dann. »Ich schaue erst, was da los ist. Beim nächsten Mal nehme ich dich mit, okay?«

Dirk wich enttäuscht zurück. Ihre Antwort hatte ihn offenbar verletzt.

Adda bekam ein schlechtes Gewissen, aber sie konnte momentan nicht anders handeln. Die Situation glich der damals, als Manfred sich etwas von ihr erhofft hatte, das sie ihm nicht geben wollte und konnte. Sie stellte sich vor Dirk, zog seinen Kopf an ihre Brust und streichelte über sein Haar. Sie konnte ihm nicht erklären, was sie umtrieb, weil er ihr altes Leben, die Enge nicht kannte. Sie hatte ihm zwar davon erzählt, aber das war nicht dasselbe.

Hier in Bremen hatte sie endlich ein kleines bisschen von der Freiheit gekostet, und sie wollte mehr. Eben nicht nur den Teelöffel voll. Nein, sie wollte eine ganze Schüssel. So wie früher beim Teigschlecken, wo sie allenfalls die Quirle vom Handmixer abschlecken durfte und das meiste der Leckerei im Backofen verschwand. Damals hatte sie sich heimlich eine Schüssel mit Eiern, Zucker, Butter und Mehl für sich allein angerührt und alles verschlungen. Das Ergebnis war eine unruhige Nacht mit heftigem Erbrechen gewesen, aber sie hatte wenigstens ausprobiert, ob es gut war, viel davon zu essen. Und so wollte sie es auch jetzt. Wenn sie auf die Nase fiel, vielleicht eine Liebe verspielte, dann hatte sie es zumindest allein zu verantworten. Ja, sie wollte diese Schüssel voll Freiheit um jeden Preis bekommen. Lieber wieder eine Nacht brechen, als das Gefühl zu haben, sie hätte nicht alle Möglichkeiten für sich genutzt.

Dirk war zu früh in ihr Leben getreten. Ein oder zwei Jahre später hätte sie vielleicht anders entschieden. Doch noch konnte er nicht mit. Noch musste sie ihn auf Distanz halten, damit sie sich selbst darüber klar wurde, was für sie wichtig war.

»Liebst du mich denn nicht?«, fragte er nun. »Schämst du dich, weil du mich nicht deiner Familie vorstellen willst?«

Adda ließ ihn los und sah ihn fest an. »Dirk, darum geht es jetzt nicht. Ich fahre nur kurz zum Nordseehof und sehe nach dem Rechten. Dann komme ich wieder zurück! Bitte mach jetzt kein Drama daraus, und hänge es nicht höher als nötig.«

Dirk stand auf und machte sich hilflos am Bücherregal zu schaffen. »Du wirst Manfred begegnen«, schoss es schließlich aus ihm heraus.

Adda seufzte. Herrgott, hätte sie ihm doch nie von ihm erzählt! Jetzt kam auch noch die Eifersuchtsnummer. Das konnte sie nun nicht brauchen.

»Ja, aber ich will ihn doch nicht! Hätte ich mich für ihn entschieden, würde ich nicht hier bei dir sitzen, sondern jetzt gerade« – sie sah auf die Uhr – »den Schafen das Heu in die Raufe legen.«

»Du kommst also schnell zurück?« Dirk wandte sich ihr wieder zu.

Adda zog die Brauen hoch, verlegte sich dann aber aufs Lächeln, weil sie ihn nicht weiter verletzen wollte. Das hätte alles noch komplizierter gemacht. »Ja, ich fahre übermorgen mit dem Zug, schaue nach, ob auf dem Nordseehof alles in Ordnung ist, und komme schnellstmöglich wieder.«

Dirk legte seine Hände auf Addas Schultern. »Ich werde dich vermissen.«

»Ich habe noch vier Tage Überstunden abzufeiern, weil ich ein paarmal für eine Kollegin eingesprungen bin.«

»Vier Tage also«, wollte Dirk Adda festlegen.

Sie senkte den Kopf. Vielleicht würde sie doch länger bleiben müssen. Wer wusste schon, was in der Schäferei los war. Sie war so lange nicht dort gewesen, und immer öfter verspürte sie ein leises Sehnen. Adda hatte sich im Krankenhaus zwischen dem Dienst an Weihnachten und Silvester entscheiden müssen, und da sie unbedingt mit den Freunden ins neue Jahr hatte feiern wollen, war ihre Entscheidung für den Dienst über die Weihnachtstage gefallen. Aber dann hatte ihr doch etwas gefehlt, und sie hatte tatsächlich ein bisschen Heimweh bekommen. Ein Umstand, mit dem sie nicht gerechnet hatte. Jetzt kam noch hinzu, dass sie unglaublich in Sorge war, dass auf dem Nordseehof etwas passiert war, weil sie keinen erreichen konnte. Adda hatte noch bis zum 22. Januar Urlaub. Wenn es nötig war, würde sie eben bleiben.

»Ich komme schnell wieder nach Bremen«, wich sie also Dirks Frage aus und widmete ihre Aufmerksamkeit jetzt wieder den Nachrichten im Fernsehen, denn dort gab es Neuigkeiten vom Schiffsunglück.

»Für das Küstenmotorboot *Capella* ist der heftige Orkan zum Verhängnis geworden«, las der Nachrichtensprecher Wilhelm Wieben mit ruhiger Stimme. »Das Schiff, das in Rostock registriert ist, schlug nordwestlich von Borkum bei heftigem Seegang leck und wurde manövrierunfähig. Bei dem verzweifelten Versuch, den Hafen von Borkum anzulaufen, kenterte das sogenannte Kümo. Sämtliche Rettungsmaßnahmen kamen zu spät, was auch dem massiven Seegang geschuldet war. Alle elf Besatzungsmitglieder starben.«

Adda war fix und fertig, aber der Sprecher war mit den schlechten Nachrichten noch nicht fertig. »Größere Schäden sind zudem im Raum Kehdingen im niedersächsischen Elbegebiet zu verzeichnen. Dort brach der Deich an zehn Stellen und überflutete eine Fläche von sechstausend Hektar Land. Auch die Elbinsel Krautsand ist überflutet.« Und so ging es weiter, bis alle Schäden aufgezählt waren.

»So een Schiet! Da draußen geht gerade die Welt unter, und auf dem Hof scheint das Telefon kaputt zu sein!«

Addas Verzweiflung war echt, das spürte wohl auch Dirk, der sich nun wesentlich umgänglicher zeigte.

»Meine verstorbene Oma hat im Kehdinger Land in Dornbusch ein kleines Haus. Ich hoffe, der Schaden ist nicht allzu groß.«

Adda sah ihn an. »Wohnt darin jemand?«

Dirk schüttelte den Kopf.

»Mann, dann ist es nur ein Haus«, sagte Adda. »Hauptsache, es ist keiner ertrunken.«

»Versuche doch noch einmal, bei deiner Mama anzurufen«, schlug Dirk vor. Er hielt Adda den Hörer hin. Sie wählte hastig, doch nichts. Genauso verhielt es sich beim Eilershof. Uwe ging in Hannover auch nicht dran. Adda warf den Hörer zurück auf die Gabel. Sie konnte es angesichts der Umstände kaum erwarten, nach Ostfriesland zu fahren. Nie hätte sie gedacht, dass sie es einmal so eilig haben würde, dorthin zurückzukehren.

*

Rolf machte sich Sorgen. Er hatte die Nachrichten unablässig verfolgt, und es klang gar nicht gut, was über den Sturm im Norden zu hören war. Auch hier im Pott wehte es heftig, und es waren Bäume umgefallen. Aber das war mit Sicherheit kein Vergleich zu dem, was sich an der Küste zusammengebraut hatte. Er wäre am liebsten sofort losgefahren, aber so einfach war das nicht.

Schon zuvor hatte er seine geplante Reise nach Ostfriesland immer wieder verschieben müssen. Die Trennung von Dagmar war nicht leicht vonstattengegangen, und eigentlich trennten sie sich immer noch. Stück für Stück. Manchmal machten sie einen Schritt rückwärts, bevor sie am nächsten Tag einen Marathon hinlegten, um sich endlich aus der Ehe zu befreien.

Erst hatte alles so einfach und endgültig geklungen, und Rolf war selbst erschrocken darüber gewesen, dass es ihn eher erleichterte als belastete.

Doch dann hatte seine Frau immer wieder tränenüberströmt vor der Tür gestanden. Unsicher, ob sie richtig gehandelt hatte. Ob sie auf dem richtigen Weg war.

»Rolf, ich kann doch unsere Ehe nicht einfach so wegwerfen!«

Ja, er war ihrem dunklen Blick erlegen und hatte wieder mit Dagmar geschlafen. Und sich hinterher geärgert, denn es war jedes Mal ein schales Gefühl geblieben. Ein Gefühl, das sich verschlimmert hatte.

Am Ende fürchtete Rolf Dagmars Auftauchen, und er wappnete sich. Trug einen unsichtbaren Schild, um sie nicht wieder zu dicht an sich heranzulassen.

Erst Mitte Dezember war Dagmar wieder bei ihm gewesen. Tränenüberströmt. »Du hast *mich* verlassen, schon vergessen?«, war ihm herausgerutscht.

»Aber ich liebe dich!« Wieder dieses Zittern ihres Kinns. Und die dicken Tränen, die sie gekonnt einzusetzen wusste. Er kannte sie nach all den Jahren einfach zu gut. »Bitte geh wieder zu Manu in deine Frauen-WG, Dagmar! Ich kann das so nicht mehr. Dieses Hin und Her zermürbt mich.«

Rolf hatte Dagmar die Tür vor der Nase zugeschlagen und auch auf ihr Hämmern gegen die gelbe Glasscheibe nicht reagiert.

Seitdem herrschte Krieg zwischen ihnen.

Mal bekam er zu nachtschlafender Zeit merkwürdige Anrufe, mal lagen anonyme Drohbriefe in seinem

Postkasten, auf denen er aber eindeutig Dagmars Schrift erkannte.

Lauter solch kindische Sachen, die ihn eher nervten als belasteten.

Am Tag vor Weihnachten hatte er Dagmar angerufen und ihr klipp und klar gesagt, er würde die Scheidung einreichen. Es war ihm mittlerweile egal, ob sie dann Nachteile hatte und als schuldig geschieden galt. »Du weißt, dass es endgültig vorbei ist. Wir müssen es akzeptieren.«

»Du mieses Stück Dreck!«, war ihre Antwort gewesen. »Du hörst mir ja nicht mal mehr zu!«

Den Weihnachtsabend hatte Rolf allein vor dem Fernseher zugebracht und erst ausgeschaltet, als das Testbild die Sendepause verkündete. Noch nie hatte er sich so einsam gefühlt. Aber sein Entschluss war gefasst. Er wollte im neuen Jahr einen Anwalt aufsuchen und einen Schlussstrich ziehen. Dagmar würde es am Ende einsehen und sich fügen. Und wenn nicht, war es auch nicht zu ändern. Er konnte so nicht weitermachen, sonst würde er ersticken.

Sein schlechtes Gewissen Dagmar gegenüber hielt sich ohnehin in Grenzen, denn es war ein neues Scheidungsgesetz im Gespräch: Das Schuldprinzip sollte durch ein Zerrüttungsmodell ersetzt werden. Nun, wenn etwas zerrüttet war, dann sicher ihre Ehe. Mit etwas Glück war das neue Recht längst in Kraft, bis sie den Scheidungstermin hatten. Jedenfalls wollte er erst bei Johanna auftauchen, wenn er diese Sache hinter sich gebracht hatte, denn nur dann war er wirklich frei.

Heute Morgen hatte Rolf endlich einen Anwalt angerufen und mit ihm für den kommenden Montag einen Termin vereinbart. Und jetzt diese Katastrophe!

In seiner Verzweiflung und Sorge um Hanna hatte er versucht, Theda oder Ingo auf dem Eilershof zu erreichen, aber die Leitung war tot. Vermutlich war ein Baum umgekippt oder etwas Ähnliches. Die Unsicherheit machte Rolf schier wahnsinnig. Er hätte schon viel eher zum Nordseehof fahren sollen, egal, was mit Dagmar war! Was, wenn er Johanna nie wiedersah, weil der Sturm sie ihm raubte?

Im nächsten Moment klingelte es, und Rolf öffnete die Tür. Erstaunt wich er zurück, denn vor ihm stand Paul. Mit ihm hatte er überhaupt nicht gerechnet.

»Du?«

»Ja, ich. Darf ich reinkommen?«

Paul klang merkwürdig, und Rolf trat einen Schritt beiseite, um ihn einzulassen. Noch im Flur fragte er: »Was willst du hier? Dagmar ist nicht da, das weißt du.«

»Das ist mir bekannt«, stieß Paul wütend hervor. »Sie wohnt ja seit einiger Zeit bei meiner Mutter.« Er wurde kreideweiß, drängte sich an Rolf vorbei, stürzte ins Bad und übergab sich dort. Es dauerte, ehe das Würgen aufhörte und die Klospülung ging. Rolf wartete im Flur.

Der junge Mann war immer noch leichenblass, als er aus dem Bad trat.

Rolf klopfte ihm jovial auf die Schulter und gab sich betont lässig. Paul ging es offenbar schlecht, es war also kein guter Zeitpunkt, ihm seine Antipathie zu zeigen.

»Komm, ich gebe dir ein Glas Wasser, und dann erzählst du mir, was dich so aus dem Konzept bringt. So kenne ich dich gar nicht.«

Rolf war tatsächlich erstaunt, denn Paul hatte auf ihn bislang immer ziemlich abgebrüht und unterkühlt gewirkt. Ein Typ, den nichts aus der Fassung brachte.

Gefühlskalt. Berechnend. Aber vielleicht hatte er seine Wut auf Reent auch viel zu sehr auf ihn übertragen, denn so, wie Paul nun vor ihm stand, war er ein einziges Häufchen Elend, das Mitleid und Schutz verdiente.

Paul folgte ihm mit gesenktem Kopf ins Wohnzimmer und ließ sich auf den Sessel fallen. Seine Knie bebten, und er wusste nicht, wohin mit seinen zitternden Händen. Rolf holte das Glas Wasser und reichte es ihm. Doch Paul war außerstande, das Glas zu halten, weshalb Rolf es auf dem Tisch abstellte.

»Wusstest du es nicht?«, fragte er dann. »Dass Dagmar zu deiner Mutter gezogen ist? Schließlich wohnt sie dort schon eine Weile.«

»Nein«, presste Paul hervor. »Ich war lange nicht in Oberhausen, wir haben nur telefoniert. Sie haben gesagt, dass Dagmar sich von dir getrennt hat, weil du sie nicht liebst, sondern immer noch Johanna. Und ich dachte: Was für ein Arsch!«

»Das sagt sie, ja. Aber das ist nicht der Grund.« Rolf beschloss, Paul die Wahrheit zu sagen, zumal er es ohnehin ahnte. Rolf erinnerte sich nur zu gut an die Andeutungen, nachdem er zum ersten Mal auf dem Nordseehof gewesen war. »Der wahre Grund ist: Adda ist meine Tochter, und sie kann nicht damit umgehen. Das Mädchen weiß nichts davon, aber ich habe sie zufällig kennengelernt und weiß jetzt nicht, was ich tun soll. Bitte behalte dieses Wissen für dich, wenn du das nächste Mal zum Nordseehof fährst.«

»Da gehe ich nie wieder hin«, gab Paul eine Spur zu schnell zurück. »Die wollen mich da nicht mehr.«

»Warum nicht?«

Paul zog nur die Brauen zusammen und schwieg.

Dann eben nicht, dachte Rolf. Er sah Paul abwartend an. »Was regt dich denn so daran auf, dass Dagmar nun bei Manu wohnt?«

Paul hob den Kopf, sein Blick war unstet. »Na, da fragst du noch? Zwei Frauen unter einem Dach … Das stinkt doch zum Himmel!«

Rolf musste wider Willen lachen. »Ach, du glaubst, dass deine Mutter und Dagmar … Nein, da kann ich dich beruhigen. Dagmar mag Männer. Nur Männer.«

»Aber die anderen werden denken, dass sie ein Paar sind! Wie peinlich ist das bitte?«, regte Paul sich auf.

»Nun, die *anderen*, wer auch immer das sein mag, reden sowieso, wenn sie wollen. Wichtig ist doch einzig, dass wir wissen, was die Wahrheit ist. Deine Mutter und Dagmar sind kein Paar, glaub es mir!«

Paul trank einen Schluck Wasser. Sein Zittern hatte nachgelassen. »Okay. Ich muss mir deswegen also wirklich keine Sorgen machen?«

»Nein, bestimmt nicht.« Rolf nickte Paul aufmunternd zu.

Danach schwiegen beide für eine Weile, bis Paul das Gespräch wiederaufnahm und sich dabei ungewöhnlich sensibel verhielt.

»Bist du sehr traurig, dass sie weg ist?«

Rolf dachte nach. »Doch, schon. Klar. Es ist schlimm für mich, dass wir unsere Ehe nicht hinbekommen haben. Schuld ist nie einer allein, weißt du?«

»Bei Dagmar klingt das anders«, sagte Paul. »Aber ich glaube, du hast recht.«

»Irgendwann kommt man an den Punkt, an dem man machtlos wird«, sagte Rolf. »Dann überrollt einen die Situation, und eins kommt zum anderen. So war es bei uns auch. Ich bin traurig darüber, aber ich weiß, dass es für uns beide besser ist, wenn wir nicht mehr zusammen sind.«

Paul wirkte ein bisschen gefasster. »Kann ich vorerst hierbleiben?«, fragte er. »Die beiden sind für ein paar Tage verreist, und ich mag nicht allein sein.«

»Das ist schlecht. Ich werde Oberhausen am Dienstag nämlich verlassen«, sagte Rolf. Dass er sogar plante, das Haus einem Makler in die Hand zu geben, um es zu verkaufen, ging Paul nichts an. Dagmar wollte hier nicht einziehen, und er würde sie auszahlen.

»Ist auch nicht für lange«, versuchte Paul, ihn zu überreden. »Ich muss ebenfalls am Dienstag zurück zum Bund. Wir würden also zusammen gehen.«

Rolf saß in der Falle. Wie sollte er Paul absagen, ohne ihn vor den Kopf zu stoßen?

»In Ordnung«, stimmte er deshalb zu. »Bis Dienstagmorgen!« So lange würde er mit dem Bürschchen schon klarkommen.

Rolf holte Bettzeug aus dem Schlafzimmer und bezog es. »Schlafen musst du aber auf der Couch.«

*

Johanna kam nur schwer wieder auf die Beine, weshalb sie sich meist in der Stube aufhielt und dort auf dem neuen, bequemen Sofa lag.

Ihr Zusammenbruch war zwei Tage her, und ihr war nach wie vor schwindelig und oft übel. Allerdings ging es langsam aufwärts. Sie wollte sich partout nicht unterkriegen lassen, denn sie musste sich um den Hof kümmern.

Der Orkan hatte so viel zerstört. Sie hatten ihn *Capella*

genannt – nach dem gesunkenen Schiff vor Borkum –, und er hatte eine Spur der Verwüstung hinterlassen.

Auf dem Nordseehof war das halbe Dach der Scheune abgedeckt und dadurch ein Großteil des eingelagerten Strohs und Heus unbrauchbar geworden. Johanna war froh, dass sie etliche Heuballen auch im Seitenteil des Schafstalls gestapelt hatten, sodass vorerst genug Futter da war.

Jetzt begannen die Aufräumarbeiten und die genaue Sichtung der entstandenen Schäden. Sie musste dringend einen Antrag bei der Versicherung stellen, damit die Kosten übernommen wurden. Allein das Dach zu reparieren, würde Unsummen verschlingen.

Die Zuwegung zwischen dem Eilers- und dem Nordseehof hatte Ingo mit Manfred frei geräumt. Auf die Feuerwehr konnten sie nicht warten, denn die Schäden waren überall so groß, dass es zu lange gedauert hätte, und es war schließlich wichtig, dass man beide Gehöfte mit dem Auto oder Trecker erreichen konnte. Auch das Telefon ging seit einigen Stunden wieder, der Schaden war rasch behoben worden.

Insgesamt waren sie an der Nordseeküste noch recht glimpflich davongekommen, wenn man mal von den zahlreichen Dachschäden und von denen in den Wäldern absah. Johanna hatte die Fotos in der Zeitung gesehen. Ein paar waren im Barkeler Busch aufgenommen worden. Ganze Wurzelballen reckten sich aus der Erde und rissen Wunden in den Wald. Johanna fand das sehr traurig. Aber die Deiche vor Ort waren alle unversehrt geblieben, im Gegensatz zu denen an der nördlichen Elbe, wo ein Teil des Landes überspült worden war. Dort und in Hamburg waren auch Menschen gestorben. Johanna hatte von zweiundachtzig Todesopfern gehört. Sie sollte dankbar sein und sich nicht über ein kaputtes Dach aufregen.

Johanna hoffte sehr, dass es ihren Kindern gut ging. Sie hatte noch nichts von ihnen gehört. Zum einen war sie so schwach gewesen, dass sie gar nicht hätte telefonieren können, und zum anderen war es ja wegen der defekten Leitung ohnehin unmöglich gewesen. Nun, da es ihr etwas besser ging, würde sie sich gleich ans Telefon hängen.

Sie war wirklich noch sehr müde und hatte etwas Unterstützung nötig. Deshalb war Theda vorübergehend auf dem Nordseehof eingezogen, kümmerte sich um ihre Mutter Foline und half Johanna, denn selbst die einfachsten Verrichtungen fielen ihr noch schwer, sosehr sie auch dagegen ankämpfte.

Ihre Mutter wurde seit ihrem Sturz von Tag zu Tag schwächer. Ingo wollte sie noch immer ins Krankenhaus bringen, aber als Johanna das auch nur angedeutet hatte, war ihre Mutter völlig entsetzt gewesen. Johanna verstand es gut, in ihren Augen zu lesen, und es war eindeutig: Sie wollte zu Hause bleiben. Um jeden Preis.

Das Telefon klingelte im Flur. Theda würde rangehen, Johanna schaffte es ohnehin nicht so schnell.

Kurz darauf flog die Tür auf, und ihre Cousine stürzte mit roten Wangen herein. »Das war Adda! Sie kommt her, stell dir vor, Johanna! Sie hat Urlaub und will sehen, wie es uns geht. Ist das nicht schön?«

Johannas Herz machte einen Satz. Adda wollte kommen! Damit hatte sie überhaupt nicht gerechnet. Doch dann musste sie schlucken. Leider würde ihre Tochter nicht das vorfinden, was sie sich bestimmt erhoffte: nämlich ihr schönes Zuhause.

Es war nicht nur das zerstörte Scheunendach, nein, Johanna musste mit ihr auch über die finanziellen Schwierigkeiten sprechen. Und darüber, dass es offenbar mit Oma Foline zu Ende ging. Doch damit nicht genug: Adda würde sie selbst zum ersten Mal schwach erleben. Johanna mochte kaum in den Spiegel sehen, bleich, wie sie war. Wie ein Gespenst, dazu klapperdürr.

»Du siehst wirklich übel aus«, beschied ihr nun auch Theda, die sie die ganze Zeit beobachtet hatte. »Ich finde, du solltest dich mal untersuchen lassen. Was, wenn das ein Herzanfall war?«

»War es nicht.« Johannas Stimme war heiser und klang ziemlich fremd.

»Du bist genauso stur wie deine Mutter! Und wenn es eines Tages schiefgeht? Wem ist dann geholfen?«

Johanna wischte die Bemerkung mit einer Handbewegung beiseite und wechselte abrupt das Thema. »Wann kommt Adda denn?«

»Heute noch! Sie wäre gern ein paar Stunden eher angereist, aber der Sturm hat zu einem Chaos im Zugverkehr geführt.« Theda nahm Johannas Hand.

»Ich will aufstehen«, sagte diese. »Und in den Stall gehen. Wenn ich erst bei den Schafen war, geht es mir besser.« Sie erhob sich schwerfällig, musste aber auf der Sofakante verharren.

»Johanna! So geht das nicht!«, schimpfte Theda. »Wir holen jetzt einen Arzt.«

»Nein. Ich habe nichts. Außer Sorgen, die mich erdrücken«, fügte sie hinzu.

Theda setzte sich zu ihr und legte den Arm um sie. »Ich weiß. Wenn ich Paul je in die Finger bekomme! Aber Ingo konnte dir doch helfen.«

»Erstens: Ich muss ihm das Geld ja irgendwann zurückgeben. Zweitens: Paul taucht bestimmt nicht mehr hier auf, und er freut sich inzwischen über einen neuen Porsche.«

Es klopfte, und Ingo kam ins Zimmer. Er nahm seine Pudelmütze vom Kopf und wirkte sehr ernst.

»Ist was mit den Schafen?«, fragte Johanna sofort.

»Alles in Ordnung«, beruhigte Ingo sie. »Dass du immer zuerst an die Tiere denkst! Es läuft da draußen, werde du in Ruhe gesund. Ich habe Manfred unter die Arme gegriffen, und Heino ist seit gestern ja ebenfalls wieder auf dem Hof. Er wohnt jetzt bei Manfred auf dem Altenteil, damit er immer schnell vor Ort sein kann.«

»Dann ist ja alles gut«, sagte Johanna. »Hat Manfred dir eigentlich gesagt, warum er nicht nach mir gesucht hat?« Diese Frage war ihr nicht aus dem Kopf gegangen.

Ingo schüttelte den Kopf. »Nicht so richtig. Er sagte, er sei nach dem Füttern schnell zurückgefahren, weil der Sturm heftiger wurde. Er hätte hernach versucht, dich anzurufen, aber da waren die Leitungen schon tot.«

»Wer's glaubt! He is een Lögenfatt! Een Swienegel!«, schimpfte Theda sofort los und stand auf.

»Ich glaube nicht, dass er lügt«, versuchte Johanna, ihre Cousine zu beruhigen. »Es kann doch sein, dass es so war.«

Ingo drehte sich um, zog einen Stuhl aus der Ecke und setzte sich rittlings darauf. Die Arme legte er über die Lehne, und stützte das Kinn auf seine Hände. »Johanna, ich muss mit dir etwas Unangenehmes besprechen.«

Sie schluckte, sah ihren Cousin aber aufmerksam an. Sein Blick war so ernst, dass sie das Gefühl bekam einzufrieren.

»Pass auf, was du Manfred anvertraust. Ich hab ein komisches Gefühl. Er ist immer noch ziemlich eingeschnappt, weil Adda ihn hat abblitzen lassen. Beim Stammtisch hat er, als er ein paar Bierchen zu viel intus hatte, ein paar Sachen geäußert, die mich beunruhigen.«

»Was denn für Sachen?«, fragte Johanna argwöhnisch.

»Ich kann dir den genauen Wortlaut nicht wiedergeben. Er hält sich auf jeden Fall für unersetzlich und hat behauptet, dass ohne ihn auf dem Nordseehof nichts laufen würde. Er überschätzt sich gnadenlos, Johanna. Und als ihm der alte Hauke widersprochen hat, ist er regelrecht ausgeflippt.« Ingo kratzte sich am Kinn. »Mit dem Mann stimmt was nicht. Ich hab ein ungutes Gefühl«, wiederholte er.

Johanna lachte auf. »Du willst ernsthaft behaupten, Manfred will mir Böses? Warum? Dann wäre er seinen Job los!«

Ingo zuckte mit den Schultern. »Ich will gar nichts behaupten. Ich sage nur, was ich denke. Sei vorsichtig. Was übrigens, wenn nicht dein Neffe, sondern er das Geld genommen hat?«

»Ingo! Das war Paul. Zweifellos!«, versicherte Johanna. »Er war danach weg und hat nichts mehr von sich hören lassen. Als ich ihn in der Kaserne angerufen habe, hat er natürlich alles abgestritten.«

Ingo zuckte mit den Schultern. »Man sollte eben auch das Unmögliche denken.«

Theda machte ein paar Schritte auf die Tür zu, blieb dann aber wieder stehen. »Ingo hat recht. Manfred ist ein undurchsichtiger Typ. Mal sehen, wie er sich benimmt, wenn Adda zu Besuch kommt.«

»Adda kommt?«, hakte Ingo auf der Stelle nach.

Johanna nickte.

»Das sind ja mal gute Nachrichten! Dann noch Uwe, und dir geht es fix besser.«

Theda nickte. »Ich gehe dann mal und bereite alles vor für die Deern. Schließlich soll alles in Ordnung sein in ihrem Zimmer. Kommst du zurecht, Johanna?«, fragte sie, den Türgriff schon in der Hand.

»Bis ins Bad bin ich noch immer gekommen«, beruhigte Johanna sie. »Und einen Arzt brauche ich nicht. Das wird von allein besser.«

Theda schaute sie zwar zweifelnd an, kommentierte ihre Worte aber nicht.

Ingo wartete, bis seine Schwester das Zimmer verlassen hatte, und rutschte dann so unruhig auf dem Stuhl herum, dass Johanna ihn fragend ansah. »Du willst noch was loswerden, oder?«

»Jo«, antwortete Ingo gedehnt.

»Das wird sich alles als unbegründet herausstellen. Auf Manfred kann ich mich hundertprozentig verlassen. Ich hatte zu Beginn auch immer ein komisches Gefühl, aber er hat wirklich bedingungslos hinter mir gestanden, als es mir schlecht ging. Nimm nicht so ernst, was er nach ein paar Bierchen zu viel sagt.« Johanna wollte einfach, dass Ingo sich irrte.

»Er hätte dich Samstag suchen müssen«, beharrte Ingo.

Johanna winkte ab. »Es war eine Verkettung unglücklicher Umstände.«

»Du hältst wirklich große Stücke auf ihn.«

»Ja, das tue ich. Er hat sogar angeboten, mich in meiner Misere finanziell zu unterstützen. Aber ich wollte mich nicht von einem Mitarbeiter abhängig machen.«

Ingo kratzte sich am Kinn. »Das passt als Übergang.«

»Nun mal raus mit der Sprache. Was willst du mir sagen?«

Ingo sog die Luft scharf ein. »Es geht um die Finanzen. Ich brauche einen Teil des Geldes zurück – und zwar in Kürze.« Er erzählte, was passiert war.

Johanna glaubte für einen Moment, die Welt würde sich abrupt schneller drehen. Hatte sich denn alles gegen sie verschworen?

»Wie viel brauchst du denn kurzfristig?«

»Die Hälfte?«, brachte Ingo vorsichtig hervor. »Fünftausend Mark.«

»Das kann ich unmöglich aufbringen, das weißt du.«

Ingo wirkte schier verzweifelt. »Mein Kreditvolumen bei der Bank ist ausgereizt. Ich bekomme nichts mehr, aber ich wollte dir so gern helfen. Wie hätte ich denn ahnen können, dass ich schon selbst bald in diese Zwickmühle komme?« Er legte den Kopf auf die Hände.

»Das ist so unfair«, sagte Johanna. »Warum geraten ausgerechnet unsere beiden Höfe gleichzeitig in Schwierigkeiten? Wir haben immer zusammengehalten, und jetzt das.« Sie dachte kurz nach, auch wenn es ihr unglaublich schwerfiel, weil ihre Gedanken durcheinandertanzten. »Wir haben zwei Möglichkeiten, denn wir werden uns auf keinen Fall unterkriegen lassen!«

»Welche denn?«

»Zuerst rede ich mit Manfred, ob wir doch noch was einsparen können. Und parallel dazu werde ich noch einmal mit Paul reden. Nicht nur telefonieren wie beim letzten Mal. Ich will ihn treffen. Er muss mir das Geld zurückgeben.«

»Versuche es. Und sonst müssen wir einen anderen Weg finden. Mir steht das Wasser jedenfalls bis zum Hals!«

Ingo blieb noch für eine Weile bei Johanna sitzen. Sie schwiegen sich an, und die Luft zwischen ihnen war schwer wie Blei. Johanna wollte alles Menschenmögliche versuchen, aber es blieb die Gefahr, dass sie scheiterte. Und was dann passierte, darüber wollten beide nicht nachdenken.

»Gut, ich muss dann mal«, sagte Ingo nach einer schier endlos scheinenden Zeit. Er ließ Johanna mit quälenden Gedanken zurück.

Endlich stand sie auf und lief mit zitternden Knien zum Stall. Egal wie schwach sie sich fühlte: Sie musste mit Manfred sprechen. Sofort!

Kapitel 22

Adda saß im Zug von Oldenburg nach Sande, sah aus dem Fenster und war erschrocken, welche Schäden *Capella* hinterlassen hatte. Überall lagen umgekippte Bäume. Manche waren abgeknickt wie Streichhölzer, andere entwurzelt und wieder andere abgedreht und am Stamm zerfetzt. Auf den Weiden lagen Äste herum, teilweise waren die Dächer der Marschhöfe abgedeckt oder beschädigt. Es sah aus, als hätte sich ein Riese mit seiner ganzen Wut über dem Land ausgetobt. Je näher sie der Küste kam, desto schlimmer wurde es.

Adda wusste nicht recht, ob sie sich auf zu Hause freute oder nicht. Da war auf der einen Seite dieses aufgeregte Kribbeln, dieses Sehnen nach der alten Vertrautheit. Auf der anderen Seite fühlte sie sich in Bremen inzwischen sehr wohl und hatte sich auch mit der kleinen Kammer bei Deike arrangiert. Adda war ohnehin selten in der Wohnung. Entweder hatte sie Schicht, oder sie war bei Dirk in der WG, um neue politische Aktionen vorzubereiten. Wobei die Vorbereitung meist darin bestand, zu diskutieren, was man als Nächstes tun könnte. Der Terrorismus war das alles beherrschende Thema, aber Adda hatte vor diesen Menschen unglaubliche Angst. Die Sache war ihr zu extrem, und sie merkte, dass sowohl Marius als auch Stefan viel zu stark mit ihr sympathisierten. Sie ging ihnen, so gut sie konnte, aus dem Weg.

Viele der Studenten sprachen davon, dass der faschistische Staat und die Konsumgesellschaft beseitigt werden mussten, und gingen nur noch selten zur Uni. Etliche waren in Studentenbewegungen organisiert.

Der Hungerstreik wegen der Isolationsfolter im letzten Jahr war ebenfalls noch immer in aller Munde, vor allem nachdem Holger Meins im November gestorben war. Er hatte sechsundfünfzig Tage lang die Nahrung verweigert. Aus Wut über seinen Tod war am nächsten Tag der Präsident des Berliner Kammergerichts ermordet worden. Holger Meins' Tod hatte zu unglaublich vielen Demos geführt. Etliche Studenten gaben der Justiz und den Ärzten die Schuld.

Ganz heiß hergegangen war es dann kurz vor Weihnachten, als der Bundestag das Anti-Terror-Gesetz verabschiedet hatte.

Alles war unglaublich komplex, und nicht immer verstand Adda die Zusammenhänge bis ins Detail. Nur bei einem war sie ganz sicher: keine Gewalt! Kein Terrorismus. Sie seufzte leise auf. Es war angenehm, sich über all das in den nächsten Tagen keine Gedanken machen zu müssen.

Jetzt erkannte Adda rechts am Horizont schon die Deichlinie. Gleich morgen würde sie an die See fahren, ein bisschen am Jadebusen spazieren gehen … Die frische Luft atmen und eine Pause machen von der Erwartungshaltung ihrer politisch engagierten Freunde, von denen sie sich manchmal in die Zange genommen sah. Adda war froh, dass Dirk sich gemäßigter zeigte.

Vor einer Weile hatte Deike mit Marius Schluss gemacht. »Der Typ ist mir echt zu extrem«, hatte sie gesagt. »Der glorifiziert Andreas Baader regelrecht, und was mir wirklich auf die Nerven geht, sind seine blöden Sprüche. Ich soll mich anders kleiden, aus der Spießerbude ausziehen. Mann, der redet von Toleranz und kriegt es selbst kein Stück geregelt. Kein Stück!«

Adda musste unwillkürlich grinsen, denn Deike flippte stets herrlich aus, wenn ihr etwas gegen den Strich ging. »Ich bin doch nicht aus Ostfriesland in die Stadt gezogen, um mich hier von einem Kerl gängeln zu lassen!« Sie war aus der Wohnung gerannt und hatte ihm den Laufpass gegeben.

Marius hatte das nur einen Tag lang bekümmert, ehe er schon mit der nächsten rumzog. So eine echte Hippiebraut mit langen Rastalocken und verwahrloster Kleidung. Sie passten sicher besser zusammen. Obwohl Deike sich lässig gab, ahnte Adda, dass sie doch ein wenig verletzt war. Sie war zwischen Weihnachten und Silvester kurz zum Eilershof gefahren, nun aber schon wieder in Bremen.

»Nee, länger als ein paar Tage geht das nicht. Das Landleben erstickt mich mit seiner Gülle«, hatte sie lachend gesagt. »Und ich muss mich ja nach einem neuen Spielgefährten umsehen.«

Addas Zug fuhr in Sande ein. Am Bahnhof stand aber nicht wie erwartet ihre Mutter, sondern Ingo.

»Wo ist Mama?«, fragte sie enttäuscht, nachdem sie ihn begrüßt hatte. »Warum holt sie mich nicht ab?«

Dass ihre Mutter nicht da war, erschien Adda wie ein heftiger Schlag ins Gesicht. Es hatte sich offenbar nichts geändert auf dem Nordseehof.

Ingo bemerkte ihre Enttäuschung und erzählte schnell,

was mit ihrer Mutter in der Sturmnacht passiert war, aber auch, dass es Oma Foline nicht gut ging und sie mit dem Schlimmsten rechnen mussten. Das klang alles nicht gut, und Adda fuhr mit gemischten Gefühlen zum Nordseehof. Nach Manfred fragte sie vorsichtshalber nicht.

*

Johanna hatte Manfred im Stall gefunden und zu sich ins Kontor bestellt. Es ging ihr noch immer nicht gut, aber dieses Gespräch konnte sie unmöglich aufschieben. Ständig musste sie sich irgendwo festhalten, aber inzwischen hatte sie ein paar Techniken entwickelt, wie sie das Surren im Kopf in den Griff bekam.

»Was gibt es?«, fragte Manfred sogleich.

»Ich muss mit dir reden«, begann Johanna, doch da klingelte das Telefon. Sie nahm ab und lauschte angestrengt.

»Der Zaun am Deich ist defekt«, erklärte sie ihrem Mitarbeiter, nachdem sie aufgelegt hatte. »Das war der Nachbarbauer Brahms. Irgendwelche Vandalen haben Löcher in den Draht geschnitten.« Johanna sah auf die Uhr. Das war wirklich ungünstig.

Ingo hatte sich eben zum Bahnhof aufgemacht, um Adda abzuholen. Wenn sie jetzt mit Manfred zum Deich fuhr, würde sie die Ankunft ihrer Tochter verpassen. Doch wenn sie ihren Mitarbeiter jetzt nicht begleitete, musste sie das dringliche Gespräch mit ihm verschieben.

Ich kann Adda so ohnehin nicht unter die Augen treten, dachte Johanna. Ich muss erst klären, wie wir die Schäferei retten, und dazu muss ich mit Manfred reden. Es war unaufschiebbar.

»Also, dann fahren wir dorthin«, bestimmte sie. »Theda ist bei Oma, und Ingo holt Adda ab, dann sehe ich sie eben etwas später.«

»Sie ist deine Tochter und war lange weg. Und du bist noch schwach«, warf Manfred ein, aber Johanna hörte ihm nicht zu.

»Ein bisschen Seeluft wird mir guttun. Lass uns fahren! Wir nehmen den Bulli.« Johanna stand auf und musste sich schon wieder kurz an der Tischkante festhalten.

»Ich kann das allein machen«, meinte Manfred und schüttelte beim Anblick seiner Chefin den Kopf.

»Nix da. Ich komme mit.« Johanna griff nach ihrer dicken Jacke und setzte sich die Strickmütze auf.

Sie bestiegen den Bulli, fuhren zum Deich und parkten am Deichfuß.

»Da muss es sein«, sagte Johanna und deutete nach rechts, wo der Maschendraht im leichten Wind lose hin und her schaukelte. Sie inspizierten die kaputte Stelle und überschlugen, wie groß der Schaden war. Immer wieder musste Johanna kurz innehalten, weil sie so wackelig auf den Beinen war.

»Das ist überschaubar«, stellte Manfred zum Schluss fest. »Dann lass uns zurückfahren. Du siehst wirklich elend aus. Ich mache mir Sorgen.«

Johanna schüttelte den Kopf. »Moment noch.« Was das Gespräch anging, konnte sie keinesfalls unverrichteter Dinge wieder nach Hause gehen. »Einmal übers Wasser schauen, okay?«, sagte sie. »Selbst wenn das Wetter nach wie vor trüb und ungemütlich ist. Ich war so lange nicht hier.« Sie kletterte den Deich hoch und hielt die Nase in den Wind.

Auch hier waren die Spuren von *Capella* unübersehbar. Die Salzwiese hatte unter der Sturmflut arg gelitten. Überall waren Schlickreste zu sehen, und die Pflanzen waren platt gedrückt. Zum Glück nisteten um diese Zeit noch keine Vögel. Ihre Gelege wären verloren gewesen.

Die Nordsee zeigte sich nur mäßig aufgewühlt, Johanna konnte nur wenige weiße Wellen entdecken. Ein Stück entfernt am Wattsaum ästen zwei Brandgänse, ein Lachmöwenpaar kreiste über ihren Köpfen. Johanna lächelte, als sie ein Kaninchen über die Deichwiese hoppeln sah.

»Man kann nur hoffen, dass nicht gleich der nächste Sturm kommt und alles wieder zerstört, wenn sich gerade alles erholt hat«, meinte Manfred. Er legte die Hand an die Stirnkante und blickte über den Jadebusen. »Es ist so schön hier.«

»Trotzdem treten sie unsere schöne Natur mit Füßen«, wandte Johanna ein. »Dass sie im Voslapper Groden unbedingt diese Raffinerie bauen, finde ich fatal. Schon diesen Sommer sollen die ersten Tanker kommen. Stell dir mal vor, es passiert ein Ölunfall hier direkt an der Jade! Dann können wir alles vergessen.«

Manfred stimmte ihr zu. Sie standen eine Weile auf der Deichkrone und hingen ihren Gedanken nach. Dann fasste sich Johanna ein Herz. »Gibt es deiner Ansicht nach Möglichkeiten, in der Schäferei doch noch etwas einzusparen?«, fragte sie unvermittelt.

»Schwierig.« Manfred sah sie erstaunt an. »Ich dachte, du hast das Geld von Ingo bekommen?«

»Das schon«, bestätigte Johanna und erzählte, was geschehen war. Auch, wie sehr es sie schon zuvor belastet hatte, weil sie sich kaum an die vereinbarten Rückzahlungen hatte halten können.

Manfred legte beide Hände auf ihre Schultern und

drehte sie zu sich. »Ich habe schon damals angeboten, dir Geld zu geben. Ich habe geerbt und kann –«

»Nein«, unterbrach Johanna ihn unwirsch. »Es bleibt dabei. Nein!« Sie schob seine Hände fort und drehte sich wieder zum Meer.

Eben zankten sich zwei Kiebitze am Deichfuß. Über Eckwarderhörne war eine leichte Rauchsäule zu sehen.

»Willst du noch einmal zur Bank gehen?«, fragte Manfred schließlich. Er angelte eine Zigarette aus seinem Lederetui.

Johanna schaute erstaunt hin. Seit wann war ihr Mitarbeiter so vornehm und nutzte derart teure Aufbewahrungen für seine Zigaretten?

»Die Bank gewährt mir als Frau keinen Kredit. Das weißt du doch.« Sie schabte mit der Schuhspitze übers Gras.

Das Feuerzeug klickte, und Manfred zündete sich die Zigarette an. Er nahm schweigend ein paar Züge, aber in seinem Kopf arbeitete es merklich.

Johanna versuchte, den schon wieder aufkommenden Schwindel zu ignorieren. Sie war dabei, den Nordseehof zu verlieren, das raubte ihr alle Kraft. »Hast du wirklich keine Idee? Es muss doch etwas geben, wo wir sparen können. Ingo braucht das Geld tatsächlich dringend.«

Manfred pustete den Qualm etwas heftiger aus.

»Ja, ich hätte eine, aber ich weiß nicht, ob du dich darauf einlässt. In ähnlicher Form hatte ich es dir schon angeboten.«

»Adda will dich nicht heiraten, damit dir der Nordseehof gehört und wieder ein Mann im Haus ist. Und ich will das auch nicht. Falls das dein Vorschlag ist«, erwiderte sie sofort, aber Manfred wiegelte ab.

»Ich weiß. Auch wenn sie jetzt zu Besuch kommt, tut sie das bestimmt nicht meinetwegen. Nein, ich habe einen anderen Vorschlag, der die Bank zum Einlenken bringen könnte, zumal die Summe ja inzwischen erheblich kleiner ist, da du Ingo nicht alles auf einmal zurückzahlen musst.«

»Und der wäre?« Johanna fröstelte. Die Salzwiese kam ihr plötzlich so trist vor. Genauso angeschlagen wie der Nordseehof mit dem zerstörten Scheunendach und den maroden Finanzen.

»Übergib mir die Geschäftsleitung! Ich bin ein Mann, dem dein Bankmensch vertrauen wird.«

Johanna machte einen Schritt rückwärts. Sie stolperte dabei, und Manfred musste sie auffangen. »Dann hast du Gewalt über alle Finanzen«, stieß sie hervor. War es nicht das, was Ingo prophezeit hatte? War es das, was ihr Mitarbeiter immer geplant hatte? »Ich wollte doch unabhängig sein.«

Manfred lächelte sie an. »Johanna, das bleibst du auch. Aber wir leben in einer Männerwelt, und ohne uns wirst du nichts erreichen.«

Wieder schaute Johanna über den Jadebusen, als könnte sie dort die richtigen Antworten finden. Aber es war wie immer. Die Rauchsäule in Eckwarderhörne wurde dünner, und die Möwen zogen unbeirrt ihre Bahnen. Sie hatte keine Wahl, wenn sie den Hof nicht verlieren wollte. Am Ende ihrer Gedankengänge blieb nur die eine Erkenntnis: Manfred hatte recht. Ohne seine Hilfe wäre alles zerstört, worum sie all die Jahre gekämpft hatte. Sie atmete mehrmals schwer ein und aus. Rang mit sich. Doch dann quetschte sie hervor: »Gut, ich setze ein Schriftstück auf. Es ist eine Chance.« Johanna sah auf die Uhr. Sie wollte plötzlich nur noch weg von hier. »Komm, wir müssen los. Adda wird schon da sein. Ich vermisse sie.« Manfred eine solche Macht zu geben war keine gute Lösung, aber es war immerhin eine. Warum aber blieb dieses schale Gefühl, einen großen Fehler zu machen?

*

Adda schlug das Herz bis zum Hals, als sie auf den Hof der Schäferei fuhren. Vieles sah nicht mehr so aus wie früher. Allein das zerstörte Scheunendach war ein Desaster. Das trübe Wetter und die schlechten Nachrichten trugen auch nicht dazu bei, dass sie sich freute, hier zu sein.

»Ist Mama gar nicht da?«, fragte sie, weil ihre Mutter nicht einmal aus dem Haus kam, um sie zu begrüßen. So lange war sie nicht zu Hause gewesen. Und ihre Mutter war vermutlich mit für sie wichtigeren Dingen beschäftigt. Verdammt, das tat weh! Insgeheim hatte Adda gehofft, dass es anders sein würde.

Ingo war es sichtlich unangenehm. »Hm, der Bulli ist weg. Vielleicht musste sie noch mit Manfred los. Ist viel kaputtgegangen. Zäune und so.«

Adda gab sich locker, auch wenn sie enttäuscht war. »Na ja, sie kommt sicher gleich.« Es hatte sich eben nichts geändert. Erst kam der Nordseehof. Dann wieder der Nordseehof. Und noch einmal. Dann Uwe und schließlich sie.

Ingo zeigte zu einem roten Fahrrad. »Theda ist auf jeden Fall da.«

Adda umrundete Ingos dunklen Citroën und nahm ihre Tasche aus dem Kofferraum. »Du kannst ruhig losfahren. Irgendwann wird Mama schon zurückkommen. So habe ich eben ein bisschen Zeit für Oma.«

Ingo sah sie zwar zweifelnd an, aber er startete den Motor und winkte kurz aus dem Fenster, bevor er es schloss.

Adda schleppte ihre Tasche die Treppe hinauf und öffnete die Haustür. Sie stellte die Tasche im Flur ab und schaute kurz in der Küche nach, ob ihre Mutter vielleicht doch zu Hause war, aber der Raum war verwaist. »Dann gehe ich eben zu Oma, sie wird sich bestimmt freuen, mich zu sehen«, sagte sie leise zu sich selbst und schrak zusammen, als sie hinter sich eine Bewegung wahrnahm. Es war Theda, die schon ihre Jacke angezogen hatte.

»Adda!«, rief sie erfreut aus und fiel ihr um den Hals. »Wie schön, dass du da bist!« Sie küsste sie rechts und links auf die Wange. »Deine Mutter ist vor ein paar Minuten mit Manfred vom Hof gefahren. Ihr müsst euch knapp verpasst haben.«

»Mama wusste, dass ich komme«, sagte Adda gepresst. »Sie hat Ingo zum Bahnhof geschickt, damit er mich abholen kann. Sie selbst fühlte sich zu schwach. Und dann fährt sie mit Manfred weg?« Adda schüttelte seufzend den Kopf. »Na ja, es war nie anders.«

Theda drückte sie noch einmal. »Ich weiß, mien Deern.« Sie schob Adda ein Stück weg. »Du willst bestimmt sofort zu deiner Oma, oder?«

Adda nickte.

»Bitte erschrick nicht. Es geht ihr sehr schlecht. Aber sie wird sich freuen, dass du da bist. Du warst ja immer ihr Tüddi!«

Wider Willen kroch ein Lächeln über Addas Gesicht.

Doch dann verhärtete es sich abrupt. »Wie lange hat sie denn noch? Ingo sagte im Auto, dass es nicht gut aussieht.«

»Wenn ich das wüsste! Der Arzt sagt, sie hätte einen weiteren Schlaganfall gehabt, da weiß man nie. So, ich muss dann los. Deine Oma ist versorgt und sauber. Ich sehe später noch einmal nach ihr.« Sie küsste Adda ein weiteres Mal. »Und dein Zimmer ist auch fertig. Alles frisch bezogen!« Theda winkte und verließ das Haus.

Sie ist ein Schatz, dachte Adda. Warum konnte ihre eigene Mutter nicht so locker und herzlich sein?

Sie durchquerte den Flur, der inzwischen genauso hell und freundlich war wie die Küche. Dem Nordseehof haftete nichts mehr von dem alten Mief an, der sie immer so gestört hatte. Adda war froh, dass ihre Mutter sich durchgerungen hatte, alles moderner zu gestalten. Endlich hatte man nicht mehr den Eindruck, in einer Gruft zu leben.

Mama muss Unsummen in die Renovierung gesteckt haben, dachte Adda. Da sie aber eine sichere Hand in der Buchhaltung hatte, war finanziell bestimmt alles abgesichert.

Adda wusch sich die Hände und ging dann zu ihrer Oma.

Sie klopfte, drückte die Klinke hinunter und betrat das Zimmer.

Es roch frisch, Theda hatte ein paar Zitronen aufgeschnitten und neben dem Bett ihrer Oma auf den Nachtschrank gelegt. Sie verbreiteten den angenehmen Duft. Das Deckbett war sauber, ihre Oma wirkte gepflegt. Mit inzwischen geübtem Blick erkannte Adda, dass Theda sehr gute Arbeit geleistet hatte.

Was ihr aber Sorge bereitete, war der Gesichtsausdruck

ihrer Oma. Das Kinn war spitz und weiß, die Atmung flach.

Adda schluckte den aufkommenden Kloß hinunter und stürzte zum Bett. Dort setzte sie sich auf die Kante, nahm die gesunde Hand und streichelte sie. Sie fühlte sich kühl an. »Omi, ich bin da, Adda!«

Täuschte sie sich, oder spürte sie tatsächlich einen leichten Druck? Adda küsste die Handoberfläche. Die Adern traten unter der mit Altersflecken übersäten Haut hervor.

»Oma, ich bin froh, dich noch mal sehen zu können«, flüsterte sie und merkte, wie ihr die Tränen über die Wangen liefen. Sie war keine Stunde zu früh hier aufgetaucht. Hatte Theda nicht gesehen, wie es wirklich um ihre Großmutter bestellt war? Wohl kaum, sonst hätte sie sie nicht allein gelassen.

Adda hatte in den letzten Monaten einige Menschen sterben sehen und konnte die Zeichen inzwischen sehr gut deuten. Es war plötzlich egal, dass ihrer Mutter die Arbeit mal wieder wichtiger war als die Tochter. Nun zählte nur noch ihre Oma. Ihre Vertraute! Der Mensch, der ihr nach ihrem Vater am nächsten gewesen war und den sie um den Preis ihrer Freiheit alleingelassen hatte. Eine Woge des schlechten Gewissens erfasste Adda.

»Omi, ich bin bei dir«, flüsterte sie. »Ich lasse dich keine Sekunde mehr allein.«

Oma Foline sog einmal schwer die Luft ein, um gleich darauf wieder so flach zu atmen, dass man genau hinhören musste.

Adda ignorierte das Knurren ihres Magens. Um nichts in der Welt hätte sie ihre Oma jetzt verlassen. Wenn sie den letzten Atemzug tat, dann nur mit ihr an der Seite. Sie würde das Fenster öffnen, damit die Seele hinausfliegen konnte. Das war ihrer Großmutter wichtig. Sie hatte es oft genug erwähnt, und Adda machte es in der Klinik auch immer, wenn jemand starb.

Sie weinte stumm, versuchte, das immer wieder aufkommende Schluchzen zu unterdrücken. Oma Foline sollte gehen dürfen.

Adda streichelte die Hand weiter. Spürte, wie sich das Leben jede Sekunde mehr verflüchtigte. Doch sie war da und würde Foline im entscheidenden Moment voller Dankbarkeit loslassen.

Adda wusste nicht, wie lange sie am Bett verharrte, hatte sie doch jegliches Gefühl für Raum und Zeit verloren. Sie schaute nicht auf den Wecker auf dem Nachtschrank. Sie nahm das Schlagen der Wanduhr nicht wahr.

Doch dann hörte sie Schritte im Flur.

»Adda?« Ihre Mutter.

Sie wollte nicht laut antworten und ihre Oma womöglich erschrecken. Johanna würde sich schon denken können, wo ihre Tochter steckte.

Kurz darauf öffnete sich die Tür. »Adda! Schön, dass du da bist! Ich musste schnell zum Deich, aber …« Ihre Mutter verstummte, als sie zu Oma Foline sah. »Um Gottes willen!«, rief sie dann erschrocken aus. »Ist sie …?«

Adda schüttelte den Kopf und legte den Zeigefinger an die Lippen. Ihre Mutter verstand und verstummte. Sie nahm sich einen Stuhl und setzte sich dazu. Sacht fuhr sie mit der Außenkante des Zeigefingers über die furchige und eingefallene Haut. »Mama«, flüsterte sie nur.

Adda sah, dass auch ihre Mutter Tränen in den Augen hatte. Das rührte sie mit einer Wucht, die sie nicht vermutet hätte, denn selbst bei der Beerdigung ihres Mannes war ihre Mutter unglaublich gefasst gewesen. Adda konnte sich nicht erinnern, ihre Mutter schon einmal weinen gesehen zu haben.

Sie wurde abgelenkt, weil Oma Foline laut aufseufzte. Dann klappte ihr Kinn herunter, und alles war still. Jetzt hörte Adda ihn wieder: diesen nervigen, tickenden Wecker auf dem Nachtschrank.

Addas Mutter legte ihren Kopf auf die Decke. Ihr Oberkörper zuckte, während sie laut schluchzte und dabei wimmernde Töne von sich gab. »Mama!«, stieß sie immer wieder aus. »Mein Gott, Mama!«

Adda legte die Hand auf den Unterarm ihrer Mutter und merkte kaum, dass ihr Gesicht nass von Tränen war.

Kapitel 23

Rolf war wie geplant am Morgen aus Oberhausen losgefahren, nachdem Paul mit seinem Porsche aufgebrochen war.

Jetzt kam er an Oldenburg vorbei, und mit jedem Meter, den er sich dem Nordseehof näherte, klopfte sein Herz stärker. Wie würde er empfangen werden nach all den Jahren? Er hatte sich die Worte gut zurechtgelegt, die er zu Hanna wegen ihrer Tochter sagen wollte. Sie mussten schließlich behutsam vorgehen. Sein Mund wurde immer trockener, und als Rolf nach Neusiel abbog, war er kurz davor, wieder umzukehren. Vielleicht war seine Idee, mit Hanna zu sprechen, doch nicht uneingeschränkt gut. Er umklammerte das Lenkrad so fest, bis seine Knöchel weiß hervorstachen.

Als er mit seinem neuen, grünen Mercedes auf den Hof der Schäferei fuhr, standen dort Theda, Ingo, Adda und ein weiterer Mann, den Rolf nicht kannte. Alle wirkten sehr betreten. Es musste etwas Schlimmes passiert sein.

Rolf stoppte und stieg aus dem Wagen. Langsam näherte er sich der Gruppe.

Als sie gewahr wurden, wer da auf sie zukam, verstummten die Gespräche, und alle sahen ihn an, als wäre er ein Geist.

Theda war die Erste, die ihre Sprache wiederfand. »Rolf?«, fragte sie erstaunt. »Was tust du denn hier?«

»Ich wollte einfach mal vorbeikommen und …« Rolf brach ab, denn er wusste nicht, was er sagen wollte.

Dann fiel sein Blick auf Adda, mit der er hier überhaupt nicht gerechnet hatte, und die ihn mit rot geweinten Augen ansah. Sie blinzelte kurz, als müsse sie sich davon überzeugen, dass sie nicht träumte. »Herr Menzel?«, fragte sie ungläubig.

»Ihr kennt euch?«, kam es von Ingo und Theda wie aus einem Munde.

Der andere Mann musterte Rolf abfällig, schwieg aber.

»Er war …« Adda verstummte.

»Ich war ihr Patient«, vervollständigte Rolf Addas Satz. Sie stand immerhin unter Schweigepflicht, und er wollte sie nicht in Verlegenheit bringen. Kurz überlegte er, wie er sich verhalten sollte, und beschloss, sich ahnungslos zu geben, auch wenn es eine Lüge war. Wie sollte er seiner Tochter bloß erklären, dass er sie schon in Bremen erkannt hatte, sie aber vermutlich gar nichts von seiner Existenz ahnte? »Ich wusste nicht, dass Sie hier leben, Schwester Adda. Sie haben zwar vom Nordseehof erzählt, aber dass Sie genau den meinen, war mir nicht klar.«

Addas Augen verengten sich zu Schlitzen. »Und ob Sie das wussten, Herr Menzel!«, empörte sie sich. So leicht ließ sie sich wohl doch nicht hinters Licht führen. »Es gibt ganz bestimmt nicht viele Schäfereien mit diesem Namen. Mir kommt das alles sehr eigenartig vor, um es vorsichtig auszudrücken. Ich frage mich gerade, warum Sie im Krankenhaus nicht einfach gesagt haben, dass Sie hier jemanden kennen.« Sie fixierte Theda und Ingo. »Mir scheint, ihr seid euch durchaus bekannt, oder? Woher?«

»Ich habe früher hier gearbeitet«, sagte Rolf schnell. »Nach dem Krieg. Jetzt war ich in der Nähe und wollte vorbeischauen. Nur so.«

»Da stimmt doch was nicht«, entgegnete Adda. »Das alles hätten Sie mir auch im Krankenhaus sagen können. Stattdessen haben Sie …« Sie brach ab und schickte ihm wütende Blicke.

Rolf senkte schuldbewusst den Kopf. Er stand hilflos vor ihr und wusste nichts zu seiner Verteidigung zu sagen. Es war ein gottverdammter Fehler gewesen, hier unangemeldet aufzutauchen und vor allem Adda in Bremen nicht gesagt zu haben, dass er einmal auf dem Nordseehof gelebt hatte. Aber jetzt war es zu spät.

Adda stemmte die Hände in die Hüften. »Ich weiß wirklich nicht, was los ist! Erst kommt dieser Orkan, der mein Zuhause zerstört, Oma stirbt, und meine Mutter muss plötzlich ins Krankenhaus, weil sie mit dem ganzen Desaster hier nicht fertigwird. Und jetzt taucht ein Typ auf, den ich in der Klinik gepflegt habe, und er erzählt ganz nebenbei, dass er ein alter Bekannter von euch allen ist. Mir gegenüber hat er in Bremen kein Wort darüber verloren.«

»Es war ein Fehler«, flüsterte Rolf. »Es tut mir leid, Adda. Ich hätte es dir von Beginn an erzählen sollen.«

»Allerdings!« Adda schnaubte wütend.

Jetzt trat der Mann vor, der bislang noch kein Wort gesagt hatte. Er legte seinen Arm besitzergreifend um Adda, die ihn aber sofort wegstieß. Kurz funkelten seine Augen wütend auf, doch er hatte sich sofort wieder in der Gewalt. »Ich bin Manfred Oetjen und der neue Verwalter vom Hof. Es wäre gut, wenn Sie Adda nicht länger belästigen würden. Ihre Mutter ist eben in die Klinik gebracht worden, und wir müssen uns jetzt um wichtige Dinge kümmern.«

Adda sah Manfred skeptisch an, und auch Ingo schaute konsterniert. Etwas an Manfreds Aussage musste sie verwirrt haben. Doch Adda war offenbar mit Rolf noch nicht fertig. Sie stellte sich mit vor der Brust verschränkten Armen vor ihn und sagte mit schneidender Stimme: »Ich habe, glaube ich, noch nie etwas von einem Rolf Menzel gehört. Meine Mutter hat Sie nicht erwähnt. Na ja, ist ja auch lange her, dieser Krieg, über den man nicht spricht. Nicht auf dem Nordseehof. Nicht in eurer Generation. Nicht in Deutschland. Ist schließlich alles gut. Wirtschaftswunder, alle Nazis wieder in ihren Positionen … Doch, alles ist gut.« Sie verstummte.

»Lass dir erklären«, mischte sich Theda ein, aber Adda winkte ab. »Ich will keine Erklärungen. Schon immer wusste ich, dass wir hier ein faules Ei im Keller haben. Mama ist bestimmt nicht nur umgefallen, weil Oma gestorben ist. Es steckt viel mehr dahinter! Auf dem Nordseehof stinkt es zum Himmel!« Sie rannte die Treppe zum Haus hinauf und rief: »Ich packe jetzt rasch ein paar Sachen und fahre dann dem Krankenwagen nach. Ihr könnt euch derweil gern weitere Lügen ausdenken. Vielleicht seid ihr noch so lieb und ruft Uwe an. Der kann seinen Hintern von Hannover auch mal herbewegen!«

Sie ging ins Haus und knallte die Tür hinter sich zu.

»Ihr kennt den Mann also wirklich?«, fragte Manfred an Ingo und Theda gewandt.

»Ja, er hat hier nach dem Krieg gelebt«, bestätigte Theda, hielt sich aber mit weiteren Informationen bedeckt.

Rolf stand noch immer hilflos und mit hängenden Armen auf dem Hof und wusste nicht, was er sagen sollte. Alle sahen ihn betreten an. Dann wagte er doch, nach Johanna zu fragen. Warum war sie im Krankenhaus? Er sah zu Ingo. »Bitte erklär mir, was passiert ist! Was ist mit Hanna?«

Ingo fasste das Geschehen kurz zusammen. Er begann mit Oma Folines Tod und endete damit, dass Johanna eben beim zweiten Frühstück ohnmächtig geworden und von einem Krankenwagen abgeholt worden war.

Wieder mischte sich dieser Manfred ein. Er wirkte auf Rolf wie eine Bulldogge, die die anderen Hunde schon bald aus ihrem Revier vertreiben würde.

»Es ist nicht nur das. Für Johanna ist es auch belastend, dass die Schäferei große finanzielle Probleme hat«, fügte er dem Gesagten hinzu. »Aber wir haben eine Lösung gefunden.«

Jetzt schoss Ingo auf Manfred zu. Er zog die Brauen wütend zusammen. »Sag nicht, dass es das ist, was ich denke! Du hast eben schon was davon gefaselt, dass du der neue Verwalter bist.«

Über Manfreds Gesicht glitt ein siegessicheres Lächeln. »Da hast du richtig gehört, mein lieber Ingo. Weil du einen Teil deines Kredits an Johanna zurückhaben musst, will sie mir die Geschäftsleitung übertragen, und ich werde in meiner neuen Funktion dann mit der Bank sprechen, damit sie uns das nötige Geld leiht. Als neuer Verwalter und als Mann werde ich mich dort schnell durchsetzen können. Sei also bitte vorsichtig, was du zu mir sagst.«

Ingo starrte Manfred mit offenem Mund an. »*Was* will Johanna?«, fragte er ungläubig.

»Mir die Geschäftsleitung übertragen«, wiederholte

Manfred. »Sie vertraut mir, und auf dich kann sie schließlich nicht mehr zählen. Woher sonst soll die hohe Summe kommen, wenn nicht von der Bank?«

Die beiden Männer standen wie zwei Hähne mit geschwelltem Kamm voreinander. Es war unübersehbar, dass sie einander nicht leiden konnten.

Rolf fühlte sich sofort mit Ingo verbunden, denn von Manfred ging eine merkwürdige Schwingung aus. Er mochte ihn nicht. Der Mann trat zu selbstsicher auf. Zu überheblich. Obwohl er um einiges jünger war als Ingo, maßte er sich in Rolfs Augen einen merkwürdigen Ton an.

»Wenn Johanna gesund ist, wird das sofort umgesetzt«, sagte Manfred. Er schien sich seiner Sache sehr sicher zu sein. »Du wirst es nicht verhindern können, Ingo!« Er wandte sich zum Gehen. »Ich füttere dann mal die Schafe. Ohne mich wäre der Nordseehof bereits untergegangen. Dies alles kann eine Frau allein nicht stemmen, das wisst ihr so gut wie ich.« Er tippte sich zum Abschied mit den Fingern an die Stirn und trollte sich mit aufrechter Haltung.

Ingo war leichenblass. »Ich wusste doch, dass man dem Swienegel nicht vertrauen kann! Aber Johanna glaubt ihm jedes Wort!«

Theda griff nach Ingos Ellenbogen und wollte ihn wegziehen. Sie nickte auch Rolf freundlich zu, und zum ersten Mal seit seiner Ankunft fühlte er sich willkommen. Das warme Gefühl verstärkte sich, als sie sagte: »Kommt, ihr zwei. Wir fahren jetzt zum Eilershof, Rolf kann erst einmal bei uns bleiben. Dort warten wir ab, was mit Johanna ist, und wir klönen in der Zeit in Ruhe. Hier können wir ohnehin nichts mehr tun. Ich rufe Adda später an.«

Ingo entspannte sich etwas. »Gut. So machen wir es.«

Adda war ins Schlafzimmer ihrer Mutter geflüchtet, hatte sich aufs Bett geworfen und weinte. Sie hatte bereits die ganze Nacht bittere Tränen vergossen, weil sie ihre Oma schon jetzt unglaublich vermisste. Sie hätte damals bleiben sollen. Sich um sie kümmern. Vielleicht würde sie dann noch leben, hätte keinen zweiten Schlaganfall bekommen.

Adda schluchzte auf. Sie wusste selbst, dass das Tünkram war. Als ob sie eine solche Erkrankung hätte verhindern können!

Sie tauchte ihre Nase ins Kissen und sog den Duft ihrer Mutter auf. Er war so vertraut und weckte Sehnsüchte in ihr, die seit jeher unstillbar waren. Wie oft hatte sie sich gewünscht, von ihrer Mutter in den Arm genommen zu werden! Einfach mal so. Doch das war nur passiert, wenn Adda etwas gut gemacht hatte. Und dann geschah es kurz, eher flüchtig und so, als schäme sich ihre Mutter, die Nähe zugelassen zu haben.

Adda beruhigte sich etwas. Sie sollte ins Krankenhaus fahren, um zu sehen, was mit ihrer Mutter los war. Doch sie war wie gelähmt. Ihre Gedanken kreisten um den eigenartigen Besuch von Rolf Menzel. Was wollte er hier, und warum kam er gerade jetzt? Warum hatte er ihr in Bremen nichts von seiner Verbindung zum Nordseehof erzählt? In Adda kroch ein eigenartiges Gefühl hoch. War er das Verbindungsglied zu dem großen Geheimnis, das schon immer wie ein Spinnennetz über dem Nordseehof und ihrer Familie lag?

Addas Blick blieb an der Kommode hängen. Sie hatte ihre Mutter einmal dabei ertappt, wie sie einen Schlüssel hinter dem losen Mauerstein hervorgeholt und die Schublade damit geöffnet hatte. Sollte sie …?

Adda erschrak bei dem Gedanken, ihre Mutter derart

zu hintergehen und ihre Privatsphäre zu missachten, doch hatte sie eine Wahl?

»Der Zweck heiligt die Mittel«, sagte sie laut und setzte sich auf. »Ich muss wissen, was los ist!«

Sie wischte sich die letzten Tränen aus dem Gesicht, griff hinter den Stein und suchte nach dem kleinen Schlüssel.

Es dauerte nicht lange, bis sie ihn gefunden hatte. Ihre Finger zitterten heftig, aber es gab kein Zurück. Ihre Ahnung, dass dieser Rolf mehr war als ein Arbeiter aus vergangener Zeit, wurde übermächtig. Nach und nach kamen die Erinnerungen an Situationen hoch, über die sie bislang nur gelacht hatte, die sich jetzt aber wie ein unvollständiges Puzzle zusammensetzten. Rolf Menzel hatte dieselben Augen wie sie. Die Kolleginnen in der Klinik hatten immer gewitzelt, dass Adda glatt seine Tochter sein könnte. Sie hatte dasselbe schwarze Haar, das sonst keinem in der Familie zu eigen war.

Auch Theda und Ingo schienen ihn gut zu kennen. Das hatte sie an den Blicken, die sie sich zuwarfen, deutlich erkannt.

Adda steckte den filigranen Schlüssel in das Schloss der alten Kommode. Es brauchte ein bisschen Fingerspitzengefühl, ehe sich die Lade aufsperren ließ.

Als Erstes fielen ihr vier einzelne Stickbänder mit einem altertümlichen Spruch auf. Adda erinnerte sich, dass sie früher mal am Schrank im Schlafzimmer ihrer Eltern gehangen hatten.

»Die hat Omi gestickt. Für meine Mama zur Hochzeit«, flüsterte sie. Schon wieder schossen ihr Tränen in die Augen, doch sie schluckte den Kloß im Hals herunter. Sie legte die Bänder beiseite und stieß auf eine leere Zigarrenkiste, die noch immer stark nach Tabak duftete. Sie nahm sie hoch. Darunter lag ein bräunlicher Umschlag, den jemand schon oft in der Hand gehabt haben musste, weil er so abgegriffen war.

Adda nahm ihn mit zitternden Fingern in die Hand. Aus irgendeinem Grund scheute sie sich plötzlich, hineinzusehen. Sie wusste nicht, ob sie wirklich wissen wollte, was sie darin finden würde.

Wenn du das tust, dann bricht gleich deine Welt zusammen!, sagte eine Stimme in ihrem Kopf.

Schau rein, du musst die Wahrheit kennen!, meinte eine andere Stimme.

Adda zögerte noch immer. Ihr Hals fühlte sich staubtrocken an, und sie hustete.

»Leg es weg, pack lieber Mamas Sachen zusammen und fahr ins Krankenhaus! Es geht dich nichts an, Adda Deeken!«, sagte sie laut zu sich selbst. Doch sie konnte nicht anders, als den Umschlag zu öffnen.

Ihr fielen zwei Fotos in die Hände. Sie wirkten wie zufällig aufgenommen, aber die tiefen Blicke zwischen ihrer Mutter und dem jungen Mann, den Adda eindeutig als Rolf identifizierte, sprachen Bände.

»Also bitte!«, sagte Adda und biss sich vor Aufregung fast die Unterlippe blutig. Langsam drehte sie beide Fotos um und las, was dort stand. Sie las es ein zweites Mal.

Dann ließ sie die Hände sinken.

Ihr Herz galoppierte, ihr wurde schwindelig.

Jeder Zweifel erlosch.

Sie hatte sich nicht getäuscht.

Rolf und ihre Mutter mussten sich einmal sehr geliebt haben. Sie würde ihre Mutter danach fragen, und dieses Mal konnte sie Adda nicht mehr ausweichen.

*

Johanna langweilte sich in ihrem Krankenzimmer. Sie fand es übertrieben, dass Adda gleich den Krankenwagen gerufen hatte, bloß weil sie ohnmächtig geworden war. Johanna bekam eine Infusion, und der Arzt hatte mit etlichen Untersuchungen gedroht. Das EKG war allerdings unauffällig gewesen, was sie schon einmal beruhigte.

Es klopfte, und ihre Tochter kam rein. In der rechten Hand trug sie eine Tasche, aber sie sah zum Fürchten aus.

»Ich habe dir was zum Anziehen mitgebracht«, sagte Adda. »Wie geht es dir?« Sie gab sich betont entspannt, aber das nahm Johanna ihr nicht ab. Dazu war ihr Blick zu unstet, und ihr Lächeln wirkte aufgesetzt.

Johanna erzählte, dass die Ärzte bisher keine Ursache für ihre Schwäche und die Ohnmachten gefunden hatten. »Bestimmt komme ich bald nach Hause«, sagte sie und musterte Adda. »Du bist blass, mien Deern. Mach dir um mich bloß keine Sorgen. Es ist noch wegen Oma, oder?«

Adda schüttelte den Kopf und begann, die Sachen aus der Tasche in den Schrank zu räumen. Die Handtücher und Waschlappen hängte sie an die Halterung am Waschbecken.

»Du hast doch was!«, hakte Johanna nach. Adda benahm sich eigenartig.

Ihre Tochter drehte sich zu ihr um. »Was hast du mir alles nicht gesagt?«

»Wie meinst du das?«, fragte Johanna verwirrt.

»Wie ich es gesagt habe. Welche Geheimnisse verbirgst du vor mir, obwohl ich eigentlich ein Recht darauf habe, sie zu erfahren?«

Johanna schob sich im Bett ein Stück höher. Adda musste etwas von ihren Geldproblemen mitbekommen haben. Sicher hatte Manfred geplaudert.

»Adda, wir sind hoch verschuldet. Und ich weiß nicht, was ich tun soll, um den Nordseehof zu retten.« Johanna entschloss sich, ihrer Tochter die ganze Wahrheit zu sagen. Auch, dass sie Manfred ins Boot holen wollte. Mit wenigen Sätzen fasste sie zusammen, was es zu sagen gab. Sie schloss mit den Worten: »Es tut mir leid, dass ich euch nichts von dem Geld erzählt habe, aber Papa wollte, dass ich das Haus damit renoviere. Es war ein schlimmer Fehler, der unentschuldbar ist, denn du und Uwe, ihr hättet mir bestimmt sowieso keine Steine in den Weg gelegt.«

»Nein, das hätten wir nicht«, bestätigte Adda. Sie ging zum Fenster und schaute hinaus. Ihr bot sich ein weiter Blick über die Wiesen, die allerdings zurzeit genauso trist wirkten wie alles andere. »Und du glaubst, Paul hat das Geld genommen?«

»Wer sonst?«

Ja, wer sonst hätte es tun sollen? Adda hatte ihm nie über den Weg getraut. »Und nun müssen wir den Hof verkaufen?«, fragte sie.

»Manfred hat mir Geld geboten, aber das wollte ich nicht annehmen. Wenn ihr euch verlobt hättet, würde es sich anders darstellen. Aber so?«

Adda fuhr herum. »Mama, du willst mir jetzt nicht ernsthaft vorschlagen, dass ich ihn heirate, damit wir von ihm Geld nehmen können, oder?«

Johanna rutschte unwillkürlich wieder ein Stück tiefer. »Nein, das will ich nicht! Niemals. Das solltest du auch wissen!«

Adda entspannte sich sichtlich. »Gut, das hätte ich nämlich auch nicht gemacht. Ich werde zurück nach Bremen gehen. Ich habe schon viele Freunde dort, und wie du weißt, fange ich im April in der Krankenpflegeschule eine Ausbildung an.«

»Gut. Und ich werde, wie eben schon gesagt, Manfred als Geschäftsführer einsetzen, damit wir bei der Bank einen Kredit bekommen.«

Adda spitzte die Lippen. Diese Lösung gefiel ihr offenbar nicht, aber sie konnte es ihrer Mutter auch nicht verbieten.

»Gibt es keinen anderen Weg?«

»Nein«, antwortete Johanna entschieden. »Den gibt es nicht, wenn wir den Hof behalten wollen.«

Adda setzte sich auf einen Stuhl an den quadratischen Tisch, der an der Wand platziert war. »Und – hast du mir sonst noch was zu sagen?«

Johanna sah ihre Tochter erstaunt an. »Was meinst du?«

Adda trommelte mit den Fingerspitzen auf der Tischplatte herum. »Wir haben heute Besuch bekommen. Aus Oberhausen. Und es handelt sich nicht um Paul. Es gibt auch Fotos …«

Mehr bekam Johanna nicht mit. Ihr wurde so schwindelig und übel, dass Adda die Schwester holen musste.

Kapitel 24

Das Wetter besserte sich auch in den folgenden Tagen nicht. Es blieb trüb, regnerisch und unbeständig.

Adda hatte bereits ausgiebig gefrühstückt und stand im seitlichen Stalltrakt, weil sie das dort eingelagerte Heu in die Schubkarre laden wollte. Drei Ballen bekam sie gut auf die Karre. Die Schafe blökten und freuten sich auf die Heuration. Zu ärgerlich, dass in der Scheune so viele Ballen unbrauchbar geworden waren. Die Versicherung hatte zum Glück Unterstützung zugesagt, und davon sollte in der nächsten Woche das Dach gedeckt werden. Es war wie immer. Das ganze Leben in der Schäferei bestand aus dem Lösen von Problemen.

Adda hatte das Thema Rolf ihrer Mutter gegenüber nicht mehr angesprochen. Angesichts ihrer labilen Gesundheitslage konnte sie sie wohl erst nach der Entlassung erneut damit konfrontieren.

Rolf wohnte derweil bei Ingo und Theda, Adda verweigerte allen den Zutritt zur Schäferei. Solange sie sich nicht mit ihrer Mutter über Rolfs wahre Rolle auf dem Nordseehof ausgetauscht hatte, wollte sie keinen von ihnen sehen und auch nicht mit ihnen sprechen.

Deshalb hatte Adda auch die Beerdigung ganz allein

organisiert. Sie sollte stattfinden, wenn ihre Mutter morgen aus der Klinik entlassen wurde. Die Kaffeetafel würde ausfallen, dazu war ihre Mutter ohnehin viel zu schwach.

Adda hatte Dirk angerufen und ihm gesagt, dass sie leider doch länger bleiben musste. Er wollte unbedingt herkommen, aber das wäre ihr momentan zu viel gewesen. Ihre Beziehung lag in einem anderen Leben, und zuerst musste sie die Probleme in ihrem alten Zuhause in Ordnung bringen. Sie würde zu ihm zurückgehen, aber im Augenblick quälten sie wirklich andere Sorgen. Dirk, die WG und die Debatten über Terroristen und die Weltrettung waren gerade ganz weit weg.

Adda schob die Karre zum Gatter und öffnete es. Sie musste ein paar der Schafe verscheuchen, damit sie zur Raufe durchkam.

Sie verrichtete sämtliche Arbeiten seit Tagen mechanisch, denn sie fühlte sich wie tot, so als wäre sie mitsamt ihrer Oma verstorben. Doch sie durfte sich nicht unterkriegen lassen. Das hatte die Mutter ihr schon als Kind eingebläut.

Adda schnitt die Bänder an den Ballen durch und schaufelte das Heu in die Raufe. Sie hoffte, dass ihre Mutter morgen nach Hause kam. Noch immer wussten die Ärzte nicht, was sie krank machte, und vermuteten deshalb, es könnten massive psychische Probleme sein.

Adda befürchtete das auch. »Wenn man Mama den Nordseehof wegnehmen will, dann dreht sie durch«, flüsterte sie.

Das Heu war bald verfüttert, Adda musste die nächste Fuhre für die Pferde fertig machen. Sie verließ das Gatter und steuerte erneut auf die Heuvorräte zu und spießte die Forke in den ersten Ballen.

Da spürte sie plötzlich Hände an ihren Hüften und fuhr herum. »Manfred!«, stieß sie erleichtert aus. »Hast du mich erschreckt!« Sie war zwar absolut nicht damit einverstanden, dass er zukünftig einen so großen Einfluss auf die Geschicke des Nordseehofs nehmen durfte, aber die Alternative war, dass ihre Mutter alles verlor, und das wäre ihr Tod. Manfred Oetjen würde folglich schon bald ein Teil der Schäferei sein, es war besser, es zu akzeptieren. Das mit ihnen beiden war schließlich Schnee von gestern.

Adda wollte sich aus Manfreds Griff lösen, doch er hielt sie weiter fest umklammert und rieb sich an ihr.

»Hey, lass mich los!«, sagte sie scherzhaft, doch als sie seinen begehrlichen Blick sah, wurde ihr angst und bange.

»Ich bin so froh, dass du zurück bist«, murmelte Manfred und begann, sie zu küssen. Adda versuchte noch stärker, ihn abzuwehren, aber er besaß einfach mehr Kraft. »Komm, sag Ja, und wir heiraten, so schnell es geht«, stöhnte er.

»Ich will das nicht!«, stieß Adda hervor. »Bitte! Lass! Mich! Jetzt! Sofort! Los!« Ihre Stimme war heiser, und Panik machte sich in ihr breit, denn auf Manfreds Gesicht erschien ein fast diabolisches Grinsen.

»Ich werde auch ohne dich Schäfer auf dem Nordseehof«, krächzte er. »Du verschmähst mich zwar, aber ich bekomme immer, was ich will.« Jetzt küsste er ihren Mund und schob seine Zunge hinein. Adda wehrte sich mit aller Kraft, aber es war zwecklos. »Weißt du, was für Probleme euer werter Nordseehof hat? Nein?« Wieder küsste er sie, warf Adda auf den Boden, legte sich über sie und fixierte ihre Hände mit seinen Knien. Dann betatschte er ihre Brüste. »Deine Mutter hat euch beim Erbe beschissen! Um fünfzigtausend Mark!« Manfred knöpfte Addas Hose auf, und sie versuchte, nach ihm zu treten. Doch er war stärker.

»Das weiß ich doch alles! Sie hat es mir gesagt. Und nun runter von mir!« Adda versuchte zu strampeln, aber Manfred war ein großer und kräftiger Mann. Sie hatte keine Chance, und Adda spürte instinktiv, dass sie verloren hatte. Er würde sich das nehmen, von dem er glaubte, dass es ihm zustünde.

Manfred hatte Addas Hose heruntergezogen und fingerte nun an seinem Hosenschlitz. »Du siehst ja, wie schwach du bist, wenn ein richtiger Mann kommt! Von wegen, ihr Deeken-Weiber könnt alles schaffen. Gar nichts könnt ihr!«

Adda wollte schreien, aber ihr blieb jeder Laut in der Kehle stecken. Sie schloss die Augen und ergab sich ihrem Schicksal.

»Ich mach dir jetzt ein Kind, und dann musst du mich heiraten. Dann kriegt mich hier niemand mehr weg. Niemand! Du Schlampe«, ächzte Manfred, und dann fühlte Adda nur noch Schmerz.

Als er fertig war, stand er auf und knöpfte seine Hose zu. »So hat es dir in der Stadt sicher keiner besorgt, oder?«

Adda würgte und musste sich übergeben. Fahrig wischte sie den Mund ab und sagte mit zitternder Stimme: »Du wirst kein Geschäftsführer! Dafür sorge ich!«

Manfred lachte nur. »Deine Mutter wird dir nicht glauben, Adda. Sie will die Schäferei retten, koste es, was es wolle. Und das weißt du ganz genau. Ich rate dir, nichts zu sagen. Sonst geht eben auch noch euer Trecker kaputt. Genau wie der von Ingo, weshalb er schnell sein Geld zurückhaben musste. Ich kriege immer, was ich will! Ich glaube, das sagte ich bereits.«

Adda blieb im Heu liegen und starrte zur Decke. Sie wusste, dass Manfred recht hatte. Sie würde dem Nordseehof geopfert werden.

*

Rolf saß mit Theda und Ingo auf dem Eilershof in der Küche.

Er hatte Johanna nicht im Krankenhaus besucht, denn er wollte sie nicht überfallen. Sobald sie entlassen war und sie Folines Beisetzung hinter sich hatten, würde er in aller Ruhe mit ihr sprechen. Dass Johanna plante, Manfred als Geschäftsführer einzusetzen, hatte alle entsetzt, und so war es auch jetzt ein großes Thema.

Ingo war gestern bei Johanna gewesen, und sie hatte bestätigt, dass Manfred nicht gelogen hatte. »Es gibt für mich keinen anderen Weg«, hatte sie zu ihm gesagt.

»Das ist ein großer Fehler«, meinte Ingo jetzt. »Manfred spielt nicht mit offenen Karten. Ich traue ihm keinen Deut mehr über den Weg. Er hat Johanna einfach in der Scheune liegen lassen, und glaub mir, er hat sie garantiert dort gesehen.«

Rolf wiegte den Kopf. »Aber warum? Aus welchem Grund sollte er in Kauf nehmen, dass sie krank wird oder gar stirbt?«

»Weil er die Schäferei will! Mit einer schwachen Johanna kann er seine Pläne besser umsetzen, ganz einfach. Und wäre sie tot, könnte er Adda und Uwe ein Kaufangebot machen. Sie würden nicht für immer auf dem Hof leben und ihn führen wollen. Manfred hätte also durchaus gute Gründe dafür gehabt, sich nicht um Johanna zu kümmern.« Ingo trank einen Schluck Wasser. »Ich weiß, das sind böse Anschuldigungen, aber ich will meine Cousine davor bewahren, einen riesengroßen Fehler zu machen.«

Rolf wurde abwechselnd heiß und kalt. Er stimmte Ingo insgeheim zu, denn er sah Manfred Oetjen ebenfalls mit sehr zwiespältigen Gefühlen, auch wenn er ihn nicht näher kannte.

Seine Hanna hatte sich vermutlich den Teufel persönlich ins Haus geholt, und der war nun dabei, sein Höllenfeuer zu verbreiten.

In Rolf arbeitete es. Er hatte nie etwas für Hanna tun können, außer sich aus ihrem Leben rauszuhalten. Glücklich war damit keiner von ihnen geworden. Nun bot sich ihm aber die Chance, ihr aus dem Dilemma zu helfen. »Wie hoch ist die Summe, die sie dir schuldet?«, fragte er.

»Zehntausend Mark«, erwiderte Ingo. »Es ist echt schlimm. Ich brauche die Hälfte davon zurück. Sonst kann ich einpacken.«

Rolf rechnete blitzschnell, dann schlug er mit der flachen Hand auf den Tisch. »Ich gebe dir das Geld«, sagte er.

Ingo sah ihn verdutzt an. »Du?«

»Ja, ich. Ich habe als Obersteiger und zuletzt bei den Stadtwerken als Ingenieur gut verdient und dadurch ein paar Ersparnisse. Zudem plane ich, mein Haus in Oberhausen zum Verkauf an einen Makler zu geben. Es wird sich gewiss schnell jemand finden, der es haben will. Da unser Grundstück groß ist, werde ich eine hohe Summe dafür bekommen. Dagmar bekommt ihren Anteil, dann kann sie nach der Scheidung gut leben, und ich bin frei.«

»Moment«, mischte sich Theda ein. Sie hibbelte auf ihrem Stuhl herum. »Aber wenn du dein Haus verkaufst und Johanna das Geld gibst… Wo willst du dann wohnen?«

Rolf lächelte. »Das habe ich alles durchdacht. Ich plane eine Veränderung in meinem Leben. Deshalb werde ich mich in Wilhelmshaven auf die ausgeschriebene Stelle bei den Stadtwerken dort bewerben. Sie suchen einen Rohrnetzingenieur. Der Grad eines Steigers ist dem des Ingenieurs gleichgesetzt, weshalb ich ja auch schon in Oberhausen bei den Stadtbetrieben gearbeitet habe. Ich kann noch bis Ende Januar hierbleiben, dann ist mein Urlaub zu Ende. Danach fahre ich zurück, werde kündigen und in Oberhausen alle Brücken abbrechen. Vorausgesetzt, ich bekomme die Stelle in Wilhelmshaven.«

Theda klatschte freudig in die Hände.

Ingo hatte sich alles ruhig angehört. »Es klingt zu schön, um wahr zu sein, aber es wäre eine fantastische Lösung! Gib Johanna das Geld!«, schlug er vor, doch Rolf hob sofort abwehrend die Hände. »Darüber habe ich mir eben auch schon Gedanken gemacht. Das geht nicht. Sie würde es von mir nicht nehmen, das weißt du. Gebe ich dir jedoch die Summe, muss sie dir nicht gleich was zurückzahlen. Du kannst ihr also sagen, dass sich dein Problem gelöst hat. Und sie sich so lange mit der Rückzahlung Zeit lassen kann, wie es nötig ist.«

»Ich weiß gar nicht, was ich sagen soll«, sagte Ingo, und seine Stimme klang gerührt.

»Für Hanna tue ich alles, das weißt du. Und ich will nicht, dass sie diesem Mann in die Hände fällt. Hanna hat ihr ganzes Leben um die Schäferei gekämpft. Das darf jetzt nicht kaputt gemacht werden.« Er hielt Ingo die Hand hin, und dieser schlug ein. »Abgemacht«, sagte Rolf zufrieden. »Jetzt geht es mir besser.«

Ingo hatte jedoch noch etwas auf dem Herzen, das war ihm deutlich anzusehen. »Es gibt aber noch ein anderes Thema …«

»Und?« Rolf schenkte sich eine Tasse Kaffee aus der geblümten Thermoskanne ein.

»Trotz allem sollten wir versuchen, den Dieb des Geldes zu finden. Eigentlich wollte Johanna sich darum kümmern, aber das können wir nun wohl vergessen.«

»Hast du denn eine Idee?« Rolf nahm auch Zucker und Milch.

»Erst dachten wir alle, es wäre Paul«, sagte Ingo.

»Paul? Der Sohn von Reent?« Rolf rührte eine Spur zu heftig um.

»Richtig, kennst du ihn?«, fragte Ingo erstaunt.

»O ja«, antwortete Rolf und erzählte. Er endete mit den Sätzen: »Als wir uns verabschiedet haben, sagte er, er wolle nie wieder zum Nordseehof zurück, weil er hier nicht erwünscht sei. Das klang ein bisschen komisch und würde zu deinem Verdacht passen.«

Ingo runzelte die Stirn. »Ich bin mir nicht mehr sicher, ob er schuldig ist, aber das Geld war weg, als er zum Bund musste«, erklärte er. »Da lag die Wahrscheinlichkeit nah, dass er es genommen hat.«

Rolf seufzte. »Dieses Früchtchen! Paul ist ein schräger Vogel. Er hat leider viel von Reent. Zuzutrauen ist es ihm.« Er überlegte. »Ich werde mit ihm sprechen. So schnell es geht.«

»Das ist aber nur eine Möglichkeit«, sagte Ingo. Er lehnte sich zurück und schlug die langen Beine übereinander.

Rolf sah ihn fragend an. »Wer kann es denn sonst genommen haben?«

»Manfred Oetjen.«

Rolf stellte die Tasse, die er gerade hochgenommen hatte, mit einer hektischen Bewegung zurück auf den Unterteller. »Wie kommst du darauf?«

»Instinkt? Es kommt ihm und seinem Vorhaben schließlich zupass, dass Johanna in finanzielle Schwierigkeiten gerät. Und er hat ihr zur Unterstützung Geld angeboten. Geld, von dem keiner weiß, woher er es hat.«

»Dann müsste er allerdings in ihrem Schlafzimmer gewesen sein«, wandte Rolf ein. Den Gedanken fand er absurd. Hanna war um vieles älter als der Mitarbeiter – aber konnte es sein, dass sie… Nein, das wollte er nicht zu Ende denken.

»Er hatte freien Zugang zum Haus«, sagte Ingo. »Und Johanna vertraut ihm. Ich weiß noch nicht, wie wir ihm den Diebstahl nachweisen wollen, aber es wird uns gelingen. Auf keinen Fall darf Johanna in ihr Unglück rennen.«

»Ich spreche mit Paul«, sagte Rolf. »Vielleicht weiß er irgendwas. Falls er es nicht doch selbst war.«

*

Adda ging es schlecht, und doch musste sie sich zusammenreißen, denn heute würde ihre Mutter nach Hause kommen, und sie mussten Oma Foline beerdigen. Nie wieder wollte sie Manfred über den Weg laufen. Nie wieder in seiner Nähe sein. Ihn riechen oder seine Stimme hören.

Adda hatte gestern nach dem schrecklichen Überfall im Stall eine Stunde lang geduscht und hatte sich danach in ihrem Zimmer verkrochen. Ihr tat immer noch alles weh, aber die Tränen waren versiegt. Das Wichtigste war nun, ihrer Mutter auszureden, dass dieser Mann auch nur ein Stück vom Nordseehof bekam. Wie sie es anstellen sollte, wusste Adda aber nicht. Schon die ganze Zeit hatte sie sich außerdem gefragt, ob ihre Mutter ihr die Vergewaltigung glauben würde. Sie hielt so große Stücke auf Manfred!

Nein, Adda musste schweigen, denn gesetzt den Fall, ihre Mutter würde ihre Zusage ihm gegenüber rückgängig machen und ihn rauswerfen, würde noch Schlimmeres passieren. Manfred Oetjen hatte gedroht, der Schäferei zu schaden. Adda zweifelte keine Sekunde daran, dass er das tun würde, denn offenbar hatte er auch Ingos Trecker sabotiert, damit ihre Mutter in diese finanzielle Schieflage kam.

Adda wusste kaum noch ein und aus. Das einzig Positive war, dass Manfred sie auf keinen Fall geschwängert hatte, denn vor einer Stunde hatte ihre Blutung eingesetzt. Es wäre sonst auch schlichtweg eine Katastrophe gewesen. Adda hatte das Bild vor Augen: sie mit Manfreds Kind in eine Ehe mit ihm gedrängt. Adda wusste nicht, ob sie die Kraft hätte, sich dem zu widersetzen.

Sie fühlte sich wie in einem Kettenkarussell, über das man die Kontrolle verloren hatte. Immer schneller drehte sich ihre Welt, alles um sie herum verschwamm zu einem wirren bunten Aquarell, über das jemand Wasser gekippt hatte, wodurch nichts mehr zu erkennen war.

Ach, Adda wusste nicht, was sie tun sollte. Nur zusammen mit ihrer Mutter würden sie Manfred Paroli bieten können, aber das setzte voraus, dass sie eine Einheit, ein Bollwerk gegen ihn bildeten. Und wie wahrscheinlich war das? Ihre Mutter und sie … Sie waren nicht aus einem

Guss, sosehr sich Adda das auch zeitlebens gewünscht hatte. Den Grund dafür glaubte sie inzwischen zu kennen, und das war ein weiteres Thema, das Adda umtrieb.

Sie schaute aus dem Küchenfenster. Eben ratterte Ingos Wagen auf den Hof. Er hatte ihre Mutter aus dem Krankenhaus abgeholt. Die Autotür öffnete sich, und Johanna kletterte heraus.

Mein Gott, ist Mama blass, dachte Adda entsetzt. Und wie dünn sie geworden ist! Die Ärzte hatten bis zum Schluss keine schlimme Ursache für ihren Zusammenbruch gefunden. Eigentlich sollte sie noch ein paar Tage zur Erholung dortbleiben, aber das war mit ihrer Mutter nicht zu machen.

Kurz darauf betrat Johanna die Küche und setzte sich zu Adda, die bereits Tee aufgebrüht hatte.

»Haben sie nicht herausfinden können, was dir genau fehlt?«, fragte Adda. »Kluntje?« Ihre Hand zitterte, als sie nach der Zange griff. Doch ihre Mutter war so sehr mit sich selbst beschäftigt, dass es ihr nicht auffiel.

»Nein, aber ich weiß es ja selbst. Es sind die Sorgen«, erklärte sie. »Doch wenn Manfred mir helfen kann, wird es auch mit dem Nordseehof weitergehen, und mir geht es dann schnell besser. Du weißt, wie wichtig mir der Hof ist.« Sie seufzte.

Adda schluckte. Manfred. Der Nordseehof. Dann wieder Manfred, und wieder die Schäferei. Sie konnte es nicht mehr hören. Ihre Mutter schien überhaupt nicht mitzubekommen, dass Adda etwas belastete.

Johanna nahm einen Schluck Tee und wollte wissen: »Wann müssen wir los zur Kirche?« Nach Rolf Menzel fragte sie nicht. Sie tat so, als hätte Adda ihn im Krankenhaus gar nicht erwähnt.

»In einer halben Stunde. Schaffst du das schon?«, fragte Adda besorgt. Sie hoffte nur, dass Rolf so vernünftig sein würde fernzubleiben. Die Beerdigung von Oma Foline und das plötzliche Zusammentreffen mit ihm konnten für Johanna ein bisschen viel sein.

»Ja, ich will Mudder unbedingt das letzte Geleit geben.« Ihre Mutter trank den Tee, dann zogen sie sich um und fuhren zur Kirche. Außer Theda und Ingo waren lediglich ein paar Bekannte aus dem Dorf gekommen, weil Adda sich für eine Beisetzung im kleinsten Kreis entschieden hatte.

Der Pastor zog seine Predigt glücklicherweise nicht unnötig in die Länge, sodass sie Oma Folines Sarg schon bald ins Grab hinablassen konnten. Adda hatte einen sonnigen Platz auf dem Neusieler Friedhof ausgesucht.

Mama hat sichtlich Probleme, das alles durchzustehen, dachte Adda, und sie war froh, als sie am Nachmittag wieder in der warmen Küche saßen. Ihre Mutter weigerte sich, ins Bett zu gehen, wirkte aber abwesend. Adda brühte ihr erneut einen Tee und setzte sich wieder mit ihr an den Tisch. Gedankenverloren schaute Johanna aus dem Fenster. »Es gibt bannig viel zu tun. Sieh hinaus, was da an Arbeit wartet! Bislang haben Manfred und Heino nur die kaputten Ziegel zusammengefegt und eine notdürftige Plane übers Dach gelegt. So allein ist es wirklich schwer auf dem Hof. Du und Uwe, ihr fehlt.«

Uwe, dachte Adda traurig. Der war nicht einmal pünktlich zur Beerdigung gekommen, weil er eine wichtige Klausur schreiben musste. Gestern aber hatte er angerufen. Ein bisschen trieb ihn das schlechte Gewissen wohl doch um.

»Er kommt heute noch.« Adda schaute zur Uhr. »Ist eben aus Hannover losgefahren.«

Das freudige Aufblitzen im Gesicht ihrer Mutter schmerzte sie. Wenn Uwe zu Besuch kam, würde sie niemals während seiner Ankunft irgendwelche Zäune prüfen und ihn erst später begrüßen.

»Er kommt heute?«, wiederholte ihre Mutter, und ihr Gesicht bekam sogleich wieder Farbe. »Wie wunderbar! Dann seid ihr beide bei mir.« Ihre Mutter sah sie mit warmem Blick an. »Ach, meine Adda. Auch wenn es manchmal besser ist, nach vorn zu sehen, so sehne ich mich doch immer wieder nach der unbeschwerten Zeit. Als Papa noch da war. Und du und Uwe zusammen auf dem Hof gespielt habt. Schön war das.«

Es hatte sie nie gegeben, die unbeschwerte Zeit, dachte Adda, aber es rührte sie, dass ihre Mutter es so sah.

»Du warst so ein niedliches Mädchen mit deinen dunklen Augen! Du hast mit deinem Charme immer alles bekommen. Vor allem von Papa.« Ihre Mutter lächelte versonnen. »Weißt du, es ist seltsam, die Zeit zerrinnt einem zwischen den Fingern, man schaut immer nur nach vorn – oder zurück – und vergisst den Augenblick.« Wieder traf Adda der lange Blick der Mutter. »Man sollte viel mehr im Hier und Jetzt leben. Plötzlich ist alles vorbei, liebe Menschen sind verschwunden, und man kann nichts ein zweites Mal erleben.«

Adda war erstaunt über die feinfühligen Worte. Sie selbst weichte dabei auf und überlegte jetzt, ob sie es doch wagen konnte, zu erzählen, was im Stall passiert war.

Ihre Mutter hatte derweil weitergesprochen. »Uwe war so lange nicht hier, und du wirst auch wieder gehen«, flüsterte sie und schlug die Hände vors Gesicht. »Ich habe bei euch furchtbar viel falsch gemacht!«

Adda konnte nicht anders. Sie stand auf und umarmte

ihre Mutter von hinten. Sog den vertrauten Duft ein. Dachte, es könnte doch noch alles gut werden. Dass sie sich irrte und ihre Mutter ihr nicht nur Glauben schenkte, sondern auch die Fotos ein einziges Missverständnis waren.

»Mama, alles wird gut. Uwe kommt, und er bringt auch diese Sanne mit. Dann lernst du sie endlich kennen. Und ich werde dich immer wieder besuchen, auch wenn ich mein eigenes Leben lebe.« Adda drückte sie fest und erschrak, wie dünn ihre Mutter wirklich geworden war.

»Danke, meine Lütte. Ich bin so froh, dass ich dich habe! Wirklich. Ich hätte es dir öfter sagen sollen.« Den letzten Satz hauchte sie nur noch. Addas Herz klopfte wie wild. Egal, welche Drohungen Manfred Oetjen ausgesprochen hatte: Sie würde jetzt nicht schweigen. Es war nur schwer, einen Einstieg für etwas zu finden, was eigentlich unvorstellbar und doch geschehen war. Deshalb begann sie vorsichtig, wählte ihre Worte mit Bedacht. »Du willst also tatsächlich Manfred zum Geschäftsführer machen?« Schon als sie es aussprach, wurde ihr wieder schlecht. Sie setzte sich wieder neben ihre Mutter, und die sah sie mit tränenverschleiertem Blick an.

»Ja, mien Deern. Er kennt das Geschäft, er ist zuverlässig. Das war nicht immer so, aber inzwischen hätte ich ihm sogar dich anvertraut und mich gefreut, wenn ihr geheiratet hättet.«

Adda musste schlucken, denn ihr kam die Galle hoch. Sie konnte es nicht sagen! Es war unmöglich. Niemals würde Mama ihr abnehmen, was passiert war. Es war zwecklos, und Manfred hatte recht. Er bekam immer, was er wollte.

»Ist das dein Ernst?«, brachte sie nur mit zitternder

Stimme hervor. Sie wollte so viel sagen. Alles aus sich hinausschreien, aber sie konnte es nicht, und die Worte blieben ihr im Hals stecken. Einen Moment lang bekam sie keine Luft und glaubte, daran zu ersticken.

Erneut begann sich das Gedankenkarussell zu drehen. Keiner würde ihr glauben. Immerhin hatte sie schon einmal einvernehmlich mit Manfred geschlafen, und jeder würde davon ausgehen, dass sie sich auch diesmal freiwillig mit ihm im Stroh gewälzt hatte. Adda Deeken, das leichte Mädchen!

Sie konnte in diesem Spiel nur verlieren.

Zum ersten Mal seit Tagen sehnte sie sich nach Dirk. Nach seiner ruhigen Art. Seiner Einschätzung der Lage. Adda war sich plötzlich sicher, dass er ihr Glauben schenken würde.

Am liebsten hätte sie sich jetzt in seine Arme gekuschelt. Sie schloss verzweifelt die Augen.

»Ist was mit dir?« Ihre Mutter sah sie besorgt an. »Hab ich was Falsches gesagt?«

»Nein, alles in Ordnung«, wehrte Adda mit einem schiefen Lächeln ab. »Ich finde es nur komisch, wenn jetzt jemand Papas Rolle einnimmt, obwohl er nicht zur Familie gehört.«

»Ich auch, Adda. Das geht mir genauso. Aber Manfred ist eine gute Wahl, glaub mir.«

Adda nickte ergeben. »Da ist noch etwas«, sagte sie schließlich nach einer langen Zeit des Schweigens.

Ihre Mutter starrte müde aus dem Fenster. »Ich weiß, was du fragen willst. Du hast mich schon im Krankenhaus damit konfrontiert, und ich habe mich in meine Ohnmacht geflüchtet. Ich wusste, dass du nicht lockerlassen würdest, und es ist dein gutes Recht.«

Adda sah sie erstaunt an. Mit so viel Offenheit hatte sie nicht gerechnet. »Stimmt. Es geht um die Fotos.« Ihr zitterten die Knie, als sie aufstand und den Umschlag holte, den sie vorhin schon auf die Anrichte gelegt hatte.

Sie setzte sich und schob ihrer Mutter das Kuvert hinüber, doch die machte keinerlei Anstalten, es zu öffnen.

»Es ist so, wie du denkst«, sagte sie nur.

»Mama!«, entfuhr es Adda.

»Ich will nicht mehr lügen. Das habe ich zu lange getan, und niemandem ist damit gedient. Ja, ich habe Rolf Menzel geliebt. Mehr als alles andere auf der Welt. Aber es durfte nicht sein. Er ist aus Schlesien hierhergekommen, man dachte damals nicht gut über die Menschen, die vertrieben wurden. Ich war hingegen die Tochter des Großbauern vom Eilershof. Es hätte deinen Großvater getötet. Er hatte andere Pläne und nach Kenos Tod nur noch mich.«

»Und Oma?« Adda dachte an die Stickbänder. Darauf war doch von Träumen einer jungen Frau die Rede! Sie erinnerte sich noch genau an die Worte.

Was ich als Mädchen mir erträumt
Liegt hier in diesem Schrank vereint
Darum soll's meine Sorge sein
Zu halten dies stets glatt und rein

Was hatte Oma Foline getan, um ihrer Tochter zu helfen?

»Oma dachte, sie würde das Richtige tun, wenn sie darauf bestand, dass ich deinen Vater heiratete. Und wir haben uns ja später auch gut arrangiert und geliebt. Nur … anders.«

In Adda gefror etwas. Wir haben uns arrangiert und später auch geliebt. Das wollte kein Kind hören. Eine solche Aussage zerschmetterte ein Weltbild. Eltern mussten sich lieben. Mit Haut und Haar!

Sie schluckte. »Gut, du hast Rolf nicht heiraten dürfen und dann Uwe bekommen. Er sieht aus wie Papa. Aber ich? Ich gleiche nicht ihm. Und nicht dir.« Adda holte einmal tief Luft und sprach mit scharfen Worten das aus, was ihr schon so viele gesagt hatten, sie aber nie hatte wahrhaben wollen, weil es so unvorstellbar war. »Ich sehe aus wie Rolf Menzel, Mama!«

Ihre Mutter nickte stumm.

Adda brach der Schweiß aus. Obwohl sie die Antwort eigentlich schon geahnt hatte, traf sie das sichere Wissen nun doch mitten ins Herz. »Warum, Mama? Warum nicht Papa, der mich doch so geliebt hat? Mein Papa!« Adda schluchzte auf.

Danach konnte sie für lange Zeit nicht aufhören zu weinen. Sie weinte die Tränen um eine große Lüge. Sie weinte die Tränen um ihren Vater, der damit, dass sie gar nicht sein Kind war, all die Zeit hatte leben müssen, denn sie war sicher, dass er es gewusst hatte. Sie weinte aber auch Tränen um sich selbst, weil sie plötzlich verstand, weshalb ihre Mutter Uwe lieben konnte und sie nicht. Sie war verkehrt. Sie war eine einzige Lüge, bei der man aufpassen musste, dass sie nicht ans Tageslicht kam. Sie war der Dorn im Fleisch der Familie Deeken, den alle am liebsten entfernt hätten, aber die Entzündung der Wunde fürchteten.

Und trotzdem hatte ihr Vater sie geliebt. Der einzige Mensch, bei dem sie es verstanden hätte, wenn er nichts von ihr hätte wissen wollen.

Ihre Mutter versuchte, sie zu trösten, indem sie ihre Hand nahm und einfach nur festhielt. Und Adda ließ es zu, weil sie befürchtete, sonst abzustürzen. In diesen tiefen Schlund, der bereits gierig nach ihr schnappte. Es dauerte, ehe sie sich ein bisschen beruhigt hatte. »Wer weiß noch davon?«, fragte sie mit zitternder Stimme.

Ihre Mutter wand sich, ehe sie hervorbrachte: »Deine Oma wusste es, aber sie hat genauso geschwiegen wie Theda. Sonst habe ich nie mit jemandem darüber gesprochen, aber ich bin sicher, dass Ingo etwas ahnt.«

»Und Papa?« Addas Stimme zitterte, aber sie brauchte Gewissheit.

Ihre Mutter zuckte mit den Schultern. »Ich weiß es nicht. Wir wollten es nie thematisieren. Du warst da, und er hat dich geliebt. Er wusste nichts davon, dass Rolf noch einmal hier war. Ich glaube, Papa wollte die Wahrheit nicht erkennen.«

Adda sprang auf. Sie musste sich bewegen, sonst würde sie platzen. Doch gleich darauf blieb sie vor ihrer Mutter stehen. »Und warum kannst du mich nicht … wenigstens gernhaben? Ich bin doch das Kind deiner großen Liebe!« Adda reckte trotzig das Kinn vor. Nichts war mehr übrig von der Vertrautheit vorhin, als sie kurz geglaubt hatte, sie und ihre Mutter seien doch von einem unsichtbaren Band umsponnen.

»Aber ich liebe dich, Adda! Komm, lass dir erzählen, was damals genau gewesen ist. Dann wirst du es verstehen.«

Ihre Mutter zog Adda auf den Stuhl zurück und erzählte ihr mit brüchiger Stimme eine lange Geschichte. Dass Rolf und sie zusammen nach Amerika gehen wollten, er aber vom Hof vertrieben worden war. In der Nacht, als sie gezwungen wurde, Eike zu heiraten. Sie erzählte, wie sie gegen ihre Schwiegermutter hatte kämpfen müssen und sich das Ziel gesetzt hatte, für die Schäferei zu leben, um all das auszuhalten. Aber auch, wie nutzlos es gewesen war, weil sie keine Anerkennung dafür bekam. »Und dann ist Rolf plötzlich zurückgekehrt. Da ist es passiert«, schloss sie. »Ich hatte anschließend ein solch schlechtes Gewissen, dass ich den Kontakt zu ihm abgebrochen habe und nur für euch und Papa da sein wollte. Für den Nordseehof. Euer Zuhause. Rolf weiß nicht, dass er dein Vater ist. Ich habe es ihm nie verraten.«

»Ich sehe aus wie er, und er ist nicht blind«, entgegnete Adda. »Und nun ist er hier.«

Johanna wollte etwas sagen, aber Adda ließ sie nicht zu Wort kommen.

»Ich hasse ihn!« Sie stand auf. »Und ich hasse dich, weil du Papa das angetan hast! Er war der beste Vater der Welt. Der liebste Mensch, und du hast ihn belogen und betrogen!«

Plötzlich war da diese Wut in ihr. Dieses Gefühl, alles um sie herum kaputt schlagen zu müssen. Jetzt konnte sie schreien. Es war eine Wohltat, als der angestaute Frust aus ihr herausbrach. Sie sprang so heftig auf, dass der Stuhl hintenüberkippte. »Dasselbe hast du mit mir gemacht. Mein ganzes Leben lang! Und nun verschacherst du den Nordseehof auch noch an den Mann, der mir Übles angetan hat. So Schlimmes, dass ich nicht einmal wage, mich dir anzuvertrauen, obwohl du meine Mutter bist und mich schützen müsstest, so wie jedes Mutterschaf ihr Lamm!« Adda stürzte zur Tür. Sie musste hier weg. Die ganze neue Frische in der Schäferei war eine Farce. Mutter hatte über den alten Mief nur helle Farbe gekippt. »Ich kann keine Sekunde mehr bleiben! Ich fahre noch heute mit dem letzten Zug zurück nach Bremen. Dein Uwe kommt gleich, und er kann dir sicher helfen!«

»Adda!«, rief ihre Mutter. »Adda! Was ist denn passiert? Was hat Manfred mit dir gemacht?«

Adda aber rannte in ihr Zimmer, warf ihre Sachen in die Tasche und rief ein Taxi. Als sie vom Hof fuhr, stand nur Manfred dort und machte das Victoryzeichen.

Kapitel 25

Rolf hatte Paul nach seinem Gespräch mit Ingo sofort in der Kaserne angerufen, und Paul und er hatten sich für den heutigen Tag in Wilhelmshaven am Südstrand verabredet, denn Paul wollte auf keinen Fall zum Nordseehof kommen.

Dort war die Stimmung ohnehin schlecht, denn Adda war gestern Hals über Kopf abgereist, und auch Uwes Kurzbesuch mit dieser Sanne hatte Johanna nicht aufmuntern können. Immerhin besaßen sie einen schnieken Mercedes, mit dem sie auch am späten Abend noch hatten zurückfahren können.

Das alles wusste er von Theda, die heute Morgen zum Nordseehof rübergefahren war, doch Johanna hatte wohl eine dicke Mauer um sich herum errichtet, die auch ihre Cousine nicht einzureißen vermochte.

»Es ist das Geheimnis, das keines mehr ist«, hatte sie zu Rolf gesagt. »Und Adda weiß alles. Deshalb ist sie weg.«

Rolf war sehr traurig darüber, dass seine Tochter ihm so gar keine Chance geben wollte, aber er musste es respektieren. Nun galt es, wenigstens seiner Hanna zu helfen, die ihn allerdings auch nicht sehen wollte.

Ihm blieb also nichts anderes übrig, als den Dieb zu

finden. Es war nur eine winzige Geste, aber mehr konnte er derzeit offiziell nicht für sie tun. Ingo hatte schon vorgestern mit Johanna gesprochen. Sie war erleichtert, dass sie ihm das Geld nicht gleich zurückzahlen musste. Ingo hatte ihr aber nicht erzählt, warum er es plötzlich nicht mehr benötigte.

Rolf hatte im *Columbus* einen Tisch reserviert und war gespannt, was Paul zu sagen hatte. Er parkte unten am Helgoland Kai, wo das Seebäderschiff *Wilhelmshaven* vor Anker lag und auf die Gäste zur Überfahrt nach Helgoland wartete. Es schaukelte sacht auf und nieder, wenn die Wellen an den weißen Rumpf klatschten. Eine Silbermöwe saß auf der Reling und keckerte Rolf mit schief gelegtem Kopf böse an.

Rolf schloss den Wagen ab, schlug den Kragen seines dunkelbraunen Cordmantels hoch und lief die Stufen zur Südstrandpromenade hinauf. Es war ein unangenehm windiger Tag, und er war froh, nicht länger draußen herumlaufen zu müssen.

Paul saß schon am Tisch und schaute bei einem Kännchen Kaffee versonnen über den Jadebusen. Er blickte auf, als Rolf neben ihn trat.

»Wie schön, dass du dich kurz von deinem Bundeswehrdienst freimachen konntest«, begrüßte dieser ihn.

»Klang schließlich dringend. Was ist los? Ich habe nur eine Stunde Zeit.« Paul hatte das Haar kurz geschoren, und sein unsteter Blick wanderte wie eh und je hin und her, so als müsse er sichergehen, dass er das Geschehen ringsum fest im Blick hatte und wirklich nichts verpasste.

»Es geht um Johannas Geld«, fiel Rolf sogleich mit der Tür ins Haus. »Was kannst du mir dazu sagen?«

»Nichts.« Paul nahm rasch einen Schluck Kaffee, verzog aber das Gesicht, weil er sich offenbar die Zunge verbrannt hatte. Er wirkte beunruhigt.

»Das Geld ist damals verschwunden, und du gleich mit«, sagte Rolf. Er winkte der Bedienung und orderte ebenfalls ein Kännchen Kaffee. »Da liegt eine schreckliche Vermutung nahe, oder findest du nicht?«

»Kann ich doch nichts für, dass es zeitgleich passiert ist.« Paul bemühte sich um einen gleichgültigen Gesichtsausdruck, doch er gelang ihm nicht. Er war nervös und wusste offenbar mehr, als er zugeben wollte.

»Du lügst! Ich muss auf der Stelle die Wahrheit wissen. Ich finde sowieso raus, was Sache ist.« Rolf gab sich betont siegessicher und hoffte, Paul damit zu beeindrucken.

»Und wozu?« Sein Tonfall war genervt, er zog beide Worte übertrieben in die Länge.

»Weil es um die Zukunft vom Nordseehof geht.«

Paul rollte mit den Augen. »Was schert mich die blöde Schäferei?«

»Eine ganze Menge. Ich weiß, dass du noch in Oberhausen der Ansicht warst, dir gehöre wegen deines Vaters ein Teil davon. Johanna war so freundlich, dich über eine lange Zeit aufzunehmen. Jetzt, wo das Geld fort ist, steckt sie in ernsthaften Schwierigkeiten.«

Paul gab ein Zuckerstück in den Kaffee und rührte um. »Sie hat mich rausgeworfen, weil ich mich da nicht zum Sklaven machen lassen wollte. Warum sollte ich ihr etwas schuldig sein?«

»Sie ist außerdem deine Tante.«

Paul ließ den Löffel auf die Untertasse fallen. Es schepperte, und die anderen Gäste drehten sich neugierig zu den beiden um. »Meine Tante?« Er lachte bitter auf. »Wir sind aus Versehen verwandt, aber sie mag mich nicht und war froh, als ich endlich weg war. Immerhin hat sie mir zuvor deutlich zu verstehen gegeben, dass ich nur Unruhe in die Schäferei bringe.« Paul war von Wort zu Wort lauter geworden.

Rolf legte den Zeigefinger an die Lippen. »Pst, muss ja nicht jeder mitbekommen, worüber wir uns gerade streiten.«

Die Bedienung brachte auch Rolfs gewünschten Kaffee und schenkte ihm eine Tasse ein. Er bedankte sich mit einem Kopfnicken.

»Ich bin kein Dieb«, sagte Paul schließlich mit gepresster Stimme. »Ja, ich wollte die Kohle tatsächlich nehmen. Ich habe sie in der Kommode gefunden. Jetzt sag nix, ich weiß, dass man nicht im Schlafzimmer von anderen Leuten herumschnüffelt. Hab ich aber gemacht. War kein Ruhmesblatt, okay?«

Rolf gab ein Stück Würfelzucker in seine Tasse. »Wo hast du das Geld gefunden?«

»In einer Zigarrenkiste, die in Johannas Kommode eingeschlossen war. Zigarren hat mein Vater geraucht, Rolf! Ich kenne sonst keinen. Jedenfalls hat es mir meine Mutter erzählt.«

»Und dann hast du einfach zugegriffen, weil du dir eingeredet hast, es gehört dir?« Rolf rührte bedächtig um. Ingo hatte sich offensichtlich getäuscht. Der Dieb saß vor ihm und war Johannas Neffe. Rolf interessierte aber die ganze Geschichte.

»Ich wollte es tun, ja. Das war doch geheimes Geld! Bestimmt von meinem Vater gestohlen. Ich meine: Wer hortet solche Summen in einer Kommode unter so dämlichen Stickbändern und bringt es nicht zur Bank? Da liegt die Vermutung nahe, dass von dem Geld keiner etwas wissen sollte!«

»Fakt ist, dass es in Johannas Besitz war und dir nicht gehörte«, widersprach Rolf ihm. »Bloß weil du eine Vermutung hast, kannst du dir doch nicht einfach etwas nehmen! Es kann doch auch sein, dass das Geld von Foline war und sie es nur bei Johanna aufbewahrt hat.«

Pauls Lippe zitterte. »Damals habe ich mich gefragt, warum das Geld nicht auf der Bank lag. Ob es sich um Blutgeld handelte. Hab gedacht, dass Johanna meinen Vater umgebracht und sich dann an ihm bereichert hat.«

Rolf lehnte sich entsetzt auf dem Stuhl zurück. »Das glaubst du wirklich? Das traust du Johanna ernsthaft zu?«

Paul wirkte plötzlich unsicher. »Nun, das dachte ich zu Beginn, und als ich das Geld gesehen habe, glaubte ich wieder, es wäre so. Aber ich hatte Zeit zum Nachdenken. Johanna ist nicht so. Sie … sie ist freundlich, und sie hat mich gut aufgenommen, obwohl ich wie ein Schmarotzer im gemachten Nest gesessen habe. Sie hat lange gebraucht, um mich rauszuwerfen.«

»Hat dir die Zeit beim Bund diese Einsicht gebracht?«, fragte Rolf in leicht spöttischem Ton.

»Ja, auch. Und mein Freund dort, der bass erstaunt war, dass ich ohne Gegenleistung so lange in der Schäferei leben durfte. Ich war echt ein Idiot.« Er seufzte. »Damals dachte ich, die Kohle steht mir zu.«

»Und, wo ist das Geld jetzt?« Rolf hielt kurz inne, weil die Kellnerin fragte, ob sie noch einen Wunsch hätten. Er verneinte.

»Ich habe es nicht.« Paul zitterte. »Es wurde mir vor der Nase weggeklaut, als ich es gerade mitnehmen wollte.«

Rolf lachte leise auf. »Es wurde *dir* geklaut? Paul, bitte nimm mich nicht auf den Arm!«

Paul war während des Gesprächs immer blasser geworden. »Ich lüge nicht, Rolf. Ich war noch in Johannas Schlafzimmer, als Manfred reinkam. Ich habe mich schnell versteckt und gesehen, wie er das Geld genommen hat.«

Rolf trommelte leise mit dem Teelöffel auf der Tischkante herum und dachte nach. »Warum hast du ihn nicht gestellt?«

Paul grunzte. »Na, wie denn? Es wäre zu einer Auseinandersetzung gekommen, und er hätte sich einfach als Held aufgespielt. Hey, ich habe den Kerl auf frischer Tat ertappt! Und ich wäre als Dieb in den Knast gegangen. Der Typ ist gerissen! Ich glaube, er hat es auf den Nordseehof abgesehen. Jedenfalls bin ich am nächsten Tag zum Bund gegangen, genauso arm wie vorher und auf Manus Unterstützung angewiesen. Ich hasse den Typen! Er hat mich immer nur die Drecksarbeit machen lassen! Mich ständig beschimpft und kleingemacht. Er war auch ein Grund, warum mir die Lust an der Arbeit vergangen ist.«

Rolf hörte mit dem Getrommel auf und sah Paul ruhig an.

»Du glaubst mir nicht?«, fragte der.

Rolf sog die Luft schwer ein. Das Seltsame war: Er nahm Paul die Geschichte tatsächlich ab. Das alles ergab Sinn. Manus Sohn lebte nicht plötzlich auf größerem Fuß. Er fuhr noch immer denselben Porsche, er war brav bei der Bundeswehr und leistete seinen Dienst ab. »Was hast du vor, wenn du beim Bund weg bist?«, fragte er nach.

»Arbeiten«, entgegnete Paul. »Der Nordseehof ist bei Johanna in den richtigen Händen. Ich habe mich in Wilhelmshaven bei einer Versicherung beworben. Ich will auf eigenen Füßen stehen und mich selbst durchbringen. Niemandem mehr nachlaufen. Ich glaube inzwischen, dass Mutti und Johanna recht haben und mein Vater tatsächlich kein guter Mensch war. Ehrlich gesagt, bin ich nicht wütend auf Johanna. Sie ist ein großzügiger Mensch, und das Leben war wohl nicht immer fair zu ihr.«

Rolf griff nach Pauls Hand. Sie war kalt, und er zitterte ein bisschen. »Ich finde es gut, was du vorhast. Leicht wird es nicht, da du bei der Bank rausgeflogen bist.«

»Das stimmt, aber ich werde ehrlich sein. Vielleicht gibt man mir noch eine Chance. Ich möchte mich verändern. Mehr so werden wie … du.«

Rolf trank einen Schluck Kaffee. Er war wider Erwarten gerührt.

Paul musterte ihn jetzt mit dem flehenden Blick eines Welpen, der um Aufmerksamkeit winselte, und zum ersten Mal verstand er, warum Dagmar sich stets berufen gefühlt hatte, ihm zur Seite zu stehen. Paul war allein, unsicher und krampfhaft auf der Suche nach einem Menschen, der für ihn da war. Manu war dafür offenbar zu schwach.

Er drückte seine Finger. »Ich glaube dir, Paul«, sagte er. »Aber es kann sein, dass ich noch einmal nachhaken muss. Zumindest weiß ich jetzt, wo das Geld zu suchen ist. Ich danke dir. Und wenn du Hilfe brauchst: Ich bin für dich da.«

Paul sah ihn erstaunt an. Er hatte wohl nicht mit Rolfs Zuspruch gerechnet. »Danke. Kann sein, dass ich darauf zurückkomme. Weißt du, ich habe ja keinen Vater. Jedenfalls keinen, der mich wollte.«

Rolf fühlte sich Paul plötzlich unglaublich verbunden. Er selbst war genauso allein wie er. Sie beide waren Suchende.

Sie tranken den Kaffee aus, und Rolf bat um die Rechnung.

Paul holte das Portemonnaie aus der Tasche, aber Rolf winkte ab. »Ich übernehme das.« Er schlug dem jungen Mann auf die Schulter. »Lass von dir hören! Ich würde mich freuen.«

Paul lächelte, und es wirkte verdammt ehrlich.

*

Manfred mistete den Stall aus. So ein Schiet, das war ja gehörig schiefgelaufen. Warum zum Teufel brauchte Ingo plötzlich das Geld nicht mehr? Er war entsetzt gewesen, als Johanna es ihm gesagt hatte. Ihr Lächeln hatte die Augen nicht erreicht. Überhaupt war Johanna zurückhaltender als sonst. Hatte Adda gequatscht? War das der Grund für die Absage? Nein, beruhigte er sich selbst. Dann hätte Johanna ihn gefeuert. Außerdem war Ingo derjenige gewesen, der sein Vorhaben gekippt hatte. Vermutlich steckte dieser Rolf dahinter.

Manfred hieb vor Wut die Forke in den Mist. Noch immer hörte er Johannas Worte in seinem Ohr, und sie klangen wie der blanke Hohn.

»Ich danke dir sehr dafür, dass du mich so unterstützt, aber offenbar hat sich für meinen Cousin eine andere Lösung ergeben, und es kann vorläufig so weitergehen wie bisher. Ich würde mich natürlich freuen, wenn du mir trotzdem als Mitarbeiter erhalten bleibst.« Kein Wort über Adda. Sie wusste nichts.

Wütend trat Manfred nach einem Mutterschaf, das sich

laut blökend trollte. Er musste etwas tun, sonst entglitt ihm alles, und seine Pläne gingen nicht auf. Nur was?

Er schleuderte eine Forke voll Mist auf die Karre. Ihm blieb nur Plan B, und der bedeutete: weitere Sabotage. Er musste eines der teuren Geräte kaputt machen und Johanna auf diese Weise erneut in eine Finanzkrise zwingen, die sie zurück zu seinem Hilfsangebot treiben würde. Ingo konnte ihr kein zweites Mal helfen, und auch die neue Quelle würde nicht unendlich sprudeln. Den neuen Trecker irreparabel zu beschädigen wäre ein guter Anfang. Ein bisschen Zucker in den Tank …

Eine weitere wunderbare Möglichkeit war es, Diesel übers Heu zu gießen und es so unbrauchbar für die Fütterung zu machen. Sie hatten durch das abgedeckte Dach schon eine Menge verloren, und um diese Jahreszeit war das Futter auch anderswo knapp. Es würde also nicht nur schwer, sondern auch kostspielig sein, neues zu bekommen. Und als Drittes konnte er ins Herz der Schäferei stechen und ein paar Mutterschafe vergiften. Das alles würde Johanna schwächen, und er konnte den Retter spielen. Er hatte sich auch schon überlegt, wen er als Verdächtigen ins Spiel bringen würde. Wer eignete sich besser als Rolf Menzel? Addas richtiger Vater, wie er belauscht hatte. Der, der ihm jetzt vermutlich in die Quere gekommen war. Manfred glitt ein hämisches Grinsen übers Gesicht. Er ließ sich nicht an der Nase herumführen. Er bekam immer, was er wollte!

Manfred war mit dem Ausmisten fertig. Nun noch schnell den Mist zum Haufen bringen, und dann würde er seinen Plan in die Tat umsetzen.

*

Rolf fuhr schwungvoll auf den Hof und hätte Manfred fast angefahren. Der hob drohend die Faust, was Rolf aber nicht beeindruckte. Er hatte seine Hanna so lange nicht gesehen, und es war ihnen bislang unmöglich gewesen, ein Wort miteinander zu wechseln. Natürlich war er nicht zu Folines Beerdigung gegangen, das wäre ihm übergriffig erschienen. Außerdem wäre der Zeitpunkt für das erste Zusammentreffen denkbar ungünstig gewesen.

Aber nun hielt Rolf es nicht mehr aus. Er war sich sicher, dass Johanna ohnehin wusste, dass er hier war. Das Gespräch mit Paul hatte ihn aufgewühlt. Sie mussten also nicht nur über sich sprechen, sondern auch über das, was er erfahren hatte. Johanna durfte Manfred auf keinen Fall als Geschäftsführer einsetzen!

Aber auch sonst gab es viel zu klären. Rolf liebte sie noch immer, und er würde nicht mehr ins Ruhrgebiet zurückgehen. Sie waren nun frei, aber gab es für sie auch eine gemeinsame Zukunft? Nach alldem, was geschehen war? Er musste auf jeden Fall Gewissheit haben, und für all das brauchten sie Ruhe und viel Zeit. Er hoffte, dass sie gleich beides finden würden. Johanna arbeitete noch nicht wieder im Stall, bestimmt ergab sich eine Möglichkeit.

Als Rolf auf dem Nordseehof angekommen war, betrat er das Haus, doch Johanna war nicht da. Er schaute in den Stall, doch auch da steckte sie nicht. Das Auto stand auf dem Hof, doch ihr Rad konnte er nirgendwo entdecken.

»Weißt du, wohin Johanna gefahren ist?«, fragte er Heino, der eben aus dem Pferdestall kam und eine Schubkarre vor sich herschob. Der nickte. »Sie wollte zu Tante Mine. Die braucht Schafskäse. Die Chefin hat gesagt, Radfahren täte ihr nach der Zeit im stickigen Krankenzimmer gut.« Er steuerte die Scheune an, vermutlich, um Nachschub an Stroh zu holen.

Rolf beschloss, Johanna zu suchen. Eigentlich war es gut, dass sie allein in der Marsch unterwegs war. Wo konnte man sich besser aussprechen als inmitten der Natur?

Rolf stieg ins Auto und raste los.

Am Friedeburger Tief verlangsamte er sein Tempo, denn dort am Brückengeländer stand Johannas Fahrrad. Sie fährt noch immer mit diesem altersschwachen Gefährt herum, dachte Rolf liebevoll. Er parkte am Randstreifen und ließ seinen Blick schweifen, ob er sie irgendwo entdecken konnte.

»Hanna!«, entfuhr es ihm, als er sie sah. Sie hatte ihn aber nicht gehört. In Gedanken versunken, stand sie am Tief und starrte auf das träge fließende Gewässer. Ihr aschblondes Haar war unter einem bunten Tuch verborgen, und die Hände hatte sie in die Ärmel der Jacke gesteckt.

Rolf betrachtete sie für eine Weile. Sie war noch immer so wunderschön wie damals. Und es hatte sich nichts an seinen Gefühlen für sie geändert. Es war, als hätte es kein anderes Leben zwischen damals und diesem Moment gegeben. Er konnte nahtlos daran anknüpfen. Seine Hanna und er.

Jetzt bemerkte sie ihn und wandte ihm den Kopf zu. »Rolf?«, fragte sie erstaunt.

Ihre Stimme war noch genauso voll wie damals. Ein bisschen schien es ihm, als könne sie nicht begreifen, dass er tatsächlich vor ihr stand.

Sie schaute ihn lange an. Vorsichtig, ein wenig abschätzend. Erst dann machte sie einen Schritt auf ihn zu. Danach hielt sie wieder inne. Ihrer beider Blicke versanken ineinander. Rolf spürte Johannas Unsicherheit fast körperlich.

»Ich muss mit dir reden«, sagte er schließlich. »Ich ertrage das Schweigen zwischen uns nicht länger. Und da ist noch etwas … Hast du Zeit?«

Sie nickte fast unmerklich und kam nun etwas mutiger auf ihn zu, bis sie auf dem Weg voreinander standen. Sie begrüßten sich nicht. Keine Berührung – und doch brannte die Luft zwischen ihnen.

»Lass uns ein paar Schritte gehen, dann spricht es sich leichter«, sagte Johanna schließlich. Rolf hielt ihr den Arm hin, und sie liefen los. Es war still in der Marsch, ein bisschen nebelig, und ihre Schritte hallten auf dem Weg. Rolf genoss es, in Hannas Nähe zu sein. Sie zu betrachten und still zu lieben. Er hätte nie fortgehen sollen. Am liebsten hätte er Johannas Hand genommen, aber das wagte er nicht.

»Adda ist deine Tochter«, sagte sie plötzlich und unverblümt. »Das weißt du sicher längst.«

Rolf nahm nun doch ihre Hand, und Johanna ließ es geschehen. »Ja, es ist unübersehbar. Außerdem hat Theda es mir gesagt. Wusste Eike es?«

Johanna blieb stehen und sah Rolf an. »Ich vermute es. Nur haben wir nie darüber gesprochen. Er hat Adda so sehr geliebt, dass es mir manchmal Angst gemacht hat.«

»Und du?« Rolf fixierte sie, aber Johanna wich seinem Blick aus und sah über die Marsch, wo gerade ein Gänseschwarm lautstark rufend abhob. Dabei verstärkte sie den Druck ihrer Hand so sehr, als müsse sie sich an ihm festklammern.

Sie schluckte. »Ich konnte sie nie so lieben, wie sie es sich erhofft hat. Bis heute.«

»Was heißt das?« Rolf verstand nicht. »Du hast *mich* geliebt – und sie ist mein Kind.«

»Eben darum, Rolf. Weil es nicht sein durfte. Weil *sie* nicht sein durfte.« Johannas Stimme war ein einziges Flüstern. »Ich sehe sie und möchte sie in den Arm nehmen. Ihr sagen, dass sie mein Ein und Alles ist und ich mir nichts mehr wünsche, als sie ständig zu herzen und zu drücken. Doch dann sehe ich Eike vor mir. Der Schmerz in seinen Augen, weil ich ihm das Schlimmste angetan habe, was eine Frau ihrem Mann antun kann. Er hat sich gerächt, indem er mir die Liebe zu Adda gestohlen hat. Sie waren so eng, da war für eine Mutter mit schlechtem Gewissen kein Platz mehr.«

Rolfs Herz krampfte sich vor Schmerz zusammen.

»Du hast vor vielen Jahren auch einmal gesagt, dass du mit deiner Beziehung zu Uwe ebenfalls Probleme hast«, begann er vorsichtig. »Ist denn das besser geworden?« Für Rolf war es unvorstellbar, dass Johanna ihre Kinder nicht lieben konnte. Sie war doch so ein einfühlsamer Mensch. Was hatte das Leben mit ihr gemacht?

Johanna zitterte, und Rolf legte seine freie Hand auf ihre Schulter. Mein Gott, was war sie dünn geworden.

»Ja, das ist es. Ich habe mich ganz auf Uwe konzentriert. Wie eine Glucke bin ich gewesen, nachdem ich mich endlich getraut hatte, ihn lieb zu haben. Inzwischen hat er sich von mir befreit und kommt nicht mehr her – oder nur kurz –, weil ich ihn damit erstickt habe.«

»Aber bei Adda … Da gibt es doch bestimmt noch eine Chance!«

Johanna löste sich aus seinen Berührungen und fuhr herum. Ihre Augen blitzten, als sie hervorstieß: »Adda hasst mich! Sie hat Eike geliebt, und du ahnst nicht, wie.

Ich habe es dir eben schon gesagt! Niemand passte dazwischen. Uwe nicht und ich schon gar nicht. Ich habe ihr die Wahrheit gesagt.«

»Wie hat sie reagiert?«

Johanna zog die Mundwinkel nach unten. »Dass Eike nicht ihr Vater ist, wird sie mir nie verzeihen. Sie ist, nachdem ich es ihr gesagt habe, sofort zurück nach Bremen gefahren.« Johanna rieb sich die Schultern. »Ich habe zeit meines Lebens alles für die Schäferei getan. Alles geopfert. Meine Liebe. Meine Kinder. Mir wird aber nichts bleiben. Was nützt der Hof, wenn es keinen Erben gibt, für den ich ihn erhalten soll?«

Rolf vermochte ihre Verzweiflung kaum mehr zu ertragen. Er wollte sie umarmen. Sie trösten und den Schmerz mit ihr teilen. »*Ich* kann mit dir hierbleiben, Hanna! Ich ziehe zu dir, und wir können endlich unsere Liebe genießen. Du bist nicht allein! Ich kümmere mich um dich!«

Johanna lief plötzlich schnellen Schrittes weiter. Rolf kam kaum hinterher. Dann blieb sie abrupt stehen und schnellte herum. »Rolf Menzel, ich will davon nichts hören! Du bist verheiratet, und wir haben mit unserer Liebe genug Unheil bei anderen angerichtet. Ich will das nicht mehr! Es ist besser, du kehrst nach Hause zurück.« Sie stürzte wieder los. Sie wirkte ziellos. Planlos, so als wollte sie einfach weg, wusste aber gar nicht, wohin.

Über ihnen schrie eine Krähe. Es klang anklagend, fast unheimlich, zumal sich weitere dichte Nebelschleier über die Marsch gelegt hatten und die Welt verkleinerten. Rolf fror jetzt auch. Die Feuchtigkeit grub sich durch die Kleidung, das Haar wurde feucht.

Lüttje Welt, dachte er, denn so nannten die Norddeutschen den dichten Nebel, der auch die Lautstärke reduzierte und der Umgebung einen anderen Klang gab.

Rolf rannte Johanna hinterher und griff nach ihrer Hand. »Warte!« Aus seinem Mund quoll eine leichte Dunstwolke. »Ich bin nicht mehr lange verheiratet, weil ich die Scheidung eingereicht habe. Mein Haus ist so gut wie verkauft, ich habe alle Zelte in Oberhausen abgebrochen. Hanna – wir können endlich zusammen sein!«

Johanna stoppte ihren Lauf. Sie sah Rolf traurig an. »Für uns ist es schon lange zu spät. Das wissen wir beide. Ich kann allein deshalb nicht mit dir leben, weil es ein Verrat an Eike wäre. Er hat sein ganzes Leben lang unter deiner permanenten Anwesenheit in unserer Ehe gelitten. Er hat Adda kommentarlos als sein Kind anerkannt. Da werde ich ihn nach seinem Tod kein zweites Mal betrügen. Das kann ich nicht. Es wäre nicht recht. Deshalb bleibe ich allein.« Sie schlug die Hände vors Gesicht und weinte. Rolf nahm Johanna vorsichtig in den Arm und wiegte sie hin und her.

Sie entspannte sich mehr und mehr, und je dichter sich der feuchte Nebel um sie legte, desto näher kroch sie an Rolf heran. Vom Kopf her wollte sie ihn nicht, aber ihr Herz gab wohl einen anderen Takt vor.

Nach einer Weile hob sie den Kopf und streckte ihm ihre Lippen entgegen. Sie schmeckte wie früher. Weich. Liebevoll.

Ich muss ihr von Manfred und Paul erzählen, dachte Rolf noch, aber dann war alles andere unwichtig. Es gab in diesen Minuten nur ihn, die Marsch und seine Hanna.

*

Ingo wollte ein paar Heuballen zum Nordseehof bringen, als kleinen Ersatz für die, die bei dem Sturmschaden unbrauchbar geworden waren und allenfalls noch fürs Osterfeuer taugten. Er hatte eine gute Ernte gehabt und konnte eine Fuhre entbehren, sodass Johanna erst einmal geholfen war.

Er fuhr langsam auf den Nordseehof – und erstarrte gleich darauf. Das war doch Manfred, der da gerade mit einem Blechkanister im Schafstall verschwand!

Ingo machte die Autotür leise zu und folgte ihm unauffällig. Allein die Haltung des Mannes verriet ihm, dass etwas nicht stimmte.

Und dann sah Ingo, was Manfred vorhatte.

Er stand neben den noch brauchbaren Heuballen, öffnete den Verschluss und wollte eben den Inhalt des Kanisters darüberkippen.

»Was tust du da?«, fragte Ingo mit schneidender Stimme.

Manfred zuckte zusammen und ließ den Kanister fallen. Ingo sprang hinzu und stellte ihn rasch wieder auf, bevor sich der Inhalt im Stall ergoss.

»Willst du alles anzünden, oder was?«

Manfred biss ich auf die Lippen und funkelte Ingo böse an. »Ich wüsste nicht, was dich meine Arbeit hier angeht.«

»Arbeit nennst du das?«

»Lass mich doch in Ruhe!«

Aber Ingo packte Manfred am Schlafittchen und schüttelte ihn hin und her. »Du verdammter Swienegel sagst mir jetzt sofort, was du vorhattest!«

Manfred schwieg.

»Jetzt gehen wir beide mal hübsch in Johannas Küche und warten dort auf sie«, beschloss Ingo. »Ich glaube, sie findet es sehr interessant, was du so treibst.«

Manfred spuckte Ingo ins Gesicht, ließ sich aber mitschleppen, denn körperlich war er Johannas Cousin unterlegen. In der Küche ließ Ingo ihn auf einen der Stühle fallen und platzierte sich so, dass Manfred nicht entweichen konnte. »Wir brauchen sicher nicht mehr lange auf deine Chefin zu warten«, knurrte er.

»Die kann nicht ohne mich«, presste Manfred hervor. »Wenn sie mich rauswirft, geht der ganze Nordseehof den Bach runter.«

»Und wenn du hierbleibst, erst recht«, erwiderte Ingo. »Mal sehen, was sie zu sagen hat. Sei dir nicht zu sicher!«

Manfred biss sich auf die Lippen und schwieg.

Ingo hegte keinen Zweifel mehr daran, dass er den Schuldigen für das Dilemma der Schäferei gefunden hatte.

Kapitel 26

Adda war froh, dass Dirk sie nach ihrer Rückkehr gestern Abend in Bremen nicht allein ließ und zu ihr in die Wohnung gekommen war. Deike hatte einen neuen Freund und hielt sich derzeit ununterbrochen bei ihm auf, sodass sie allein waren und Adda ihre Wunden lecken konnte.

Sie saßen zusammen auf dem Sofa, und jeder blätterte in einer Zeitschrift. Ein echtes Gespräch wollte nicht entstehen.

Einerseits war sie froh, nicht allein zu sein, aber sie konnte gleichzeitig zu viel Nähe nicht ertragen. Deshalb gab sie sich Dirk gegenüber verschlossen, was ihn zunehmend irritierte und misstrauisch machte. Noch sagte er nichts, aber Adda sah ihm an, dass er Angst hatte, sie könnte sich erneut mit Manfred eingelassen haben und das der Grund für ihre Ablehnung sein.

Sie sah sich allerdings außerstande, über das Erlebnis im Stall zu sprechen. Da war die Angst, dass Dirk ihr vielleicht doch nicht glauben würde. Schließlich hatte sie schon einmal freiwillig mit Manfred geschlafen.

Adda wurde schon bei dem Gedanken übel. Ihr Bauch zog sich ständig krampfartig zusammen, sie blutete dieses Mal besonders heftig. Adda war dankbar dafür. Immerhin hatte sie dadurch eine wunderbare Ausrede, sich Dirk vom Leib zu halten, ohne dass er es weiter hinterfragte.

Doch sie würde mit ihm reden müssen. Adda wusste nicht, ob sie je wieder in der Lage war, mit einem Mann Sex zu haben. Immer wieder hörte sie Manfreds ekelig hechelnden Atem, spürte seine Zunge in ihrem Mund und später das fischig riechende Nass, das sich seinen Weg über ihren Oberschenkel zum Stallboden suchte. Adda stöhnte leise auf und blickte in Dirks erschrockene Augen. Er legte vorsichtig den Arm um ihre Schultern und wartete, ob sie zurückzuckte. Aber Adda konnte es geschehen lassen. Dirk wurde mutiger, und sie spürte, wie seine Finger sich vorsichtig auf und ab bewegten. Seine Nase streifte ihr Haar. »Sag mal, was ist in Neusiel mit dir passiert? Du bist nicht die Adda, die von hier weggefahren ist. Und jetzt komm mir bitte nicht damit, dass du deine Tage hast.«

Adda nagte an ihrer Unterlippe, schwieg aber weiterhin. Ihr konnte niemand helfen. Mit etwas Glück würden die schlimmen Gedanken eines Tages verschwinden oder wenigstens verblassen, und sie könnte dann so weitermachen wie bisher.

»Adda.« Dirk küsste sanft ihr Haar, und sie versteifte sich sofort. Er lockerte den Griff und bedrängte sie nicht weiter, fragte aber: »Möchtest du, dass ich gehe?«

»Nein.« Ihre Antwort kam schnell. Er sollte bleiben. Aber bitte keine Fragen stellen. Ach, sie wusste doch selbst nicht, was sie wollte! Manfred hatte ihr nicht nur Gewalt angetan, sondern zudem ihren Willen gebrochen. Adda wusste nicht, wie sie reagieren würde, wenn er ihr je wieder unter die Augen kam.

»Gut, dann bleibe ich«, sagte Dirk. Er klang unsicher,

als wüsste er nicht, ob es richtig war, was er tat. »Ich habe mich sehr in dich verliebt.« Er schluckte. »Wirklich. Vorher dachte ich immer: Hey, nimm, was du kriegen kannst. Eine zum Vögeln findet man überall, und das dachte ich auch noch, als wir uns kennengelernt haben. Aber schon da war es plötzlich anders. *Du* bist anders. Ich bin so gern mit dir zusammen, dass es wehtut, wenn du nicht da bist.« Er machte eine Pause und versuchte, Addas Blick zu erhaschen, aber sie starrte auf ihre Knie. »Was bin ich für dich?«, fragte er dann.

Adda klebte die Zunge schwer am Gaumen. In ihr tanzten so viele Worte! Sie wollte Dirk sagen, dass es gut war, dass er sie hielt. Dass sie ihn brauchte, wenngleich sie im Moment nicht über Gefühle sprechen konnte – weil sie nicht zu sagen vermochte, ob sie überhaupt welche empfand, da Manfred sie innerlich getötet hatte.

Dirk rückte ein Stück von ihr ab. Seine Stimme wurde härter. »Adda, ich muss wissen, woran ich bin! Ich will dich nicht verlieren, aber wenn du nicht dasselbe für mich empfindest, dann wäre es fair, mir das zu sagen. Sonst tut es immer mehr weh. Mit jedem Tag, an dem ich mich fester an dich binde. Hey, auch Männer haben Gefühle!«

Addas Kinn begann zu zittern.

»Hast du dich wieder in Manfred verknallt? Magst du es mir nicht sagen, weil ich dir eben mein Herz zu Füßen gelegt habe? Doch auch dann wäre es gut, damit rauszurücken.«

Adda wollte so gern etwas Freundliches, etwas Liebes zu ihm sagen, aber es ging einfach nicht. Ihr Kinn zitterte noch mehr, und endlich – endlich rannen ihr die viel zu lange zurückgehaltenen Tränen über die Wangen. »Ich hasse Manfred!«, war das Einzige, was ihr schließlich über die Lippen kam. »Ich hasse ihn so sehr, dass ich ihn töten möchte.«

Dirk wirkte zwar erschrocken, rückte aber wieder ein Stück näher. »Warum? So kenne ich dich gar nicht. So unversöhnlich.«

Adda öffnete den Mund. Doch sie glaubte, es würden giftige Kröten herauskommen, wenn sie das Ungeheuerliche aussprach. Dirk ließ nicht locker. »Adda! Bitte!«

Sie schluchzte auf. Und dann brach aus ihr heraus, was auf dem Nordseehof in der kurzen Zeit passiert war. Wie sie bis zum Schluss die Hand ihrer Oma gehalten hatte. In welchen blöden finanziellen Schwierigkeiten die Schäferei steckte und dass ausgerechnet Manfred Geschäftsführer werden sollte. Das ging Adda noch recht flüssig über die Lippen. Aber Dirk war feinfühlig genug, um zu spüren, dass dies noch längst nicht alles war. »Das ist alles übel, aber davon bist du doch nicht so … anders. Was ist noch passiert?«

Adda versteifte sich und sagte nur: »Manfred … Ich war allein im Stall …«

Und da verstand Dirk. Er atmete einmal tief ein. Schluckte. Adda spürte sein heftig klopfendes Herz.

Plötzlich rannen auch ihm Tränen über die Wangen. »Sag, dass es nicht wahr ist«, flüsterte er stockend.

Aber Adda konnte nur weinen.

»Ich bringe den Scheißkerl um«, sagte er. »Ich bringe ihn um!«

»Man kann das sagen, aber man kann nichts tun.«

»Du musst zur Polizei gehen!«

»Die würden mir kein Wort glauben, Dirk. Immerhin hatte ich mal was mit dem, und er hat einen guten Leumund. Selbst meine Mutter vertraut ihm. Das hat sie wortwörtlich zu mir gesagt!«

Dirk drückte Adda fest an sich, und jetzt konnte sie die Berührung zulassen. Es fühlte sich plötzlich gut an. Geborgen. Ihr war so warm, wie sie es nur an der Seite ihres Vaters empfunden hatte. Dirk liebte sie wirklich. Ihre Herzen schlugen im selben Takt. Eine Welle der Zärtlichkeit durchfuhr sie.

»Hast du denn mit deiner Mutter gesprochen und ihr gesagt, welchem Hurensohn sie die Schäferei anvertrauen will?«

Adda schüttelte heftig ihre dunklen Locken. »Ich habe Angst, dass sie mir nicht glaubt! Wir sind nicht so vertraut.«

»Hey, du bist ihre Tochter! Alle Mamas lieben ihre Kinder.«

»Nicht, wenn sie den falschen Vater haben und sie sich für die Existenz des Kindes schämen«, entgegnete Adda.

Und dann rückte sie auch damit raus, dass Rolf Menzel ihr Erzeuger war.

Dirk war fassungslos. »Das kann doch nicht sein, Adda! Was hast du alles durchgemacht...« Er drückte sie noch einmal. »Aber gerade deshalb muss sie sich für dich starkmachen. Sie muss wissen, was passiert ist, und sie soll nicht davonlaufen!«

»Ja, aber nicht jetzt«, sagte Adda. »Ich werde vorerst nicht auf den Hof zurückgehen, weil ich weder sie noch Rolf Menzel sehen möchte. Sie haben meinen Papa hintergangen. Damit komme ich nicht zurecht, und nun soll Mama zusehen, wie sie mit der Schäferei klarkommt. Allein die Vorstellung, dass mir Manfred über den Weg läuft...« Sie schüttelte sich.

»Eines Tages musst du es ihr sagen«, meinte Dirk. »Aber du hast recht. Jetzt nicht. Jetzt brauchst du nur Ruhe.« Er küsste Adda sacht auf die Wange, und sie schaffte es, ihm auch ihren Mund zuzudrehen. Es waren nur vorsichtige Berührungen, und instinktiv hörte Dirk genau dann auf, als es Adda zu viel wurde. Aber in den wenigen Minuten spann sich zwischen ihnen ein Band, das Adda zeigte, wie sehr auch sie Dirk längst liebte.

»Wie lange hast du denn noch frei?«, fragte er schließlich, und ihm glitt ein verschmitztes Lächeln übers Gesicht.

»Bis zum 22. Januar«, sagte Adda. »Warum?«

»Weil wir beide jetzt Urlaub machen. Immerhin haben wir noch exakt …« – er rechnete nach – »elf Tage Zeit.«

Adda zögerte. »Urlaub? Im kalten und nassen norddeutschen Januar?«

»Genau. Ich habe es dir doch beim Sturm schon erzählt. Meine verstorbene Oma besitzt im Kehdinger Land ein kleines Haus. Da hat der Orkan *Capella* zwar ordentlich Schaden hinterlassen. Die Flut stand dort so hoch, dass man viele Häuser nur noch mit dem Hubschrauber oder mit dem Boot erreichen konnte. Es waren sechstausend Hektar überschwemmt. Deshalb hat das Haus wie viele andere nasse Füße bekommen, und man kann nur noch im oberen Stockwerk wohnen, sagt mein Vater, aber wir könnten dort einmal nach dem Rechten sehen und genau das tun. Die Küche funktioniert noch, es ist halt alles noch nicht wieder ganz aufgeräumt. Hast du Lust? Mal rauskommen würde uns beiden guttun, und es kostet nichts.«

Adda sah Dirk lächelnd an. »Das klingt alles überhaupt nicht gemütlich, und ich kann mir gut vorstellen, dass dort noch alles matschig ist. Und doch: Es ist bestimmt schön dort an der Elbe – und vielleicht gerade jetzt, wo der Orkan vorbei ist und wir nur gemütlich unter dem Dach sitzen können.«

»Es ist mehr als schön!« Dirk geriet ins Schwärmen. »Alte Fachwerkhäuser, viele Obstplantagen. Fantastisch! Wir machen lange Spaziergänge. Dafür nehmen wir einfach Gummistiefel mit. Schietwetter kennen wir auch aus Bremen. Wir können ausschlafen. Lesen. All so etwas.«

»Ich packe, und dann nichts wie weg! Wie kommen wir dorthin?«

»Mein Bruder wird uns sein Auto leihen. Ich hatte gehofft, dass du mitkommen willst, und ihn zuvor schon gefragt.«

»Dirk, du bist echt der Beste«, seufzte Adda und lehnte sich an ihn. Sie war dort angekommen, wo sie hinwollte. In der Freiheit, aber nicht allein.

*

Johanna war noch völlig durcheinander. Sie hatte Rolf nicht küssen wollen, und doch zogen sie sich an wie zwei gegensätzliche Pole. Vermutlich würde sich das nie ändern. Nur konnte sie nicht mit ihm leben. Es ging einfach nicht. Er hatte noch etwas zu ihr sagen wollen, aber Johanna mochte nichts hören und erst einmal allein sein. Rolf war deshalb zunächst mit dem Auto zurück zum Eilershof gefahren, plante aber, später noch nachzukommen. Johanna wusste nicht einmal, ob sie sich darüber freute. Sie wusste einfach gar nichts mehr.

In Gedanken versunken, betrat sie die Küche und erschrak, als sie Manfred dort auf einem Stuhl sitzen sah und Ingo sich wie ein Bollwerk vor ihm aufgebaut hatte.

»Was ist denn hier los? Warum sieht es aus, als hättest du ihn festgesetzt?«

»Weil es so ist. Manfred wollte eben dein Heu verseuchen! Und in seiner Tasche habe ich Eibensamen gefunden, die waren wohl für deine Schafe bestimmt«, knurrte Ingo.

Manfred spuckte auf den Boden. »Ihr könnt mich alle mal!«

Johanna sah ihn angewidert an. »Was hast du für ein abscheuliches Benehmen, dass du es wagst, mir in meiner Küche vor die Füße zu rotzen?«

Manfred schnaubte nur, und Johanna wandte sich wieder an ihren Cousin. »Was tun wir mit ihm? Ich gehe davon aus, dass du mich nicht belügst und ihn auf frischer Tat ertappt hast?«

»Jo, so sieht es aus«, bestätigte Ingo.

»Gut, das klären wir später, ich habe nämlich auch noch eine Frage an dich, Manfred Oetjen: Was hast du mit meiner Tochter gemacht?«

Manfred grinste. »Ich mit ihr? Sie ist ein Flittchen, deine Lütte! Sie hat mich verführt und behauptet nun, ich hätte sie mit Gewalt genommen. Ha, das alte Weiberspiel. Erst machen sie einen heiß, und dann sind sie plötzlich Jungfer Unschuld.«

Ingos Kiefer malmte.

Johannas Augen wurden schmal. »Du hast sie mit Gewalt genommen?« Sie ging wie eine Furie auf Manfred los, aber Ingo legte beruhigend seine Hand auf ihren Unterarm.

»Der kriegt seine Strafe, Johanna. Ich verspreche es dir.«

Johanna blitzte Manfred nur an, hielt sich aber zurück. Ihr Körper bebte vor Wut.

Beide hatten nicht mitbekommen, dass auch Rolf in die Küche getreten war und das Gespräch mitangehört hatte.

»Ich habe da auch noch was«, sagte er. »Dabei sind es schon Verbrechen genug, das, was du Adda angetan hast und der Schäferei antun wolltest!«

*

Johanna schluckte. Hätte sie vorhin doch abwarten sollen, was Rolf ihr erzählen wollte?

»Ich wollte es dir eben schon sagen, Hanna, aber …« Rolf zuckte entschuldigend mit den Schultern.

Johanna verstand. »Gut, ich höre.«

»Manfred hat damals das Geld gestohlen. Nicht Paul. Der wollte es zwar tun, aber Manfred war schneller. Er will den Nordseehof für sich. Sein Plan, Adda zu heiraten, ist schiefgegangen. Da hat er sich das Geld genommen. Er wollte dich auf diese Weise finanziell unter Druck setzen und plante, es dir zu leihen, damit du von ihm abhängig bist. Aber auch das ist schiefgegangen.«

»Sag, dass es nicht wahr ist!«, flüsterte Johanna.

»Doch, leider. Ich weiß es von Paul.«

Ingo spitzte die Lippen. »Jetzt wird so manches klar. Da du ihn nun auch als Geschäftsführer nicht mehr brauchst, ist das Vorhaben, sich den Hof auf andere Weise einzuverleiben, gescheitert. Folglich will er dich ruinieren, indem er dich sabotiert.«

Johanna machte einen Schritt rückwärts. »Wusste Adda davon?«

Manfred sah sie erstaunt an. »Dein Hurenkind? Vergiss es. Die macht weiterhin lieber für andere Männer die Beine breit.«

Johanna musste ein Würgen unterdrücken. Er hatte ihr nicht nur den Hof nehmen wollen, sondern hatte auch ihre Tochter vertrieben. Sie musste es wiedergutmachen. Alles. Irgendwie.

»Na, hat es dir die Sprache verschlagen?«, höhnte Manfred. »Dass Ingos Trecker kaputt war, kam auch nicht von Geisterhand. Man braucht nur Ideen. Nur könnt ihr mir das alles leider nicht nachweisen!«

Ingo gab ihm einen so heftigen Stoß, dass er verstummte.

Johanna hatte sich wieder gefangen und sah Manfred mit ruhigem Blick an. Sie kochte, doch sie wusste auch, dass es aussichtslos war, etwas gegen ihn zu unternehmen. Aber ihren Hof, den würde er niemals bekommen. »Wie du siehst, kommen wir alle wunderbar ohne dich zurecht. Pack deine Sachen und verschwinde! Sofort! Solltest du noch einen Funken Anstand besitzen, dann gib mir wenigstens das restliche Geld zurück.« Sie wandte sich an Ingo. »Mach dir an diesem Menschen bloß nicht die Finger schmutzig. Das hat er gar nicht verdient!«

»Du willst ihn laufen lassen?«, fragte Ingo entsetzt, lockerte aber den Griff, sodass Manfred sich befreien konnte. »Aber eine Abreibung kriegt er, sonst platze ich.« Ingo holte aus und versetzte Manfred einen kräftigen Kinnhaken, der ihn zu Boden gehen ließ.

Ingo rieb sich die Faust. »Das musste sein«, sagte er zufrieden und sah auf Manfred hinab. »Und nun hau ab, bevor ich mich vergesse.«

Manfred stand auf, rieb sich benommen das Kinn und stolperte zur Tür. Dort drehte er sich noch einmal um. »Das wirst du bereuen, Johanna Deeken. Du glaubst gar nicht, wie du das bereuen wirst!« Dann verschwand er aus der Küche.

Johanna sah aus dem Fenster und wartete, bis er das Tor zum Hof passiert hatte. Dann schüttelte sie verzweifelt den Kopf. »Was soll ich nur tun? Dass es das Geld überhaupt gab, kann ich nicht nachweisen. Dass er mit einem Kanister hier rumlief, wird auch kein Gericht interessieren. Und was er meiner Tochter angetan hat … Sie hat es nicht einmal mir erzählt. Welcher Polizist würde es ihr jetzt noch glauben? Es wäre eine Hexenjagd, die mein Kind am Ende zerstören würde. Manfred kann sehr überzeugend sein, und wenn er erneut beteuert, was er da eben abgelassen hat … Wir haben nicht die geringste Chance, ihm etwas nachzuweisen. Ich hoffe nur, er kann seine neuerliche Drohung nicht wahr machen.«

Rolf trat auf Johanna zu und nahm sie in den Arm. Seine Nähe fühlte sich vertraut an – und doch so falsch. Sie hätte ihn nicht küssen sollen. Johanna machte einen Schritt zur Seite.

»Ruf Adda an!«, forderte Rolf sie auf. »Sprich mit ihr!«

Johanna nickte. »Das werde ich tun. Aber ich möchte jetzt allein sein, auch wenn ich euch sehr dankbar bin.«

Johanna wartete, bis Ingo und Rolf gegangen waren. Dann lief sie ins Kontor, sog den vertrauten Geruch der Akten ein und sah sich um. Sie war nun wieder allein mit der Schäferei, und wie sie die Arbeit schaffen wollte, wusste sie nicht. Sie konnte Uwe anrufen. Er hatte im März Urlaub und könnte ihr bei den Lämmern helfen. Immerhin hatte er sich bei seinem kurzen Aufenthalt überrascht und positiv über den Nordseehof geäußert, und Sanne war unkompliziert. Sie lachte darüber, wenn Uwe Frauen nicht für voll nahm. Mit etwas Glück würden sie sich zukünftig wieder annähern.

Heino war inzwischen auch gut eingearbeitet, und wenn Not am Mann war, waren bislang auch Theda und Ingo immer zur Stelle gewesen.

Aber was war mit ihrer Tochter? Wie war es möglich, dass sie sich wieder näherkamen? Wie sollte Johanna es anstellen, dass Adda ihr verzieh, was nicht zu verzeihen war? Und was war mit Rolf? Wie sollte es mit ihnen weitergehen? Sie konnte das jetzt nicht entscheiden.

Johanna griff zum Telefonhörer. Sie wusste nicht, was sie sagen wollte. Aber sie musste jetzt Addas Stimme hören.

Ihre Tochter ging sofort dran, wirkte aber gehetzt.

»Was willst du, Mutter?«

Mutter, nicht Mama.

»Adda, ich habe Manfred vom Hof gejagt«, fiel Johanna mit der Tür ins Haus. »Was auch immer er dir angetan hat, ich glaube dir!«

Adda schwieg, Johanna merkte aber, wie schwer sie atmete. »Ist gut, dass du das so siehst. Ich will allerdings nicht darüber reden. Ich möchte im Augenblick auch nichts vom Nordseehof wissen.« Sie machte eine Pause. »Konntest du das mit der Finanzierung denn regeln? Das wäre schön für dich.«

»Ja, Ingo hat einen anderen Weg gefunden.«

»Dann ist es ja gut.«

Sie schwiegen für eine Weile, bis Adda sagte: »Ich fahre jetzt mit Dirk weg. Ich habe noch Urlaub.«

»Wohin denn?«, fragte Johanna und versuchte, ihre Enttäuschung zu verbergen, dass Adda sich ihr nicht weiter anvertrauen wollte und nur unterkühlt antwortete.

»Ins Kehdinger Land nach Dornbusch. Dort hat seine

Oma ein kleines, reetgedecktes Fachwerkhaus. Wir brauchen etwas Zeit für uns. Allein.«

»Aber da gab es bei der Flut doch einen Deichbruch«, sagte Johanna.

»Die Betonung liegt auf *gab*. Das haben sie natürlich geflickt. So, ich muss los. Am 22. Januar komme ich zurück.« Adda legte den Hörer auf, und Johanna hörte nur noch das monotone Tuten.

Kapitel 27

Adda konnte sich in dem kleinen Haus in Kehdingen gar nicht sattsehen und entdeckte immer wieder etwas Neues. Mal eine Schnitzerei am Geländer, mal eine weitere Klappe, die irgendwo in der Holzwand eingelassen war. Oder einfach nur ein Gemälde, das sie wunderschön fand, gerade, weil es so kitschig war.

Ihr Bett befand sich in einem Alkoven in der Wand, und Adda liebte diese Schlafkoje.

»Das nennt man Butze«, erklärte Dirk. »Wenn wir unsere Ruhe wollen, können wir sogar die Tür zumachen.«

»Wir haben ja wohl Ruhe genug«, sagte Adda. Sie verspürte Ruhe und Frieden wie lange nicht, was aber auch an Dirks Anwesenheit liegen mochte.

»Und hier hat deine Oma ganz allein gelebt?«, fragte sie. Sie flegelte sich auf das samtrote Biedermeiersofa, das im oberen Stockwerk in einem der Zimmer stand. Den Raum hatten sie kurzerhand zu ihrer Wohnstube erkoren, weil es unten noch nicht wieder ganz trocken war.

»Ja, bis zu ihrem Tod. Seitdem steht das Häuschen leer, und wir nutzen es im Sommer am Wochenende. Ich bin nur froh, dass es bei dem Deichbruch nach Silvester kaum Schaden genommen hat. Zum Glück hat Papa vor der Flut die Möbel nach oben gebracht, sodass sie trocken geblieben sind. Na ja, und die Küche hat etwas gelitten, aber für uns beide reicht es.«

»Ich finde, wir haben jetzt genug gefaulenzt. Lass uns morgen unten ein bisschen aufräumen und alles wieder gemütlich herrichten«, schlug Adda vor.

»Gute Idee, das machen wir!« Dirk drückte Adda, aber sie erschauderte, weil eben eine heftige Böe das Haus zum Wackeln brachte. »Nicht, dass noch einmal so ein heftiger Orkan kommt, wo der andere doch eben erst vorbei ist«, murmelte sie.

»Hast du etwa Angst?« Dirk schmunzelte. »Komm, es ist alles gut. Wir sind hier sicher.«

»Aber alles klappert so«, sagte Adda.

»Ich schau noch einmal, ob alles in Ordnung ist«, versprach Dirk und zog sich die Regenjacke an.

Adda hörte, wie er unten von draußen die Läden verschloss.

Der Wind legte immer mehr zu. Seit Dezember wehte es kontinuierlich aus West, und von gestern an hatte sich ein furchtbares Tiefdruckgebiet aufgebaut, das sich inzwischen zu einem immensen Sturm auswuchs. Schon jetzt rüttelten die Böen an den Fensterläden. Die Dunkelheit senkte sich schneller als sonst übers Land, und man hörte jeden einzelnen Windstoß auf das kleine Häuschen zurasen.

»Nun ist alles abgesichert«, sagte Dirk, als er wieder reinkam. Ihr Umgang miteinander war so selbstverständlich geworden, dass Adda täglich ruhiger wurde. Dirk war die Konstante in ihrem Leben. Der ruhende Pol, wie sie nach dem Tod ihres Vaters keinen mehr gehabt hatte. Adda war froh, dass es in dem Haus kein Telefon gab und sie sich deshalb nicht zu Hause melden konnte. Sie wollte nichts mehr vom Nordseehof, von Rolf Menzel oder Manfred Oetjen hören. So ging es ihr entschieden besser.

Wieder donnerte eine Böe ums Haus und ließ die geschlossenen Fensterläden rappeln.

Dirk war die Ruhe in Person. Er setzte sich neben sie, und Adda kuschelte sich an ihn. Sie hatte gestern zum ersten Mal wieder mit ihm geschlafen, und dank seiner Einfühlsamkeit war es wunderschön gewesen, sodass sie sich traute, Gefühle zuzulassen und sich seiner Liebe hinzugeben. Nicht einmal an Verhütung hatten sie gedacht. Adda lebte nur noch für den Augenblick und wollte weder an morgen noch an gestern denken.

Dirk sah auf die Uhr. »Lass uns schlafen gehen«, schlug er vor. »Morgen ist der Spuk vorbei. Unsere Jahrhundertflut hatten wir schließlich schon, und das kleine Windchen da draußen verpennen wir besser.«

Sie krochen in den Alkoven. Hier hörte sich der Sturm noch lauter an, und die Dachpfannen klapperten.

»Das Häuschen ist solide gebaut. So schnell wird es nicht abgedeckt«, versprach Dirk. Er schlief sofort ein und füllte den Raum mit seinen regelmäßigen Atemzügen. Adda aber blieb wach und lauschte dem Getöse. Einmal glaubte sie, einen Baum bersten zu hören, ein anderes Mal meinte sie, dass Menschen um Hilfe riefen.

Sie kuschelte sich noch näher an Dirk, fühlte seine Hand auf ihrem Schenkel, und wie von selbst näherten sie sich einander. Sie mochte seinen Duft, seine Berührungen so sehr!

Dirk wurde wieder wach. »Meine Adda«, flüsterte er, und sie liebten sich mit einer Intensität, die Adda vor Glück fast zerspringen ließ.

»Was würdest du sagen, wenn wir ein Kind hätten?«, fragte sie und fuhr mit dem Zeigefinger seine Halsbeuge entlang.

»Das wäre wunderbar.« Er lachte leise auf. »Bestimmt bekommt es wilde Locken. Unser Kind.« Sie hielten sich an den Händen, lagen still da und lauschten dem Orkan, der nun doch noch heftiger geworden war und an den vor ein paar Wochen erinnerte.

»Aber ich will doch Krankenschwester werden.«

»Das wirst du auch. Wir bekommen alles hin, Adda. Wir sind ein Team.« Dirk küsste sie zärtlich.

Plötzlich schreckte Adda hoch. »Hörst du das?«

Dirk setzte sich ebenfalls auf. Er furchte die Stirn. »Ja, da gluckst etwas.«

Adda hielt die Luft an. Sie sprang aus dem Bett und versuchte, Licht zu machen, doch der Strom war ausgefallen.

»So een Schiet!«, sagte sie. Ihr Herz klopfte bis zum Hals.

»Hör doch!«

Es wütete nicht nur der Sturm ums Haus! Gleichzeitig klang es, als klatschten Wellen gegen die Mauern.

»Ich sehe nach«, beschloss Dirk, schlüpfte in seine Hose und öffnete die Schlafzimmertür. Auf der Treppe fluchte er schon nach ein paar Schritten. »Bleib oben, Adda. Bleib einfach oben! Ich hoffe, das Wasser steigt nicht weiter.«

Adda zog sich ebenfalls an und trat in den Flur. Das kleine Häuschen wackelte. Es schnürte ihr die Luft ab, als sie sah, was passiert war. Im Erdgeschoss stand Dirk bis zu den Knöcheln im Wasser. Irgendetwas donnerte gegen die Hauswand.

Dirk kam die Treppe wieder herauf. »Im Augenblick steigt das Wasser nicht. Der Elbdeich muss wieder gebrochen sein. Wir können nur abwarten.«

Adda bibberte. »Und wenn es doch hier hochkommt? Wohin dann? Es gibt keinen Dachboden.«

»Das wird nicht passieren«, beruhigte Dirk sie. »Statistisch gesehen, dürfte es nicht einmal einen zweiten Deichbruch geben.«

»Witzbold«, sagte Adda. »Ich habe echt Schiss!«

»Ich auch.« Dirk bibberte, und Adda liebte ihn noch ein kleines bisschen mehr, weil er jetzt nicht den Helden spielte, sondern ehrlich zu ihr war.

»Ich will nicht sterben, Dirk. Ich will unser Kind bekommen.«

Sie klammerten sich auf dem Bett aneinander. »Du stirbst nicht. Ich bin bei dir.«

Über ihnen hörten sie plötzlich die Rotoren eines Helikopters.

»Siehst du, sie schauen schon, ob sie helfen müssen.«

»Was sollen sie bei dem Sturm denn tun?« Wieder rumorte es irgendwo.

»Wir können nur warten, bis der Morgen graut und wir mehr sehen.« Dirk schaute aus dem Fenster, aber da nicht einmal der Mond schien, war es einfach nur dunkel.

So verharrten sie Stunde um Stunde und warteten auf den Tagesanbruch.

*

Johanna saß beim Frühstück angstvoll vor dem Radio. Die ganze Nacht hatte es wieder furchtbar gestürmt, und inzwischen sprach man von der zweiten Januarflut. Wieder war es zu Überschwemmungen gekommen, auch wenn die meisten Deiche gehalten hatten. Nur nicht dort, wo Adda gerade war. Genau da hatte man den Elbdeich nur notdürftig geflickt, und das Kehdinger Land war überspült worden.

»Es gab aber keine größeren Schäden«, hörte Johanna den Sprecher sagen, nur beruhigte sie das keineswegs.

Sie hatte nicht einmal eine Telefonnummer, unter der sie Adda hätte erreichen können! Zum dritten Mal rief sie nun schon bei Deike an. Endlich nahm sie ab.

»Weißt du, wie ich Adda erreichen kann?«, fragte Johanna nach einer kurzen Begrüßung hektisch.

»Sie ist noch mit Dirk im Kehdinger Land, warum?«

»Weil da der Deich gebrochen ist!«, schrie Johanna.

»Mist!« Deike reagierte nun auch panisch. »Was sollen wir tun? Das Haus hat kein Telefon! Aber sie sind in Dornbusch, wenn dir das weiterhilft.«

»Ich fahre dorthin und versuche, mich zu ihr durchzuschlagen!«

»Bitte melde dich, wenn du mehr weißt!«

Johanna legte auf und packte schnell ein paar Sachen zusammen. Es fiel ihr schwer, denn sie war noch nicht vollständig wiederhergestellt. Aber es ging von Tag zu Tag ein Stück aufwärts, und jetzt würde sie sich keine Schwäche erlauben. Sie musste zu ihrer Tochter!

Johanna ging in die Küche und überlegte, wie sie die Arbeit in der Schäferei organisieren sollte. Sie konnte Heino unmöglich die ganze Verantwortung allein aufbürden, und Ingo hatte auf dem Eilershof sicher genug zu tun.

Ob Rolf ihr helfen könnte? Er war gerade dabei, aufs Altenteil vom Eilershof zu ziehen, jetzt wo Manfred dort weg war. Er musste sich die Räume nur mit Heino teilen. Johanna vermutete inzwischen, dass er Ingo das nötige Geld geliehen hatte. Es war ihr aber egal, wichtig war einzig und allein, dass der Nordseehof gerettet war. Nun aber wollte sie zu ihrem Kind!

Sie griff gerade zum Hörer, um Ingo zu fragen, ob er den Nordseehof heute und vielleicht auch morgen mitversorgen konnte, als sie durch das Fenster sah, dass Rolf auf den Hof gefahren kam. Er war allerdings nicht allein, sondern hatte Paul dabei.

Wann ist denn der gekommen?, fragte Johanna sich verwundert. Aber nun gut, jeder hatte eine zweite Chance verdient. Nicht nur sie. Johanna beschloss, Paul nicht auf das Geschehene anzusprechen.

»Hallo, Rolf, hallo, Paul!«, begrüßte sie die beiden, als sie den Flur betraten. »Was macht ihr so früh hier?«

»Dir helfen«, sagte Paul. »Rolf hat mich angerufen, und ich durfte frei machen. Ich habe, glaube ich, noch etwas gutzumachen. Rolf hat mir erzählt, dass du inzwischen alles weißt. Es tut mir wirklich leid, bitte verzeih mir.«

»Das tue ich. Und zum Glück ist ja alles halbwegs gut ausgegangen. Manfred ist weg.« Johanna sah nervös von einem zum anderen. »Allerdings habe ich jetzt ein anderes Problem: Ich muss an die Elbe! Sofort!«

Sie erklärte mit wenigen Worten, was passiert war.

Paul druckste herum. »Deshalb bin ich da. Rolf will dich begleiten. Er hat auch mitbekommen, dass es einen Deichbruch gegeben hat und Adda dort ist. Ich helfe Heino! Ingo hat schließlich selbst genug zu tun.«

»Das würdest du tatsächlich machen?« Johanna war mehr als erstaunt, aber sie wollte jetzt nicht darüber nachdenken.

Rolf nahm ihre Hand. »Komm, Hanna! Pack deine Sachen. Hier ist alles geklärt. Aber wir müssen los. Unser Kind suchen!«

Nachwort

Ich freue mich, dass Sie auch den zweiten Band der Saga um den Nordseehof gelesen haben und die Geschichte von Johanna und ihrer Familie weiterverfolgen.

Der Nordseehof ist auch nach einer tatsächlich geschehenen umfassenden Gebietsreform ostfriesisch geblieben, während ich das fiktive Neusiel habe friesisch werden lassen. Auch die Örtlichkeiten, die in diesem Roman am Jadebusen spielen, waren immer in friesischer Hand. Ich weiß, dass dieser kleine Unterschied, ob Friesland oder Ostfriesland, für viele Menschen der Region wichtig ist. Von daher habe ich achtgegeben.

Dieser Roman spielt in den 1970er-Jahren, in denen ich selbst meine Kindheit und einen Teil der Jugend verlebt habe. So konnte ich auf viele Erinnerungen zurückgreifen oder aber mit meiner Familie über etliche Begebenheiten sprechen.

Gut erinnern kann ich mich an die Fernsehabende auf dem Sofa, wenn Wim Thoelke oder Rudi Carrell über den Bildschirm flimmerten.

Ich erinnere mich aber auch an weniger schöne Dinge wie den Terrorismus. Sicher kein Ruhmesblatt, aber eben ein Teil dieser Zeit.

Gewaltig waren die beiden Jahrhundertstürme, die 1976 so kurz hintereinander über das Land fegten. Sie haben damals in Norddeutschland große Schäden angerichtet, und ich erinnere mich gut an die vielen umgestürzten Bäume und die Angst, ob die Deiche den Fluten standhalten konnten.

Intensiv hat mich die Situation der Frau in der Gesellschaft beschäftigt. Vieles war nicht mehr so rückständig wie in den 1950er-Jahren, in denen der erste Band spielt, aber es gab auch Dinge, die mich immer noch schockierten, wenn es um die Emanzipation ging.

In diesem Umfeld habe ich Adda aufwachsen lassen – und nun schicke ich sie und Johanna im nächsten Band in die 1980er-Jahre. Ich würde mich freuen, wenn Sie meine Frauen auch da begleiten.

Danksagung

Wieder möchte ich mich bei ein paar Menschen bedanken, die mich bei diesem Projekt unterstützt haben.

Da ist Andrea Müller vom Piper Verlag, die sich von Beginn an für die Geschichte begeistern konnte. Und meine Agentin Anna Mechler, die mir immer grandios zur Seite steht, genau wie Gisela Klemt, die stets eine super Redaktion macht und den Text vor bösen Fallen bewahrt.

Ich danke den Leuten von der Deichschäferei Sassen für die Weitergabe ihres Wissens und hoffe, alles korrekt wiedergegeben zu haben.

Ich danke meinem Vater Reinhard Fiedler, denn wann immer es Fragen zur Zeitgeschichte gab, hat er sie mir geduldig beantwortet.

Und ich danke meiner Familie – meinem Mann, den fünf Kindern, den Schwiegerkindern und Enkeln. Wenn ich gerade auf dem Nordseehof weile, bin ich gedanklich schon mal ganz weit von ihnen entfernt, und alle haben dafür Verständnis.

Und ich danke allen Leserinnen und Lesern, dass sie mir und meinen Büchern so unglaublich treu sind.

Ihre Regine Kölpin

Literaturverzeichnis

Deutsches Bergbau-Museum, Hrsg.: *Deutsches Bergbau-Museum*. Thales Verlag 1991.

Galileo Special History, *Die 70er Jahre, 01/20*. Redaktionsleitung Bünemann Tobias, bpa media GmbH 2019.

Hermann, Wilhelm und Gertrude, Hrsg.: *Die alten Zechen an der Ruhr. Die Blauen Bücher*, Langewiesche 1981.

Hofschen, Heinz-Gerd/Sommer, Karl Ludwig, Hrsg.: *Bremen 1945–2010 – So viel Wandel war nie.* Weser Kurier/Focke-Museum 2010.

Kawohl, Helmut/Plitt, Ha-Jo/Schmitz, Michael, Hrsg.: *Oberhausen '98. Ein Jahrbuch.* Plitt Druck und Verlag GmbH 1997.

Mangelsdorf Frank, Hrsg.: *Einst und Jetzt. Bremen-Schwachhausen*. Culturcon medien 2014.

Niemann, René Paul: *Geschichten aus dem Bremer Westen*. Edition Temmen 2018.

Potthoff, Rolf/Nöllenheidt, Achim, Hrsg.: *Damals auf'm Pütt – Erinnerungen aus dem Bergmannsleben im Ruhrgebiet.* Heimat Ruhrgebiet/WAZ Edition Klartext 2018.

Stoll-Kreussel, Martina: *Weisheiten großer Frauen*, arsEdition 2000.

Turnerbund Osterfeld, Hrsg.: *Turnerbund Osterfeld, Chronik 1911–1998*. ICS Communikations-Service GmbH 1998.

Wilhelm, Frauke: *Die Taschen waren voller Geld – Hafen- und Rotlichtgeschichten von der »Bremer Küste« in den 50er und 60er Jahren.* Edition Temmen 2014.